클레어와 매디 그라츠에게,
미래는 너희 것이야.

앨런 그라츠는 어린이 독자들을 위한 19권의 주니어 소설과 그래픽노블을 쓴 베스트셀러 작가입니다. 그의 2017년 소설 《난민, 세 아이 이야기》는 뉴욕타임스 베스트셀러 목록에 4년 이상 올랐으며 여러 기관에서 상을 수상했습니다. 그 외 《그라운드 제로》와 《2℃》도 모두 뉴욕 베스트셀러 1위를 차지했습니다. 다른 저서로 《앨라이》, 《프로젝트1065》 그리고 《죄수 번호 B-3087》 등이 있습니다. 현재 앨런 그라츠는 아내와 딸과 함께 노스캐롤라이나에서 살고 있으며 온라인 www.alangratz.com 을 통해 작가를 만나보실 수 있습니다.

Two Degrees by Alan Gratz
Copyright © 2022 by Alan Gratz.
All rights reserved.
This Korean edition was published by Balgeunmirae Publishing Co. in 2024 by arrangement with Scholastic Inc., 557 Broadway, New York, NY 10012, USA through KCC(Korea Copyright Center Inc.), Seoul.

이 책은 ㈜한국저작권센터(KCC)를 통한 저작권자와의 독점계약으로 밝은미래에서 출간되었습니다. 저작권법에 의해 한국 내에서 보호를 받는 저작물이므로 무단전재와 복제를 금합니다.

※《2℃》는 실제 사건과 역사적 인물에서 영감을 받은 소설입니다. 역사적 사건이나 인물, 지역에 대한 언급은 실제와는 다를 수 있으며, 작가에 의해 허구화되었습니다.

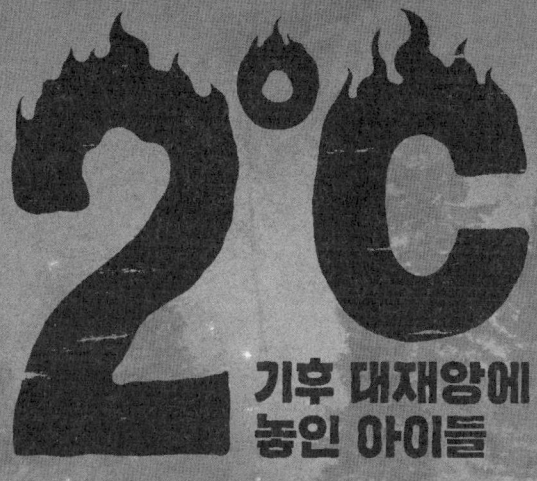

2°C
기후 대재앙에 놓인 아이들

앨런 그라츠 옮김 김지은

밝은미래

미국 캘리포니아주 시에라네바다산맥

아키라

01

붉은 깃발

"아빠, 저기 좀 봐요. 산불이에요!"

아키라 크리스티안센이 산길 아래를 가리키며 외쳤다. 무성한 나무 사이로 실낱같은 잿빛 연기 한 줄기가 피어오르고 있었다.

아키라 아빠는 검은색 프리지아 말, 엘우드를 몰며 앞서가고 아키라는 적갈색 쿼터호스 말, 다저에 올라타 뒤따랐다. 가장 먼저 불이 난 걸 알아챈 건 다저였다. 다저는 우뚝 서더니 두 귀를 쫑긋 세우고는 연기가 피어오르는 쪽을 가리켜 아키라에게 문제가 생겼다고 알렸다.

아빠는 말고삐를 당겨 멈춰 세운 다음, 어깨 너머로 흘긋 뒤돌아보았다. 노르웨이계 미국인인 아빠 라스 크리스티안센은 꼭 현실판 거인 나무꾼 같은 모습이었다. 청바지에 빨간 체크무늬 셔츠를 입고 있었고, 턱에는 갈색 수염이 덥수룩했다.

"우리 딸, 걱정 마. 별일 아닐 거야."

아빠 말에 아키라는 얼굴을 잔뜩 찌푸렸다. 오늘 아침 말을 타고 산책하기 전에 화재 예보를 미리 확인했던 터라 걱정스러웠다. 기상청은 여느 가을날처럼 오늘도 시에라네바다산맥에 경고성 붉은 깃발을 걸었다. 그건 건조한데 강풍까지 불어 산불이 날 가능성이 크다는 뜻이었다. 그런데도 산기슭에 피어오르는 이 불이 '별일' 아니라니.

아키라는 고개를 숙여 바짝 마른 나뭇잎과 솔잎을 바라보았다. 금방이라도 화르르 타 버릴 것만 같았다.

"캘리포니아 소방청에 연락해야 하지 않아요?"

아키라가 아빠에게 물었다.

"작은 불은 숲에 오히려 좋은 영향을 준단다. 메마른 걸 미리 없애 주니까 말이야. 이렇게 마른 잎이 수북하게 쌓이면 아주 손쓸 수도 없이 타 버리거든."

'그렇긴 하죠. 근데 작은 불 따위는 더 이상 볼 수 없잖아요.'라고 아키라는 생각했다. 지구 온도가 2도 가까이 오르자, 날씨는 점점 더워지고 가뭄도 길어지는 바람에 수분이 몽땅 날아가 버렸다. 하나의 거대한 불쏘시개가 된 캘리포니아에서 작은 불은 더 이상 찾아 볼 수 없었다. 산불은 대부분 대형 화재로 번졌고, 캘리포니아주를 반이나 태워 버렸다. 다 사람들이 만든 기후 위기 탓이었다. 지난해

학교에서 기후 위기에 대해 배우고 나자, 아키라는 겁이 났다. 집에 돌아와 배운 내용을 가족들에게 알려 주었지만, 아빠는 똑같은 말만 되풀이했다.

"자연은 스스로 치유할 힘이 있단다."

아빠는 혀를 끌끌 차 말에게 출발하자는 신호를 보냈다. 그걸로 끝이었다.

아키라는 고개를 내저었다. 지난 몇 년 동안 아빠도 시에라네바다산맥에 찾아온 모든 변화를 함께 보고 겪었다. 산불은 더 커졌고 자주 발생했으며 무시무시한 피해를 일으켰다. 화재 경보가 내려와 학교에 가지 못한 채 집에 꼼짝없이 머물러야 했던 날도 여럿 있었다. 또 물 부족 현상으로 우물도 텅텅 비었다.

하지만 아키라는 아빠 앞에서 '기후 위기'라는 단어를 꺼내지 말아야 한다는 사실을 잘 알고 있었다. 그 주제로 대화할 때면 아빠는 자꾸 아키라 의견에 딴지를 걸었고 아키라는 힘이 빠졌다. 사람들과 어울리며 힘을 얻는 타입인 아빠는 다른 사람들과 쉽게 관계를 맺었다. 그 반면 아키라는 정반대였다. 사람이 싫은 건 아니지만 '계속' 함께 시간을 보내는 건 기운이 쭉 빠지는 일이었다. 주중에 학교를 다녀와서 가족과 지내는, 평범하지만 어수선한 날을 보내면, 토요일 아침에는 다저와 평화롭게 산책하며 재충전하는 시간이 필요했다.

그러니 기후 위기로 아빠와 논쟁하는 건 그 평화를 와장창 '깨 버리는 일'이었다.

아키라는 어깨 너머로 연기를 슬쩍 보고 한숨을 푹 내쉬었다. 그러고는 다저 목을 톡톡 토닥였다.

"고마워, 다저. 다 괜찮을 거야."

그러고는 마음속으로 속삭였다.

'그러길 바라.'

숲의 왕좌, 세쿼이아

10월, 산은 여기저기 빨강, 주황, 노랑, 초록 옷을 알록달록하게 입었다. 아키라는 1년 중 이 시기가 가장 마음에 들었다. 상쾌하게 불어오는 바람에 전나무와 삼나무 냄새가 솔솔 풍겨 왔다. 하늘에 먹구름이 조금 끼어 있었지만, 비가 내릴 것 같진 않았다.

웬만해서는 비 한 방울도 내리지 않으니까.

아키라는 숨을 깊게 들이마시고 두 눈을 지그시 감은 채 고삐를 쥔 손에 힘을 풀어 다저가 알아서 가도록 했다. 아키라와 아빠를 태운 두 말은 키가 큰 폰데로사소나무가 지붕처럼 우거진 숲으로 들어섰다. 숲의 화강암 사이사이로 베어클로버와 매화오리나무가 자라고 있었다. 산꼭대기에 다다르자 아키라와 아빠가 줄곧 가던 곳이 보였다.

교회에 들어선 것처럼 고요함이 감돌자, 아키라는 찌릿했다.

"숲의 왕좌에 오른 세쿼이아의 영광을 보라."

아빠는 자연주의자 존 뮤어 말을 인용해 속삭였다.

거대한 세쿼이아 나무 수십 개가 아키라와 아빠를 둘러싸고 있었는데, 몇 그루는 지구 역사상 가장 큰 나무에 속했다. 그중 한 나무는 두께만 약 4미터에, 꼭대기가 하늘 높이 치솟아 아키라가 목을 뒤로 쭉 젖혀야만 그 끝을 볼 수 있었다. 그래서 사람들은 성장을 마친, 거대한 세쿼이아를 제왕이라고도 불렀다. 심지어 2,000년 역사를 지닌 제왕도 있었다.

아키라와 아빠는 서로를 바라보며 씩 미소 지었다. 둘 다 이 장소를 정말 좋아했다. 이렇게 높은 곳에 있으면 시간의 흐름도 잊었다. 이 너머의 세상은 존재하지 않는 것처럼 느껴졌다. 이 숲은 아키라에게 탈출구이자 안식처였다.

말에서 내린 아키라는 다저가 풀을 뜯기 시작하자, 작은 숲 안으로 저벅저벅 걸어갔다.

'거대한 코끼리 떼 사이에 있는 개미가 이런 느낌일 거야.'라고 아키라는 생각했다.

이 거대한 세쿼이아 숲에 있으니 자신이 한낱 미물에 불과하다고 느껴졌다. 물론 좋은 의미로. 온 우주의 중심이 아키라가 아니며 더 오랜 세월을 지낸 무한한 무언가가 있다는 걸 뜻했다.

아빠가 말에서 풀쩍 뛰어내렸다.

"어이쿠, 어쩌냐! 산불이 여기까지 올라오면 정말 어떻게 되는 거지?"

아빠가 일부러 과장된 목소리로 말했다.

아키라는 찡그린 얼굴로 아빠를 노려봤다. 이 거대한 세쿼이아 나무가 산불에 견딜 만큼 성장했다는 걸 아키라도 아빠 못지않게 잘 알고 있었다. 나무껍질 두께만 해도 약 60센티미터나 되었고, 무성한 푸른 잎은 저만치 높이 자리 잡고 있어 불길이 닿을 수조차 없었다. 역설적으로 세쿼이아 나무가 번식하려면 산불이 필요하기도 했다. 이 나무의 솔방울은 녹을 듯한 열기가 있어야만 활짝 펼쳐졌다. 어떤 산불도 세쿼이아 나무를 무너뜨리지 못할 걸 아빠도 잘 알고 있었다. 그저 아키라가 기후 위기 이야기를 꺼내게 하려는 의도였다.

아키라는 거칠게 숨을 내뱉고는 고개를 돌렸다. 대체 왜 아빠는 이 순간을 망치려는 걸까? 이렇게 함께 산에 오를 때면 아키라는 아빠와 가깝다고 느꼈다. 숲에 사는 많은 동식물의 이름을 알려 주고 거대한 세쿼이아 나무에 대해 빠삭하게 알려 준 사람이 아빠였다. 또 자연의 품에서 재충전하는 법을 알려 준 사람도 역시 아빠였다.

다른 건 다 알면서 어떻게 기후 위기에 대해서만 오해하는 걸까?

아키라는 고개를 내저으며 다짐했다. 아빠가 던진 미끼를 절대 물지 않을 거라고. 논쟁에 절대 휘말려 들지 않을 테다. 오늘은 아키라의 날이다. 모든 걸 뒤로한 채 세상에서 가장 좋아하는 장소에서 보내는 시간이다. 그 누구도 망치게 두지 않을 거다.

"우아! 진짜 멋진데!"

갑작스레 뒤에서 들려오는 외침에 아키라는 소스라치게 놀랐다.

불법 침입자

뒤로 돌자 아키라처럼 13살쯤 되어 보이는 소녀가 안식처에 들어와 있었다. 짧은 머리칼은 칠흑같이 어두웠고, 옆에 있는 남자 어른과 똑같이 피부는 연갈색이었다. 아빠와 딸이라고 아키라는 짐작했다.

"여기 말도 있네!"

소녀는 두 말을 보고 뛰어오다가 아키라를 보고는 멈춰 섰다.

"어, 안녕. 미안."

"안녕하세요, 저는 라스라고 합니다. 여긴 제 딸 아키라고요."

아키라 아빠가 인사를 먼저 건넸다.

"전 대니얼이고 얘는 수라고 합니다."

수 아빠가 말했다. 수와 수 아빠 말에 어딘지 정확히 알 수 없는 억양이 조금 묻어났다.

"어디에서 왔어요?"

아키라 아빠가 다시 화젯거리를 던졌다.

아키라는 속으로 신음을 꿍 내뱉었다. 아빠는 아무하고나 이야기를 나누는 데 거리낌이 없었다. 드라이브스루 직원하고 대화하지를 않나, 하교할 때 학교 앞에서 기다리는 다른 부모와 수다 떨지를 않나. 그럴 때마다 아키라는 땀이 삐질삐질 났다. 이젠 이 사람들하고도 계속 붙어 다닐 판이었다.

"프레즈노에서 왔어요. 운전해서요."

수 아빠가 이어 말했다.

"산 반대쪽에 차를 세우고 등산하던 중이었어요. 어디에서 오셨나요?"

"여기 근처에 살아요. 저희도 반대편에서 말 타고 왔습니다. 아내와 막둥이는 집에 있고요."

두 아빠의 시시콜콜한 대화 중에 수가 아키라에게 넌지시 물었다.

"좀 만져 봐도 되니?"

"어, 그래."

아키라는 짜증을 꾹꾹 누르며 대답했다. 이 여자애와 애 아빠는 왜 하필 지금 여기에 온 걸까? 아키라의 안식처가 무단으로 침입당했다.

그래도 수는 개를 쓰다듬는 것과 다르게 다저 목을 쓰다듬을 줄 알았다. 다저도 수가 마음에 들었는지 주둥이를 살짝 들이밀자, 수는 키득키득 웃었다. 사람을 가리는 다저가 편해 보이니 아키라도 마음이 조금 놓였다.

"이 거대한 나무들, 정말 굉장하다."

수가 목소리를 낮추며 말했다. 아마도 이 작은 숲이 부리는 마법을 수도 느끼기 시작한 모양이었다.

"그렇지? 이…… 이런 나무들은 처음 보는 거야?"

친근하게 대하려 애썼으나 아키라에게는 쉽지 않았다. 솔직히 페이션스가 플로리다로 돌아간 이후, 아키라에게 세상에서 가장 친한 친구는 다저뿐이었다.

수가 고개를 끄덕였다.

"우리는 작년에 이사 왔어."

"난 여기서 자랐어. 아주 어릴 때부터 아빠가 날 이 숲에 데려오곤 했지."

"너희 아빠라고? 어머, 미안. 난 그냥……."

아키라 말에 수가 되묻고는 얼굴을 바로 붉혔다.

아키라는 손을 내저었다. 어디를 가나 듣는 말이었다. 아키라는 아빠도, 엄마도 닮지 않았으니까. 아빠처럼 어깨가 태평양처럼 넓거나 광대뼈가 솟은 것도 아니었고, 일본계 미국인인 엄마처럼 머리칼이 까맣게 뻗거나 눈동자가 담갈색인 것도 아니었다.

"캘리포니아로 이사 오는 게 조금 걱정스러웠어요. 그간 여기서 난 산불 때문에 말이에요."

수 아빠 말이 들리자마자, 아키라 머릿속에서 경고음이 삐이이 울려 퍼졌다. 두 아빠 쪽으로 한 걸음 내디디며 무슨 말로 화제를 바꿀지 생각해 내려 애썼다. 하지만 이미 늦었다.

"잘 아시겠지만, 다 기후 위기 때문이죠."

수 아빠가 말했다.

아키라는 온몸이 얼어붙었다.

'어, 안 돼, 안 돼! 저 단어를 입 밖으로 꺼내면!'

아키라 아빠가 너털웃음을 터뜨리며 대답했다.

"'기후 위기'라는 건 없어요. 그러니까 제 말은 지구는 원래 뜨거워졌다가 추워지는 순환을 반복해요. 거기에 인간은 아무런 영향도 미치지 못해요."

"농담이시죠? 화석 연료를 태울 때 뿜어져 나오는 엄청난 온실가스가 지구 온도를 높이는 데 아무런 영향이 없다고요? 정말 그렇게 생각하세요?"

수 아빠가 펄쩍 뛰며 바로 맞받아쳤다.

다가올 폭풍이 훤히 예상된 아키라와 수는 걱정 어린 눈길을 주고받았다. 다저의 두 귀마저 두 아빠를 향해 바짝 세워져 있었다.

"지구 생태계는 상상할 수 없을 만큼 어마어마하지요. 우린 손톱보다 더 작은 존재에 불과하고요."

아키라 아빠가 꼭 바보에게 설명하듯 말했다.

"아빠!"

아키라가 불쑥 말을 꺼냈지만, 아빠는 들은 체도 하지 않았다. 아키라의 불안한 낌새를 눈치챈 다저도 초조하게 종종거렸다. 완벽하도록 아름다웠던 아침이 잿빛 연기 속으로 사라지고 있었다.

"온실가스가 대기 중에 있는 열을 가두는 바람에 가뭄

이 일고 빙하가 녹아 해수면이 높아진다고요. 기후 위기는 당장 닥친 현실이에요. 그걸 우리 인간이 꾸준히 발생시키고 있고요. 그러니 책임감을 느끼고 이 문제를 해결하기 위해 발 벗고 나서야죠."

수 아빠가 말했다.

"그게 무슨 말입니까? 이 숲을 둘러보세요. 이토록 위엄한 나무 아래에서 인간의 행동이 어떤 영향을 줄 수 있다고 생각한다고요? 인간이 기후 위기의 원인이자 해결책이 될 수 있다는 그 생각, 그게 다 오만함의 극치란 말입니다."

"자, 제가 오만한 게 뭔지 말씀드리지요."

수 아빠가 말을 꺼냈지만, 끝을 맺진 못했다.

"불이야!"

수가 비명을 지르자, 모두 펄쩍 놀랐다.

"산불이에요! 저 반대편 좀 보세요!"

아키라는 아빠와 지나온 길을 뒤돌아보고는 숨이 턱 막혔다. 조금 전에 본 실낱같던 잿빛 연기가 대형 산불이 되어 사납게 나부대고 있었다. 빠르게 몸집을 불린 산불은 엄청난 속도로 숲을 집어삼키고 있었다. 그리고 그 불은 정확히 네 사람을 향해 다가왔다.

"당장 차로 가야 해요!"

수 아빠가 다급하게 외쳤다.

"걸어선 절대로 못 가요. 불이 얼마나 빠를지 알 수 없어요."

아키라 아빠가 다급하게 말했다. 둘의 논쟁은 두려움에 까맣게 잊혔다.

"일단 말에 타요. 주차장까지라도 데려다줄게요."

이때 아키라가 아빠 팔을 부여잡았다.

"아빠, 저긴 우리 집 반대편이잖아요!"

"일단 데려다주고 우린 좀 돌아가면 될 거야. 괜찮아. 먼저 이 사람들부터 안전한 곳에 데려다주자. 당장 서둘러! 떠나야 해!"

산불 모리스

두 말은 산길을 따라 빠르게 내려갔다. 아키라 아빠는 수와 함께 엘우드에 탔고, 다저에 오른 아키라는 수 아빠를 자신의 뒤에 태웠다.

다저는 신경이 곤두서는지 두 귀가 앞뒤로 휙휙 움직였고 걸음걸이마저 부자연스러웠다. 아키라를 엄습한 공포와 도망쳐야 한다는 긴박감을 눈치챈 걸까? 아니면 뭔가를 더 느낀 걸까? 불은 얼마나 더 가까이 온 걸까?

아키라는 핸드폰을 꺼내 화면을 톡 건드렸다.

"그게 뭐니?"

수 아빠가 어깨 너머로 물었다.

"산불 추적하는 앱이에요. 실시간으로 어디에서 불이 났는지 알려 줘요."

앱이 '내 위치'를 확인했다. 몇 초 뒤 지도에서 지나쳐 온 곳이 순식간에 붉게 물들었다. 아키라가 화면을 축소해 보았지만, 빨간 덩어리는 계속해서 퍼지고 있었다.

아키라가 숨을 훅 들이마셨다.

"말도 안 돼."

"얼마나 심각한 상황이니?"

아키라 아빠가 뒤를 돌아 아키라를 흘긋 보며 외쳤다.

"엄청 심각해요!"

아키라가 대답했다. 잿빛 연기 한 줄기를 처음 발견한 지 30분도 채 지나지 않았다. 그런데 지금 지도를 확인해 보니 산 주변을 둘러싼 주요 도로를 벌써 불이 다 뒤덮고 있었다.

여기를 벗어나려면 지나야 하는 바로 그 도로.

더 안 좋은 뉴스는 이 빨갛고 큰 덩어리에 이름까지 붙었다는 거다.

"모리스라고 산불에 이름이 붙었어요."

아키라는 아빠와 걱정 가득한 눈길을 주고받았다. 캘리포니아 소방청이 산불에 이름을 붙인다는 건 정말 대형 산불이라는 뜻이다.

아키라가 핸드폰을 보는 와중에 앱이 실시간 업데이트되었다. 산불이 훌쩍 뛰더니 도로에 딱 붙었다.

"너무 빨라요!"

아키라가 부르짖었다.

"우린 괜찮을 거야. 주차장에 거의 다 왔어!"

아키라 아빠가 큰 소리로 대답했다. 아키라는 등 뒤에서 수 아빠가 떠는 게 고스란히 느껴졌다. 아키라도 무섭긴 마찬가지였다. 살면서 이토록 두려운 적은 없었다. 뉴스에서 이런저런 산불을 봤고, 몇 킬로미터 떨어진 곳에서 흘러온 화재 연기를 마신 적도 있었다. 하지만 이렇게 가까이서 산불을 겪은 적은 없었다. 몸집을 불린 산불에 바람이 휘몰아치면 불은 삽시간에 통제가 불가능해지는데 바로 이 순간이 가장 위험했다. 이런 산불은 집을 하나씩 먹어 치우고, 마을까지 삼킨다. 그러고는 수십, 수백 헥타르나 되는 숲을 꿀꺽 집어삼킨다.

물론 사람까지도.

아키라는 마음에 가득 차오르는 공포를 누르려 애썼다. 스치는 이 연기는 아키라의 상상일 뿐일까? 이 어둠은 날이 저물며 생긴 걸까, 아니면 구름이 지나가며 생긴 걸까?

'처음 연기를 봤을 때 당장 전화를 걸어야 했어. 뭐라도 해야 했어.'

아키라는 생각했다.

지금은 너무 늦었다.

두 말은 숲길에서 나와 잔자갈이 깔린 주차장에 접어들었다. 차는 단 한 대뿐이었다. 아주 근사한 하이브리드 자동차였다. 휘발유를 많이 먹는, 아키라 아빠의 덩치 큰 픽업트럭과는 조금 달랐다.

"우리 차다!"

수가 외쳤다.

아키라가 고삐를 당겨 다저를 멈춰 세우자, 수 아빠는 미끄러지듯 내렸다. 그리고 말에서 내리는 수를 도왔다.

다저는 히힝 낮게 울더니 아키라를 태운 채로 초조하게 돌아다녔다. 아키라는 다저 목에 손을 가만히 올리고 진정시키려 했다.

"다저, 왜 그래? 무슨 문제 있어?"

아키라는 산불 추적 앱을 다시 확인하고는 화들짝 놀랐다. 내 위치를 알리는 파란 점이 화재 가운데에 위치해 있다고 나타났다!

"뭐?"

아키라가 소리치며 고개를 들었다. 주황빛 불길이 혀를 길게 내뻗으며 도로에 줄지어 선 나무를 날름날름 맛보고 있었다.

여기까지 불이 덮친 것이다!

촌각을 다투다

"아빠!"

아키라가 다급하게 외치며 나무를 가리켰다. 주차장 가장자리에 줄지어 선 나무가 성냥개비처럼 화르르 불타고 있었다.

"아니야. 아니지, 이건 말도 안 돼!"

말에 올라앉은 아키라 아빠가 몸을 휙 돌리며 말했다. 아키라는 다저가 박차고 뛰쳐나가고 싶어 하는 걸 느꼈지만 고삐를 꽉 쥐며 제어했다.

수 아빠가 수를 꼭 끌어안으며 물었다.

"우리 이제 어떡하죠? 어디로 가야 할까요?"

자갈밭 주차장은 너무 좁아 그 어떤 보호막도 되지 못했다. 아키라가 보기에도 여기 계속 머물렀다간 이빨을 드러낸 불길에 잡아먹힐 게 뻔했으니까.

아키라 아빠가 말에서 풀쩍 뛰어내리며 외쳤다.

"차에 탑시다! 당장! 이 불을 헤쳐 나가야 해요."

"불을 헤치고 간다고요?"

"여기 있는 것보다 나을 겁니다. 이러다 우리까지 쓸려 가겠어요! 이 아스팔트가 자연 방화선 역할을 할 거예요. 여기 보이죠? 도로는 불붙지 않았잖아요."

아키라 아빠 말이 맞았다. 불이 온 숲으로 퍼지고 있었지만, 도로는 불붙지 않았다. 차로 불을 뚫고 나가는 것만이 단 하나 남은 탈출구였다.

"그럼 우리 말은 어떻게 해요?"

아키라는 다저 목을 다시 만지며 아빠에게 물었다.

"이랴!"

아키라 아빠가 크게 소리치며 엘우드 엉덩이를 철썩 때리자, 새까만 프리지아 말은 불을 피해 곧장 숲속으로 달려갔다.

"말은 스스로 더 나은 방법을 찾을 거다."

"네? 안 돼요!"

아빠 말에 아키라가 울부짖으며 갑작스레 움직이자, 다저 역시 뒤로 주춤대며 물러났다.

"아키라, 얼른 내려! 당장 여기를 떠나야 해!"

아키라 아빠가 말했다.

수와 수 아빠는 이미 차에 타고 있었다. 바람을 타고 주황빛 불티가 아키라를 지나 차에 부딪히고는 아키라 뒤로 난 자갈밭과 바짝 마른 잔디 그리고 소나무 나뭇가지 위로 바사삭 흩뿌려졌다. 그러자 사방팔방으로, 심지어 자갈밭 위로도 작은 불이 새로이 생겨났다. 다저가 콧바람을 불더니 펄쩍대기 시작했다. 아키라 얼굴로 눈물이 쉴 새 없이 줄줄 흘러내렸다.

"불에 타 죽을 게 뻔하잖아요! 아빠 말도 마찬가지고요!"

"말은 우리보다 빨리 달려. 불을 앞질러 갈 수 있을 거야!"

아빠 말이 옳다는 걸 아키라가 모를 리 없었다. 겁이 많은 말은 주변에 누군가가 우산을 펴기라도 하면 풀밭을 가로지르며 질주할 거다. 그러고는 저 멀리 반쯤 가다 멈춰서 아주 못마땅한 눈길로 우산을 흘겨볼 테다. 아빠 말은 출발한 지 오래였다. 두 말은 아키라가 있건 없건, 심지어 안개 속에서도 집으로 돌아오는 길을 훤히 안다. 그저 다저를 뒤로하고 떠난다는 게…….

"당장 출발해야 해요!"

수 아빠가 차 안에서 크게 소리쳤다. 주차장 가장자리를 에워싸며 불이 번지고 있었다. 아키라 아빠는 다저 위에 있는 아키라를 번쩍 들었다. 아키라는 죄책감에 흐느꼈다.

"안 돼! 다저!"

아키라가 울부짖으며 다저를 향해 손을 뻗었다. 그리고 다저가 무사하기를 나지막이 빌었다. 어디 하나 다치지 않고 집에 안전히 돌아오기를 간절히 빌었다.

"이랴!"

아키라 아빠가 다저 엉덩이를 철썩 때렸다. 아키라는 세상에서 가장 친한 친구가 숲으로 달려가는 모습을 바라볼 수밖에 없었다.

아빠가 아키라를 끌다시피 자동차 뒷좌석에 앉혔다. 그러고는 재빨리 조수석 문을 열고 올라탔다.

"빨리! 빨리!"

아키라 아빠의 부르짖음에 수 아빠가 액셀을 꾹 밟았다. 바퀴가 자갈밭에서 잠시 헛돌더니 자동차가 돌연히 출발하는 바람에 수 옆에 앉은 아키라는 뒷좌석 깊숙이 내던져졌다. 네 사람은 맹렬히 타오르는 지옥 불의 심장을 향해 뛰어들었다.

지옥 불을 향해

나무 꼭대기가 불에 타 자동차 앞쪽 도로에 후드득후드

득 떨어졌다. 아키라는 공포에 휩싸여 몸을 숙였다. 수 아빠는 그에 굴하지 않고 운전해 나아갔다.

쉭쉭, 펑!

작은 차가 세게 흔들리자, 아키라 아빠는 외마디 비명을 지르고는 대시 보드에 한 손을 올려 쓰러지지 않으려 애썼다. 수는 비명을 내질렀다. 아키라는 자동차 바닥으로 철퍼덕 떨어졌다.

"당장 안전띠를 매요!"

수 아빠가 고함쳤다.

아키라는 서둘러 자리로 기어올라 앉았다. 안전띠를 매려고 상체를 숙였을 때, 아키라는 수 이마 왼쪽에서 세 줄로 움푹 팬 연분홍색 상처가 반들대는 걸 발견했다. 약 2.5센티미터 길이로 나란히 난 상처는 새까만 머리칼에 덮여 있었다.

'상처잖아. 어쩌다 저런 상처가 생긴 거지?'

아키라는 깜짝 놀랐다.

도로에 쌓이는 잔해를 헤쳐 나가느라 자동차는 여기저기 부닥치며 덜커덩댔다. 아키라는 창밖으로 지옥이 되어 가는 숲을 바라보았다.

분명 아침인데도 세상은 밤처럼 컴컴했다. 빛이라고는 도로 양쪽에 줄지어 선 나무가 이글대며 내뿜는 노랑과 주황이 섞인 빛뿐이었다. 누가 나무에 휘발유를 퍼붓고 화염 방사기로 불을 쏘아 대는 것처럼 느껴졌다.

불바다가 된 산비탈을 지나는데 그 불빛이 너무 강렬해서 아키라는 쳐다볼 수조차 없었다. 땀이 이마에 송골송골 맺히는 것도 모자라 등을 타고 주룩주룩 흘러내렸다. 아키라 아빠가 에어컨을 켰지만 차 안으로 화재 연기만 들어와 서둘러 껐다.

수 아빠 핸드폰이 블루투스로 자동차 오디오와 연결되었는지 갑자기 수가 즐겨 듣던 팝송이 흘러나왔다. 아키라는 이 상황이 기가 막혀 흘긋 수를 바라보니 수 역시 어처구니가 없다는 표정을 짓고 있었다. 만난 지 얼마 안 되었는데 타오르는 산불을 뚫고 꼭 영화를 보러 가는 것처럼 이동하고 있었다.

"라디오 좀 켜 봅시다. 긴급 속보가 나올지도 몰라요."

아키라 아빠가 말했다.

수 아빠는 대시 보드의 커다란 화면 이것저것을 꾹꾹 눌렀다.

"수, 이거 라디오 어떻게 틀더라?"

"나도 몰라요!"

수가 대답했다.

"됐어요. 운전에 집중하는 게 좋겠네요. 전 일단 집에 연락해 봐야겠어요."

아키라 아빠가 말했다.

집!

말이 달리듯이 아키라 심장도 쿵쿵 뛰었다. 엄마와 동생은 괜찮은 걸까? 얼른 화재 추적 앱을 켜 확인해 봤지만 아까 주차장에서 본 이후로 업데이트되지 않았다. 아키라네 집은 산불을 표시한 빨간 덩어리에서 아주 멀리 떨어져 있긴 했지만, 바람이 방향을 바꾼다면? 사방에 깔린 불길이 엄청난 속도로 이동하고 있었다.

아키라는 두 말이 떠올랐다. 이 뜨거운 불길에 잡아먹혔을까? 헤어 나올 수 없는 죄책감이 가슴 가득 차올라 몸을 수그렸다. 그렇게 다저를 떠나보내면 안 되었다. 아키라는 다저를 목숨처럼 아꼈다. 둘 다 10살이 되던 해에 만나 쭉 함께 지냈다. 다저에게 먹이를 주었고 매일 아침저녁으로 말을 걸었고 하루가 멀다 하고 집 주변을 산책시켰다. 마구간을 청소하고 솔과 빗으로 갈기와 털도 관리해 줬다. 또 가죽 안장과 굴레 고삐 세트도 깨끗이 닦아 관리했다.

아, 다저!

산불이 난 걸 발견하자마자 집으로 돌아왔다면? 수와 수 아빠를 주차장까지 데려다주지 않았다면?

불티가 자동차 앞 유리창에 훅 떨어지면서 폭발하듯 불

꽃 수천 개가 뿌려지자, 아키라는 펄쩍 놀랐다. 수많은 불티가 우박처럼 타닥타닥 쏟아져 내렸다.

"엄마한테 연락이 안 되는구나."

아키라 아빠가 핸드폰을 내려놓으며 말했다.

그 말에 수가 걱정 어린 눈길로 아키라를 바라보았다. 아키라는 또다시 속이 메스꺼워졌다.

"괜찮으실 거야."

수가 아키라에게 말했다.

아키라도 그러길 바랐다. 수는 참 좋겠다. 수 엄마는 이 불에서 멀리 떨어진 프레즈노에 있으니까.

아키라가 엄마에게 문자를 보냈다.

- *나랑 아빠는 어떤 아저씨 차에 타서 불을 뚫고 가고 있어요. 엘우드랑 다저가 오는지 살펴봐 주세요. 먼저 보냈거든요. 엄마랑 힐디는 괜찮아요?*

보내기 버튼을 누른 아키라는 작은 점이 쪼르르 나타나 답장을 바로 받아 보기를 바랐지만, 그 어떤 신호도 없자 기운이 쭉 빠졌다.

수 아빠는 두 눈을 도로에 고정한 채 몸을 앞으로 기대며 외쳤다.

"불길이 너무 세서 앞을 볼 수가 없어요! 이 산골짜기는 죽음의 덫이라고요!"

아키라는 바들바들 떨리는 수 아빠 목소리에 섞인 훌쩍임을 듣고는 몸을 뒤로 기댔다. 세상이 불타는 소리보다 큰 어른이 우는 소리가 더 겁났다.

"괜찮아요. 우린 모두 무사할 겁니다. 차분히 천천히 운전해요. 정말 잘하고 계세요."

아키라 아빠 목소리에도 긴장과 불안이 깃들어 있었다.

수 아빠는 두 손으로 운전대를 꽉 부여잡고 운전했다. 아키라 아빠 말처럼 큰 도로는 자연 방화선 역할을 톡톡히 했다. 하지만 불길이 소나무만큼이나 치솟고 바람마저 반대편으로 부는 바람에 작은 자동차 위로 불 터널이 만들어졌다. 참나무와 단풍나무가 크리스마스트리처럼 번쩍번쩍 불빛을 냈다. 불타는 나뭇잎은 주황빛 꼬마전구처럼 빛났다. 어떤 나무는 줄기 전체가 주황빛 불기둥을 또렷이 그렸다. 살면서 아키라가 처음 보는 광경이었다.

커브를 돌자마자 수 아빠가 급정거하는 바람에 모두 몸이 앞으로 튕겨 나갔다. 앞쪽에 어두운 그림자 하나가 길목을 막고 있는 게 어렴풋이 보였다. 자동차는 연기를 헤치며 그림자에 천천히 다가갔다. 아키라는 그 정체가 무엇인지 알아차렸다.

자동차! 반은 도로에 걸치고 나머지 반은 도로에서 벗어난 모습이었다. 다시 말하자면, 자동차 앞머리는 도랑에 푹 처박히고 자동차 뒷부분은 공중에 덜렁덜렁 떠 있었다.

그리고 불에 활활 타고 있었다.

금속 자동차가 불에 타다니!

도랑에 처박힌 자동차

"차 안에 누가 있어요?"

모두가 같은 생각만 하고 있던 참에 수가 목소리를 냈다. 아키라도 눈을 가늘게 뜨고 살폈지만, 불타는 차 안은 보이지 않았다.

수 아빠가 클랙슨을 눌렀다.

"저기요!"

차 안에 있는 사람이 소리를 들을 리 만무했지만 그럼에도 수 아빠는 다시 힘껏 소리쳤다.

"저기요, 거기 사람 있어요? 당장 나오세요!"

아무도 클랙슨을 누르지 않았다. 아무도 불타는 차에서 나오지 않았다. 저 안에 갇힌다면 어떨지 상상하자, 아키라는 절로 몸서리가 쳐졌다. 산 채로 불에 탄다니!

"어쩌죠?"

수 아빠 질문에 갑자기 아키라 아빠가 자동차 문을 벌컥 열어젖히며 밖으로 나갔다.

"아빠! 안 돼!"

아키라가 소리 질렀다.

아빠가 짙은 갈색 연기를 헤치고 불타는 차로 달려가는 걸 보자, 아키라 목구멍이 확 죄어 왔다. 아키라 아빠는 몸을 구부려 창문 안을 자세히 들여다보았다. 아키라 이마에도 땀이 송송 맺혔다. 아키라가 탄 자동차 안도 점점 뜨거워졌다. 저 도랑에 박힌 차가 불에 탄다는 건……?

아키라 아빠가 재빠르게 돌아와 조수석에 몸을 얼른 욱여넣고는 밭은기침과 커다란 기침을 섞어 계속 쿨럭쿨럭했다. 온몸이 땀으로 흠뻑 젖어 있었다.

"아빠! 괜찮아요?"

아키라는 아빠를 향해 손을 뻗으며 외쳤다.

"누가 있던가요?"

수가 질문했다.

아키라 아빠는 고개를 내젓고는 수 아빠에게 출발하자며 앞을 향해 황급히 손짓했다.

"캑캑, 아무도 없더구나. 난 괜찮으니 당장 출발합시다!"

아키라 아빠가 쉰 목소리로 말했다. 수 아빠는 액셀을 밟아 불타는 차를 피해 나아갔다.

아빠가 좀체 기침을 멈추지 못하자, 아키라는 속이 탔다.

하지만 할 수 있는 게 없었다. 다시 핸드폰을 확인하는데 엄마에게 답장이 왔다. 안도감에 심장이 벌렁거렸다.

– 우린 괜찮으니 걱정하지 마. 아빠와 꼭 붙어 있어. 안전한 곳에 도착하면 또 연락해!♥

"엄마가 답장을 보냈어요! 엄마랑 힐디는 무사하대요."

아키라가 기쁜 소식을 전하자, 아빠는 한 손을 뒤로 길게 뻗어 아키라와 손을 꽉 맞잡았다. 하지만 정작 둘은 무사하다고 말할 수 없었다. 자동차에 탄 그 누구도 말하지 못했다.

달리는 동안 자동차 안은 쥐 죽은 듯이 조용했다. 불티가 공중에 하늘하늘 떠다녔다. 연기 속에서 보고 있자니 모리스 불꽃은 푸르스름한 보랏빛을 띠고 있었다. 아키라가 보기에 불타는 집은 꼭 불타는 해골 같았다. 와장창 깨져 속이 훤히 보이는 창문은 텅 빈 눈구멍 같았다. 세차게 타는 불이 새까만 집 외벽을 온통 밝은 주황빛으로 도배했다. 꼭 세계 종말을 그린 영화 속 한 장면 같았다.

'모리스 산불이 지금 얼마만큼 번졌을까?'

아키라는 궁금했다. 핸드폰으로 화재 추적 앱을 확인했지만, 여전히 업데이트되지 않았다.

"부디 여기를 무사히 통과하도록 도와주세요."

아키라는 나지막이 속삭였다.

그러자 누가 응답한 것처럼 작은 자동차가 커브를 돌자마자, 지천으로 깔렸던 화염이 흔적도 없이 사라졌다. 여전히 주위에 연기가 자욱했지만, 도로는 불이 향하는 방향에서 벗어났다.

다들 안도감에 숨을 내뱉었고 수 아빠는 고개를 돌려 수를 바라보며 안심시키듯 미소 지었다.

"내 말이 맞았죠? 다 괜찮을 거라 말했잖아요."

아키라 아빠가 불쑥 말하자, 아키라가 웃음을 터뜨렸다.

불에서 드디어 탈출하다니! 결국 모두가 해냈다!

쾅!

그 순간 옆 차도에서 차 한 대가 날아와 네 사람이 탄 자동차 옆면을 들이받았다.

캐나다 매니토바주 처칠

오언과 조지

01

툰드라 버기

쾅! 거대한 수컷 북극곰 한 마리가 두 뒷다리로 서서 앞발을 세차게 휘둘러 툰드라 버기를 강타했다. 그 소리에 버기에 탄 여행객들은 놀라 숨이 턱 막혔다.

13살 오언 매켄지는 버기 가운데 통로 맨 끝에 서서 씩 웃으며 두 손을 비비적거렸다. 이번 투어에서 두둑한 팁을 받는 건 '따 놓은 당상'이었다.

"여러분! 이 정도는 되어야 처칠을 세계 북극곰의 수도라고 부르지 않겠어요?"

놀라움이 가시자 여행객 모두 창에 몸을 기대어 북극곰 사진 찍기에 열중했다. 여기저기서 "와!", "이야!" 소리가 흘러나왔다. 운전석에 앉아 있던 오언 아빠가 몸을 돌려 오언에게 소리 없이 주먹 인사를 건넸다.

오언 부모님은 매니토바주 처칠 너머에 있는 꽁꽁 언 황무지로 사람들을 태우고 가 북극곰을 보여 주는 투어 회사, 툰드라 트렉의 주인이자 운영자였다. 캐나다 북동쪽에 있는 처칠은 허드슨만 서쪽의 아주 작은 마을로 북극해에서 남쪽으로 1,000킬로미터쯤 떨어져 있었다.

북극곰 대부분은 바다표범을 잡아먹는데, 바다표범은 한겨울에 해빙, 즉 바다 얼음이 둥둥 떠야만 잡을 수 있다. 봄에 해빙이 녹으면 북극곰은 내륙으로 돌아와 굶주리며 여름을 보낸다. 그러다 매해 10월, 해빙이 가장 먼저 만들어지는 이곳, 처칠에 북극곰 천 마리 가량이 찾아온다. 허드슨만이 얼자마자 북극곰은 바다표범을 사냥하러 매해 다니던 길을 따라 북쪽으로 향한다.

그 영광스러운 한 달 동안 무시무시한 북극곰들을 보러 여행객이 물밀 듯이 처칠에 모여든다. 오언 가족과 같은 일을 하는 사람에게는 돈을 쓸어 담을 기회이기도 했다.

툰드라 버기 밖에 서 있던 북극곰이 코를 쑥 들어 올려 한 창문 앞에서 쿵쿵대자, 사람들이 즐거워하며 웃음을 터뜨렸다.

"보통 수컷 북극곰의 키는 약 2.5미터 정도이고, 몸무게는 450킬로그램쯤 돼요."

오언이 대본에 있는 정보를 달달 외워 말했다.

오언은 여러 나라에서 방문한 사람들이 쉽게 이해하게끔 설명하는 방법을 터득했다. 매년 만 명이 넘는 세계 여행자가 처칠을 찾아왔다. 오늘만 해도 영어, 독일어, 에스파냐어, 한국어가 섞여 들려왔다.

오언은 10살 때부터 아빠 엄마 회사에서 여행 가이드로 일했다. 아빠를 닮은 금발과 엄마를 닮은 푸른 눈동자를 지닌 오언은 어른들과도 잘 어울리는 성격의 백인 소년이다. 심지어 마이크를 손에 쥐고 사람들에게 관심을 집중적으로 받는 상황을 즐긴다. 툰드라 버기 패밀리 투어에서 여행 가이드로 일하는 데 천부적인 소질을 타고난 셈이다.

하얀색 대형 버스 같은 툰드라 버기에는 엄청나게 큰 검정 타이어가 달려 있었는데, 이건 쉽게 깨지는 영구 동토층을 보호하기 위함이었다. 게다가 높이가 꽤 높아 호기심 많은 북극곰으로부터 여행객을 안전하게 보호할 수 있었다. 툰드라 버기에는 사십 명까지 앉을 수 있지만, 이번처럼 철 지난 투어의 고객은 고작 이십 명뿐이다.

"북극곰을 쓰다듬어도 되나요?"

오언 또래로 보이는 남자애 하나가 불쑥 질문했다. 연갈색 피부에 검은 머리칼을 지닌 그 아이는 유난히 둥그렇게 휜 눈썹 때문인지 의심이 가득해 보이는 얼굴이었다.

"아니요."

오언이 모두를 바라보며 대답했다.

"북극곰은 육지에서 가장 큰 최상위 포식자랍니다. 털이 북슬북슬해서 덩치 큰 강아지처럼 보일 수 있죠. 근데 북극곰에게는 여러분이 머스타드와 피클 소스를 듬뿍 올린 커다란 핫도그처럼 보일걸요!"

여기저기서 웃음이 터졌다. 이번처럼 반응이 바로 터지는 여행객들과 함께라면 오언은 힘이 솟았다.

"정말 다행하게도 북극곰이 가장 좋아하는 먹이는 바다표범이랍니다. 하지만 사람을 공격하기도 한다는 걸 꼭 알아 두세요. 또 얼마나 잔꾀를 부리는데요. 이맘때쯤 처칠 사람들은 집과 차 문을 안 잠그고 다닙니다. 만에 하나 밖에서 북극곰을 마주치기라도 하면 당장 어디라도 들어가서 숨어야 하니까요."

"그런 일이 자주 일어나나요? 마을에서 북극곰을 마주친 적 있었나요?"

생각에 잠긴 눈망울을 한 어떤 여자가 독일어 억양이 묻어나는 목소리로 질문했다.

"제가 직접 마주친 적은 없어요. 하지만 처칠 마을에는 북극곰이 시도 때도 없이 나타나긴 해요. 몇 년 전 일인데, 같은 학교에 다니던 여자애가 공격당한 적이 있었죠. 그것도 으스스한 핼러윈 밤에 말이에요."

사람들이 일제히 헉하며 놀랐다.

"괜찮아요. 그 친구는 살았거든요."

오언이 덧붙여 말했다.

"또 다른 사건도 있었죠. 마을에 사는 어떤 남자가 샤워를 마치고 막 나와서 수건으로 이곳저곳에 물기를 닦다가 고개를 들었는데, 북극곰이 창문 안을 몰래 보고 있었다는 거예요!"

사람들이 다시 껄껄 웃음을 되찾았다.

"가끔 북극곰이 여러 집을 부술 때도 있어요. 음식 찾으러 왔다가요."

오언이 이어 말했다.

"제가 어렸을 적에는 캐나다 천연자원부에서 마을에 곰이 나타나면 총으로 쏘았어요. 하지만 이제는 진정제를 투여해서 '북극곰 감옥'에 가둡니다. 거기서 해빙이 만들어질 때까지 머물다가 헬리콥터로 이송해 다시 야생으로 돌려보내지요."

운전석에 앉아 있던 오언 아빠가 사람들에게 불쑥 끼어들며 말했다.

"북극곰 학명은 '어수스 마리투스'인데 '바다 곰'이란 뜻이에요."

오언은 여행 가이드 대본을 뒤로 넘기며 말을 받았다.

"이 단어처럼 북극곰은 뛰어난 수영 선수인데요."

"어, 그럼, 우리가 북극곰이랑 같이 헤엄쳐도 되겠네요?"

검은 머리칼 남자애가 또 훼방을 놓았다.

오언은 깊은숨을 들이마시며 대답했다.

"아니요. 다시 한번 말씀드리지만, 북극곰이 여러분을 '한입에' 먹어 치울 거예요. 그리고 이맘때쯤이면 물이 정말 소름 끼칠 만큼 차갑거든요! 아마 저체온증으로 먼저 죽을 수도 있답니다."

훼방꾼 남자애가 어깨를 으쓱였다.

"북극곰한테 쫓기게 되거든 북극곰 몰래 눈 파서 그 구멍에 숨으면 되는 거 아닌가요?"

"그런 방법도 절대 먹히지 않아요."

오언은 몸을 돌려 관광객 모두와 눈을 맞추며 덧붙였다.

"혹시 이런 말 들어 보지 않으셨나요? 곰에 대한 격언인데, '불곰과 마주치면 바닥에 납작 엎드리고, 흑곰이라면 맞서 싸워 보라. 하지만 북극곰이라면, 밤의 인사를 나누어라.'"

"왜요? 북극곰이랑 같이 꿀잠이라도 자나요?"

이번에도 훼방꾼 남자애가 딴지를 걸었다.

"아니요."

오언은 차분히 대응하려 애썼다.

"이미 '죽은 목숨'이란 뜻이에요. 북극곰은 정말 크고 힘도 세요. 그런데 민첩하면서 똑똑하기까지 하죠. 북극곰한테서 숨는다는 건 정말 말도 안 되는 일이에요. 두께가 약 60센티미터나 되는 얼음 아래에 있는 바다표범 냄새도 기가 막히게 맡거든요. 북극곰을 똑바로 마주하는 그런 불행을 겪게 된다면, 뛰지 마세요. 참, 죽은 척도 하지 마시고요. 그리고 절대, 절대로 북극곰에게 등을 보이지 마세요. 그냥 천천히 뒷걸음질 치세요. 힘껏 온갖 소리를 내면서요. 어쩌면, 목숨만은 건질 수 있을 겁니다."

밖에 서 있던 북극곰이 멀어지자, 오언 아빠는 다시 툰드라 버기의 시동을 켰다.

"자, 이제 돌아갈 시간이 되었군요."

오언이 말하자 모두 아쉬움에 앓는 소리를 냈다.

"엄마와 새끼 북극곰을 보고 싶었는데!"

마을로 다시 천천히 이동하는데 캐나다 여자 하나가 불쑥 말했다.

오언은 입가에 미소가 번졌다. 새끼 북극곰은 늘 주요 볼거리였지만, 북극곰이 육지에 머무는 막바지 시기여서 대부분 얼음 바다로 나간 상태였다.

"저도 안타깝네요! 새끼 북극곰을 보면 정말 사랑에 빠질 수밖에 없어요. 저희도 가끔 발견할 때가 있는데 어미 곰이 새끼를 워낙 애지중지 아껴서요. 새끼와 어미 곰 사이에 끼어들기라도 하면 정말 악몽일 거예요. 아마 어미 곰이 휙 때려눕힐걸요."

그 말에 웃음소리가 울려 퍼졌다.

"기후 위기 영향은 없나요?"

별안간 스칸디나비안 억양의 남자가 질문했다.

"날씨가 계속 따뜻해지면 북극곰이 살아가는 데 필요한 얼음이 점점 준다는 글을 봤거든요."

"사실이에요. 매년 해빙이 더 빨리 녹고 더 늦게 생기거든요. 하지만 여러분, 그건 우리가 북극곰을 더 오래 볼 수 있다는 말 아니겠어요?"

오언이 명랑하게 말했다.

툰드라 버기는 처칠 변두리에 있는 널찍한 주차장으로 들어가 주차했다. 가장 먼저 오언이 계단을 내려와 출입문 옆에 섰다. 하나둘 나오는 여행객들에게 고맙다는 인사를 전하고 여행객들은 오언을 칭찬하며 팁을 건넸다.

모두가 떠난 다음에야 온종일 딴지를 걸던 남자애가 계단을 뚜벅뚜벅 내려오더니 오언 옆에 우뚝 섰다. 아무 말도 없이 오언을 뚫어지게 바라보자, 오언 역시 눈을 가늘게 뜨고 꽤 긴 시간 그 애를 바라보았다. 또 무슨 말이나 행동을 할지 모르니까.

"으하하 하하하!"

둘은 동시에 자지러지게 웃었다.

"야, 진심이냐? 북극곰을 쓰다듬어도 되나요? 우리가 북극곰이랑 같이 헤엄쳐도 되겠네요?"

오언이 소리쳤다.

조지 그뤼에르도 배를 부여잡고 정신없이 웃었다. 조지는 오언의 가장 친한 친구로 둘은 유치원 첫날 크레용을 같이 나눠 쓴 그 순간부터 줄곧 붙어 다녔다. 투어에서는 재미 삼아 서로 모르는 척한 거다.

조지는 무슈케고욱이다. 습지에 사는 크리족이라고도 불리는 캐나다 원주민으로, 현재 '요크 팩토리 퍼스트 네이션'이란 캐나다 자치 기구에 등록되어 있다. 조지의 조상은 대대로 이 지역에서 뿌리내리고 수천 년의 세월을 보냈다. 1600년대에 몬트리올 북쪽으로 모험을 떠난 최초의 프랑스 모피 사냥꾼 무리를 맞이한 부족이기도 하다.

오언 아빠가 툰드라 버기에서 나오며 너털웃음을 쳤다.

"조지, 북극곰한테 쫓기면 눈을 파고 구멍에 숨는다는 말이 어찌나 웃기던지."

아빠가 한 손을 오언 머리에 올리며 덧붙였다.

"녀석, 오늘도 정말 잘했어! 이제 오두막으로 가니? 이번 주말에는 쉬잖아."

오언은 고개를 끄덕였다. 원래 이번 주말에는 미국 날씨 선생님과 매년 진행하는 북극 투어가 예정되어 있었다. 날씨 선생님은 함께 일하는 팀을 위해 늘 툰드라 버기를 통째로 빌리곤 했다. 또 매번 야생에서 할 수 있는 묘기 비슷한 걸 했다. 예를 들면 어미 북극곰이 판 굴에 기어 들어가거나 작은 연못에 불을 지피는 것들인데, 늘 호기심을 자극했다. 하지만 기상 악화 때문인지 다른 이유 때문인지 비행이 취소되는 바람에 오언도 허탕을 쳤다.

그래도 이번 주말 내내 조지네 얼음낚시 오두막에서 시간을 보낼 생각에 기뻤다.

"나, 엄마한테 가서 가방 좀 가져올게!"

오언이 주차장을 가로질러 쌩 뛰어가며 말했다.

홱! 아빠가 오언 어깨를 잡고 뒤로 세게 당겼다. 그 덕분에 오언은 길을 빠져나가려던 여행객 렌터카와 부딪히는 사고를 면했다.

"오언! 아무리 처칠에 자동차가 많이 없다고 해도 늘 주의 깊게 봐야지!"

"알겠어요! 죄송해요!"

아빠 야단에 오언이 크게 대답하며 몸을 슬슬 뺐다. 툰드라 트렉 사무실 문을 열며 들어서자, 계산대 뒤에 앉아 있던 엄마가 포근한 미소로 오언을 올려다보며 말했다.

"다들 널 많이 칭찬하시던걸! 돌아가면 주변에 툰드라 트렉을 소개해 주실 거라더라."

"잘됐네요."

오언이 가방을 찾으러 여기저기 들쑤시며 말했다.

"엄마가 너랑 조지를 위해 브라우니 좀 만들었어."

"앗싸, 대박. 고마워요, 엄마!"

"필요한 건 다 챙겼어? 핸드폰? 조명탄? 압축 공기식 경적? 베어스프레이(곰을 마주쳤을 때 사용하는, 캡사이신으로 만든 호신용품—옮긴이 주)? 공포탄?"

"네, 네."

오언이 말했다. 자나 깨나 걱정 많은 엄마. 북극곰 대부분은 이미 얼음 바다로 떠났고 또 오언과 조지는 오두막에서 시간을 보낼 터였다.

당장이라도 뛰쳐나갈 준비가 된 오언을 보며 엄마가 검지를 까딱까딱 구부렸다. 이에 오언은 슬금슬금 다가갔다.

"오언, 명심해. 늘 주의 깊게 보고 깊이 생각해야 해."

엄마는 오언 이마를 톡톡 두드리며 말했다.

"알아요, 알아. 아빠가 벌써 말했다고요."

"진심이야. 넌 좋아하는 일에 엄청 몰입하지만, 그 이외의 것은 도무지 살피지를 않잖니. 바로 앞에 있는 얼음 구멍에 빠질 게 뻔해도 말이야."

"헤헤, 얼음 구멍요?"

오언 엄마가 두 눈을 가늘게 떴다.

"아들, 엄마가 말하는 건 큰 그림을 좀 생각하라는 거야."

"큰 얼음 구멍을 생각하라고요?"

"오언."

엄마는 경고 어린 목소리로 말했다.

"알았어요, 알겠다니까요! 큰 그림! 이해했어요."

오언은 대답하고는 몸을 슬쩍 뒤로 뺐다.

"잘 다녀와!"

문을 박차고 나가는 오언 등에 대고 엄마가 외쳤다.

"참, 북극곰 조심해!"

얼음 구멍

오언은 조지의 스노모빌에 함께 올라탔다. 스노모빌은 내리는 눈을 헤치며 힘차게 나아갔다. 조지가 스노모빌을 운전하고 오언은 뒷좌석에 앉았다. 조지처럼 언제든 쓸 수 있는 스노모빌을 가졌다는 건 아주 근사한 일이다. 오언도 스노모빌을 사려고 돈을 모으고 있다. 그러면 더는 산탄총을 들고 타지 않아도 되겠지.

"엄마가 얼음 구멍 조심하래."

오언의 말이 쌩쌩 부는 바람에 부딪혀 날아갔다.

"네가 구멍이잖아."

조지가 바로 맞받아치자, 오언은 킬킬 웃었다.

조지는 거북이처럼 느린 SUV 자동차를 피하려고 속도를 낮췄다. SUV 자동차는 눈길에서 어떻게 운전해야 하는지를 모르거나 어디로 가야 하는지를 모르는 것 같았다. 어쩌면 둘 다일지도.

"아, 이래서 여행객들이 싫다니까."

"여행객들은 좋아! 돈이 되잖아."

오언이 투덜대는 조지에게 말했다.

오언은 SUV 자동차를 지나치며 미소 띤 얼굴로 자동차에 탄 사람들에게 손을 흔들었다. 그들 역시 반갑게 손을 흔들어 인사했다. 몇 주만 지나면, 이 마지막 여행객들도 떠난다. 또 북극곰 출몰 시기에만 오는 수많은 여행 가이드와 일하는 사람들도 떠날 거다.

오언은 비수기나 성수기 모두 좋아했다. 비수기에는 작은 마을이 온전히 마을 사람들의 것이라 마음에 들었고, 성수기에는 몰려오는 수많은 사람과의 만남과 복작복작한 활기가 좋았다. 그리고 북극곰. 오언이 북극곰에 빠진 건 당연한 일이었다.

그때 짙은 남색 픽업트럭 하나가 노랑 불빛을 비추며 길을 막았다. 마을을 벗어나려는 조지의 스노모빌은 다시 속도를 줄였고, 조지는 불평을 쏟아 냈다.

"아이, 이젠 이거냐?"

매니토바주 천연자원국, 줄여서 DNR 소속인 픽업트럭들은 마을에 접근한 북극곰을 쫓아내는 일을 한다. 두 번째 만난 DNR 픽업트럭에서 누군가가 산탄총을 들고 하늘에 공포탄 여러 발을 쏘며 얼룩덜룩해진, 큰 북극곰을 다시 툰드라로 몰고 있었다.

달칵 펑! 달칵 펑! 달칵 펑!

공포탄은 진짜 총알이 아니라 그저 고막이 터질 것 같은 굉음을 발사해 북극곰을 겁주어 내쫓는 역할을 한다. 대부분 그렇지만, 전부 그렇진 않다. DNR은 매년 북극곰 한두 마리를 사살하는데 그건 사람을 공격하거나 누군가의 개를 죽였을 때다.

"거의 마지막 곰 같은데? 아직도 바다로 안 나간 게 신기하네."

오언이 말했다.

"느낌 오네. 우리도 이대로는 절대 얼음낚시 오두막에 갈 수 없겠는걸!"

조지가 거들었다.

수많은 여행객은 DNR이 북극곰 쫓는 장면을 늘 보고

싶어 한다. 하지만 오언과 조지에게 이런 건 너무 흔해 붙박이처럼 서서 볼 필요가 없었다. 조지는 다시 스노모빌 속도를 높이며 마을을 빠져나갈 다른 길을 찾기 위해 방향을 틀었다.

맥앤치즈

조지는 마침내 뻥 뚫린 도로를 찾아 마구 달렸다. 마을을 빠져나오자마자 보이는 넓고 판판한 호수 옆에 이눅슈크가 서 있었다. '이눅슈크'는 이누이트 말로 '친구'라는 뜻으로, 사람 모양을 한 키 큰 돌무더기인데 여행 경로를 알리거나 낚시 또는 캠핑하기 좋은 곳을 알리는 이정표였다. 또 영혼이 깃들었다고 생각되는 장소에도 세워져 있었다.

처칠에서도 이눅슈크를 세워 여행자들이 마음껏 사진을 찍도록 했다. 지금도 한 가족이 그 옆에서 셀카를 찍으려고 자세를 취하고 있었다. 오언은 그들에게도 다정히 손을 흔들어 인사했다.

조지는 스노모빌 스로틀을 열어 속력을 높였다. 두 눈을 지그시 감은 오언은 따숩게 내리쬐는 햇살과 차갑게 부는 바람을 만끽했다. 둘은 맞춰 입은 듯이 얼굴을 감싸는 니트 스키 마스크에 알록달록한 스노 고글을 썼다. 또 두툼한 어두운색 파카를 걸치고 발열 내의까지 챙겨 입었다. 절연 처리를 마친 부츠 안에는 울 양말을 신었고 손에는 울 장갑까지 끼었다. 물론, 지금이 한밤중이거나 가장 추운 시기는 아니었다. 보통 1, 2월이 가장 추운데, 그때는 영하 56도까지 뚝 떨어지고 하루에 단 6시간 동안만 해가 뜬다. 지금은 영하 16도밖에 안 되었고 해가 떨어지기 전에 얼음낚시 오두막에 도착할 테니, 햇볕도 충분한 셈이었다.

"아주머니가 브라우니 만들어 주셨어?"

횡횡 매섭게 부는 바람에 조지의 말도 흩날렸다.

"처칠에 얼음 구멍이 엄청나게 많아?"

오언이 되받아치는 소리에 조지는 고개를 끄덕끄덕 움직이더니 주먹 쥔 손을 하늘로 쭉 펴 들어 감사함을 표했다. 오언 엄마의 브라우니는 마을 아이들에게 전설로 통했다. 심지어 으깬 프레첼에 견과류 그리고 캐러멜까지 들어 있었다.

둘은 허드슨만 해안을 옆에 두고 동쪽을 향해 질주했다. 스노모빌 뒤로 옥빛이 감도는 푸른 바닷물에 하얀 얼음 덩어리가 둥둥 떠다니는 게 보였다. 저 정도면 북극곰이 사냥을 시작하기에 충분하다. 얼음덩어리가 점점 커져 하나둘씩 쌓이면 탄탄한 얼음판이 만들어진다. 이런 얼음판이 몇 달 내내 허드슨만을 이불처럼 덮으면 배가 드나들 수 없다. 그래서 그 시기에는 처칠항이 폐쇄된다. 거기에서 조지 아빠가 일한다.

따뜻한 바람이 훅 불어와 얼굴에 닿자, 오언은 인상을 찌푸렸다. 혼자만의 착각인가? 아니면 설마 꽁꽁 언 항에서 불어오는 건가?

"새로 나온 히어로 영화를 이번 주에 보면 얼마나 좋을까?"

조지가 말했다.

오언도 보고 싶긴 했지만 살다 보니 기다리는 데 익숙해졌다.

"한 달 뒤면 북극곰 영화관에서도 할 거야."

처칠에 영화관이라고는 타운 센터 복합 몰에 있는 북극곰 영화관 한 군데뿐이었다. 심지어 스크린도 하나뿐이라 최신 영화를 보려면 늘 한 달 정도는 기다려야 했다.

"그렇잖아, 영화 하나 보겠다고 기차로 17시간이나 안 가도 되는 곳에 살면 얼마나 좋겠어?"

조지가 푸념 섞인 말을 늘어놓았다.

오언은 조지 뒤에서 얼굴을 찡그렸다. 사실이다. 처칠에 무언가를 들여오고 또 내보내려면 기차나 비행기 또는 배가 필요하긴 했으니까. 오언네 자동차나 트럭도 밖에서 들여와야 했다. 하지만 오언은 그 고립조차 마음에 들었다. 아주 작은 구석에 붙어 온갖 세상사에서 멀리 떨어진 채로 지내는 게 좋았다. 오언은 조지도 자기와 같은 마음일 거라 생각했다.

"아까는 여행객들이 싫다더니 이젠 영화관이야? 너, 꼭 너희 형처럼 말한다?"

오언이 말을 툭 꺼냈다.

16살 먹은 조지 형은 당장이라도 이 마을을 떠나고 싶어 했다.

"왜 갑자기 처칠에 그렇게 불만을 터뜨려?"

"너 같으면 불만이 안 터지게 생겼냐?"

조지가 오언에게 질문했다.

"장난해? 다른 애들은 여기 사는 게 꿈이라고! 어디든지 스노모빌을 운전해서 가지, 얼음낚시도 하지, 또 북극곰도 볼 수 있잖아. 여름에는 헤엄치는 벨루가 고래 옆에서 카약도 타고. 심지어 오로라는 1년 내내 볼 수 있어. 단 하나뿐이긴 해도 타운 센터에 영화관 있지, 도서관, 볼링장 심지어 수영장까지……."

"겨울에 외출할 때 옷을 열 겹이나 꾸역꾸역 안 입어도 되는 데에서 살고 싶은가 보지. 여름에는 모기가 좀 많냐? 걔는 하루에 피를 생수 한 통 가까이 빨려. 또 우리 또래 여자애가 일곱 명은 좀 넘었으면 좋겠다고. 유치원 때부터 맨날 보던 애들은 빼고."

'하, 고작 그런 이유야?'

오언이 생각했다.

그간 조지를 갉아먹는 생각이 이거였나? 데이트할 사람이 별로 없다는 거? 오언은 그쪽으로는 깊이 생각해 보지 않았다. 마을에 1년 내내 머무는 사람이 고작 구백 명뿐이라 이 마을에 모르는 사람이 있을 리 만무했다. 듀크오브말버러 학교 8학년(우리나라 중학교 2학년 연령에 해당함-옮긴이 주)은 총 열다섯 명뿐이고 유치원부터 12학년까지 모두 합해 봤자 이백 명이 전부였다. 처칠은 사람보다 북극곰이 더 흔한 곳이니까.

"난 그냥 처칠 말고 다른 곳에서 살면 더 많은 걸 누릴 것 같다는 거야."

조지가 덧붙여 말했다.

가장 친한 친구가 그렇게 말하자, 오언은 마음이 울적해졌다. 조지가 더 말하고 싶어 하지 않는 눈치라 오언도 입을 꾹 다물었다.

둘은 미스피기를 지나쳤다. 여기저기에 낙서가 가득한 미스피기는 1970년대에 추락한 화물 수송기의 잔해였다. 30분이 지나도록 둘은 계속 말이 없었다. 이타카 난파선도 지나쳤다. 여기저기 부서지고 녹이 슨 거대한 난파선은 1960년대 폭풍으로 허드슨만에 좌초된 후 줄곧 같은 곳에 박혀 있었다.

이타카 난파선을 경계로 조지네 얼음낚시 오두막에 가려면 바다에서 멀어져 안쪽으로 향해야 한다. 조지는 조용히 남쪽으로 스노모빌을 몰아 허드슨만에서 멀어지고 있었다.

스노모빌은 수북이 쌓인 눈을 뚫고 나온 잿빛 돌무더기를 피하며 얕게 언 호수를 빙 둘러 지났다. 돌무더기는 꼭 바다 위에 뾰족 솟아오른 빙산 같았다. 그러는 동안에도 둘 사이에 침묵은 커져 갔다. 대체 조지가 왜 그러는지 오언은 몰랐지만, 함께 기다리던 즐거운 주말을 이렇게 날리고 싶지 않았다.

"있잖아, 조지."

"뭔데?"

"나, 뭔가 떠올랐어."

"뭔데?"

"오줌이 터질 것 같아."

조지는 자기도 모르게 웃음이 피식 새어 나왔다. 그러고는 돌무더기를 찾아 스노모빌을 세웠다. 소변을 보는 데 어느 정도 사생활 보호는 필요했으니까.

"야, 조지. 우리 팀 이름 하나가 퍼뜩 떠올랐어."

오언이 바지 지퍼를 내리며 어깨 너머로 말했다.

"그러니까 조지와 오언 말고?"

조지는 하얀 눈에 누런 G자를 그리며 물었다.

"맥앤치즈. 알다시피 내 성이 매켄지니까. 내가 맥이야."

"나, 치즈 안 할 거거든?"

"치즈 좋은 거거든! 네가 엄청나게 '큰' 치즈인 거지. 치즈계의 우두머리. 느낌 오지?"

오언이 설득하듯 말했다.

"이 상황에서 어쩌다 내가 치즈가 된 거냐?"

"맥이랑 어울리는 다른 말 생각나는 게 있어?"

오언은 어깨 너머에 있는 조지를 바라보며 이어 말했다.

"그리고 네 성이 그뤼에르잖아! 철자까지 똑같은 '그뤼에르 치즈'도 있고! 완벽하다, 완벽해!"

"그냥 빨리해라, 이 얼음 구멍아."

조지가 오언에게 말했다.

오언이 바지 지퍼를 올리고 뒤로 돌자 몇 미터 떨어진 곳에서 귀여움의 결정체를 발견했다. 바로 새끼 북극곰! 눈밭에 등을 대고 빙그르르 구르더니 같이 놀고 싶은 것처럼 오언을 쳐다보았다.

심장이 사르르 녹아내렸다. 툰드라 버기를 타고 무수히 많은 새끼 북극곰을 봤지만 이렇게 가까이서 본 건 처음이었다. 갑자기 호들갑을 떠는 여행객처럼 오언도 저절로 앓는 소리가 흘러나왔다. 새끼 북극곰이 두 앞발로 두 뒷다리를 각각 잡더니 눈밭에서 옆으로 데굴데굴하다 콩 쓰러졌다.

"우아, 조지! 빨리 와 봐!"

오언이 소리쳤다. 새끼 북극곰은 아주, 미친 듯이, 사랑스러웠다.

그러다 여행 가이드 대본이 번갯불처럼 스치더니, 머리에서 자동으로 재생되었다.

'새끼 북극곰을 보면 정말 사랑에 빠질 수밖에 없어요. 하지만 새끼와 어미 곰 사이에 끼어들기라도 하면 정말 악몽일 거예요. 아마 어미 곰이 핵 때려눕힐걸요.'

오언이 뒤를 돌았다.

'어미 북극곰은 어디 있는 걸까?'

조지가 오언과 새끼 북극곰을 바라보고 있었다. 즉, 자기 바로 뒤에 서 있는, 무시무시하게 큰 북극곰을 보지 못한 거다.

"조지!"

오언이 부르짖었지만, 이미 때를 놓쳤다. 퍽! 어미 북극곰이 조지 뒤통수를 후려갈겼고, 조지는 그대로 쓰러졌다. 시뻘건 핏방울이 새하얀 눈 위로 후드득 떨어져 새겨졌다.

어미 북극곰

두 뒷다리로 선 어미 북극곰 앞에서 오언은 작아질 수밖에 없었다. 어미 곰은 225킬로그램을 거뜬히 넘을 것 같았고 키도 2미터는 족히 되어 보였다. 오랫동안 내륙 생활을 했는지 흰털이 누랬다. 하지만 오른쪽 앞발만은 붉었다. 시뻘건 조지 피로.

오언은 어깨에 메고 다니던 산탄총을 찾아 손을 뻗었지만, 잡히지 않았다. 심장이 덜컥 내려앉았다. 조지가 스노모빌을 운전하는 대신 오언이 산탄총을 들고 다니는 건 일종의 약속이었다. 하지만 오언은 조지 기분을 풀어 주는 데 온 정신을 빼앗겨 산탄총을 챙기는 걸 깜빡했다.

지금 스노모빌은 북극곰 뒤에 있었다.

오언은 몸이 얼어붙었다. 눈밭에 네 발로 몸을 낮춘 어미 곰은 조지와 1미터도 안 되게 아주 가까이 붙어 있었다. 조지는 꼼짝도 안 했다. 숨조차 쉬는 것 같지 않았다. 죽은 척하는 걸까, 아니면 정말 죽은 걸까?

어미 북극곰은 입을 쩍 벌리더니 머리를 앞뒤로 흔들었다. 저열하고 흉악스러운 곰이 크고 날카로운 이빨을 번득 드러냈다. 다시 조지에게 돌진하려는 듯 뒷다리로 우뚝 서자, 오언이 힘겹게 입을 뗐다.

"야."

목소리가 끽끽거렸다. 폐에 한 줌의 공기도 남지 않았다. 재빨리 숨을 훅 들이마셨다.

"야!"

두 손을 휘적휘적 흔들며 조금 더 큰 소리를 냈다.

"여기, 이리 와 봐!"

어미 곰은 공격하다 멈춘 채 분노가 가득한 눈빛으로 오언을 꿰뚫듯이 바라봤다. 오언은 갑자기 엄마의 눈빛이 떠올랐다. 저번에 조지와 구운 감자를 요리하다가 전자레인지에 불을 냈을 때 본 그 눈빛.

어떻게 곰이 사람처럼 보일 수가 있지?

오언이 어미 곰의 시선을 끈 덕분에 조지는 곰의 공격에서 벗어날 수 있는, 짧지만 소중한 시간을 벌었다. 하지만 이제 뭘 어떻게 해야 할지 오언은 몰랐다. 핸드폰, 조명탄, 압축 공기식 경적, 베어스프레이, 산탄총과 공포탄까지 하나도 없었다. 다 스노모빌에 있었다.

'내 생각이 짧았어.'

오언이 자책했다.

어미 곰은 조지를 두고 오언을 향해 다가섰다. 오언은 본능적으로 한 발 물러섰다. 목구멍이 잿더미처럼 말라 오자, 침을 꿀꺽 삼켰다.

'이런. 망할. 망했다. 망했어!'

다음 제물은 오언이었다.

어미 곰은 개처럼 거친 숨을 내뱉었다. 그르렁그르렁. 그러더니 다시 날카로운 이빨을 내보이며 입을 계속 여닫았다. 나무 그릇을 나무 수저로 세게 쳐 대면 나올 것 같은 소리. 툭 툭 툭. 오언은 북극곰의 이런 행동이 당장 떠나라고 사람들에게 보내는 경고라는 걸 알고 있었다. 하지만 이렇게 가까이에서 이 소리를 들은 적은 없었다. 조만간 북극곰이 덮쳐 올 것이다. 오언은 뼛속이 저리고 시렸다.

아니, 지금이다.

도망치고 싶은 충동은 마치 만화속 이야기에 빠진 사람들을 만화 밖으로 훽 끌어내는 커다란 갈고리 같았다. 오언은 거부할 수 없었다. 머리부터 발끝까지 모든 세포가 오언에게 소리쳤다.

'달려, 달려, 달려, 달려!'

오언은 본능을 따랐다.

오언은 발길을 돌려 죽기 살기로 뛰었다.

쿵 쿵 쿵 쿵.

눈밭에 부츠가 빠지면서 들리는 소리일까? 심장이 튀어나올 것처럼 쿵쿵대는 소리인가? 부츠, 커다란 파카, 바스락대는 겨울 바지. 이 모든 게 오언을 붙잡았다. 꽉 짓누르

듯이. 느렸다. 느려도 너무 느렸다!

어미 북극곰이 눈밭을 성큼성큼 뛰어오는 소리가 들렸다. *터텅, 터텅, 터텅.* 큰 하얀 구름에 오언이 숨을 내뱉자, 스노 고글에 김이 서렸다. 앞이 안 보여서 어디로 뛰는지 알 수 없었다.

아는 거라고는 딱 하나, '절대 멈춰선 안 돼!'

부츠 한 짝이 눈에 푹 빠지자, 오언은 몸이 기우뚱하며 앞으로 넘어졌다.

그 순간 거대하고 날카로운 무언가가 오언의 팔을 강하게 후려쳤다. 오언은 빙글 돌아 눈에 엎어졌다.

미국 플로리다주 마이애미

나탈리

01

초강력 허리케인

나탈리 토레는 소파 끝에 앉아 자신의 기상 일지를 꽉 움켜쥔 채 텔레비전에서 한시도 눈을 떼지 않았다.

"허리케인 루벤은 4등급과 5등급을 오르내리고 있습니다. 가장 위력이 강력한 등급입니다."

텔레비전에서 마리아 마티네즈가 뒤로 비치는 소용돌이 모양의 구름을 가리키며 말하고 있었다.

마이애미에 사는 사람이라면 누구나 마리아를 알았다. 마리아는 지역 뉴스에서 수석 기상학자로 날씨 소식을 전했다. 나탈리처럼 매일 기상 예보를 챙겨 보진 않더라도 허리케인 소식이 들려오면 남플로리다 사람들은 늘 마리아에게 최신 정보를 물었다.

이미 허리케인 루벤이 나탈리 엄마의 고향이자, 현재 아빠가 살고 있는 푸에르토리코를 휩쓸었다. 도미니카 공화국에도 파괴적인 산사태를 일으켰다. 다시 위력을 키운 허리케인 루벤은 쿠바 위쪽을 쓸더니 이젠 다음 장소로 향하고 있었다.

"현재 허리케인 루벤은 플로리다 키스를 강타한 다음, 서쪽에 있는 멕시코만에 접근할 것으로 예상됩니다. 이렇게 되면 2005년 허리케인 카트리나와 같은 경로로 뉴올리언스에 상륙할 것으로 보입니다. 또 다른 경우는 에버글레이즈를 빙 둘러 북쪽으로 이동하여 플로리다 서해안에 영향을 줄 수도 있습니다. 물론 바하마로 바로 직행한 다음, 95번 고속 도로를 따라 위로 이동할 가능성도 있습니다. 그럴 경우 마이애미에서 포트로더데일 그리고 위에 있는 웨스트 팜비치까지 차례로 강타해 그 사이를 모조리 휩쓸고 갈 것으로 예상됩니다."

나탈리가 몸서리쳤다. 이 마지막 경로가 바로 나탈리와 마이애미에 사는 모두가 가장 두려워하는 것이었다.

초강력 허리케인.

감히 상상하지 못할 엄청난 위력을 지닌 허리케인이 플로리다 남동쪽 해안가 전체를 파괴할 터였다.

"100년 동안 허리케인은 남플로리다 여기저기를 강타했습니다. 하지만 마이애미만은 늘 비껴갔습니다. 허리케인 앤드루, 윌마, 어마는 마이애미 근처로 와서 꽤 심각한 피해를 줬지만 직접적으로 허리케인이 마이애미를 덮친 건

1926년이 마지막입니다. 당시 이곳에는 십만 명 정도만 살고 있었지만, 허리케인 그레이트마이애미가 도시 전체를 뒤엎는 바람에 수백 명이 목숨을 잃었고, 수만 명이 집을 잃어야 했습니다."

마리아는 잠시 멈추었다가 말을 이었다.

"지금은 마이애미-데이드 카운티에만 약 삼백만 명이 살고 있습니다."

나탈리는 침을 꿀꺽 삼켰다. 2학년이었을 때, 허리케인 어마가 초강력 허리케인이 될 거라고 다들 예상했다. 하지만 그 예상은 다행히 비껴갔다. 어마는 마이애미를 살짝 스쳤다. 그래도 정말 가까이 온 건 확실했다. 나탈리네 집 지붕을 뜯어 가 버릴 만큼 가까이 왔으니까. 나탈리와 엄마가 화장실에 들어가 몸을 움츠리고 있을 때 벌어진 일이었다.

허리케인 어마를 겪은 나탈리는 날씨에 더 집착할 수밖에 없었다. 하루도 거르지 않고 기상 일지에 최저와 최고 기온, 구름 모양, 바람 속도 그리고 일조량과 강수량을 적었다. 또 크리스마스 선물로 받은 기압계, 풍속계, 우량계는 나탈리 방 창문 밖에다 걸어 두었다. 학교에서 과학 연구나 과제물을 써야 할 때마다 매번 다른 허리케인을 공부해 제출했다.

날씨가 나탈리 삶에 영향을 미친다면 나탈리도 날씨에 대해 낱낱이 알고 싶었다.

"초강력 허리케인이래?"

엄마가 음식과 물건 이것저것을 사 들고 현관문으로 들어오며 나탈리에게 크게 물었다.

"아직 모르겠다는데요."

나탈리가 대답하며 뛰어와 엄마 손에서 봉지를 받았다.

나탈리는 엄마와 같은 갈색 피부에 담갈색 눈동자를 지녔다. 하지만 마이애미의 엄청난 습도에도 엄마의 검은색 머리칼은 쭉 뻗은 데 반해 나탈리의 머리칼은 굽슬굽슬 제멋대로 뻗쳤다. 게다가 엄마는 이 열기에도 청바지와 블라우스를 입고 다녔다. 나탈리는 도무지 이해가 안 되었다. 나탈리가 참고 입을 수 있는 거라고는 기껏해야 반바지에 민소매였다. 허리케인이 코앞에 닥친다고 해도 엄마는 늘 차려입고 다닐 사람이었다.

"쓸 만한 물건은 다 채 갔더라. 일단 살 수 있는 건 최대한 샀어."

나탈리는 엄마를 따라 주방으로 가 정리를 도왔다. 엄마가 사 온 음식은 죄다 통조림이나 말린 거라 요리할 필요도, 냉장고에 저장할 필요도 없었다. 모두 전력이 끊겼을 때를 대비한 거였다. 또 촛불과 성냥 그리고 손전등 배터리

도 왕창 사 왔다.

나탈리가 텔레비전을 흘깃 보니 마리아가 마이애미 지도를 놓고 설명하고 있었다. 마이애미는 동쪽으로는 대서양이, 남쪽과 서쪽에서 시작해 북서까지는 광활한 습지대인 에버글레이즈가 자리 잡고 있어 말 그대로 끼인 도시였다. 허리케인 루벤이 마이애미를 직접 강타하지 않더라도 동서남북 어디서든 물이 들어올 게 뻔했다. 하늘과 땅도 예외는 아니었다. 짙은 먹구름에서 비가 쏟아지고, 도시 아래에 깔린, 구멍이 숭숭 난 석회암으로 물이 솟구칠 터였다.

마리아는 약 3미터 높이의 폭풍 해일이 닥칠 거라고 예상했다.

허리케인 어마가 불어닥쳤을 때, 집 안에 물이 들이쳐 나탈리 무릎까지 차올랐었다. 심지어 지붕이 날아가기 전이었는데도.

나탈리는 파도처럼 밀려오는 공포에 휩싸였다.

"당장 준비해야 해요!"

나탈리가 외쳤다. 기상 일지를 휙 잡아채 엄마에게 직접 만든 대비 목록을 보여 주었다.

"먼저 욕조에 물을 가득 채워야 해요. 그래야 전기가 나갔을 때 변기 물을 내릴 수 있거든요. 또 창문에 나무 합판을 설치하고요. 벽에 걸린 액자는 몽땅 떼어 내야 떨어지거나 깨지지 않아요. 중요한 물건은 침수 부위보다 높은 곳에 올려놓고, 엄마 핸드폰 배터리는……."

"딸, 우리 딸."

엄마는 나지막이 말하며 나탈리를 진정시키려고 손을 머리에 올렸다.

"나도 알아. 얼마나 무섭겠니? 하지만 우린 분명 이겨 낼 거야."

나탈리는 숨을 깊이 몰아쉬며 고개를 끄덕였다. 이젠 움직여야 했다.

나탈리와 엄마는 물병 여러 개에 마실 깨끗한 물을 가득 채웠다. 때마침 나탈리 핸드폰에서 문자 알림이 울렸다. 친구 섀넌이었다.

– *헉, 도로에 차가 아주 빽빽해.*

– *마을을 떠나려고?*

– *아니. 아빠가 그냥 있어도 무사하대. 우리 건물에 발전기가 따로 있거든. 아빠 말로는 전기가 나가면 캠핑 간 거랑 비슷할 거래.*

나탈리는 고개를 내저었다. 섀넌은 나탈리와 함께 마이애미 도시권에 속하는 하이얼리아시의 학교에 다닌다. 하지만 섀넌은 근처 도랄시에 있는 하늘 높이 치솟은 새 초호화 아파트에 산다. 나탈리와 엄마가 사는 하이얼리아시

의 아주 작은 단층집은 비교도 안 된다. 나탈리와 섀넌은 작년 6학년 학기 초 학급 회의 시간에 처음 만났다. 둘 다 버블티와 케이팝에 푹 빠져 있고 또 날씨 프로그램을 즐겨 본다는 공통점 때문에 금방 친해졌다.

섀넌이 자기 방 창에서 찍은 마이애미 외곽 고속 도로 사진을 보냈다. 주차장이 따로 없었다. 모든 차선의 차들은 북쪽을 향해 다닥다닥 줄지어 서서, 이 도시를 나가려고 발버둥 치고 있었다.

"이것 좀 봐요."

나탈리는 엄마에게 사진을 보여 주며 말했다.

"하, 여기를 떠날 수만 있다면 얼마나 좋을까."

나탈리 엄마는 병원에서 행정 업무를 담당했다. 나탈리도 엄마 월급이 넉넉하지 않다는 것쯤은 알고 있었다. 폭풍이 닥칠 때마다 주변 도시 탬파나 올랜도에 있는 호텔에 묵으면 빈털터리가 되기 십상이었다.

물병에 물을 가득 채운 다음, 나탈리와 엄마는 밖으로 나가 창문에 합판을 설치했다. 현관문 위에 길고 좁다란 창문이 하나 있었다. 창문은 손에 닿지도 않았다. 하지만 이전에 닥친 그 어떤 폭풍에도 온전히 살아남았다.

후덥지근한 날씨에 몸이 끈적댔다. 망치질이 끝날 때쯤 나탈리는 땀을 줄줄 흘리며 숨을 헉헉댔다. 10월의 햇살은 눈부셨고 하늘에는 구름 한 점 없었다. 허리케인이 올 것 같진 않은데 뭔가 꺼림칙했다.

나탈리는 주변을 두리번거리고는 이상한 걸 알아챘다. 지나다니는 차가 하나도 없었다. 전깃줄에 앉아 짹짹대는 새도 하나 없었다. 나탈리네 집 남쪽에 있는 공항으로 이착륙하는 비행기도 하나 없었다. 고요함과 정적만이 감돌았다. 하이얼리아시에 나탈리와 엄마, 단 둘뿐이라는 착각이 들 정도였다.

당연히 착각일 뿐이다. 이웃 사람 대부분도 떠날 여력이 없었으니까. 사람들은 이미 집 안에 몸을 꼭꼭 숨긴 채 폭풍을 견뎌 낼 준비 중일 테다.

섬뜩함마저 흐르는 정적을 깨고 갑자기 요란스러운 소리가 들렸다. *위울 위울 위울 위울.* 곧 나탈리는 이 소리가 알람이나 사이렌이 아니라는 걸 깨달았다. 가까운 운하에서 나는 개구리 울음소리였다.

그때 엄마가 손가락으로 무언가를 가리켰다. 달팽이 예닐곱 마리가 시멘트 벽돌로 지은 집 벽을 꾸물꾸물 올라가고 있었다. 바로 옆집에선 치와와가 캉캉 짖는 소리가 들려왔다.

'동물은 본능적으로 알아.'

나탈리는 생각했다.

무언가가 다가오고 있다.

강력한 무언가가.

꼬마 악마

"베아트리체 이모!"

엄마가 깜짝 놀라 소리쳤다. 옆집 강아지 짖는 소리에 엄마 눈길이 옆집에 꽂힌 것이다.

"창문에 합판 설치도 안 되어 있네. 이모네 아들이 아직 도착하지 못했나 보다. 어디쯤 왔을까?"

베아트리체 이모는 그냥 이웃이지만 나탈리와 엄마에게는 가족이나 다름없었다. 이제 할머니가 된 이모는 니카라과에서 이민 온 후, 나탈리가 어릴 때부터 지금까지 이웃으로 지냈다. 어린 나탈리가 학교에서 돌아오면 엄마가 퇴근하기 전까지 이모가 돌봐 주었다.

"차가 막히는 게 아닐까요?"

나탈리는 섀넌이 보낸 사진을 떠올리며 말했다.

"일단 우리 집으로 모셔 와야겠다. 넌 그 목록 보면서 다음 걸 준비하고 있으렴."

엄마가 집을 나서며 말했다.

나탈리는 후다닥 집으로 뛰어 들어와 벽에 걸린 사진 액자를 모두 떼어 냈다. 6학년 때 과학 박람회에서 상 받는 나탈리. 야간 대학을 졸업하는 엄마. 아빠를 보러 푸에르토리코에 간 나탈리와 엄마. 사진 액자를 다 뗀 다음, 물에 잠기지 않도록 책과 전자 기기를 선반과 장식장 맨 위에 올려 두었다.

텔레비전에서 허리케인 루벤이 시속 270킬로미터에 육박한다는 마리아의 목소리가 흘러나왔다. 나탈리는 기상 일지를 펴 수치를 바로 적었다. 시속 270킬로미터라니, 정말 초비상이다! 허리케인 어마가 상륙할 때 시속 210킬로미터였는데!

끼익, 현관문 열리는 소리에 나탈리가 고개를 들었다. 엄마가 베아트리체 이모와 치와와를 데리고 들어오는 모습이 보였다.

"아유, 이러지 않아도 괜찮대도. 전에 허리케인이 왔을 때도 다 견뎠는걸."

"이번 건 저번이랑 다르다니까요."

엄마는 나탈리와 눈길을 맞추고는 이어 말했다.

"아드님이랑 이야기 나눴는데, 홈스테드에서 출발했는데도 아직 반밖에 못 왔대요. 차에 꼼짝없이 갇혔다고 해서 이모는 우리와 함께 있을 테니 가족한테 얼른 돌아가 보라

고 했어요."

"우리 어여쁜 공주."

이모는 나탈리를 향해 두 팔을 쭉 뻗으며 말했다. 어제도 본 사이지만, 나탈리는 이모 품에 꼭 안겼다.

짙은 갈색 피부를 지닌 베아트리체 이모는 지긋한 나이에 걸맞게 얼굴 곳곳에 굴곡과 주름이 가득했다. 하지만 입가와 눈가 잔주름에서 환한 빛이 났다. 늘 웃는 미소가 빚어낸 이모만의 빛이었다.

이모와 나탈리 발치에서 콩알만 한 강아지 한 마리가 으르렁거렸다.

"추로, 조용!"

이모의 꾸짖음이 소용없다는 걸 나탈리는 잘 알고 있었다. 강아지 이름이 추로인 건 털빛이 황금빛 추로스를 닮았기 때문이다. 게다가 새까만 코는 꼭 초콜릿에 폭 담갔다가 뺀 것 같았다. 하지만 추로는 달콤함과 거리가 멀었다. 적어도 나탈리를 대할 때는.

추로가 이빨을 드러내며 물려고 하자, 나탈리가 눈을 가늘게 치켜떴다.

"디아블리또."

나탈리가 추로에게 에스파냐어로 꼬마 악마라고 속삭였다. 허리케인 때문에 신경이 머리끝까지 곤두섰는데 추로

곁을 지날 때마다 발끝으로 걸어야 한다니.

텔레비전에 나오는 마리아를 보며 이모가 관심 없다는 듯 손을 내젓더니 소파에 풀썩 앉았다.

"허리케인이 이미 끝났어야 하지 않아? 거의 10월 끝자락이구면."

"더 일찍 찾아오고 더 늦게 떠나고 있어요. 예전 허리케인들은 8월과 9월에 대부분 집중되었는데, 이제는 5월부터 11월까지 끊임없이 오네요."

나탈리가 이모에게 말했다.

"나탈리가 거의 전문가예요. 환히 꿰고 있다니까요."

엄마가 덧붙여 말했다.

"그래, 그래 보이는구나. 아주 대단해."

"게다가 폭풍도 점점 강해지고 있어요. 이게 다 기후 위기 때문이에요. 화석 연료를 마구 태우는 바람에 대기 중에 이산화탄소가 점점 많아지고, 결국 열기가 지구에 갇히게 되었죠."

설명하던 나탈리는 점점 열이 끓어올랐다. 지난 몇 년 동안 깊이 공부한 날씨 지식과 인터넷으로 파고든, 난해한 기후 위기에 대한 과학 지식들은 꼭 이 순간을 위한 것 같았다.

"지구 대기에 갇힌 열 90%는 다시 바다로 향해요. 허리

케인은 바다에서 만들어지는데 따스해진 바다 온도로 힘을 키우며 이동하죠. 그래서 지금처럼 해수면 온도가 높아지면 허리케인은 더 강력해져서 심각한 파괴를 일으키며 더 오래 머무르는 거라고요."

"알았어, 딸. 맞아. 하지만 이 문제를 너무 곱씹지 않았으면 좋겠구나."

엄마가 나탈리 어깨를 토닥이며 차분히 말했다.

"그래도 엄마, 기후 위기에 손 놓고 있으면……."

"무슨 말인지 알지. 하지만 조금 지나쳐 보이네. 스스로 화낼 거리를 만들고 있는 것 같아. 기후 위기에 대해 너도, 나도 할 수 있는 건 없단다."

"우리가 할 수 있는 게 얼마나 많은데요!"

나탈리는 얼른 핸드폰을 꺼내 들며 말했다.

"인터넷에서 '지구 온난화를 막기 위해 할 수 있는 15가지'라는 글을 읽었는데……."

"나탈리!"

엄마는 나탈리를 진정시키려 했다.

"지금 루벤에 대한 속보가 들어왔습니다."

마리아의 다급한 목소리에 나탈리와 엄마 그리고 베아트리체 이모의 시선이 일제히 텔레비전에 꽂혔다.

"5등급 허리케인 루벤이 경로를 변경했다는 소식입니다.

마이애미 도시권을 직접 강타할 것으로 보입니다. 기상청은 마이애미-데이드, 브라우어드, 팜비치, 콜리어 그리고 먼로 지역에 '강제 대피 명령'을 내렸습니다."

나탈리 심장이 덜컥 내려앉았다.

"다시 한번 말씀드립니다, 여러분."

마리아는 침을 꼴깍 삼키더니 카메라를 똑바로 응시하며 이어 말했다.

"이제 기적은 없습니다. 초강력 허리케인이 여기에 상륙할 것이란 소식을 알려 드립니다."

파티는 끝났다

비가 억수같이 쏟아지고 온 집 안 불빛이 깜박거렸다. 나탈리와 엄마 그리고 베아트리체 이모는 소파에 나란히 앉아 세상을 뒤흔드는 폭풍우의 고함을 듣고 있었다. 낮게 울리다 커지더니 다시금 잦아들었다. 나탈리는 턱을 움직이며 침을 삼켜 막힌 귀를 뚫으려 애썼다. 이런 감정은 처음이었다. 정말 무서웠다.

이런 상황이 온종일 계속되지는 않았다. 마리아가 루벤을 초강력이라고 부르자마자 나탈리와 엄마는 서둘러 폭

풍우 대비를 끝마쳤다. 허리케인이 실제로 마을을 덮치기까지는 몇 시간이 남았다. 온 창문에 합판을 설치하고 문에 매트리스를 세워 막아 두는 바람에 밖으로 나갈 수 없었다. 전기는 나갈 게 분명했기 때문에 냉장고에서 녹거나 상할 음식을 먹어 치워야 했다. 그래서 루벤이 마이애미를 압박해 오는 동안 나탈리와 엄마 그리고 이모는 소파에 앉아 아이스크림을 먹으며 연속극을 봤다. 꼭 파티 같았다.

하지만 곧 그 파티는 완전히 끝났다.

우르르 쾅쾅! 천둥이 가까이서 내리치자, 집이 심하게 흔들렸다. 추로는 지난 1시간 동안 사시나무처럼 떨며 낑낑대더니, 마침내 먹은 것을 몽땅 게워 냈다. 이 심술쟁이 꼬마 강아지와 그다지 좋은 사이는 아니지만 안쓰러운 마음이 들었다. 나탈리도 속이 메스꺼웠다. 다행히 지붕은 허리케인 어마 이후로 수리해서 더 튼튼해졌다. 하지만 루벤은 어마보다 더 강하게 마이애미를 정조준해 할퀼 것이다. 루벤이 지붕을 또 날려 버리면 어쩌지? 그래서 다 같이 폭풍우에 쓸려 내려가면 어쩌지?

퍽! 집 옆쪽에 무언가가 부딪히는 소리가 들렸다. 나탈리는 움찔했다. 나뭇가지인가? 휴지통인가? 밖이 보일 리 없었다. 나탈리 방 창문도 다 합판으로 막아서 밖에 있는 우량계와 풍속계를 확인할 방법이 없었다.

설치한 합판 사이사이로 초록빛을 띠는 샛노란 번갯불이 번뜩번뜩 이빨을 드러냈다. 펑! 전기가 완전히 나가는 소리에 나탈리는 펄쩍 놀랐다. 폭풍이 몰아칠 때마다 불빛이 한꺼번에 사라지는 순간이 늘 무서웠다. 하지만 얼른 마음을 추스르고 엄마를 도와 조그마한 초 여러 개에 불을 켰다.

　핸드폰이 문자 메시지가 왔다고 반짝이자, 나탈리는 벽 콘센트에서 플러그를 뽑아 버렸다. 지금 상황에서 플러그를 더 꽂아 두어 봤자 아무 소용 없으니까.

　- *위에서 보니까 폭풍 정말 예술이다!*

　섀넌이 문자와 함께 강풍에 야자나무가 종잇장처럼 구겨져 보도로 꺾인 사진을 보냈다.

　- *여긴 별로 상황이 안 좋아. 방금 전기가 나갔어.*

　나탈리의 답장에 섀넌은 슬픈 얼굴 이모티콘을 남겼다.

　빗방울이 집을 무자비하게 때리는 와중에 쾅 하며 천둥이 쳤다.

　이모가 가슴에 성호를 긋고 말했다. 이모의 가냘픈 목소리는 폭풍우에 들릴까 말까 했다.

　"허리케인 조안이 생각나네. 1988년 허리케인 조안이 니카라과 전역을 강타했지. 온 나무와 농장이 쑥대밭이 되었단다. 게다가 도로며, 다리가 몽땅 쓸려 내려가고 집도 다 파괴되고 말았지. 내전이 끝나 가는 마당이라 안 그래도 형

편이 어려운데 조안까지 휩쓸자 사람들은 거의 바닥으로 내몰렸단다. 그땐 우리를 도와줄 정부도 없었어. 그래서 사람들이 저마다 가진 것을 서로 나누기 시작했지. 물론 도움은 됐지만, 그 정도로는 어림도 없었단다. 그래서 여기로 온 거야. 이 북쪽으로. 예전이 그리울 때도 있지. 그래도 지금 내 새끼들은 나보단 나은 삶을 사니까."

나탈리는 자리에서 일어나 이모 옆에 앉아 한쪽 팔을 쭉 뻗어 이모 어깨를 감싸안았다.

벽이 덜컹덜컹 흔들리자, 나탈리는 두 눈을 지그시 감았다. 햇볕이 쨍쨍 비치는 안전하고 평화로운 곳을 머릿속에 떠올렸다.

마리포사 같은 곳.

마리포사! 마리포사를 구하는 걸 잊었어!

"잠깐 얼른 다녀올게요!"

나탈리가 소리치더니 손전등으로 빛을 비추며 자기 방으로 뛰어갔다.

마리포사

나탈리는 방에 들어가 옷장 문을 활짝 열고는 걸려 있는 원피스며 외투 더미를 양옆으로 쭉 밀었다. 바닥 후미진 곳을 손전등으로 비추자, 차곡차곡 쌓여 있는, 밝은색 물감이 덧칠해진 신발 상자들이 보였다.

'마리포사.'

나탈리는 신발 상자들을 들어 침대로 조심조심 옮겼다. 더 일찍 구할 생각을 못 했다니, 죄책감이 울컥 올라왔다. 솔직히 오랜 시간 머릿속에서 마리포사를 잊고 지냈다.

마리포사는 나탈리가 3학년 때 만든 상상의 나라다. 마리포사 왕국은 나탈리가 지어낸 이야기, 수많은 그림과 지도에서 출발했다. 얼마 지나지 않아 나탈리는 하루하루 마리포사의 눈을 통해 현실을 판타지로 변신시켰다. 오키초비 도로를 따라 이어진 더러운 운하는 광채 나는 푸른빛 마리포사강으로 바뀌었다. 오래된 살굿빛 벽돌 건물인 물 위생 시설은 왕이 사는 마리포사성으로 탈바꿈했다. 성 지붕에는 물결 모양의 붉은 벽돌이 깔려 있고, 성 내부에는 아치형 복도도 있었다. 또 주민들이 강아지를 산책시키는 작은 공원은 마리포사 속 시골 마을로 자리 잡았다.

나탈리는 고개를 돌리며 방을 쭉 훑어보았다. 폭풍 속 내리꽂히는 번개에 벽에 가득 붙어 있는, 그레타 툰베리와 여러 케이팝 아이돌의 포스터가 보였다. 이전에는 마리포사와 관련된 것으로 벽을 죄다 도배했었다. 나탈리는 푸드 트

럭에서 주는 바스락대는 바둑무늬 포장지를 몇 시간이고 잘라 마리포사 지폐로 변신시켰다. 또 시리얼 상자의 얇은 판지를 자르고 색칠해 마리포사 여권을 만든 다음, 가족과 친구들에게 나눠 주었다. 마리포사 헌법을 직접 쓴 것도 모자라 여러 주와 영토에 대한 지도까지 아주 꼼꼼하게 만들었다.

나탈리는 침대에 걸터앉아 신발 상자 하나에 붙여 놓은, 파랑 하드보드지 나비를 살포시 쓰다듬었다. '마리포사'는 에스파냐어로 '나비'라는 뜻이다. 모든 돈과 마리포사 국기와 공식 선언문에 마리포사, 즉 마이애미파랑나비를 새겨 넣었다.

나탈리는 마리포사를 잊어버린 채 지낸 시간 때문에 마음이 좋진 않았다. 하지만 더는 어린애가 아니다. 벌써 7학년이다. 계속 동화 속에서 살 순 없지 않은가. 그럼에도 불구하고 내 삶에서 큰 의미로 남은 마리포사를 잃고 싶지 않았다.

나탈리는 의자에 올라서서 마리포사 상자 더미를 책장 위로 올렸다. 노트북보다 더 높은 곳, 겨우 손이 닿을 만한 곳에 두었다. 거기라면 홍수가 나도 추억을 간직할 수 있을 것 같아 안심이 되었다.

집이 크게 흔들리자, 나탈리는 몸을 움츠렸다. 밖에서 루벤이 격렬히 화를 내고 있었다.

손전등으로 지붕 이음새를 비추며 어디 균열 난 곳은 없는지 확인했다. 아무 일도 없었다.

아직은.

나탈리는 거실로 후다닥 나가, 엄마와 이모가 앉은 소파에 몸을 비집고 들어가 옹그렸다.

"아빠한테 연락이 왔는데, 무사하다는구나."

엄마가 핸드폰을 들어 보이며 말했다.

나탈리는 고개를 끄덕였다. 아빠가 무사하다니 다행이었다. 하지만 갓난쟁이였을 때 엄마 아빠가 이혼한 탓에 아빠에 대해 잘 알지 못했다. 지금껏 두 번 본 게 다였다. 그래도 푸에르토리코 사람들이 얼마나 힘든 역경을 헤쳐 나가고 있는지 잘 알고 있었다. 허리케인 마리아가 휩쓸고 간 피해도 아직 다 복구하지 못했다고 들었다. 허리케인 마리아는 허리케인 어마가 플로리다 남쪽을 강타한 그해에 푸에르토리코를 할퀴었다.

그때 또 다른 메시지가 도착했다. 섀넌이었다.

– 이렇게 핼러윈이 떠나가네. 의상에 우리 피와 땀을 쏟아부었는데!

나탈리는 머릿속에서 핼러윈을 완전히 잊고 있었다. 나탈리는 마리아 마티네즈로, 섀넌은 허리케인으로 의상을

꾸미고 폭풍우를 뚫으며 뉴스 보도를 하는 마리아를 연출하려 했다. 마지막에는 나탈리의 바람막이 옷에 펄럭대는 신문지를 핀으로 고정하고 또 홀딱 뒤집힌 우산을 어깨에 걸치며 끝내려 했다.

의상 생각에 미소 짓던 나탈리는 금세 미간을 찌푸렸다. 이 상황에서 섀넌은 그런 생각이나 하고 있다니! 나탈리는 지붕이 날아갈까 봐 애간장을 졸이는데!

핸드폰 위에서 손가락이 허우적댔다. 어떻게 답장을 해야 할까? 더 심각한 문제를 걱정해야 할 상황이라고 말하고 싶었지만, 친구 기분을 상하게 하고 싶지 않았다.

– *핸드폰 꺼야겠다. 배터리 아껴야 해서 말이야.*

이렇게 문자를 남겼다.

쾅!

엄청난 굉음에 모두 소스라치게 놀랐다. 거센 바람이 현관에 세워 둔 매트리스를 내동댕이쳤다.

와장창! 폭풍우가 현관문 위에 난, 길고 좁다란 창문을 산산조각 냈다. 나탈리와 엄마는 바닥에 흩어진 유리 조각을 피해 매트리스를 똑바로 세우려 애썼다. 하지만 현관문 아래로 흙탕물이 왈칵 비집고 들어오더니 집에 물이 차기 시작했다.

"물부터 막아야 해요!"

나탈리가 소리쳤지만, 엄마에게 닿지 못했다. 바람 소리는 경적을 울리며 지나가는 화물 열차 같았다.

빠바아아아아아. 빠바아아아아아아아.

살면서 이렇게 귀청이 떨어질 것 같은 소리는 처음이었다. 나탈리는 자기도 모르게 두 귀를 손으로 막았다.

나탈리는 화장실에서 수건 여러 장을 챙겨 현관으로 돌아왔다. 이미 물이 약 5센티미터 차올랐다. 천장이 덜거덕 비틀대고 벽이 잔물결을 일으키자 나탈리는 겁이 났다.

'안 돼. 지붕은 안 돼! 이번에는 안 된다고!'

나탈리가 지붕에서 두 눈을 떼지 않은 채 제발 지붕이 날아가지 않게 해 달라고 간절히 비는 사이에 꽝 집 뒷벽이 무너지면서 집 안으로 우그러졌다.

하이얼리아까지 바다가 오다

가슴팍까지 오는 잿빛 물이 집 안으로 세차게 밀려오자, 나탈리는 몸이 훅 들려 발이 땅에 닿지 않았다.

몸이 소파 탁자에 부딪히는 바람에 나탈리는 짠물을 삼켰다. 거실 바닥에 질질 끌려 다니다가 겨우 수면 위로 고개를 내밀고 사레들린 기침을 토하며 침을 퉤퉤 뱉었다. 버

거웠다. 이 모든 게 한꺼번에 쏟아졌다. 물은 다시금 나탈리를 끌어 내려 벽과 식탁에 내동댕이쳤고, 침수를 피해 높이 올려 둔 물건들은 나탈리를 공격했다. 나탈리는 가라앉고 있었다. 물에 빠져 죽고 있었다.

그 순간 권투 선수가 강력한 한 방을 날리고 뒤로 물러나는 것처럼 루벤이 물러났다. 나탈리는 벽면에 기대어 몸을 겨우 일으켰다. 물은 허리춤에서 철렁거렸다. 나탈리는 기침을 콜록콜록 내뱉으며 웅얼댔다. 목이 붓고 두 팔다리는 아려 왔다.

"엄마?"

쩍쩍 갈라지는 목소리로 나탈리가 말했다.

"엄마?"

나탈리 말은 또다시 폭풍우의 화물 열차 경적에 잡아먹혔다. 손전등과 핸드폰은 어디로 갔는지 찾을 수도 없었고 기도용 초도 다른 물건과 함께 물에 잠겨 버렸다. 집은 칠흑같이 깜깜했다. 보이는 거라고는 집 뒷벽 사이에 난 구멍으로 번득이는 번갯불뿐이었다.

'물살에 우리 집 뒷벽이 무너지다니.'

미쳤다. 이런 일은 벌어질 수 없었다. 바다 근처도 아니고, 하이얼리아는 해변에서 몇 킬로미터나 떨어져 있었다. 하지만 물은 무릎까지 차올라 폭풍이 일으키는 물살을 따라 높아졌다 낮아지기를 반복했다. 꼭 파도를 헤치며 바다로 들어가는 기분이었다.

정말로 바다가 나탈리를 찾아온 것이다.

엄마가 나탈리 옆에서 불쑥 튀어 올라 숨을 헐떡거렸다. 나탈리는 엄마를 꽉 붙들었다. 물이 계속 꿀렁꿀렁 움직이는 탓에 나탈리도 두 다리로 딛고 서는 게 힘들었다. 하지만 온 힘을 다해 버티며 엄마를 끌어 올렸고 엄마는 연신 침을 뱉으며 헛구역질했다.

엄마가 나탈리 팔을 꽉 쥐고 휙 끌어당겼다.

"베아트리체 이모!"

엄마가 나탈리 귓전에 소리쳤다.

이모! 이모는 어디에 있지? 나탈리가 고개를 드는 바로 그 순간 집으로 밀려오는 또 다른 파도와 마주쳤다. 그 바람에 소파와 식탁 그리고 텔레비전 협탁이 나탈리와 엄마를 덮쳤고 다 함께 집 앞 벽면으로 쓸려 가 쾅 부닥쳤다. 나탈리는 아픔에 눈앞이 아득했지만, 정신을 바짝 차리려 애썼다. 하지만 물을 가득 머금은 매트리스가 나탈리를 다시 내리쳤다. 비명을 지를 틈도 없이 벌어진 입으로 미지근한 짠물이 들어와 다시 한번 꿀꺽 삼켜야 했다.

나탈리가 아등바등 물 위로 올라와 보니 옆에 엄마가 있었다. 계속 기침과 헛구역질을 내뱉었지만 무사했다. 그리

고 추로가 소파에 딱 매달려 있었다. 이 꼬마 강아지가 아직 살아 있다니! 추로는 물에 거꾸로 처박힌 소파 위에 서 있었다. 자신을 공격한 게 소파라는 듯이 아래를 향해 캉캉 짖어 댔다.

이모는 여전히 보이지 않았다. 그러다 문득 추로가 뭔가를 알리고 싶어 짖는 게 아닐까 하는 생각이 들었다. 나탈리는 소파 위에 있는 추로를 끌어 내린 다음, 소파를 바르게 뒤집었다. 그러자 베아트리체 이모가 두둥실 떠올랐다.

"안 돼! 이모!"

나탈리가 빽 울부짖었지만, 이모는 그 어떤 반응도 없었다. 두 눈은 꼭 감겨 있었고, 숨을 쉬는 건지도 알 수가 없었다.

추로를 다시 소파 위에 두고 엄마를 향해 미친 듯이 팔을 흔들어 도와 달라고 했다. 나탈리는 두 팔을 이모 겨드랑이에 끼고 힘껏 들어 올려, 간신히 이모 얼굴을 물 위로 빼낼 수 있었다. 하지만 파도가 넘실대며 흘러 들어오자, 또 다 같이 집 앞 벽면으로 내던져졌다.

엄마는 헤엄쳐 오자마자, 나탈리에게서 이모를 받아 안았다. 이모를 떠나보내고 싶지 않았다. 나탈리는 이모가 죽었을지도 모른다고 생각하자, 도저히 견딜 수가 없었다. 창백한 이모 얼굴을 똑바로 볼 수가 없었다.

"현관문을 열어 봐!"

폭풍의 고함을 뚫고 엄마가 외쳤다.

나탈리는 고개를 끄덕였다. 도움이 될 건 뭐든 할 준비가 되어 있었다. 얼른 잠금장치를 풀고 문을 열려 했지만, 높이 차오른 물 때문에 열리지 않았다.

'안 돼, 안 된다고, 안 된단 말이야!'

나탈리는 생각했다. 문 옆에 달린 아무 창문이나 열어 보려 했지만, 창문 밖에 합판을 덧댄 탓에 불가능했다. 모두 허리케인을 막아 내려고 한 일이었다. 나탈리는 주먹으로 합판을 쾅 내리쳤다. 루벤이 집 뒷벽으로 들이닥칠지 누가 알았을까?

왈 왈왈 왈왈! 왈왈 왈왈 왈 왈 왈!

잔뜩 화가 난 추로가 루벤더러 다시 바다로 돌아가라고 마구 짖어 댔다. 하지만 루벤은 계속 머물렀다. 물이 점점 차올랐다. 집 안 가구로도 모자라 접이식 의자, 철제 식탁 심지어 쓰레기로 가득 찬 비닐봉지까지 바깥에서 밀려 들어와 집 안을 꽉 채웠다. 덤불 무더기 하나는 나탈리의 얼굴을 할퀴었다.

나탈리는 떠내려오는 물건들을 옆으로 밀어제치며 뚫린 뒷벽으로 도망치려 했지만 그러기에 폭풍 해일은 너무나 강력했다.

모두 갇혔다. 이 추세로 물이 점점 차오른다면, 분명 다 익사할 거다.

폭풍 속으로

엄마가 손가락으로 현관문 위에 난 좁다란 창문을 가리켰다. 합판을 설치하지 않은 단 하나의 창문. 나탈리는 단박에 이해했다. 나탈리가 몸을 비집고 통과할 수 있는 크기였다. 물론 거기까지 닿는 게 문제이긴 했지만.

창문 아래 켜켜이 쌓여 움직이는 가구와 잔해를 밟으며 기어올랐다. 발아래로 모든 게 꿀렁거렸지만, 곧 밀려오는 파도가 나탈리를 위로 힘껏 올려 주었다. 그 덕에 나탈리는 창턱을 손으로 움켜잡고 몸을 끌어 올렸다.

두 팔은 불타는 듯했고 배는 들쑥날쑥 깨진 유리에 긁혔다. 나탈리는 폭풍 속으로 머리를 내밀었다. 밖으로 나가자마자 아래로 떨어질까 봐 두려웠지만, 안팎의 물 높이는 비슷했다. 나탈리는 수영장에서 거꾸로 다이빙하듯 뒤로 몸을 던졌다.

아무리 헤엄을 곧잘 치는 나탈리라도 허리케인 속으로 뛰어드는 건 무모한 일이었다. 빙빙 도는 거무튀튀한 물이 나탈리를 밀고 당겼다. 비는 얼굴에 사정없이 내리쳤고 바람은 귓전에서 아우성을 쳤다. 번뜩이는 번개는 두 눈을 멀게 했다. 작은 부스러기들이 얼굴로 날아들었다. 풀? 돌멩이? 집 지을 때 쓴 재료인가? 나탈리도 몰랐다. 아니, 알 수가 없었다.

두려움이 솟구쳤다. 물은 이제 가슴팍까지 불어나 나탈리는 서 있기도 힘들었다. 밖에서 현관문을 열어 보려 했지만 아무리 힘을 써도 소용없었다. 창문에 설치된 합판을 뜯으려 해도 나탈리와 엄마가 너무 꼼꼼히 작업한 바람에 미동도 안 했다.

밖에서 나탈리는 높은 창턱을 잡고 몸을 끌어 올렸다. 물 높이가 높아서인지 창에 올라타는 건 쉬웠다. 창문 너머로 몹시 겁먹은 엄마가 두 팔로 이모를 감싸안고 있는 게 보였다. 이모는 여전히 의식이 없었다.

"엄마! 합판이 꼼짝도 안 해요!"

나탈리가 울부짖었지만, 이번에도 루벤은 가벼이 그 말을 삼켰다.

엄마가 나탈리를 향해 뭐라고 말하려는 순간, 파도가 또 집 뒷벽 쪽에서 거세게 들이치더니 엄마와 이모를 다시 물속으로 쑥 끌어 내렸다.

"안 돼!"

나탈리가 울부짖었다. 창턱에 매달린 나탈리는 점점 커지는 절망감을 느끼며 엄마가 다시 수면 위로 떠오르길 간절히 바랐다. 그 시간이 길게만 느껴졌다. 드디어 엄마가 침을 캑캑 뱉으며 이모와 수면 위로 올라오려고 발버둥을 쳤다. 하지만 폭풍 해일은 엄마와 이모를 집어삼킬 만큼 높았다.

"창문으로 기어 나와요!"

나탈리가 외쳤다. 엄마는 고개를 내저었다. 사실 창문이 너무 좁아 통과하지 못하리라는 걸 둘 다 알고 있었다. 이모는 말할 것도 없고.

또다시 파도에 엄마와 이모가 물속으로 사라졌다. 누가 나탈리를 집에서 떼어 내려는 듯 홱 잡아당겼다. 나탈리는 죽을힘을 다해 버텼다. 이제 물은 더 높아져 나탈리 발은 땅에 아예 닿지도 않았다.

그래도 루벤이 베푸는 자비 덕분에 나탈리는 그나마 매달려 다리를 허우적댔다.

집 안에서는 엄마가 이모 무게로 인해 물에 가라앉고 있었다. 이모 얼굴은 금세 물에 빠질 지경이었다. 다시 집 안으로 기어 들어가려는데, 엄마가 다급히 손사래를 쳤다.

"하지 마! 그러다 너까지 갇혀!"

엄마가 창문 밖으로 추로를 내보내며 외쳤다. 꼬마 강아지는 다시 짖어 댔다. 정말 밥 먹듯이 짖는구나! 나탈리는 오른팔로 추로를 감싼 다음 가슴팍 가까이, 물에 닿지 않도록 높이 끌어안았다.

엄마가 집 밖을 가리키며 외쳤다.

"가! 이 폭풍에서 벗어나!"

나탈리는 고개를 내저었다. 눈물인지 비인지 모를 물 때문에 눈앞이 잔뜩 흐렸다.

"싫어! 엄마를 두고 떠나지 않을 거야!"

그러나 그 순간, 밀려오는 세찬 파도에 나탈리 몸이 들리더니 창턱에서 손이 쭈르륵 미끄러졌다.

"안 돼!"

나탈리가 절규하자, 다시 더러운 물이 한가득 입을 비집고 들어와 꿀꺽 삼켜야 했다. 굴러떨어지고 빙그르르 돌면서도 나탈리는 꼬마 강아지와 함께 익사하지 않으려고 필사적으로 몸을 곤추세웠다.

"사랑해, 우리 딸!"

어렴풋이 목소리가 들렸다. 실제로 들은 게 아니라 해도 나탈리는 엄마 목소리라고 믿고 싶었다. 거리로 나온 나탈리와 추로는 폭풍에 휩쓸려 한없이 떠내려갔다.

미국 캘리포니아주 시에라네바다산맥

아키라

02

아무런 진전이 없다

아키라는 멍하니 고개를 들어 올렸다. 아키라 자리 바깥쪽에 무언가 강하게 부닥쳤다.

'자동차야.'

정신이 혼미했지만 어렵사리 기억을 떠올렸다. 퍽! 얼마 지나지 않아 무언가 머리를 힘껏 쳤다.

'에어백이구나.'

대시 보드와 여기저기 문에서 에어백이 순식간에 부풀어 오르며 방금 전 충돌과 맞먹을 정도의 충격이 모두를 강타했다.

아키라와 수 몸이 단박에 의자 가운데로 몰리자, 둘은 서로 도와 상체를 일으켰다. 아키라는 눈을 끔벅이며 어질어질한 머리를 좀 진정시키려 했다.

"아빠? 괜찮아요?"

아키라가 겨우 말을 꺼내는데 혀가 부어 올라 입안에 가득 찼다.

앞자리에 있던 아키라 아빠가 몸을 살짝 움직였다. 수 아빠도 몸을 똑같이 움직였다. 겉보기에는 모두 괜찮아 보였다.

아키라 아빠가 자신을 에워싼 에어백을 쥐어 뜯어내며 앞을 살폈다.

"출발할까요?"

아키라 아빠 말에 수 아빠가 액셀을 세차게 밟았지만, 엔진이 멈췄다. 다시 시동을 걸었다.

"시동이 안 걸리네요?"

수 아빠가 말했다.

아키라가 빵빵한 에어백을 옆으로 밀어내자, 충돌한 차가 뒷문에 박혀 있는 게 창문 너머로 보였다. 그 차 역시 에어백이 죄다 한껏 부풀어 내부가 보이지 않았다.

불과 몇 초 전, 불에서 겨우 탈출했는데 또다시 자동차가 있는 숲 주변까지 화염이 퍼져 있었다. 불이 이 나무에서 저 나무로 풀쩍 뛰어 번지는 모양새가 꼭 다람쥐를 닮아 있었다. 눈길을 휘어잡는 광경이었다.

충돌한 차 위로 뜨거운 불덩이가 훅 떨어져 이내 눌어붙자, 그 자리에서 연기가 스르르 피어올랐다. 문득, 아키라는 전에 본 다른 차가 떠올랐다. 도랑에 처박힌 채 불타던 바로 그 차.

충돌한 차가 불붙기까지 얼마나 걸렸을까?

그럼, 우리 차가 불붙기까지는 얼마나 걸릴까?

"아빠! 당장 여기서 나가요!"

아키라가 쥐어짜듯 소리쳤다.

덫

"이 차를 놓고 갈 순 없어요. 밖에 나가면 다 죽을 거라고요."

수 아빠가 말했다.

"도랑에 박힌 그 차도 불타고 있었잖아요. 우리 차도 불타고 말 거예요!"

아키라는 모두에게 말했다.

수는 아키라 옆에서 흐느끼며 눈물을 훔치고 있었다. 살가죽이 뜨거워 숨을 쉬기조차 어려웠다.

"아키라 말이 맞아요. 여기서 나가야 해요. 얼른!"

아키라 아빠는 말을 끝내자마자 문을 홱 열었다. 그러자 거뭇거뭇한 연기가 차 안으로 밀려 들어왔다. 아키라는 두 눈을 질끈 감았다. 숨이 막혀 왔다.

수 아빠가 문을 열고 나가자, 더 많은 연기가 차 안으로 쏟아져 들어왔다.

"수, 얼른 나와!"

수 아빠는 수에게 다급히 소리쳤다.

그사이 아키라는 안전띠를 푼 다음, 문을 열려고 끙끙 댔다. 하지만 문은 꼼짝도 안 했다. 뭐야? 안 돼! 거듭해서 문을 사정없이 밀다가 그제야 충돌한 차가 문을 꽉 막은 걸 알아챘다.

아키라 아빠가 수가 앉은 쪽 뒷문을 열고 안을 들여다보았다.

"아키라! 얼른 나와야 해!"

"그럴 수가 없어요! 문이 막혔다고요!"

아키라는 아빠에게 말했다.

"수, 그쪽으로 빠져나가야겠어."

아키라 말에 수는 어떤 미동도 없이 그저 어깨 한쪽만 부여잡고 울며 고개를 절레절레 흔들었다.

"안 될 것 같아."

수는 눈물 젖은 목소리로 말했다.

아키라는 화가 불끈 났다. 수 문제가 뭔지 도통 알 수가 없었지만, 살살 달래 줄 시간적 여유가 없었다. 아키라가 수의 안전띠를 풀자, 두 아빠는 수를 문밖으로 빼냈다.

수 뒤로 기어 나오던 아키라는 몸이 절로 움츠러들었다. 차 밖으로 나가는 게 꼭 오븐 안으로 발을 들이는 것처럼 느껴졌다. 뜨거운 바람이 얼굴을 사정없이 때리고 짙은 연기는 폐 구멍 하나하나에 박혀 숨통을 조였다. 주변의 모든 나무가 하나같이 맹렬한 기세로 타올라 눈이 멀 지경이었다.

아키라 아빠는 아키라를 가까이 끌어안았다. 아빠 품에서 아키라는 메아리치는 절망과 두려움을 느꼈다.

"저기 또 다른 차가 있네요! 아직 차에서 아무도 나오지 않았어요!"

수 아빠가 다급히 말했다.

"여기 도로에 잠깐 있어라."

아키라 아빠가 아키라와 수에게 말했다. 두 소녀는 두 아빠가 차에 있는 누군가를 도우러 헐레벌떡 뛰어가는 뒷모습을 우두커니 바라봤다.

수가 갑자기 비틀대자, 아키라가 부축했다. 축 늘어진 왼팔을 다른 쪽 손으로 꽉 부여잡은 수의 얼굴이 몹시 일그러져 있었다. 아키라 생각보다 수가 입은 부상이 심각한 모양이었다.

펑! 도로 건너편에서 타던 나무 하나가 갑자기 폭발하자, 그 소리에 아키라와 수는 질겁해 비명을 질렀다.

폭발한 나무는 서서히 기울어지기 시작했다. *타닥타닥 툭툭 툭툭 퉁!* 결국 도로에 내리꽂힌 나무로 인해 두 소녀와 두 아빠는 서로 닿을 수 없게 되었다.

인간 핀볼

"아빠!"

아키라가 목청껏 소리쳤다.

"아빠!"

수가 절규했다.

아키라가 수를 데리고 불타는 나무 주변을 어떻게든 헤쳐 나가려 했지만, 펼쳐진 불길 속에서 그 어떤 길도 안전하지 않았다. 수많은 불티가 주황빛으로 번득이며 바람결에 매섭게 소용돌이쳤다.

"아키라!"

"수!"

두 아빠는 목이 찢어져라 딸의 이름을 부르짖었다. 아키라가 가는 눈을 뜨고 불타는 나뭇가지 사이사이로 보니, 두 아빠는 팔을 둘러 차에서 구출한 노부부를 한 명씩 부축하고 있었다. 또 다른 차에 타고 있던 사람들이었다.

"아빠! 거기로 갈 길이 없어요!"

아키라가 소리 질렀다.

퉁! 뒤에서 또 다른 나무가 쓰러지자, 아키라와 수는 머리를 휙 수그려 나무에서 멀찍이 떨어졌다.

"아키라! 당장 도망쳐! 안전한 곳으로 가!"

"싫어요!"

아키라는 울부짖으며 아빠에게 대답했다. 아빠를 떠날 수는 없었다. 어디로 가야 하는 걸까? 둘이 이 불구덩이에서 어떻게 살아남을 수 있을까?

"일단 이 불을 벗어나고 그다음에 집으로 가! 길을 알고 있잖아!"

"난 못 해요!"

아키라가 아빠에게 대답했다.

"아빠!"

수가 울부짖었다.

"수, 이겨 낼 수 있어. 둘이 꼭 붙어 다녀야 해. 모두 괜찮을 거야. 사랑한다!"

짙은 연기 사이로 들리는 수 아빠 목소리에는 가슴 저리는 비통함이 서려 있었다.

"안 돼! 아빠!"

아키라가 다시 부르짖었다.

"사랑해, 아키라!"

아키라 아빠가 목이 터져라 외쳤다.

쾅! 또 다른 나무 하나가 아이들 뒤로 쓰러졌다. 꽝! 그 다음 또 하나, 더는 옥신각신하며 꾸물거릴 시간이 없었다. 아키라는 수 손을 꼭 잡아끌며 길을 나섰다.

'안전한 곳으로 가.'

아키라는 아빠 말을 되뇌었다. 이 산불 한가운데서 안전한 곳은 도대체 어디일까? 심지어 도로마저 불의 손아귀를 벗어날 수 없었다. 이글이글 타는 크고 작은 나뭇가지가 온 도로를 뒤덮고 있었다. 아키라와 수는 달리다가 여기저기에 발부리가 걸려 비틀비틀했다. 아키라는 눈을 뜨기는커녕 숨을 쉬기도 버거웠다.

이동하는 내내 아키라는 두 눈을 꼭 감고 수와 맞잡지 않은 손을 쭉 내밀어 길을 찾았다. 오른쪽에서 뜨거운 열기가 훅 느껴지면 왼쪽으로 방향을 틀었다. 또 왼쪽에서 탁탁 쪼개지거나 터지는 소리가 들려오면 오른쪽으로 꺾는 식이었다.

뒤따라오던 수가 아파서 눈물을 터뜨렸다. 아키라는 뒤를 돌아 보았다. 여태 꽉 부여잡고 버텼던 팔이 옆구리에서 비정상적으로 덜렁덜렁 흔들렸다. 또 수는 배가 아픈 것처럼 한껏 몸을 숙여 배를 움켜쥐고 있었다. 무언가 단단히

잘못된 모양이었다. 하지만 여기서 멈출 수는 없었다. 아직은 아니었다!

아키라는 어떻게 해서든 연기도, 불도 없는 곳을 찾아가려고 발걸음을 묵묵히 옮겼다. 하지만 연기와 불은 지천으로 깔려 있었다. 아키라는 불타는 소나무에 부딪히고는 재빠르게 뒤로 물러났지만, 이미 불꽃이 드러낸 송곳니에 물린 듯 고통으로 울부짖었다. 하지만 이내 다른 나무와 또 부딪힐 뻔했다. 핀볼 속 구슬처럼 아키라는 까만 연기와 타는 열기에 치이고 치이며 걸었다. 그 뒤로 수가 휘청이며 따라왔다.

숲 바닥에서 타다닥타다닥 소리가 들려오고 연기도 피어올랐다. 아키라가 우뚝 멈췄다.

'이런, 여긴 도로가 아니라 숲이잖아!'

그 사실을 번쩍 깨닫자마자 그나마 안전한 도로를 다시 찾아가려고 뒤돌았다. 하지만 길은 사라진 지 오래였다. 이미 연기 속으로 자취를 감췄다.

아키라는 방향을 정하고는 수를 끌어당겼다. 나부대는 불길을 이리저리 피하며 걷다가 마침내 숲속 작은 빈터를 찾았다. 연기가 꽉 들어차 있었지만 적어도 불은 없었다.

"아빠? 거기 있어요? 제 목소리 들려요?"

아키라가 큰 소리로 말하고는 숨을 고르려고 몸을 반으

로 구부렸다.

"아빠?"

수도 힘을 쥐어짜 외쳤다.

그 순간, 누군가 다가오는 걸음 소리가 들려왔다. 숲 바닥에 잔뜩 깔린 메마른 솔잎이 탁탁 쪼개지고 터지는 소리였다. 희망을 가득 품고 둘은 고개를 들었다. 하지만 아빠일 리 없었다.

모리스다. 탁탁 쪼개지고 터지는 소리는 바로 불이 나무를 하나, 하나, 하나, 차례로 꿀꺽하면서 두 아이에게 스멀스멀 다가오는 소리였다. 마치 산불이 아키라 그리고 수와 끔찍한 숨바꼭질을 하는 것 같았다.

"서두르자. 아직 끝난 게 아닌가 봐."

아키라는 수 손을 다시 잡으며 지친 목소리로 말했다.

안 좋은 신호

아키라와 수가 도착한 또 다른 조그마한 빈터에는 연기가 두텁지도, 불이 보이지도 않았다. 적어도 아직은.

수가 땅바닥에 맥없이 쓰러지자, 아키라도 그 옆에 주저앉았다. 잠깐의 휴식이 이리 반가울 줄이야. 땀에 흠뻑 젖은 둘은 몸 여기저기가 긁히고 덴 채로 숨을 헐떡댔다.

수가 두 눈을 질끈 감고 상처 입은 팔을 부여잡는 동안 아키라는 어디에 도착한 건지 가늠하려 애썼다. 도로를 떠나 언덕을 오른 다음, 숲으로 접어들었다. 하지만 지금 대체 어디에 있는 걸까? 얼마나 달려온 걸까?

"아빠?"

아키라는 쩍쩍 갈라지는 목소리로 다시 부르짖었다.

어디서도 대답이 들리지 않았다.

"아빠?"

이번에는 수가 콜록콜록 밭은기침을 토하며 소리쳤다.

여전히 대답이 들리지 않았다.

"우리는 죽게 될 거야. 이 불이 우리를 집어삼켜서 결국에 죽고 말 거야."

수가 신음을 내뱉으며 말했다.

아키라는 고개를 흔들었다. 그 말을 믿고 싶지 않았다.

"우리는 죽지 않아. 그런데 너, 핸드폰 있어?"

아키라는 쌕쌕대며 수에게 물었다.

수가 고개를 내저으며 눈물을 손으로 훔쳤다.

"아까 그 사고 난 자동차에 떨어뜨렸어."

아직 핸드폰을 지니고 있던 아키라는 얼른 꺼내서 아빠에게 연락했지만 받지 않았다. 어쩌면 받을 수 없는 상황일지도. 엄습하는 공포가 아키라 목구멍을 꽉 조여 와 점점 숨을 쉬기가 버거웠다. 뜨거운 바람이 세차게 불어와 얼굴을 때렸다. 모리스가 이 빈터로 불티를 던져 둘을 내쫓기 전까지 시간이 얼마나 남았을까?

아키라는 엄마에게 전화를 걸었다. *따르릉 따르릉 따르릉.* 마음 깊이 절망감이 솟는 걸 느끼며 신호가 가는 소리만 듣고 있었다.

"아키라! 어머, 세상에나! 살아 있었구나! 어디에 있니? 무슨 일이 일어난 거니?"

마침내 전화를 받은 엄마가 소리쳤다.

아키라는 안도감으로 몸에 힘이 쑥 빠졌다. 아키라는 엄마에게 수와 수 아빠를 만난 일과 모두 한 차를 타고 불을 뚫고 가야만 했던 괴로운 여정 그리고 어떻게 두 아빠와 떨어졌는지 속사포처럼 쏟아 냈다.

"걱정하지 마. 아빠는 이 산을 손바닥 뒤집듯 훤히 꿰고 있잖니."

엄마가 태연하게 말했지만, 아키라는 그 목소리에 깃든 두려움을 읽었다. 의구심이 들었다고 할까?

"아키라, 이제부턴 '너'에게 집중해야 해. 당장 해야 하는 건……"

"뭘 해야 한다고요? 엄마, 연결이 끊겨요."

아키라가 훌쩍이며 말했다.

"엄마가 인터넷으로 상황을 보니까 말이야······."

엄마가 말을 이었지만, 소리가 끊기기를 반복했다.

"엄청나게 큰 대형 화재가 있어. 하지만 ······불이 산 여기저기, 네 주변에도 있구나. 아마도 시작은······ 아니면 전선에 불이 난 것 같아. 작게 일어나는 불은······. 또 대형 화재와 서로 만나면서 초대형 화재가 되고 있단다. ······주변에 온통 깔렸는데 집에 오는 방법이 있긴 있어! 만약 네가······."

"만약에 제가 뭐요? 엄마? 엄마, 잘 들려요?"

아키라가 물었다.

아키라는 핸드폰을 귓전에서 멀리 떨어뜨리고는 화면을 보았다. 신호가 뚝 끊겼다.

찾았다, 네가 술래야!

아키라는 다시 엄마에게 전화했지만, 저장된 목소리가 자동으로 흘러나오더니 연결이 되지 않아 음성 녹음으로 넘어간다고 나왔다. 신호 연결 상태를 나타내는 막대기도 아예 보이지 않았다.

아키라는 고개를 떨구었다. 정말로 둘뿐이라니…….
"엄마가 뭐라셔?"
수가 물었다.
"연결이 자꾸만 끊겼어. 우리 주변 곳곳에 불이 깔렸는데, 하나로 합쳐지면서 초대형 화재가 되고 있대."
수는 두 눈이 휘둥그레지더니 망연자실한 표정을 지었다. 거의 넋이 나간 듯했다.
"불이 지나는 길에서만 벗어나면 돼. 우리 집까지 가는 길은 내가 알고 있으니까."
아키라는 수를 진정시키려 애썼다.
다시금 아키라는 수가 어깨를 부여잡고 있다는 걸 깨달았다.
"많이 아파?"
수는 고개를 끄덕이며 대답했다.
"팔을 움직일 수가 없어."
아키라는 미끄러지듯 수 옆으로 가 살펴보았다. 티셔츠 소매를 위로 올리니 수가 신음을 내뱉었다. 어디에도 베인 상처나 핏자국은 없었지만, 왼쪽 어깨가 왠지 멀쩡해 보이지 않았다. 오른쪽 어깨보다 처져 보였고 둥그스름한 모양도 아니었다.
"아빠랑 나랑 캠핑 간 적이 있는데, 그때 말이 아빠를 내던지는 바람에 어깨가 탈구되었어. 내가 보기에 네 어깨도 그런 것 같아. 아무래도 안전띠 때문인가 봐."

아키라는 아빠가 말에서 뚝 떨어졌을 때 얼마나 고통스러워했는지 떠올랐다. 수의 부상이 그 정도로 심각한 수준이라면, 수는 보통 강단 있는 아이가 아니었다.

"얼음을 대고 있으면 좋을 텐데……. 어깨 보호대도. 아빠가 저번에 남는 셔츠로 어깨 보호대 만드는 법을 가르쳐 주셨거든."

'아빠가 가르쳐 준 게 또 있네.'라고 아키라는 생각했다.

"일단 입고 있는 티셔츠를 한번 벗어 봐. 그다음 머리만 다시 넣고, 팔은 소매에 넣지 않고 옷자락에 걸치는 거야. 이렇게 하면 팔이 이리저리 흔들리진 않을 거야."

아키라는 수를 부축해 일으킨 다음, 티셔츠를 어깨 보호대 모양으로 만들어 입는 걸 도와주었다.

"이 일을 다 겪고도 넌 어쩜 그렇게 차분하니?"

수가 질문했다.

아키라는 '절대' 차분하지 않았다. 사실 오늘은 모든 걸 뒤로한 채 즐겨야 하는 아키라의 날이었다. 배터리를 가득 채우는 재충전의 날. 근데 아직 즐기지도 못했는데, 당장 산불을 헤쳐 나가야 한다니. 그뿐인가, 누군가를 돌보며 이야기도 나누어야 한다니! 미치고 팔딱 뛸 노릇이었다. 하지만 매 순간 느끼는 감정을 굳이 다 드러낼 필요는 없었다.
특히 깊이 알지 못하는 사람에게는 더더욱 그랬다.

아키라는 한숨을 푹 내쉬었다. 또 산불 속에서 길을 잃게 된다면 그 누구도 아닌 다저와 아키라, 둘뿐이었으면 좋겠다고 생각했다.

"다 됐다."

수의 티셔츠를 잘 고정하고 나서 아키라가 이어 말했다.

"쿠퍼즈타운에 있는 병원에 도착하면 의사 선생님들이 어깨를 제자리에 잘 끼워 주실 거야. 병원은 우리 집이랑 같은 방향이거든. 집에 도착하기 전까지 우리를 도와줄 사람을 찾지 못하면, 엄마가 널 태워다 주실 거야. 힘낼 수 있지?"

수는 아픔에 여전히 얼굴을 찡그렸지만, 콧방귀를 뀌더니 허리를 살짝 곧추세우며 말했다.

"그럼, 이것보다 더한 것도 겪었는걸."

이번에 아키라는 놀라움을 숨길 수가 없었.

'저 깊이 팬 상처를 말하는 건가?'

상처에 저절로 눈길이 가는 걸 막을 수가 없었다. 이마에 같은 방향으로 난 약 2.5센티미터 길이의 팬 상처. 하지만 수가 입을 꾹 다물자, 아키라도 더는 캐묻지 않았다. 수가 말하고 싶은 마음이 들 때, 그때 들으면 될 일이었다.

공중에 떠다니던 시뻘건 불티 하나가 발치에 깔린 바싹바싹한 갈색 솔잎 위로 떨어지더니, 아키라 두 눈 앞에서 '화르르' 불붙기 시작했다.

'찾았다, 네가 술래야!'

아키라의 귀에 모리스의 말이 들리는 듯했다.

떠나야 할 시간이 다가온 거다.

아키라는 수를 불에서 멀리 떨어뜨리고는 느릿느릿한, 영 서투른 이인삼각 팀이 되어 발맞춰 걸었다.

"지금 우리가 어디에 있는지는 알 것 같아?"

수가 불평하듯 말했다.

"정확히는 잘 모르겠어. 일단 산꼭대기로 다시 가고 있거든. 거기서 산 반대편을 타면 우리 집으로 가는 깨끗한 길이 보일 거야."

아키라가 솔직히 대답했다.

이건 아빠가 아키라에게 예전에 알려 준 묵은 비결이었다. 길을 잃거든 높은 곳에 올라 주변 시야를 확보할 것!

아키라는 다시 발걸음을 옮기며 뒤를 돌아보았다. 지나쳐 온 골짜기는 온통 주황빛 화염에 휩싸였다. 모리스가 아키라와 수 뒤를 쫓고 있었다. 더 빨리 움직여야 했다. 더 빨리 움직일 수는 있었다. 수와 함께하는 게 아니라면. 아키라는 성한 팔로 배를 꽉 움켜잡고 걷는 수를 바라보며 어깨가 탈구될 때 갈비뼈도 몇 개 부러진 게 아닐까 걱정했다. 병원에 도착하기 전까지 도무지 알 길이 없었다. 그런데도 수는 곰처럼 성큼성큼 걸었다.

산 경사면 아래로 우르르우르르 메아리가 울려 퍼지자, 아키라는 온몸이 얼었다. 작은 돌멩이 하나가 굴러와 아키라를 톡 치자, 아키라는 움찔했다. 곧이어 또 다른 돌멩이가 굴러왔다. 그리고 또다시 하나 더.

아키라는 무슨 상황인지 단박에 알아차렸다.

"낙석이다!"

새 일상

아키라는 가장 가까운 소나무 뒤로 수를 끌어당겼다. 이 산 곳곳에서 돌멩이 무더기가 굴러떨어지는 걸 본 적이 있었다. 그런데 여기에서? 지금? 모리스가 발뒤꿈치까지 다가와 이빨을 드러내며 물어뜯으려고 하는데? 마치 자연 전체가 아키라와 수를 죽이려고 달려드는 것 같았다.

아키라는 수를 꼭 껴안았다. 돌멩이를 품은 흙더미가 부디 비켜 지나가기를 기다렸지만, 어김없이 두 아이 머리 위로 떨어졌다. 작디작은 돌멩이가 비처럼 내렸다.

우르르 쾅쾅, 천둥소리에 둘은 소스라치게 놀랐다. 그때 갑자기 아키라는 무언가를 깨달았다.

이건 낙석이 아니다.

'이건 우박을 동반한 폭풍우잖아!'

둘은 머리를 재빠르게 숙이며 몸을 보호하려 애썼다. 크고 작은 나뭇가지가 도움이 되긴 했으나 우박은 따갑고 아팠다.

"이게 산불이 난 이유인가 봐."

아키라가 말했다.

"우박이?"

수가 되물었다.

"폭풍우가 몰아칠 때 번개도 치거든."

"근데 비는 줄곧 안 왔는데?"

"이런 걸 마른 뇌우라고 불러. 비는 내리지 않으면서 번개를 동반하지."

아키라가 설명했다.

수는 고개를 끄덕였다.

"프레즈노에 이사 온 날, 시에서 신신당부하더라고. 잔디에 물 주는 건 토요일에만 할 수 있는데 그마저도 낮에는 절대 하면 안 된대. 또 엽서 같은 걸 줬는데 거기에 '양치질할 때 물 틀어 놓지 않기', '욕조에 물 반만 받기' 또 '샤워는 5분만'이라고 쓰여 있더라니까. 이게 일상적이진 않잖아. 그렇지?"

수가 말하는 사이에도 우박이 온몸을 콕콕 찌르듯 떨어졌다.

그 말을 곰곰이 생각했다. 아키라의 13년 삶에서 장장 10년 동안이나 캘리포니아는 가뭄에 시달렸다. 아빠는 그저 자연 순환의 일부라고 말했지만, 지금보다 가뭄이 더 길어진다면 이것 또한 새 일상이 되는 게 아닐까?

수가 옆으로 고개를 돌려 바라보자, 아키라는 그제야 자신이 수가 묻는 말에 소리 내 대답하지 않았다는 걸 깨달았다. 저절로 미간이 찌푸려졌다. 말을 길게 하지 않는 건 아키라의 안 좋은 습관이었다. 또 그게 다저를 제외하고는 누구와도 우정을 깊게 나누지 못하는 이유이기도 했다.

"마른 뇌우가 이 '모든' 산불을 일으키는 거야?"

수가 다시 물었다.

"그런 건 아니야."

이번에는 아키라가 대답하는 걸 잊지 않았다.

"대부분은 사람 때문이지. 때로는 전기선에서 나오는 불꽃이 산불의 시작점이 되기도 해. 때로는 사람들이 쓰레기를 태워서 나기도 하고."

아키라는 잠시 말을 멈추었다.

"한번은 어떤 여자가 목을 축이려고 곰 오줌을 끓이다가 불낸 적도 있어."

수가 믿을 수 없다는 표정으로 아키라를 바라보았다.

"진짜야!"

아키라가 말했다.

수가 웃음을 터뜨리자, 아키라도 함께 깔깔 웃었다. 위험에 빠진 상황에서 이렇게 웃음꽃을 피우는 게 어딘가 이상했지만, 긴장을 좀 내려놓을 필요도 있었다.

갑자기 내렸던 것처럼 갑작스레 우박이 멈추자, 둘은 나무 아래에서 걸어 나왔다. 폭풍이 지나가기를 기다리는 동안 밖은 더 어두컴컴해지고 안개는 더 짙게 깔려 있었다.

"이런, 우리가 여기에서 이야기 나누는 동안 모리스가 더 가까워졌네. 서두르자! 이러다 똥줄 타겠어!"

수가 말했다.

아키라는 자신도 모르게 웃음이 나왔다.

"서두르지 않으면 정말 똥줄 타는 일이 잔뜩 생기겠지!"

일부러 웃음을 자아내려고 아키라가 덧붙였다.

수가 활짝 웃음을 보이자, 아키라도 미소를 지었다. 수와 이 여정을 함께하는 건 어쩌면 아키라에게 최악의 일은 아닐 수도 있었다.

딱 하루 쉬는 날

아키라와 수는 캘리포니아 라일락과 하얀 전나무가 있는 숲길을 절뚝절뚝 걸었다. 둘 뒤로 불이 콧김을 내뿜고 이빨을 드러내며 화르르화르르했다. 그 소리에 아키라의 머릿속에는 소름이 끼치는 온갖 상상이 떠올랐다. 두 말이 불타는 숲 사이를 질주하는 모습 또는 불이 아빠를 에워싼 모습. 두 아빠는 무사할까? 또 차에서 구출한 노부부는 어떻게 되었을까? 다들 연기가 자욱한 숲을 아키라와 수처럼 잘 헤쳐 나가고 있을까? 아니면 모리스가 끓어오르는 새빨간 입을 벌리고 그들을 잡아…….

아키라는 고개를 내저었다. 그렇게 믿을 순 없었다.

아키라는 수를 물끄러미 바라보았다. 원래대로라면 재잘재잘해야 할 친구가 입을 꾹 다물고 있었다. 물론 아키라면 말없이 있을 수 있었다. 보통 사람들은 말해야 하지만……. 그런데 수가 침묵한다는 건 그만큼 아프다는 뜻이라 아키라는 걱정되었다.

아빠라면 이 상황에서 어떻게 했을까? 당연히 시시콜콜한 이야기라도 나누었겠지? 하지만 어떻게 시작해야 하지? 이야깃거리가 딱히 없을 때, 사람들은 어떤 말을 주고받더라?

"그런데…… 프레즈노에 어떻게 이사 온 거야?"

아키라는 고민 끝에 질문했다.

"어? 아, 나는 수영 선수야."

수 목소리는 고통 때문인지 조금 날카로웠지만, 아키라는 내심 대화의 물꼬를 터서 기뻤다.

"여기로 이사 온 이유 중 하나는 전에 살던 마을이 너무 작아서 수영장이 하나밖에 없었거든. 게다가 길이도 올림픽 규격보다 짧고."

"너, 올림픽에 출전해?"

"아니, 그런 건 아냐. 물론 나야 그러고 싶지. 근데 가망 없을 거야. 내 실력으로는 대학교 수영 팀에 겨우 들어갈 수 있을 거야. 장학금도 받으면 아주 금상첨화겠지. 근데 그러려면 엄청난 연습이 필요하거든. 하루에 수영 연습이 두 번이나 있어. 거의 매일. 오늘이 딱 하루 쉬는 날이었어."

슬픔이 가득한 목소리로 수가 아키라에게 말했다.

"나도 그랬는데."

아키라는 다저를 타고 세쿼이아 거목의 품으로 향하는 평화로운 토요일 아침 산책을 잃었다는 상실감이 가슴속에서 울컥 올라왔다.

"그래도 난 수영이 정말 좋아. 매일매일 온종일 수영장에 있으라고 해도 거뜬히 그럴 수 있지. 전에 살던 마을이 진짜 코딱지만 했거든. 같은 학년이 겨우 열여섯 명뿐이었으니 말 다 했지. 그러다 보니 내가 그곳을 떠나지 않는 이상 모두에게서 거리를 두는 게 힘들더라. 내게 맞는 방법도 아니고 말이야. 그래서 난 수영장으로 사라지는 방법을 터득했지. 물에 있으면, 뭐랄까……. 바깥 세상과는 좀 멀어지는 느낌이야. 그런 적 있니? 다시 말하면 나랑 내 생각만 오롯이 남은 기분이 들거든."

"바로 그거야! 나도 너와 정확히 같은 이유로 다저와 함께 다니는 걸 좋아해. 거기야말로 내가 정말 머물고 싶은 곳이거든. 매일매일 온종일. 다저에 올라타 오솔길을 따라 걷고 있자면 다른 건 모두 상관없어져."

아키라 말에 수가 고개를 세차게 끄덕였다.

'수는 이해하는구나. 정말로 이해하는구나!'

그런 생각이 들자 아키라는 입가에 미소가 번졌다. 마지막으로 가장 가깝다고 느낀 사람은 페이션스였다. 부모님은 동생 힐디가 태어나자, 아기 돌보미로 당시 대학생이던 페이션스를 고용했다. 그즈음 아키라는 9살이라 아기 돌보미가 필요하지 않아서 페이션스와 거의 큰언니와 동생처럼 지냈다. 페이션스는 아키라의 혼자 있는 시간을 존중해 주었다. 또 아키라가 대화를 나누고 싶어 할 땐 온 마음을 다해 귀 기울이며 아키라 말을 깊이 이해했다. 또, 맙소사! 기후 위기로 부글부글 열 올리는 아빠와 논쟁하는 것도 두려워하지 않는 사람이었다!

아키라는 두 번 다시 페이션스와 같은 친구를 만나지 못할 거라고 생각했다. 하지만 이 모든 일이 끝나면 수와 마음을 나누는 친구가 될 수 있을지도 모른다.

돌부리에 걸린 수가 고통으로 울부짖으며 비틀대자, 아키라는 수가 넘어지지 않도록 꽉 붙들었다. 잠시 둘은 나란히 서 있었다. 아키라는 다친 수를 부축하며 버텼고, 수는 구부정한 자세로 고통을 삼키려 애썼다. 대체 수가 어떻게 견디는지 아키라는 상상조차 안 됐다.

"난 괜찮을 거야. 잠깐만…… 기다려 줘."

수가 신음을 내뱉으며 말했다.

수가 다치지 않은 팔로 머리칼을 반대쪽으로 스륵 넘기자, 아키라는 수 이마에서 세 줄로 움푹 팬 연분홍색 상처를 다시 발견했다. 겨우 2.5센티미터 정도라고 생각했는데 그건 시작점에 불과했다. 머리칼이 가장 심한 상처 부위를 덮고 있었다. 그 아래가 어떤지 확인한 아키라는 숨이 턱 멎어 뒤로 물러섰다.

냄새를 따라

수 머리칼 아래에는 울퉁불퉁 부풀어 오른 채찍 자국 세 줄이 나 있었는데, 길고 두꺼운 손가락으로 두피를 쭉 긁은 것처럼 보였다.

"이마 상처는 어쩌다 생긴 거야?"

아키라가 작은 목소리로 속삭였다.

수는 몸을 일으켜 세우며 성한 팔로 머리칼을 다시 상처 위에 덮어 내렸다.

"이야기하고 싶지 않아."

수가 고개를 돌리며 대답했다.

아키라는 미안하다는 의미로 손 하나를 살짝 들어 올렸다. 그런데 대체 이렇게 세 줄로 길게 뻗은 상처를 낸 게 뭘까? 아키라는 알고 싶었지만, 수를 압박하고 싶진 않았다. 더더군다나 지금 같을 때는.

수는 갑자기 코를 들더니 킁킁했다.

"음식 냄새가 나는데."

"음식 냄새가 날 수가 없는데?"

아키라는 수에게 말했다. 두 눈으로 보고, 코로 냄새 맡고, 입으로 맛보고, 온몸으로 느낄 수 있는 거라고는 하늘에 떠다니는 쓰디쓰고 거무튀튀한 연기뿐이었다.

수는 깊은숨을 빠르게 훅 들이마시더니 바로 기침을 내뱉었다. 하지만 상체를 홱 수그리면서도 멀쩡한 팔로 자욱한 연기 속을 콕 짚어 가리켰다.

"고기 냄새가 나. 고기가 아니라 숯인가? 야외에서 파티할 때 쓰는 거."

수는 잇따라 기침하며 어렵사리 말을 이었다.

아마도 숲에 난 불이 수많은 나무와 집을 숯덩이로 만들어 흐르는 냄새라고 아키라는 생각했다. 하지만 불은 아키라와 수의 '뒤'를 쫓고 있었다. 그렇다면 산불이 계속 진행되는 상황에서 누가 야외에서 파티라도 한다는 건가?

야외 파티라면 사람이 있다는 뜻이었다. 아키라와 수에게는 어떤 도움이라도 감지덕지였다.

둘은 수의 코가 이끄는 곳으로 이동했다. 발아래서 타닥타닥 쪼개지거나 터지는 소리가 들려왔다. 몇 분이 지나자, 저 멀리 연기 속에서 컴컴한 형체가 어렴풋이 보였다. 점점 가까이 다가가자, 둘은 그 정체를 알아차렸다. 바로, 이 층 주택! 산허리 여기저기에 지어진 여러 채 중 하나였다. 심지어 아직 불붙지 않았다니!

말할 필요도 없이 둘은 발걸음을 재촉했다. 차도에 자동차는 코빼기도 안 보였으며 집 현관문 역시 활짝 열려 있었다.

똑똑 문을 두드리며 아키라는 집 안을 향해 쉰 목소리로 소리쳤다.

"저기요? 계세요?"

아무도 대답하지 않았다.

보통이라면, 아키라는 초대받지 않은 낯선 사람의 집에 결코 들어가지 않았을 것이다. 하지만 지금은 보통 상황이 아니니까.

아키라와 수는 눈빛을 서로 교환하고는 집 안으로 들어갔다.

수영장 파티

연기가 활짝 열린 현관문을 통해 서서히 집 안으로 흐르자, 아키라는 현관문부터 꽉 닫았다. 불을 켜고 끄는 스위치는 모두 작동하지 않았다. 또 연기가 자욱한 집은 마치 유령 집처럼 텅 비어 있었다.

"저기요?"

다시 아키라가 목소리를 높여 말했다.

아무런 반응도 없었다.

아키라와 수는 집 안을 둘러보았다. 거실에는 텔레비전

하나와 소파 여러 개가 있었으며 방마다 침대는 정리하다 만 상태였고 방바닥에는 옷가지가 늘어져 있었다. 놀이 전용 방에는 또 다른 텔레비전과 당구대 하나 그리고 빈백 여러 개가 놓여 있었다. 주인도 없는 집을 여기저기 둘러보며 그들의 삶을 엿보는 게 뭔가 오싹했다. 한편으로는 흥미진진하기도 했지만.

"전화기 보이니?"

수가 속삭이듯 말했다.

"아니. 유선 전화는 없는 게 분명해."

아키라는 핸드폰을 꺼내 들어 재차 확인했지만, 여전히 그 어떤 신호도 잡히지 않았다. 공포를 참으며 수를 따라 복도로 나섰다.

남은 방 여기저기를 들여다보는데 아키라는 이 집에 와 본 것 같은 이상한 느낌이 들었다. 아키라 주변에 이렇게 웅장하고 호화로운 집에 사는 사람이 누가 있을까?

"노바!"

아키라가 벌컥 외쳤다.

"어떤 거?"

"어떤 게 아니라 사람 이름이야! 같은 학년에 '노바'라는 여자애가 있는데 여기가 걔네 집이야. 드디어 기억났어! 노바 생일에 여기서 수영장 파티를 열었는데, 초대받아서 왔었거든. 4학년 때, 같은 수업을 들어서 알고 지냈어."

지금 아키라와 노바는 서로 다른 수업을 듣고 다른 친구들과 어울려 다니지만, 복도에서 마주치면 늘 서로에게 안부 인사를 건넸다.

"노바! 노바! 여기 있어?"

아키라가 크게 말했다.

"아무래도 다 떠난 것 같아. 아마 연기를 발견하자마자 갔겠지."

수가 말하자, 아키라도 고개를 끄덕였다.

"주방부터 찾아 보자!"

주방은 아키라네 방 두 개를 합친 것만큼이나 넓었다. 아키라는 먼저 냉장고로 부리나케 뛰어가 캔으로 된 탄산음료를 찾았다. 둘은 탄산음료를 단숨에 꼴깍꼴깍 마시며 갈증을 풀었다. 그 덕분에 뻑뻑했던 목구멍도 시원해졌다.

"아주 똥줄 타 버리는 줄 알았네. 아주 좋군!"

수가 말하자 아키라는 키득키득 웃었다.

웃음이 잦아들자, 아키라는 장식장 서랍 여기저기를 열어젖혔다.

"뭐 찾아?"

수가 물었다.

그때 아키라가 물건을 번쩍 들어 올리며 외쳤다.

"진통제!"

아키라와 아빠는 산에서 캠핑하며 하루 자고 올 때면 늘 비상용 진통제를 챙겨 다녔다.

아키라는 약통을 흔들어 알약 두 알을 꺼낸 다음, 수에게 주었다.

"얼른 먹어. 이게 고통을 좀 가시게 하면 좋을 텐데."

아빠가 아키라에게 가르쳐 준 게 또 하나 있었는데, 그건 바로 얼음으로 부기를 가라앉히는 거였다. 전기는 다 나갔지만, 냉동고는 아직도 시원하게 유지되어 얼음은 녹지 않고 그대로였다. 아키라는 냉동고에서 꽝꽝 언 음식이 담긴 튼튼한 지퍼 백을 하나 꺼냈다. 개수대에 음식은 쏟아 버리고 빈 지퍼 백에 얼음을 가득 채웠다.

"여기 있어. 이걸 어깨에 대 봐. 어깨 보호대로 쓸 만한 게 뭐가 있는지 한번 찾아 볼게."

아키라는 노바 방으로 뛰어 들어가 맨투맨 티셔츠와 베갯잇 하나 그리고 분홍색 배낭도 집어 들었다. 그 순간 문득, 다른 아이 방을 샅샅이 뒤지며 물건을 집어 가는 행동이 이상하게만 느껴져 그대로 멈췄다.

꼭 세상이 끝날 것처럼, 노바가 두 번 다시 돌아오지 않을 것처럼 행동하다니. 하지만 그건 사실이 아니다. 화재 진압이 끝나면 노바 가족은 《골딜록스와 곰 세 마리》의 곰

세 마리 가족처럼 집에 돌아올 것이다. 그러면 두 '골딜록스'가 제멋대로 탄산음료를 마시고 침대 베갯잇을 훔쳐 달아난 걸 알게 될 테다.

아키라는 노바 책상을 뒤적여 펜과 종이를 하나씩 찾아 급히 메모를 남겼다. 우선 집에 무단으로 침입해서 미안하고, 또 사용한 물건의 값을 꼭 치르겠다는 내용이었다.

'아, 가족 안부를 물어야 하지 않을까?'

아키라는 생각했다.

추신: 너와 가족들 모두 무사하길 진심으로 바라.

아키라는 추가로 글을 남겼다.

주방으로 다시 돌아온 아키라는 서랍장 하나하나를 열어젖히며 접착력이 강력한 은색 테이프를 꺼내 들었다. 그러고는 베갯잇을 사선으로 접어 수의 탈구된 팔을 살살 넣은 다음, 목에 감았다. 또 아이스 팩을 꺼내 와 맨투맨 티셔츠 안에 넣고 테이프를 사용해 수 팔부터 어깨 그리고 목을 둘러 꼼꼼히 고정했다.

다 끝마치고 보니, 수는 한쪽 어깨가 다른 쪽에 비해 심하게 울근불근한 괴물 같았다.

"미안해. 그래도 손으로 계속 얼음을 어깨에 덧대고 있지 않아도 될 거야."

"고마워."

수는 몸이 불편하지 않은 선에서 이리저리 움직여 보았다. 다행히 아이스 팩은 아주 잘 고정되어 있었다.

"대체 이런 건 어디에서 다 배웠니?"

"아빠가 알려 줬지."

가슴 깊숙이 걱정의 불꽃이 스멀스멀 피어올랐다. 아빠는 무사할까?

"아이스 팩 때문에 얼얼해?"

아키라가 수에게 물었다.

"아니, 나 차가운 거 좋아해. 거의 북극곰이야."

수가 대답했다.

아키라는 팬트리에서 찾은 물병 여러 개를 배낭에 넣었다. 또 조리대에 놓인 과일 그릇에서 사과와 바나나 몇 개도 챙겼다.

"여기 더 있으면 안 될까?"

수는 아키라에게 물었다.

아키라는 고개를 절레절레 내저으며 배낭을 등에 멨다.

"계속 움직여야 해. 불보다 앞서야 하거든. 그래서 노바네 가족도 다 떠난 거야. 우린 여기에 꽤 오래 머물렀어."

이 집에는 아키라네처럼 전기 우물 펌프가 있었다. 아키라는 수도꼭지에서 나오는 마지막 물로 핸드 타월 몇 장을 충분히 적셨다. 그다음 반으로 접어 마스크처럼 얼굴에 둘러 연기를 흡입하지 않도록 했다. 모든 일을 마친 뒤, 아키라는 자기 작품 하나하나를 둘러보고 고개를 끄덕였다. 아빠가 자랑스러워할 게 분명했다!

그때 갑자기 첨벙첨벙하는 물소리에 아키라는 우뚝 멈췄다. 수도 그 소리를 들었다.

우두커니 서서 귀를 쫑긋했지만, 대체 무슨 소리인지 알 수 없었다. 첨벙 소리가 몇 번 더 들렸다. 누가 '웃는 소리'인가? 아키라는 온몸에 소름이 돋았다. 혹시 여기에 아키라와 수 말고 또 다른 사람이 있었단 말이야?

"여기로 수영장 파티를 왔다고 했지?"

수가 속삭였다.

아키라는 숯 타는 냄새를 쫓아 이 집에 왔다는 걸 떠올렸다. 이 활활 나부대는 산불 중심에서 누가 진짜로 야외 파티를 하며 헤엄치는 건 아닐 테고. 그렇지 않나?

아키라가 서둘러 뒷문으로 나가는데 또 이상한 웃음소리가 들려왔다.

'아냐, 저건 웃음소리가 아니야. 그럴 순 없어. 그럴 수 있나?'

아키라는 심장이 두근거렸다.

휙! 뒷문을 세차게 열어젖힌 아키라는 마비된 것처럼 그 자리에 딱 멈추었다.

풀에서 첨벙대며 노는 건 사람이 아니었다.
말이었다!
바로, '아키라'의 말.
"다저!"

캐나다 매니토바주 처칠

오언과 조지

02

뼈를 후벼 파는 고통

 쾅! 오언은 땅바닥에 등이 내리꽂히자 숨조차 쉴 수 없었다. 계속 미끄러지다가 멈춘 오언이 끔벅끔벅 다시 초점을 모았을 때 어미 곰과 눈이 딱 마주쳤다. 어미 곰은 오언 머리맡에 몸을 꼿꼿이 편 채 두 뒷다리로 서 있었다.

 곧장 오언은 태아 자세를 취했다. 두 팔로 머리를 감싸 푹 숙이고 무르팍을 구부려 가슴으로 두 다리를 끌어 올렸다. 어떻게든 사라지려고 애썼다. 하지만 커다란 북극곰은 콧방귀도 안 뀌었다. 으르렁으르렁, 낮고 비열한 소리를 내며 앞발 하나를 들어 올리더니 오언을 휙 할퀴었다. 그 바람에 파카 소매는 갈가리 찢어졌고 오언 팔에도 길고 깊은 갈퀴 모양 상처가 났다.

 오언은 피가 줄줄 흘러 욱신대는 팔을 가슴팍 가까이 부여잡고 극한의 고통에 절규하며 데굴데굴 굴렀다. 공포와 고통이 휘감는 와중에 멀리 두꺼운 눈밭 위로 초록색과 빨간색을 띤 무언가가 비틀비틀 솟아나는 게 보였다.

'조지다!'

오언에게 한 줄기 희망이 비쳤다. 조지가 살아 있다!

아니, 잠깐. 조지는 절뚝거리며 젖 먹던 힘을 다해 오언과 어미 곰에게서 '달아나고' 있었다.

조지는 오언을 도우려고 오던 게 아니었다.

배신감에 가슴이 찢어졌지만 오언은 그 또한 깊이 이해했다. 주의 깊게 살피지 않은 사람도 오언이었고, 어미와 새끼 곰 사이에 자리 잡은 사람도 오언이었으니까.

깜박깜박하는 이놈의 기억력 때문에 오언과 조지가 무자비하게 공격당했다.

둘 중 한 명만 도망칠 수 있다면 그건 조지여야 했다.

우지끈! 어미 곰이 오언 다리 하나를 힘껏 물자, 오언은 고통에 늑대처럼 울부짖었다. 머리칼이 쭈뼛 서는 끔찍한 전율이 온몸을 훑고 지나갔다. 오언은 감히 상상도 못 할 아픔에 몸서리쳤다. 북극곰이 오언 다리뼈를 날카로운 이빨로 빠드득빠드득 갈고 있었다. 오언은 뼈를 후벼 파는 고통에 혼이 반쯤 나가고 말았다. 맞서기를 포기한 채 힘을 쭉 빼고 그저 죽은 척했다. 아무래도 상관없었다. 어차피 죽은 목숨인데.

오언은 커다란 어미 곰이 뒷다리로 서서 마지막 한 방을 날리려는 걸 흐릿한 시야로 바라보고 있었다.

달칵 펑!

주변에 울려 퍼지는 굉음에 어미 곰은 움찔거렸고, 오언도 정신이 퍼뜩 들었다. 어미 곰이 어깨 너머를 바라보자, 오언 역시 같은 곳을 바라보았다.

조지!

두 눈으로 보고도 믿을 수가 없었다. 조지는 쓰러지기 일보 직전이었다. 이곳저곳 찢어진 스키 마스크 위로 뒤엉킨 검은색 머리칼 뭉치가 삐죽 튀어나와 있었다. 머리부터 얼굴 그리고 파카까지 핏자국이 흥건했다. 하지만 조지 손에는 스노모빌에서 챙겨 온, 번쩍이는 은색 산탄총이 들려 있었다. 그리고 그 안에는 곰을 겁주어 쫓아낼 수 있는, 굉음을 내는 공포탄도 있었다.

오언이 둘을 지키기 위해 챙겨 다녀야 했던 바로 그 산탄총이었다.

"어서 가! 어서!"

조지가 힘껏 소리쳤다. 달칵, 조지는 산탄총 공이치기를 뒤로 당긴 다음, 하늘로 한 발 더 쏘았다. 펑! 이번에는 어미 곰이 움직였다. 두 앞발을 땅에 내리더니 나지막한 언덕으로 부리나케 달려갔다. 그 언덕 돌무더기 사이에 새끼 곰이 숨는 게 보였다. 어미 곰이 새끼 곰과 조지 사이로 들어서자, 조지는 하늘에 산탄총 한 발을 추가로 쏘았다.

달칵 펑!

눈 깜짝할 사이에 어미와 새끼 곰은 언덕 너머로 달리며 다시 눈 덮인 설원과 하나가 되었다.

오언은 눈에 벌러덩 누워 숨을 헐떡헐떡 몰아쉬었다. 심장은 터질 것처럼 쿵쾅댔고 극심한 통증으로 인한 괴로움이 숨결을 타고 흘렀다. 진짜 '죽을' 뻔했다. 조지도 마찬가지였다.

오언은 몸도 제대로 가누지 못하며 다가오는 조지를 보았다. 머리 가죽이 찢어진 조지는 눈빛마저 흐리멍덩했다. 게다가 아까는 눈치채지 못했지만, 조지는 산탄총을 이상하게 들고 있었다. 오른손으로는 방아쇠를 잡고 왼팔로는 총 앞부분을 받친 상태였다. 정작 왼손은 푹 고개를 숙인 채 쓸모없이 덜렁거렸다. 아무래도 넘어지면서 왼손이 부러진 것 같았다.

조지가 안간힘을 썼다고 해도 북극곰을 정조준할 수 없었을 테다.

"여기서 얼른 도망치자. 어미 곰이 다시 올 수도 있어."

조지가 말했지만, 발음이 또렷하지 않았다.

조지 말이 맞았다. 몇몇 곰은 겁을 줘 내쫓아도 되돌아왔다. 더군다나 그 어미와 새끼 곰에게 오언과 조지는 아주 영양가 좋은 식사일 테다. 해빙이 다시 만들어지길 기다리며 장장 5개월이나 쫄쫄 굶었을 테니까.

조지는 온 힘을 다해 오언이 설 수 있도록 부축했다. 서로가 서로에게 기댄 채 다리를 절뚝대며 스노모빌로 이동했다. 둘은 다가올 공격에 대비해야 했지만, 어미 곰과의 두 번째 승부에서 살아남을 가능성이 있다고 그 누구도 장담하지 못했다.

보스처럼

오언이 스노모빌 운전대에 달린 비상 정지용 단추를 꾹 눌렀다. 엔진이 터덜터덜하며 꺼지자, 스노모빌도 미끄러지듯 멈췄다. 오언은 좌석 아래로 쿵 떨어지면서도 조지를 꽉 쥐고 놓지 않았다. 둘은 설원 위로 풀썩 떨어졌다. 얼마나 멀리 이동했는지 또 어디로 운전해 왔는지 오언조차 알 수 없었다. 그저 기진맥진해 쓰러지기 전까지 어미 곰으로부터 최대한 멀리멀리 이동했을 뿐.

그런데도 오언 심장은 가슴이 아프도록 미치게 뛰었다.

'우리가 북극곰한테 공격당하다니.'

그렇다, 전부터 처칠 사람들에게 일어나던 일이긴 하다.

하지만 그건 늘 '누군가' 당한 일이었지, '우리'가 당한 건 아니었다.

오언은 간신히 고개를 들어 올렸다. 오른팔과 왼 다리가 흡사 불에 타는 것 같았다. 오언이 안 좋은 상태라면 조지는 심각한 상태였다. 기지를 발휘해 산탄총과 공포탄으로 둘의 목숨을 구했지만, 조지는 스노모빌에 올라타 정신없이 도망치는 내내 기절해 있었다. 결국 오언은 운전을 도맡아하면서도 조지가 좌석에서 떨어지지 않도록 부여잡아야 했다.

이제 이 허허벌판에서 둘의 목숨을 구하는 건 오언의 몫이었다.

오언은 끙끙 앓는 소리를 내며 두 무릎으로 어렵사리 스노모빌을 기어올라 좌석을 들어 올렸다. 그러고는 좌석 아래에 있는 저장 공간 바닥에서 구급상자를 발견했다. 운이 좋게도 그 안에는 붕대와 소독 물티슈 그리고 여러 진통제가 들어 있었다. 오언은 진통제 두세 알을 꺼내 꿀꺽 삼키며 이 지끈지끈한 두통이 가셔 생각에 집중할 수 있기를 바랐다.

여러 상처 부위에서 피가 진물처럼 자꾸만 새어 나와, 오언은 날카롭게 비명을 질렀다. 하지만 조지는 의식조차 없었다. 먼저 의식부터 돌아와야 했다.

오언은 조지의 상체를 세워 스노모빌에 기대어 앉혔다. 조지는 두 눈을 감은 채 죽은 듯이 머리를 축 늘어뜨렸다. 하지만 오언은 가장 친한 친구의 가슴이 규칙적으로 낮게 오르락내리락하는 걸 보았다. 그 자체로 희망적이었다.

"조지, 죽지 마."

오언이 다시 이어 말했다.

"이건 좀 아플 거야."

오언은 아주 신중한 손길로 조심스레 조지 머리에서 찢어진 스키 마스크를 벗겨 냈다. 머리칼에 피가 달라붙어 굳는 바람에 끈적댔다.

오언은 조지 머리를 슬쩍 확인하고는 몸을 부르르 떨었다. 몹시 끔찍했다. 대체 조지는 어떻게 살아 있는 거지?

오언은 챙겨 온 물병 하나를 열어 상처 부위에 조금씩 물을 부었다. 피가 좀 가시자, 안도의 한숨이 나왔다. 다행히 상처는 겉보기보다 덜 심각해 보였다. 그렇다고 하더라도 가장 친한 친구가 북극곰한테 크게 한 방 맞은 사실은 달라지지 않았다. 지금껏 의식을 되찾지 못하는 게 어느 정도 이해됐다.

'뇌진탕일지도 몰라.'

오언은 짐작만 할 뿐 알 방법이 없었다. 얼른 조지를 데리고 진료소에 가야 했다.

오언은 물과 소독 물티슈로 상처를 성심껏 닦아 낸 후, 조지 머리에 붕대를 돌돌 감았다. 이제 깨울 시간이었다.

"야, 치즈. 이제 일어나야지."

오언이 조지 어깨를 살짝 흔들며 말했다.

"아니……."

조지는 눈가가 파르르 떨리더니 웅얼거렸다.

"아니긴 뭐가 아니야. 일어나, 야. 일어나야 해."

"나는 아니……."

조지는 질퍽대는 눈처럼 단어를 어눌하게 뱉어 냈다.

"나는 아니라고, 치즈가."

차오르는 안도감에 오언은 웃음이 났다. 조지가 농담을 던진다는 건 그런대로 괜찮다는 뜻이니까. 아니, 괜찮을 수도 있다는 뜻이니까. 오언은 조지에게 물을 좀 먹인 다음에 진통제도 먹였다. 조지는 천천히 감각을 되찾으며 정신이 들고 있었다.

"야, 너 뒷골목에서 나올 법한 '보스' 같다. 얼굴이며 손이며 피가 흥건하고 산탄총을 빵빵 쏘면서 북극곰도 내쫓고 말이야."

오언이 조지에게 말했다.

'산탄총, 내가 책임지고 들고 다녀야 했는데.'

오언이 다시금 떠오른 생각에 죄책감이라는 묵직한 외투

를 걸친 것처럼 마음이 무거웠다. 조지도 같은 생각을 했을지언정 입 밖으로 말을 꺼내지는 않았다.

"나, 아까 정말 보스 같았지?"

조지 혀가 부풀었는지 말이 또렷이 들리지 않았다.

"학교 가면 네가 여자애들한테 다 소문내 줘."

"야, 알았다. 알았어."

오언이 다시 웃으며 대답했다.

그러고는 눈 위에서 몸을 움직이자마자 통증에 앓는 소리를 내뱉었다. 조지는 이 소리에 정신이 퍼뜩 드는지 스노모빌에 기대고 있던 머리를 떼며 오언에게 말했다.

"너도 북극곰한테 엄청 심하게 당했지? 한번 보자."

조지가 오언의 찢긴 바지와 옷소매를 걷어 올렸다. 숨이 턱 막힌 건 이제 조지였다.

스위스 치즈

조지 이마에 난 상처를 살피는 건 아무렇지 않았는데, 자기 몸에 난 상처를 직접 마주하는 건 어찌 이리 힘든지.

오언은 고통을 참느라 숨을 훅 깊이 들이마셨다.

"많이 안 좋아?"

"자, 이제 공식적으로 치즈는 '너'라고 하자. 그것도 구멍 숭숭 난 '스위스' 치즈."

오언은 살다 살다 고작 몇 분이 이렇게 길게 느껴지는 건 처음이었다. 통증을 참으려고 오언이 배를 움켜쥔 사이에 조지는 상처 곳곳을 깨끗이 닦고 붕대로 감쌌다. 조지가 오언 다리를 높이 들어 올리자, 피가 크랜베리 주스를 컵에 따르는 것처럼 투둑투둑 떨어졌다.

"너, 일단 진료소에 가야겠다."

조지가 오언에게 말했다.

"너도 마찬가지야."

이번에는 오언이 조지에게 말했다.

사람들은 잔기침이 나든 곰한테 호되게 당하든 언제나 같은 진료소를 찾아간다. 그런데 처칠까지 거슬러 돌아가야 했기 때문에 그마저도 쉽지 않았다. 물론 스노모빌이 있었지만, 둘 다 운전할 몸 상태가 전혀 아니었다.

"우리 마운티즈에게 전화 걸어서 헬리콥터 타고 여기로 데리러 와 달라고 요청하자."

조지가 말했다.

마운티즈는 캐나다 왕립 기마경찰을 뜻한다. 여전히 흐리멍덩한 눈을 끔벅이던 조지는 주변을 둘러보며 스노모빌 좌석에서 핸드폰을 찾아 헤맸다.

"근데 여기 어디냐?"

"나도 몰라."

조지 물음에 오언이 대답했다. 그저 넓고 판판하고 그 어떤 돌무더기도 튀어나오지 않은 장소를 골랐을 뿐, 별생각은 없었다.

"흠, 북쪽으로 운전했어? 아니면 동쪽? 남쪽? 어디야?"

"야, '북극곰'이 있었잖아."

오언이 변명하듯 이어 말했다.

"너는 의식도 없지, 내 다리는 너덜너덜 떨어지기 일보 직전이지. 그냥 스노모빌 타자마자 막무가내로 운전했다니까. 어딘지 신경 쓸 새가 어디 있어."

"자, 그럼 우리는 무슨 방법으로 찾……."

끼익.

갑자기 앉아 있던 땅이 몇 센티미터 정도 푹 꺼졌다.

조지와 오언은 얼어붙었다.

끽 끼익.

땅이 기우뚱하는 바람에 스노모빌이 천천히 미끄러지더니 마침내 약하게 떨리며 멈춰 섰다.

"너…… 너……, 언 호수로 운전해 온 거야?"

조지가 들릴락 말락 속삭였다. 한겨울이 되면 모든 지역의 호수는 꽝꽝 언다. 하지만 지금은 10월, 얇은 얼음이

곳곳에 깔려 있었다.

"나도 모른다고! 그냥 제대로 앉아 있기 힘들 때까지 운전했단 말이야!"

오언이 재빠르게 대답했다.

끼익.

둘이 앉아 있던 땅이 갑자기 훅 낮아졌다. 이번에는 의심할 여지가 없었다. 툰드라에서 태어나 생활해 온 둘은 얇은 얼음 위에 있다는 게 무엇을 의미하는지 잘 알았다.

얼음 아래의 물이 얼마나 깊은지 알 수 없었다. 계절에 따라 얼고 녹는 땅인 활성층에서 약 50센티미터 밑에 영구 동토층이 있어 툰드라의 물은 땅과 가까운 편이었다. 다르게 말하자면, 이 지역의 호수 대부분은 발을 땅에 딛고 설 수 있을 정도로 깊이가 얕았다. 하지만 물이 깊든지 얕든지에 상관없이 무거운 스노모빌이 물에 빠지기라도 하면 다시 빼낼 방법이 없었다. 게다가 차가운 얼음물에 살짝 빠지기라도 하면 둘 다 여기서 오래 살아남기 어려울 게 분명했다.

조지와 오언은 눈길이 마주치자마자, 서로가 무슨 생각을 하는지 단박에 알아차렸다. 말할 필요도 없었다.

빠르게, 조심스럽게, 스노모빌과 함께 빠져나와야 한다!

얇은 얼음 위에서

오언과 조지는 겁이 나 스노모빌의 시동조차 걸지 못했다. 왠지 시동기를 홱 잡아당기면 발아래 얼음이 와장창 깨질 것만 같았다. 그 대신 둘은 좌석 아래에 구급상자를 다시 넣고 호수 가장자리라고 생각되는 곳으로 최대한 살며시 스노모빌을 밀었다. 다친 몸을 이끌고 안간힘을 쓰자니 끙끙 소리가 절로 새어 나왔다.

"진짜 믿을 수가 없다. 스노모빌을 호수로 운전해 오다니."

조지가 말했다.

"눈에 뒤덮여 있었잖아."

오언이 이어 말했다.

"그나저나 '고맙다는 말'은 넣어 둬. 네가 의식도 없을 때 저기서 구해 준 거."

"너도 '고맙다는 말'은 넣어 둬라. 북극곰한테 당할 때 구해 준 거."

둘 다 불안함에 신경이 곤두섰다. 그래서 서로에게 짜증 부리는 거라고 오언은 이해했다. 느리게 아주 느리게 스노모빌이 조금씩 움직였다. 둘 다 무언가를 힘주어 밀 수 있는 상태가 아니었지만 선택의 여지가 없었다.

"내가 진짜 살다 살다 이렇게 무서웠던 적은 없었어. 어미 곰이 우리를 공격했을 때 말이야. 둘 다 죽는 줄 알았다니까. 나는 진짜 죽었을지도 몰라. 네가 그때 공포탄을 안 쐈으면."

오언이 말했다.

"나도 이미 하늘나라에 있겠지. 네가 곰한테 막 소리 지르면서 너한테 오라고 했잖아. 또 아까 기절했을 때도 네가 구해 줬고. 넌 날 두고 떠나지 않았어."

"당연하지!"

오언이 맞장구쳤다.

오언과 조지는 서로의 눈을 바라보며 고개를 끄덕거렸다. 둘은 늘 서로의 편이 되어 주는 존재였으니까.

오언이 꽉 쥔 주먹을 뻗자, 조지가 주먹으로 툭 쳤다.

오언은 북극곰이 또 나타날까 봐 지평선을 살피며 스노모빌을 밀었다. 더는 전과 같은 실수를 반복하지도, 방심한 탓에 가슴을 철렁이며 놀라지도 않을 테다.

"그러니까 지금 이런 상황은 처칠을 홍보하는 바람직한 광고는 될 수가 없어."

오언이 말을 꺼냈다.

"또 모르지. 엽서에다 이런 문구를 넣을 순 있잖아. '매니토바주, 처칠에서 북극곰에게 한 방 얻어맞아 보세요. 당신도 여기 있다면, 참 좋을 텐데!' 장담컨대 불티나게 팔릴 걸."

"근데 진짜, 네 목록에 이건 안 넣으면 좋겠다."

오언이 말했다.

"무슨 목록?"

"여기 살기 싫은 온갖 이유를 모은 목록 말이야. 뭐랄까, 그 목록에 적을 걸 일부러 찾는 거 같아."

오언 말에 조지는 땅바닥으로 고개를 푹 숙이고는 아무 말도 하지 않았다. 화가 났나? 짜증이 났나? 아니면 아파서 또 기절할 것 같나? 오언은 알 수 없었다.

"난 그냥 네가 떠나는 게 싫어서 그래. 넌 세상에서 가장 친한 친구니까. 또 우린 '팀'이잖아. 우리는 맥앤치즈예요!"

조지는 오언의 말에 머리를 절레절레 흔들었다.

"말했잖아, 나는 아니라고……."

끽, 끼익.

스노모빌 아래의 얼음이 뒤틀리자, 오언과 조지는 얼음처럼 굳어 버렸다. 발치에 종잇장 같은 물이 고였다.

다 같이 호수에 가라앉고 있었다!

얼음은 잊는 법이 없지

오언과 조지는 또 다른 얇은 얼음 조각 위에 서 있었는데, 얼음이 너무 얇아 이미 호숫물이 새고 있었다.

"뒤로 물러나야겠어. 일단 다른 방향으로 가 보자."

조지가 소리를 낮춰 말했다.

둘은 금이 가기 시작한 얼음에서 먼 곳으로 스노모빌을 민 다음, 눈 위에서 어렵사리 Y자 모양으로 이동시켰다.

스노모빌을 뒤로 밀었다가 다시 앞으로 밀기 전에 조지는 잠깐 쉬어야 했다. 오언도 상태가 그다지 좋지 않았다. 팔다리가 통증으로 화끈화끈 쑤셨고 부츠 하나는 하얀 눈밭에 붉은 길을 만들었다.

"괜찮아?"

걱정스럽게 묻는 오언을 보며 조지가 고개를 끄덕였다.

"당연하지. 넌?"

"이보다 더 좋을 순 없지."

오언이 대답했다.

거짓말이라는 걸 둘 다 빤히 알면서도 계속 움직일 수밖에 없었다. 호수 두둑처럼 보이는 볼록한 앞쪽으로 스노모빌을 간신히 밀었다. 오언은 숨이 턱 끝까지 차올라 헉헉댔고, 옷은 이미 땀에 홀딱 젖어 있었다. 스노모빌을 미는 건

'멀쩡한 몸'으로도 힘든 일이었다. 이건 고문에 가까웠다. 둘 다 이렇게 눈발과 바람을 맞으며 몸을 혹사할 게 아니라, 좁지만 포근한 병원 침대를 하나씩 차지하고 누워 안정을 취해야 했다.

오언은 다시 지평선을 살폈다. 북극곰은 보이지 않았다. 뒤를 돌아보자, 조지가 또다시 정신이 잃어 가고 있었다.

"조지, 정신 차려야 해. 뭐라도 말해 봐. 너희 아빠가 얼음에 관해 알려 준 거 아무거나 말해 봐."

조지 아빠는 기차나 비행기 또 스노모빌조차 발명되지 않은 옛날에 이곳 사람들이 생존하기 위해 터득한 방법을 배우는 걸 정말 좋아했다. 그중 시대의 흐름에 맞게 변화한 몇 가지 방법은 오늘날까지도 이어지며 아주 유용하게 쓰였다.

조지는 눈을 깜박이며 어떻게든 집중하려 했다.

"아빠가 그러셨는데, 요즘 사람들은 바깥 온도가 영하 20도면 얼음에 올라가도 안전하다고 생각한대. 저번 주말에 따스한 햇볕이 내리쬐는 '영상' 15도였다고 할지라도 말이야. 하지만 이 얼음, 사람들이 생각하는 것만큼 두껍게 얼지 않았을 수도 있어. 저번 주말 날씨가 따뜻했다는 걸 '모두'가 깜박한다고 해도 얼음은 절대 잊는 법이 없지."

"그러네, 네 머리도 얼음처럼 쉽게 녹지 않을 거야."

오언 말에 조지는 두 눈을 감고 배를 감싸 쥐며 웃었다.

"하지 마라."

"왜, 잘 안 녹는 얼음 먹고 얼른 힘내자고, 치즈!"

"하지 말래도. 아프다니까."

조지가 더 크게 웃으며 말했다.

그제야 오언도 킥킥 웃음이 났다. 둘은 실컷 웃으며 그토록 필요했던 시간을 보냈다.

오언이 스노 고글을 들어 올려 두 눈가에 고인 눈물을 닦아 냈다. 그러고는 다시 스노 고글을 얼굴에 잘 맞춰 쓰고 고개를 들었을 때, 오언은 움직일 수가 없었다.

"조지! 조지! 가만있어."

오언이 계속 속삭였다.

"또 북극곰이 나타났어!"

큰 덩치 북극곰

큰 덩치 북극곰은 호수 반대편에서 두 뒷다리로 우뚝 서서 하늘을 향해 코를 쿵쿵거렸다. 오언은 자신 뒤로 길게 이어진 핏자국 길을 슬쩍 보고 움찔했다. 북극곰이 수백 킬로미터나 떨어진 바다표범 냄새를 맡을 수 있다는 사실이 떠올랐다.

'피 흘리는 8학년 애들 냄새는 당연히 맡겠지.'

조지는 시선을 북극곰에게 고정한 채, 오언이 있는 스노모빌 쪽으로 슬금슬금 다가왔다. 이번에 온 북극곰은 아까 만난 어미 곰이 아니었다. 성장을 완전히 마친 수컷 북극곰이었다. 해빙이 다시 만들어지길 기다리면서 몇 달을 내리 굶었을 텐데도 오언과 조지를 무지막지하게 공격한 어미 곰보다 두 배나 컸다.

"오늘 아침 툰드라 버기로 찾아온 곰 아니야?"

조지가 물었다.

"그 곰은 아니야."

오언이 대답했다. 이 북극곰이야말로 전쟁의 상처를 간직한 곰이었다. 아빠가 좋아하는 표현대로라면 말이다. 기다란 상처는 얼굴 한쪽을 죽 가로지르다 눈을 아슬아슬하게 비껴갔으며, 한쪽 귀는 무언가에게 물려 뜯긴 것 같았다. 무엇보다도 이 북극곰은 엄청난 무력을 지닌 거대한 수컷이었다. 무서운 존재인 만큼 그 자태가 웅장했다.

오언은 도통 이해가 안 됐다. 깊은 내륙에서 이렇게나 많은 북극곰이 대체 뭘 하는 거지? 북극곰이 내륙에 머무는 기간은 막바지에 다다랐고 해빙도 다시 만들어졌는데. 북극곰이라면 저 얼음 바다에 나가 바다표범을 사냥해야지. 인간 사냥이 아니고!

"이번에는 진짜 잘하자."

조지가 숨죽여 말하자, 오언은 고개를 끄덕였다. 다른 선택지가 없었다.

먼저 조지가 앞으로 몸을 살짝 기댄 채, 손으로 좌석 바닥을 더듬어 은색 산탄총을 찾았다. 그다음 오언이 공포탄이 든 상자를 찾으려고 손을 더듬었다. 두 사람 모두 북극곰에게서 단 1초도 눈을 떼지 않고 행동했다.

오언이 공포탄이 든 주황색 상자를 찾아 활짝 열자, 조지가 다시 산탄총에 공포탄을 넣었다. 산탄총에는 공포탄이 한 번에 여섯 개까지 들어갔다. 아까 어미와 새끼 곰을 쫓아내려고 쐈기 때문에, 공포탄 세 개를 새로 꺼내 빈 구멍에 채워 넣었다. 이제 다시 총알 여섯 개가 장전되었다.

쿵! 커다란 북극곰이 네발로 기면서 오언과 조지 주변을 돌기 시작했다. 오언은 툰드라 버기를 두고 이같이 행동하는 북극곰을 본 적이 있었다. 이건 새로운 걸 자세히 살피려는 북극곰들의 행동 방식이었다. 북극곰들은 주위를 돌며 서서히 거리를 좁혀 대상이 얼마나 위험한지 판단했다.

"뒷걸음으로 달아나자. 천천히."

조지는 산탄총을 손에 꼭 쥐며 말했다.

오언도 남은 공포탄을 내려놓고 조지와 함께 뒷걸음질을 쳤다. 북극곰이 스노모빌을 에워싸며 어슬렁어슬렁 가까이 오면 둘은 북극곰을 따라 반대로 돌며 점차 멀리 물러났다. 그러면서도 언제나 시선은 북극곰에게 꽂혀 있었다.

"진짜 크다. 그렇지? 저 두께면 얼음 물에 빠질 수도 있겠다."

조지가 모기처럼 작은 목소리로 말했다.

"아닐걸. 북극곰 발이 넓은 건 걸을 때 무게를 고루 나누기 위함이거든."

조지는 옆으로 고개를 돌려 오언을 보며 말했다.

"야, 그렇게 방대한 북극곰 정보는 어디서 얻었냐? 북극곰 두 마리에 놀라 자빠지기 '전에' 말이야."

뒤로 걷다 어느 낮은 두둑에 다다르자, 오언이 비틀대며 엉덩이로 풀썩 넘어졌다. 단단한 땅바닥이었다! 반가운 소식이었다. 그래도 스노모빌은 꼭 필요했다. 그런데 바로 지금, 큰 덩치 북극곰은 스노모빌 좌석에 코를 처박고 킁킁대며 음식을 찾아 헤매고 있었다.

북극곰은 오언과 조지가 챙겨 온 크래커 몇 개를 찾아내더니 내용물은 물론, 상자까지 모조리 해치웠다. 그러더니 육포 한 상자를 허겁지겁 뜯어 먹고는 땅콩버터가 든 플라스틱 통을 통째로 우적우적 집어삼켰다.

"흥미로운 선택이군. 나라면 크래커를 땅콩버터랑 함께 먹었을 텐데. 뭐, 어쩌겠어."

오언이 말했다.

북극곰이 다시 좌석에 머리를 푹 찔러 넣고 쿵쿵거렸다. 조지는 북극곰 손에 들린 걸 발견하자마자 공포에 휩싸여 오언 팔을 꽉 잡았다.

북극곰이 꺼낸 건 바로 브라우니였다.

북극곰이 스노모빌을 먹어 치우다니

"안 돼! 브라우니만은 안 된다고."

조지 입에서 절로 신음이 새어 나왔다. 큰 덩치 북극곰은 브라우니를 허겁지겁 먹어 치웠다.

"너희 엄마 브라우니는 '인생 그 자체'인데!"

"있잖아, 너, 처칠 떠나면 이제 그 브라우니 못 먹는다."

오언이 말했다.

고개를 돌려 오언을 바라보는 조지의 두 눈썹은 평소보다 훨씬 더 높아 보였다.

"너, 진짜 지금 이 상황에서 내가 처칠 떠날까 봐 걱정되냐? 저 북극곰이 우리 스노모빌을 아주 자기 소풍 가방인 줄 알고 꺼내 먹고 있는데?"

조지 말에 오언은 어깨만 으쓱했다.

먹을 걸 더 찾으려는지, 북극곰은 저장 공간에 거대한 앞발을 넣고 휙휙 휘적였다. 산탄총, 공포탄, 손도끼 그리고 오언 핸드폰이 눈밭에 굴러떨어지는 걸 바라보며 오언은 몸을 움찔거렸다.

"저 곰이 음식을 몽땅 먹고 나면, 우리를 가만히 내버려 둘지도 몰라."

조지가 말했다.

"흠, 북극곰 세계에선 말이야. 적자생존이 아니라 '비만생존'이야. 북극곰은 앉은 자리에서만 바다표범 100킬로그램 정도는 거뜬히 먹을 수 있어."

오언 말에 조지가 한숨을 푹 내쉬었다.

"네 그 해박한 북극곰 지식 때문에 나, 우울해져."

오언은 북극곰이 이제 둘을 찾아올 거라 장담했는데, 북극곰은 입을 쩍 벌리더니 이빨로 좌석 쿠션을 크게 한입 쾅 물어뜯었다.

오언이 화들짝 놀랐다.

"쟤…… 쟤가 우리 스노모빌을 먹고 있어!"

큰 덩치 북극곰이 또 다른 고무 패드를 뜯어내 질겅질겅 씹는 모습을 바라보고 있자니 조지와 오언은 하도 기가 막혀 말도 안 나왔다.

"있잖아, 이상하지만 북극곰들은 플라스틱 같은 거를 좋아한대. 아빠가 저번에 북극곰 하나가 소파 쿠션을 떼 먹는 걸 봤다더라고."

조지가 아무 감정 없이 딱딱하게 말했다.

"야, 지금 남의 집 소파 신경 쓸 때가 아니야. 저 녀석이 우리한테 딱 하나뿐인 교통수단을 먹어 치우고 있잖아."

오언이 숨죽여 말했다.

좌석 쿠션이 있었나 싶을 정도로 감쪽같이 사라지자, 북극곰은 운전대로 옮겨 가 아작대며 깨물었다. 꼭 개가 뼈다귀를 먹는 것 같았다.

오언이 팔꿈치로 조지를 쿡 찌르며 말했다.

"공포탄을 쏘자."

"안 돼! 소리 때문에 얼음이 깨지면 어떡해. 그럼 스노모빌도 빠지잖아."

"저 녀석이 스노모빌을 다 갈기갈기 뜯어 버려서 운전도 못 하면 어쩔래? 어차피 마찬가지야."

조지는 입김을 후 내뿜었다. 오언 말을 따라야겠다고 생각했는지, 조지는 한 발자국 앞으로 나와 하늘 높이 산탄총을 들었다.

"저리 가, 이 녀석! 가라고!"

조지가 소리쳤다.

달칵 펑!

공포탄은 본래 산탄보다 더 큰 소리를 내도록 제작되었다. 그 소리에 오언 몸이 움츠러들었다. 그건 북극곰도 마찬가지였다. 스노모빌에 있던 북극곰이 균형을 잃고 쓰러지는 바람에 휙 돌아간 운전대 반대쪽 끝이 작살처럼 얼음에 내리꽂혔다.

끽 끼익. 텀벙! 갑자기 스노모빌과 북극곰이 동시에 얼음 표면 아래로 훅 빠지며 커다란 구멍이 생겼다. 구멍 위로 차디찬 얼음물이 철퍼덕 튀어 올랐다.

오언과 조지는 숨이 턱 막혔다. 산탄총과 파카를 빼고 뒷좌석에 실린 모든 물건이 호수 저 아래로 가라앉았다.

몇 초 지나자, 북극곰이 머리를 물 위로 불쑥 내밀더니 콧방귀를 씩씩 뀌었다.

'북극곰은 뛰어난 수영 선수인데요.'

오언 기억이 되살아났다.

그때 조지가 팔로 오언을 꽉 잡고는 뒤로 끌어당겼다.

"야, 북극곰이 물속에 있을 때 당장 여기를 빠져나가야 해."

조지가 계속해서 속삭였다.

"달려, 이 얼음 구멍아. 달려!"

미국 플로리다주 마이애미

나탈리

02

쓸려 가다

'안 돼!'

퍼붓는 빗속으로 집이 사라져 가는 걸 바라보며 나탈리는 두려움에 젖었다.

'엄마! 베아트리체 이모!'

나탈리가 물속에서 넘어지고 구르는 와중에도 추로는 품에서 끊임없이 꼼지락댔다. 나탈리는 속으로 욕을 했다.

'그만 좀 움직여 대, 이 꼬마 악마!'

땅에 두 발이 닿지도 않았다. 숨이 차 입을 벌리면 사정없이 물이 밀려와 질식하기 일보 직전인데 이것저것에 치이기까지 했다.

물이 닿지 않는 높은 곳으로 가야 한다. 이 매몰찬 비바람이 닿지 않는, 숨을 수 있는 곳으로 가야 한다.

길 저편에 죽 늘어선 집을 향해 헤엄쳤지만 루벤이 다시 제자리로 옮겨 놓았다. 두 발을 미친 듯이 차서 물 위로 올라가려 했지만 루벤이 더 깊숙이 가라앉혔다. 물에 반쯤 잠긴 정지 신호 표지판이라도 잡아 보려 발버둥 쳤지만, 루벤은 나탈리를 회전시키더니 저 멀리 보냈다. 몰아치는 바람에 대고 악에 받쳐 소리를 질렀다. 살면서 이렇게 무기력한 기분은 처음이었다. 바닥을 친 느낌이랄까. 나탈리가 뭘 하려고 하든 루벤은 전혀 다른 길로 이끌었다. *빠아앙 빠아아아아아앙.* 그러는 내내 귀를 때리는 화물 열차 경적은 이 구역의 지배자가 누구인지 나탈리에게 똑똑히 말하고 있었다.

냉장고 하나가 통나무처럼 둥둥 떠내려오자, 나탈리는 매달릴 생각으로 냉장고를 붙잡았다. 하지만 냉장고는 물속에서 데굴데굴 회전하더니 손대자마자 가라앉고 말았다.

게다가 나탈리는 냉장고 뒤로 떠내려오는 가스레인지를 차마 발견하지 못해 그대로 퍽 부딪혔다. 바늘로 찌르는 고통이 머리끝부터 발끝까지 온몸을 훑었다. 아픔에 소리를 지르다가 또 입에 역겨운 바닷물만 가득 들어와 꿀꺽 삼켜야 했다. 소용돌이치는 폭풍 해일이 나탈리를 가스레인지와 함께 아래로 짓누르자, 추로를 얼른 풀어 주었다. 이러다 추로까지 같이 가라앉을 판이었다. 세차게 발길질을 해대며 몸부림쳐 봐도 위아래로 돌고 또 돌아서 더는 어디가 물 위인지조차 알 수 없었다.

'난 죽고 말 거야. 난 결국 이렇게 죽을 거야.'

머릿속에 떠오르는 건 이 말뿐이었다.

푸! 물 바깥으로 겨우 고개를 내민 나탈리는 기침하며 숨을 찾아 헐떡였다. 방향 감각을 잃어 하늘이 빙빙 돌았다. 이쯤 되니, 나탈리는 루벤이 자신에게 싸움을 건다고 느꼈다. 무슨 게임이라도 하는 것처럼 허리케인이 나탈리를 갖고 노는 것 같았다. 처음에는 집 뒷벽을 부수더니 그다음에는 나탈리를 거리로 내몰지 않나, 이젠 추로가 갖고 노는 소리 나는 장난감처럼 나탈리를 여기저기 툭툭 때리고 있었다.

'추로!'

나탈리는 추로가 이미 죽었을 거라고 확신했다. 물에서 선헤엄을 치며 몸을 돌려 빗줄기 사이를 가는 눈으로 바라봤다. 그러다 추로를 발견하고는 소스라치게 놀랐다. 말도 안 되는 광경이 눈앞에 펼쳐졌다.

추로가 물 '꼭대기'에 선 채로 거리를 떠내려가고 있었다.

히치하이커

나탈리는 추로에게 헤엄쳐 갔다. 대체 추로는 어떻게 물 위에 가만히 서서 움직일 수 있는 거지?

추로에게 점차 가까워지자, 나탈리 두 손이 물속에 있는 무언가에 세게 부딪혔다. 손가락으로 그 물체를 만지며 윤곽을 헤아리다가 마침내 알아냈다. 엄청난 폭풍에 차가 길 아래쪽으로 휩쓸려 떠내려가고 있었는데, 바로 그 자동차 위에 추로가 올라탄 거였다.

추로는 몸을 최대한 낮추고 네 다리를 벌려 균형을 잡고 버텼지만, 거센 바람에 자동차 위에서 앞으로 뒤로 미끌어졌다. 추로는 공포에 오들오들 떨고 있었다.

"추로, 조금만 버텨!"

나탈리가 외쳤다.

나탈리는 물속에서 자동차 루프 난간을 잡고 끌어당겨 몸을 움직였다. 루벤이 나탈리를 홱 잡아떼려 하면서 따끔따끔한 비로 얼굴과 손을 후려쳤다. 하지만 나탈리는 기어코 버텨 결국 자동차 트렁크 위에 두 다리를 올렸다.

드디어 무언가를 발밑에 두고 올라, 추로를 보호하듯 품에 끌어안았다.

"나, 여기 있어, 추로."

귀청을 때리는 바람에 못 들었을 수도 있지만 그래도 이번 한 번은 나탈리에게 으르렁대거나 짖지 않았다. 오히려 나탈리 팔이 피난처인 것처럼 더 파고들었다.

펑! 한 블록쯤 떨어진 곳에서 전기가 흐르는 무언가가 폭발해 불꽃이 안개처럼 흩뿌려졌다. 둘은 그 굉음에 펄쩍 뛸 정도로 놀랐다. 거센 바람에 뜯겨 나가는 집 홈통이 꼭 벗겨지는 바나나 껍질처럼 보였다. 두 동강이 난 나무는 어둠 속으로 허망하게 날아가 버렸다. 도로 표지판 여럿이 기둥을 가운데 두고 납작하게 접혔다. 또 물. 물은 도로에 줄지은 단층 주택 처마까지 차올랐다. 나탈리는 집에 갇혀 있는 엄마와 이모를 떠올렸다. 물이 천장까지 차오르는데도 탈출 방법을 못 찾았으면 어쩌지?

쿵쿵! 나탈리가 밟고 선 차 안에서 무언가가 크게 부닥치는 소리가 났다. 나탈리는 뒷좌석 창문으로 안을 들여다보았다. 창백하다 못해 시퍼런 시신 얼굴이 나탈리를 빤히 올려다보고 있었다. *꺅!* 나탈리는 비명을 내질렀다.

차 안에 물에 빠져 죽은 여자가 있다니!

나탈리는 바로 고개를 옆으로 돌려 물에다 토했다. 다시 보지 않고, 생각하지 않으려 하는데도 죽은 여자의 두 눈동자가 아직도 자신에게 꽂혀 있는 것 같았다.

나탈리는 슬쩍 다시 아래를 보았다. 왠지 그래야 할 것 같아 어쩔 수가 없었다. 그러고는 죽은 여자 몸이 자동차 창문과 천장이 만나는 구석에 짓이겨진 걸 보았다. 여자 머리는 괴상하리만치 옆으로 꺾여 꼭 좀비 영화에서 툭 튀어

나온 것 같았다.

나탈리는 주체할 수 없을 정도로 몸이 떨려 왔다. 이 차에서 내려야 한다. 자동차에 여자 시신이 있어서만은 아니었다.

주변을 둘러본 나탈리는 익숙한 야자나무와 오키초비호 6차선 신호등이 눈에 들어왔다.

'이런, 안 돼. 안 돼, 안 돼, 이건 아니잖아.'

고속 도로는 문제도 아니었다. 나탈리는 오키초비호 길 바로 '너머에' 있는 게 무서웠다.

루벤이 나탈리를 운하로 몰고 있었다.

깊이만 약 3.7미터에 이르는, 끝도 없이 이어지는 마이애미 운하에는 에버글레이즈에서 나온 담수와 정기적으로 찾아오는 폭풍우 빗물이 한데 모인다. 운하는 도시를 가로질러서 바다로 빠져나가는데, 아무도 여기서 헤엄치는 걸 좋아하지 않는다. 매년 수많은 자동차와 쓰레기 더미가 운하로 쏟아져 나오기 때문이다. 시신는 말할 것도 없고.

하지만 운하 곳곳에는 이보다 더 끔찍한 게 있다.

엘리게이터!

이 자동차에서 나탈리가 추로와 당장, 빨리 내리지 못하면 이 끔찍한 것과 함께 헤엄칠 판이었다.

물에 잠긴 집

 우르르 쾅쾅! 포효하는 천둥 아래 벼락이 번쩍 내리치자, 도로 한 편에 줄지은 집이 보였다. 다시 어둠이 찾아들자, 나탈리는 어느 이층집 창문 사이사이로 실낱같은 빛줄기가 새어 나오는 걸 발견했다. 촛불! 저기 누군가 있다. 나탈리에게 안전한 곳을 제공할 수 있는 그 누군가가 있다.
 "추로, 잠깐만 기다려!"
 나탈리가 외치며 휘휘 돌고 도는 물로 뛰어들었다. 자동차 유리로 핏기 하나 없는 해쓱한 얼굴이 자신을 뚫어져라 보는 장면을 머릿속에서 지우려 애썼다. 그 여자는 누구일까? 홍수가 밀려올 때 어쩌다 차에 갇힌 걸까? 집으로 가려던 걸까, 아니면 이 도시를 떠나려고 마지막으로 필사적인 탈출을 시도한 걸까? 어찌 되었든 누가 시신을 꺼내 수습하지 않으면, 결국 여자의 무덤은 자동차와 오키초비호 도로 저편에 있는 운하가 될 터였다.
 나탈리와 추로는 여자처럼 떠내려가지 않으려면 무슨 수라도 써야 했다.
 나탈리는 있는 힘을 다해 꼬마 강아지를 물 위로 번쩍 들어 올렸다. 다시 폭풍 해일 속으로 들어가는 게 못마땅한 추로는 또다시 으르렁댔다. 하지만 으르렁대면서도 두려운지 오들오들 떨고 있었다.

'치와와 녀석.'

나탈리는 생각했다.

두 팔다리를 힘차게 휘적이며 집을 향해 나아갔다. 비바람이 무지막지하게 후려쳤다. 물은 밀려왔다 빠지기를 반복했다. 그래도 이번만큼은 루벤의 물살이 나탈리를 내치지 않고 순순히 보내 줬다. 폭풍 해일은 이미 현관문보다 더 높았지만, 물이 쭉 빠지자 나탈리는 문틀 맨 꼭대기에 어렵사리 매달릴 수 있었다. 숨을 깊게 들이마시고는 활짝 열린 문으로 헤엄쳐 들어갔다.

집 안으로 들어가 물 위로 고개를 쏙 빼 들었다. 하지만 숨 쉴 공간이라고는 천장에서 겨우 얼굴 길이 정도밖에 없었다. 나탈리는 어찌할 바를 몰라 크게 당황했다. 또다시 단층 주택에서 엄마와 베아트리체 이모가 불어난 물에 빠져 죽는 모습이 떠올랐다. 이 집은 적어도 위로 올라가고 밖으로 나가는 길이 있었다. 물론 그 계단을 찾을 수만 있다면.

한 치 앞도 보이지 않는 어둠 속에서 나탈리는 선헤엄을 치며 주변을 둘러보았다. 정신을 차려 보니 이 방은 마치 세탁기 같았다. 집 안을 채우던 모든 물건이 물에 빼곡했다. 잡지, 시계, 옷가지, 냄비와 프라이팬, 소파 쿠션, 비디

오 게임 리모컨, 빗, 책 등이 거품이 이는 검은 물에서 소용돌이치며 이따금 열린 현관문과 깨진 창문 사이로 들락날락했다.

그사이에도 물은 계속 차올랐다.

"여기에 갇히기 전에 당장 나가야 해!"

나탈리가 추로에게 말하자, 추로가 캉캉 대답했다.

깜깜하다 못해 갑갑하기까지 했다. 그때 방 저편에서 계단을 본 게 기억났다. 나탈리는 배영 자세로 누워 가슴팍에 추로를 올린 다음, 두 손으로 천장 벽을 잡고는 힘겹게 몸을 이동시켰다.

방에 물이 스륵 차올랐다가 주룩 낮아졌고 다시 차올랐다가 낮아졌다. 하지만 물이 빠져도 전보다 늘 더 높아져 있었다. 물 위를 둥둥 떠다니던 농구공 하나가 나탈리를 퍽 쳤다. 또 거미줄처럼 느껴지는 무언가가 다리 한쪽을 따끔따끔하게 쓱 훑었다. 나탈리는 짧게 숨을 내뱉으며 미친 듯이 헉헉댔다. 속도를 더 높여야 한다.

그 순간, 가슴팍에 있던 추로가 물로 뛰어들었다.

"안 돼! 추로! 기다려!"

나탈리가 재빠르게 몸을 움직여 추로가 어디로 향하는지 확인했다.

저만치에서 추로가 천장에 난 직사각형 틈으로 찰방찰방

헤엄쳐 가는 게 보였다. 바로 그 계단!

나탈리는 자세를 고쳐 잡고 평영으로 추로를 뒤따랐다.

"가, 추로! 가!"

나탈리가 소리쳤다.

마침내 계단 맨 꼭대기에 올라선 추로는 반만 물에 잠긴 채 뒤돌아 나탈리에게 응원을 보내듯 캉캉 짖었다. 몇 초 뒤, 계단에 다다른 나탈리는 꼬마 강아지 뒤를 쫓아 계단을 기어 올라가 카펫이 깔린 이 층 바닥에 풀썩 쓰러졌다.

"맙소사!"

어떤 여자 목소리가 들려왔다.

"마커스, 자바리! 얼른 저 여자아이 좀 부축해야겠다! 계단에서 먼 곳으로 옮기자꾸나."

여기저기에서 손이 나타나 나탈리를 조심스레 들었다. 좁은 복도를 따라 쭉 이동하는 동안 나탈리는 그저 축 늘어져 있었다.

10대 흑인 남자아이 두 명이 나탈리가 넘어지지 않도록 벽에 기대어 조심스레 앉혔다. 양쪽으로 전자 장비가 있었는데 아래층에서 미리 올려다 놓은 것 같았다. 두 남자아이는 놀라움과 걱정이 어린 눈빛으로 막 계단에서 올라온 나탈리를 바라보았다. 그 뒤로 부모처럼 보이는 아저씨와 아주머니가 바짝 다가와 서 있었다.

"괜찮니? 대체 어쩌다 저 거리에 있게 된 거니?"

아저씨 질문에 기진맥진한 나탈리는 삽시간에 눈물이 터져 버렸다.

"*엄마! 베아트리체 이모! 난 돌아가야 해요!*"

나탈리가 흐느끼며 에스파냐어로 말했다.

"애야, 정말 미안하구나. 에스파냐어를 할 줄 아는 사람이 없어서 말이야."

아주머니가 말했다.

그 말에 나탈리는 잠깐 어리둥절했다. 에스파냐어로 말하면서도 스스로 깨닫지 못했기 때문이다. 나탈리는 혼란스럽거나 몹시 두려울 때면 모국어인 에스파냐어에 위안받곤 했다.

바로 영어로 바꿔 여기까지 오게 된 이야기를 봇물 터지듯 마구 쏟아 냈다. 집 뒷벽이 무너지고 집 안에 물이 차올랐던 상황 그리고 좁다란 창문으로 추로와 겨우 탈출해 거리로 쓸려 내려온 것까지 모두 말했다.

"얼른 가 봐야 해요. 엄마와 이모한테요. 우리 집에서 물에 빠져 죽고 있다고요!"

"애야, 마음을 조금 가라앉혀 보렴. 이젠 안전해. 하지만 정말 안타깝게도 이 폭풍우가 끝나기 전까진 아무도 여길 떠날 수 없단다. 우리도 마찬가지고."

나탈리는 울음을 삼켰다.

아주머니 말이 맞았다. 이렇게 간신히 물 밖으로 빠져나와 살아남은 것도 기적이었으니까. 당장 엄마와 이모에게 돌아갈 방법은 그 어디에도 없었다.

잠깐의 시간

아주머니 이름은 안나 에반이며 남편은 데릭 그리고 두 남자아이는 마커스와 자바리였다. 나탈리 엄마보다 키가 큰 안나 아주머니는 머리가 곱슬곱슬했고 입가에는 친근한 미소를 머금고 있었다. 데릭 아저씨는 아주머니보다 머리 하나가 더 컸으며 아주 건장했다. 머리칼이 아주 짧았는데 새까만 턱수염도 딱 그 정도 길이였다. 팔다리가 길게 쭉쭉 뻗은 마커스와 자바리는 잘생긴 얼굴이었다. 동생 자바리는 반삭발을 한 것 같은 버즈 커트 스타일이고, 형 마커스는 눈과 귀 사이 머리카락을 짧게 자른 템프페이드 커트 스타일 머리였다. 모두 어두운 코코아빛 피부를 지닌 흑인 가족이 하나같이 걱정 어린 눈길로 나탈리를 바라봤다.

그 와중에도 자바리의 귀여운 스타일이 눈에 들어왔다. 다른 상황이었다면, 아마 나탈리는 두 뺨이 붉게 물들어

고개를 돌렸을 테다. 하지만 지금 그런 데에 신경 쓸 겨를이 없었다.

"전 나…… 나탈리고, 얘는 추로예요."

나탈리가 이를 딱딱 부딪치며 말했다. 추로는 몸을 흔들어 물을 털어 내고는 곧장 이빨을 드러내며 에반 가족을 향해 으르렁댔다. 어쩜, 친근함을 표현하는 방식이 이리도 한결같은지.

"자바리, 네 후드 티 좀 하나 가져오렴. 이러다 몸이 얼겠다."

아저씨가 자바리에게 말했다.

그전까지 나탈리는 자신이 얼마나 몸을 떠는지도 몰랐다. 사실 물이 그렇게 차지는 않았지만, 사람 체온과는 엄연히 달랐고 나탈리는 오랜 시간 동안 물속에 있었다. 나탈리가 고마운 마음으로 후드 티를 받아 입는데, 아주머니가 그새 물 한 컵을 가져와 건넸다.

"잠깐 우리, 시간 좀 줄래요?"

아주머니는 쉬 소리를 내며 손을 휘적여 남자들을 복도 끝 방으로 몰았다.

나탈리는 아주머니가 어떻게 자기 마음을 읽었는지 알 수 없었다. 남자들이 자리를 뜨자마자 눈물이 주르르 흘러내렸다. 하염없이 흐르는 눈물은 걷잡을 수가 없었다. 엄마와 이모를 잃었다는 슬픔의 눈물. 자동차에 갇혀 죽은 여자를 향한 눈물. 또 루벤에 얻어맞아 멍들고 엄청난 무력감에 빠진 자신을 향한 눈물이었다.

나탈리는 자바리 옷에 달린 모자를 머리에 폭 눌러쓴 뒤, 두 무릎을 구부려 올리고는 얼굴을 파묻었다. 낯선 사람을 앞에 두고 이토록 눈물을 쏟자니 창피하기도 했지만, 정작 아주머니는 크게 신경 쓰지 않았다. 그저 옆에 앉아 한 팔로 나탈리를 감싸며 자신의 품에서 나탈리가 충분히 울도록 했다.

"애야, 마음껏 울렴. 너무 벅찼겠구나."

으르렁 캉캉 으르렁 캉캉, 갑자기 추로가 무언가에 짖기 시작했다. 나탈리도 후드 티 소매로 얼른 코를 훔치며 추로가 왜 저리 짖는지 확인했다.

물이다! 일 층에 큰 파도가 맹렬한 기세로 부닥쳐 들어와 계단통에 물보라를 흩뿌리다 결국 이 층 카펫까지 철퍼덕 적셨다.

여전히 물이 차오르고 있었다.

추로는 캉캉 짖으며 주춤 물러났다. 나탈리도 이 끔찍한 광경에 말을 잃었다. 폭풍 해일이 이 층까지 올라와 이젠 복도부터 스멀스멀 집어삼키려 했다.

아주머니가 얼른 자리를 박차고 일어섰다.

"얘들아!"

윙윙 부는 바람에 대고 더 큰 소리로 이어 말했다.

"당장 여기에 있는 거 침대로 옮겨야겠어!"

황급히 복도로 나온 아저씨 그리고 마커스와 자바리는 계단 맨 꼭대기까지 차올라 철썩대는 물을 보자 아연실색했다. 그러고는 허둥대며 전자 기기를 집어 들어 방 하나로 옮겼다. 나탈리도 도움이 되고자 몸을 일으켰다.

하지만 이미 일은 다 끝난 뒤였고, 물은 이제 추로 무릎에서 찰랑거렸다.

나탈리는 추로를 들어 올려 품에 안고 뒷걸음질 치며 고개를 내저었다.

"자꾸만 오고 있어. 너무 거대해. 정말 너무 버거워!"

나탈리가 웅얼거렸다.

아주머니는 나탈리 두 어깨를 꽉 붙잡고 두 눈을 바라보았다.

"괜찮아, 나탈리. 우린 무사할 거야."

'아니요, 아주머니. 우린 무사하지 못할 거예요.'

나탈리는 마음속으로 대답했다. 이미 바닥에 8센티미터 가까이 되는 물이 차올랐다.

'여긴 이 층인데.'

나탈리는 생각했다.

에반네 세 남자가 철벅대며 복도로 돌아와 벙벙한 얼굴로 차오르는 물을 바라봤다.

"말도 안 돼. 물이 여기까지 찬 적은 한 번도 없었는데."

아저씨가 말했다.

그 순간, 발아래 바닥이 갑자기 움직였다. 모두 재빨리 두 손을 옆으로 쭉 뻗어 벽에 등을 바짝 기대섰다. 나탈리와 자바리는 두 눈이 휘둥그레져 믿을 수 없다는 듯 서로를 바라보았다.

꿈이다. 그래야만 한다.

바닥이 심하게 요동치며 다시 기우뚱하더니 발치에서 물이 앞뒤로 철퍼덕하며 튀어 올랐다. 이번에는 의심할 여지가 없었다.

집이 떠내려가고 있었다.

끊임없이 차오르는 물

나탈리는 추로를 꼭 끌어안으며 다시 벽에 몸을 바짝 댔다. 폭풍 해일이 에반네 집을 갈가리 찢고 있었다. 물론 집 안에 있는 사람도 함께.

"당장 여기서 나가야 해!"

요란스레 울리는 폭풍 너머로 아저씨가 소리쳤다.

"어디로요?"

아주머니가 소리 지르며 되물었다.

"아래층은 완전히 침수되었는데요!"

이번에는 자바리가 덧붙였다.

아래층에는 이미 물이 찰 만큼 차서 더는 튀어 오르지도 않았다. 그저 차오르고 또 차오르고 끊임없이 차올랐다. 마치 욕조에 물을 채우는 것 같았다. 어둡고 탁한 폭풍 해일이 나탈리 종아리까지 높아져 있었다.

'안 돼. 그럴 리 없어. 또다시 이럴 순 없잖아.'

나탈리가 되뇌었다.

"창 바깥으로 나가야 할까요?"

마커스가 소리쳤다.

"안 돼요."

그 말에 넋 빠진 채로 있던 나탈리가 정신을 차리며 대답했다. 루벤과의 대결을 떠올리며 두 번째 승부에서는 절대 살아남지 못하리라는 걸 알고 있었다. 이미 몸과 마음이 바닥을 친 나탈리와 달리 루벤은 괴물처럼 점점 강해지기만 했다.

"물에 들어갈 순 없어요. 지붕으로 올라가도 되나요?"

좋은 선택이 아니라는 것쯤은 나탈리도 알았다. 지붕에

올라서는 순간 맹폭격하는 루벤의 분노에 그대로 노출될 터였다. 하지만 집은 다시 비틀대더니 바닥이 양쪽으로 흔들흔들했다. 다들 퍼뜩 깨달았다.

'뭐라도' 해야 한다. 빨리!

"우리 방에 천창이 있잖아! 자바리, 야구 방망이 좀 가져와라." 아저씨가 외쳤다.

아저씨와 아주머니가 남은 사람들을 이끌어 안방으로 들어갔다. 안방도 이미 물이 발목까지 차올라 철벅댔다. 갑자기 나탈리는 방금 만난 사람들과 계획을 세우며 여기저기 돌아다니고 있자니 어딘가 묘한 느낌이 들었다. 하지만 지금은 모두 모여 힘을 합쳐야 했다.

휘몰아치는 폭풍 속에 낯선 사람은 없었다.

아저씨와 마커스가 침대를 밀어 천장에 난 작은 플라스틱 천창 바로 아래로 옮겼다. 그사이 자바리는 철제 야구 방망이를 들고 나타났다. 나탈리는 두 팔로 추로를 감싸안은 채 아저씨가 침대로 풀쩍 뛰어오르는 모습을 보았다. 아저씨는 천창이 깨질 때까지 방망이를 깊숙이 찔러 넣었다.

와장창! 뚫린 구멍으로 비바람이 쉭쉭 세차게 들어오며 물보라를 뿜자, 나탈리는 고개를 돌렸다.

아저씨가 천창 가장자리에 남아 있는 플라스틱을 퍽퍽 쳐 떨어뜨리는 사이에 마커스가 침대로 올라가 아저씨 옆

에 섰다.

"네가 먼저 올라가. 그다음 다른 사람들을 끌어 올려 줘!"

아저씨가 마커스에게 말했다.

마커스는 고개를 끄덕였다. 나탈리는 아저씨가 마커스를 힘껏 들어 올리고, 마커스가 천창 구멍을 빠져나가는 걸 지켜봤다.

아저씨가 다음으로 아주머니 손을 잡았다.

"우리 돈! 신분증은? 우리 애들 출생증명서는? 다 어떡해요?"

아주머니가 몸을 뒤로 빼며 외쳤다.

"버리고 당장 떠나야 해!"

아저씨가 아주머니에게 말했다.

나탈리도 소중한 가족 물건과 추억거리를 아주 높이, 물에 잠기지 않게 보관해 둔 게 머릿속에 떠올랐다. 수많은 가족사진과 고조할아버지와 고조할머니께서 사랑을 담아 보내 준 편지 모음. 차곡차곡 모아 온 기상 일지와 섀넌이 만들어 준 우정 팔찌가 가득 담긴 상자. 게다가 '마리포사'. 나탈리는 떠오른 생각에 숨이 멎을 것 같았다.

모두 물거품처럼 사라지겠지.

아저씨는 아주머니를 들어 올려 지붕에 있는 마커스에

게 전하고 뒤이어 나탈리를 향해 손짓했다. 가장 먼저 추로를 번쩍 들어 올렸다. 역시나 추로는 아주머니와 마커스 그리고 폭풍을 향해 으르렁대며 캉캉 짖었다. 그런 추로에게 나탈리가 말했다.

"알지, 추로. 그 마음 알아. 나도 밖에 두 번 다시 나가고 싶진 않지만, 어쩔 수 없어."

곧이어 나탈리 차례가 돌아왔다. 아저씨가 나탈리를 올렸고 마커스가 힘주어 당겼다. 순식간에 나탈리는 폭풍 속으로 또다시 들어왔다. 비가 온몸에 가시처럼 내리꽂히고 바람이 지붕에서 나탈리를 떨어트리려 했다. 하지만 거기에는 아주머니가 있었다. 아주머니는 나탈리 손을 꽉 쥐고 더 가까이 끌어당겼다. 둘은 태양열 온수기를 방패 삼아 바람이 들지 않는 곳으로 몸을 최대한 욱여넣었다.

나탈리는 아주머니에게서 추로를 건네받았다. 가슴팍에 추로를 놓고 후드 티 지퍼를 끝까지 올린 다음, 두 팔로 감싸안아 보호했다. 쏙! 추로는 머리를 빼내고는 또 허리케인을 향해 한참 짖어 댔다. 그러나 나탈리에게 들리는 거라고는 폭풍의 울부짖음뿐이었다. 두 눈과 입과 피부로 느낄 수 있는 거라고는 채찍질하는 빗줄기와 인정사정없이 몰아치는 바람뿐이었다. 루벤이 나탈리 감각 하나하나에 압도적인 모욕감을 심어 주었다.

맨 마지막으로 아저씨와 자바리가 도착했다. 하지만 태양 전지판 뒤쪽 공간은 다섯 사람이 비바람을 피하기에는 비좁았다. 아저씨가 뭐라고 소리쳤지만, 폭풍이 꿀꺽하고 삼켰다. 그들 발아래 지붕이 부르르 진동하며 기우뚱했다.

폭풍 해일이 이 집 기초를 잡아 뜯어내고 있었다.

나탈리와 에반 가족은 잔뜩 겁먹은 눈빛으로 서로를 바라보았다. 여기는 안전하지 않았다. 하지만 어디를 갈 수 있을까?

나탈리는 눈을 가늘게 뜨고 폭풍 속을 바라보았다. 밖은 칠흑처럼 어두웠지만, 벼락이 날쌔게 자주 내리쳐 섬광 전구처럼 번쩍번쩍 빛났다. 밝았다가 어두워지고 밝았다가 어두워지고 또다시 밝았다가 어두워졌다. 불빛이 훤히 비치는 그 찰나의 순간에 나탈리는 다른 지붕 몇 개를 찾았지만, 나탈리와 에반 가족한테서 너무 멀었다. 홍수는 사납게 날뛰는 널따란 강이 되어 거리를 더 벌려 놓았다.

후드 티 안에서 추로가 꼼지락대자, 나탈리는 아래를 내려다보았다. 추로는 화를 주체하지 못하고 계속 짖어 댔다. 콩알만 한 강아지가 난생처음 겪는 거대하고 난폭한 마이애미 허리케인을 상대하려 하다니. 잠깐, 추로는 다른 걸 바라보고 있잖아? 새로운 무언가에 야단법석을 떨며 짖어 댔다. 그 무언가를 나탈리도 이제야 발견했다. 이층집 높이의 폭풍 해일 물살을 타고 둥둥 떠내려오는 것.

그건 모두의 염원을 담은 기도에 대한 응답이었다.

모두 승차하세요!

배였다!

폭풍 속에서 번쩍번쩍 비치는 섬광 때문에 스톱 모션 영상 속 한 장면처럼 보였다. 정말로 작은 돛단배 하나가 한때 거리였던 곳에 흐르는 강물을 타고 에반네 집을 향해 떠내려왔다.

나탈리는 믿을 수가 없었다. 마이애미가 항구 도시지만 항구 대부분은 저기 먼 바닷가 근처에 있었다.

'바다가 우리를 찾아오는데 돛단배라고 왜 못 오겠어?'

나탈리는 몹시 흥분했다.

이미 갈가리 찢긴 돛은 뒤로 쭉 당겨져 밧줄과 함께 뒤엉켜 있었고, 내부에는 작은 객실이 보였다. 다 같이 저기에 들어갈 수 있다면…….

나탈리는 아주머니를 쿡 찌르고 돛단배를 손가락으로 가리켰다. 돛단배를 발견한 아주머니는 두 눈을 반짝이며 팔꿈치로 다른 가족들을 쿡 찔러 이 사실을 전달했다. 아

저씨가 태양열 온수기의 버팀목인 다리를 꽉 잡더니 다른 가족들에게 손에 손을 이어 잡으라는 신호를 보냈다. 아저씨가 맨 끝에서 태양열 온수기를 꽉 잡고 아주머니와 나탈리 그리고 자바리가 손을 잡아 쭉 뻗어 마커스가 물에 닿을 수 있도록 했다.

돛단배는 가까이 더 가까이 떠내려오다가 마침내 집과 충돌했다. 마커스가 곧장 용수철처럼 달려들어 돛단배 난간을 붙잡으려 했지만 실패했다.

"잡아, 잡아요!"

나탈리가 외쳐 댔지만, 이번에도 역시 루벤이 소리를 꿀꺽 삼켰다. 바람과 물살이 여기저기를 때리자, 작은 돛단배는 슬슬 지붕에서 멀어져 갔다.

다시 마커스가 도전했지만, 돛단배 난간은 손가락 끝에서 닿을락 말락 했다. 이러다간 정말 놓칠 게 뻔했다! 나탈리는 발만 동동 구르며 하나뿐인 탈출 기회가 멀어져 가는 걸 애타게 바라보았다. 나탈리는 두 팔이 찢겨 나가도록 쫙 뻗었다. 자바리와 아주머니의 손가락 끝마디를 겨우 잡고는 아슬아슬하게 버티며…….

마침내 마커스가 해냈다! 한 팔로 돛단배 난간을 꽉 부여잡았다.

나탈리 그리고 에반 가족이 차례로 지붕에서 미끄러지듯

내려와 돛단배에 올라탔다. 간발의 차로 거센 바람이 쉭 밀려오자, 돛단배는 기우는 집에서 바로 멀어졌다.

아저씨가 손가락으로 가리키는 곳에는 객실 문이 있었는데 나탈리가 가장 가까웠다. 나탈리는 추로를 품에 꼭 안고 계단을 하나하나 내려가 열린 문으로 기어 들어갔다. 계단 바닥에 다다르자 안도감이 밀려와 온몸에 힘이 훅 빠졌다. 이렇게 또 폭풍에서 벗어났다는 사실에 감사했다.

쏙! 후드 티에서 고개를 빼꼼 내민 추로가 또 캉캉 짖어 대자 나탈리는 고개를 들었다.

그러고는 까무러치게 놀랐다.

이 배에 다른 사람들이 있다니!

난민

엄마인 라틴계 중년 여자와 어린 남매 두 명이 객실 맨 끝에 있는 U자 모양 소파에서 몸을 잔뜩 움츠리고 있었다. 나탈리만큼이나 흠뻑 젖은 가족은 진이 빠진 채로 두려움에 떨었다.

또 나탈리가 그들을 발견하고 깜짝 놀란 만큼이나, 그들 역시 나탈리를 보고 소스라치게 놀란 모양이었다.

"안녕하세요."

"안녕하세요."

나탈리가 에스파냐어로 인사하자, 중년 여자는 영어로 대답했다.

나탈리가 무언가를 더 말하려는 참에 에반 가족이 차례로 내려와 객실에 도착했다. 나탈리가 새로 만난 가족에게 한 걸음 다가가자, 그들은 붙어 앉으며 나탈리에게 앉을 소파 공간을 내줬다. 계단 뒤로는 작은 침대가 하나 있었고 객실 가운데를 따라가다 보면 가스레인지와 개수대를 하나씩 갖춘 좁은 공간이 나왔다. 나탈리와 에반 가족 넷 그리고 배에 타고 있던 엄마와 남매까지 합쳐 총 여덟 사람으로 객실이 꽉 찼다.

마지막으로 내려온 사람은 데릭 아저씨였다. 아저씨는 멍한 낯빛으로 가족들을 바라봤다.

"우리 집."

아저씨가 이어 말했다.

"방금 뜯기더니 물에 휩쓸려 떠내려가는군. 이젠 사라졌어."

에반 가족은 모두 망연자실해 그저 아무 말 없이 앉아 있었다.

'나도 조금 전까지 저 집에 있었는데……. 이젠 흔적도

없이 사라지다니.'

나탈리는 생각했다. 나탈리 집에 남은 벽 세 면도 다 쓸려 갔을까? 이번에도 지붕을 뜯어 갔을까? 이 허리케인에서 안전한 곳이 있기는 한 걸까?

"죄송해요. 배가 떠내려오는 걸 보자마자 얼른 탈 수밖에 없었어요."

이윽고 나탈리는 배에 타고 있던 엄마와 어린 남매를 보고 말했다.

"어차피 우리 배도 아닌걸요. 집이 침수되자마자 우리도 여기에 올라탔어요. 딱 여러분처럼요."

남매 엄마는 고개를 숙여 마음의 눈으로 무언가를 물끄러미 바라보는 것 같았다.

"난 쿠바에서 왔어요. 1990년대에 뗏목을 타고 여기로 넘어왔어요. 지금은 미국 시민이에요. 다시 배 타는 난민이 될 거라고 상상조차 못 했는데……."

엄마가 두 어린 남매를 꼭 끌어안으며 말했다.

나탈리는 고개를 끄덕였다. 하이얼리아에는 쿠바계 미국인이 아주 많았다. 나탈리 학교에도 부모님이 어렸을 때 쿠바를 떠나 미국에 왔다고 말하는 친구들이 꽤 많았다.

나탈리는 자신도 난민이 될 줄은 상상조차 못 했다.

돛단배가 무언가에 쿵 부딪혔다. 자동차? 신호등? 에반

네 집에서 떨어져 나온 무언가일까? 또 뭔가 긁히는 소리에 소름이 돋을 지경이었다. 그러더니 작은 돛단배가 덜커덩덜커덩 요동쳤다. 그게 뭐였든 시간이 지나자, 소리는 사그라들었다. 끊임없이 공격하는 건 허리케인뿐이었다.

어린 남자아이가 추로를 쓰다듬으려고 한 손을 쭉 뻗자, 추로는 또 으르렁대며 물려고 달려들었다.

"미안. 추로가 그다지 상냥한 강아지는 아니라서."

나탈리가 말했다.

"이반, 저 강아지도 무서워서 그래. 우리랑 똑같은 거란다."

남매 엄마가 남자아이에게 말했다.

"이반이구나. 허리케인 이반에서 따온 건가요?"

안나 아주머니가 질문했다.

그 말에 남매 엄마는 입가에 옅은 미소를 띠며 말했다.

"어렸을 적 제일 친한 친구 이름을 따서 지었답니다. 여기는 제 딸 발렌티나고 전 이사벨이에요."

나탈리와 에반 가족은 자신을 소개하며 천천히 기운을 차리기 시작했다.

바깥에선 폭풍이 사나운 위세를 떨쳤다. 루벤이 이 작디작은 돛단배를 장난감 삼아 노는지 배가 마구 뒤흔들리고 어딘가에 쿵쿵 부딪쳤다.

하지만 모두 안전했다. 아직은.

"허리케인 이반. 그해에 우리 마커스가 태어났거든요. 제가 첫 번째로 기억하는 가장 큰 허리케인은 1992년 앤드루였고요."

데릭 아저씨가 말했다.

"전 그때 쿠바에 있었는데, 그 폭풍에 할머니를 잃었죠."

이사벨 아주머니는 잠시 말을 잃었다. 그러더니 고개를 다시 들고 이어 말했다.

"하지만 다른 때에는 쭉 여기 북쪽에 있었어요. 오팔, 찰리, 이반."

"진 그다음에는 데니스였죠."

데릭 아저씨가 기억을 떠올리며 덧붙였다.

"그 와중에 카트리나까지 있었고요."

마커스도 말했다.

"다음에는 윌마."

자바리도 끼어들었다.

"그 후에는 어마였죠."

나탈리가 개인적으로 가장 기억에 남는 허리케인을 추가했다.

"그리고 마이클도요."

나탈리가 말을 끝마쳤다.

거의 모든 남플로리다 사람은 이 기나긴 이름의 순서를 외우고 심지어 주문처럼 읊을 수도 있었다. 최악의 허리케인 이름. 수많은 사람을 죽음으로 내몰고 엄청난 피해를 일으킨 허리케인. 심지어 다 여기 사람들이 살아 있는 동안에 겪은 거다.

나탈리는 허리케인이 점점 심각해지고 있다고 생각했다. 오늘 아침 베아트리체 이모에게 말한 것처럼 기후 위기로 허리케인의 파괴력이 더 높아졌고 더 일찍 찾아와 더 오래 머물렀다. 기후 위기를 감안한다 해도 전과 비교할 수 없을 정도로 허리케인이 너무 '자주' 찾아왔다. 작년만 해도 이름이 붙은 폭풍이 삼십 개나 되었다. 지금껏 이렇게 많았던 적은 없었다.

나탈리는 이 모든 걸 말하려 했지만, 적당한 때가 아닌 것 같아 그만두었다.

모두 입을 꾹 다물었다. 그러자 잠시 후, 나탈리는 몹시 뒤흔들리던 배가 차분해진 걸 알아챘다.

"폭풍이 좀 누그러졌나 본데요."

나탈리는 말하면서도 그건 도통 말이 안 된다고 생각했다. 여전히 밖에서 초흥분 상태로 몰아치는 루벤 소리가 들려왔다. 전과 다름없이 분노로 가득 차 울부짖었다.

"폭풍이 누그러진 게 아니에요! 저기 좀 봐요!"

이사벨 아주머니가 갑자기 숨도 제대로 못 쉬며 손가락으로 바닥을 가리켰다.

전에도 배에 물이 있긴 했지만, 이젠 나탈리 신발이 잠길 정도로 높아져 있었다. 두 발이 흠뻑 젖어 오는 줄도 몰랐다니.

"누그러진 건 이 배예요! 배가 가라앉고 있어요!"

미국 캘리포니아주 시에라네바다산맥

아키라

03

수영장에 빠진 말

"말이다! 수영장에 있어!"

아키라 어깨 너머를 바라보던 수가 말했다.

"맞아, 바로 '내 말'이야!"

아키라는 곧장 밖으로 뛰쳐나갔다.

이 시기에 노바 가족은 떨어지는 나뭇잎을 쓸어 담을 겸 수영장 위에 파랑 덮개를 씌워 두었다. 하지만 이번에 덮개를 걷은 건 다저였다. 적갈색 거세마는 몸의 반만 물에 잠기도록 옆으로 누워 있었는데, 몸무게 때문에 파랑 덮개가 물속으로 축 가라앉았다.

"여기서 대체 뭐 하는 거야?"

아키라를 따라 수영장으로 향하며 수가 질문했다.

"집으로 가는 길을 찾으려고 산을 탄 것 같아. 이 수영장 덮개가 얄팍한 비닐 막인 줄 모르고 가로질러 간 거지."

아키라는 수영장 끝자락에서 두 무릎을 꿇고 앉았다. 다저는 떨면서도 돌덩이처럼 미동도 하지 않은 채 누워 있었다. 지레 겁먹어 두 눈동자만 데굴데굴 굴렸다.

"다저, 괜찮아. 나, 여기 있어. 침착하게 있어 봐. 내가 널 꺼내 줄게."

아키라가 다저에게 말했다.

아키라는 수영장과 덮개를 찬찬히 살펴보면서 다저를 꺼낼 방법을 찾으려 애썼다. 비닐 방수 덮개는 수영장 주변 콘크리트 바닥과 긴 끈 여러 개로 연결되어 묶여 있었다. 끈 몇 개만 풀어 다저를 조심히 내린다면…….

"아키라, 저기 봐!"

그때 수가 손가락으로 가리키며 외쳤다.

아키라가 고개를 돌려 보니, 산불이 토해 내는 핏빛 불티가 노바 집 지붕에 사방으로 떨어지며 불을 옮기기 시작했다. 불타는 숯 조각이 후두두 떨어지더니 수영장 주변에 깔린 메마른 나뭇잎에 서서히 스며들며 타올랐다.

아키라는 심장이 멎는 것 같았다. 모리스가 머리 꼭대기까지 다가와 입맛을 다시고 있다니!

이 산불이 휩쓸고 지나갈 동안 다 같이 물속에 풍덩 들어가 있는 게 안전한 방법일 수도 있었다. 하지만 수영장 너머에 나무로 된 쉼터 하나가 보였다. 모리스가 지나온 길 위에 있던, 나무로 된 모든 게 그랬듯이 이마저도 불붙고 말 테다. 아키라와 다저 그리고 수가 수영장에 있는 동안에 쉼터가 무너지기라도 하면…….

"다저를 당장 꺼내야 해!"

아키라가 목청껏 소리 질렀다.

아키라는 죽기 살기로 수영장 덮개 끈을 풀기 시작했다. 수도 다치지 않은 손으로 끙끙대며 도왔다.

쨍그랑! 쨍그랑!

불에 노바 집 여기저기에 난 창문이 산산이 깨졌고, 그 소리에 아키라는 움찔거렸다. 시간이 없었다! 둘은 서둘러 끈 여러 개를 풀어 다저가 수영장 바닥에 닿을 수 있도록 했다. 그러자 마침내 다저는 네 다리로 섰다.

이제 다저를 물에서 기어 올라오게 한 다음, 불을 헤쳐 나가는 게 바로 아키라의 임무였다.

아키라는 물이 얕은 수영장 가장자리로 뛰어갔다. 무거운 분홍색 배낭을 바닥에 툭 떨어뜨리고는 옷을 입은 채 물에 들어갔다.

"악!"

아키라가 외마디 소리를 내질렀다. 고드름을 닮은 냉기가 등골에 팍 꽂혔다. 그래도 아키라는 굴하지 않고 차가운 물로 더 깊이 걸어 들어갔다.

다저는 아키라를 보더니 고개를 흔들고 히힝 울었다. 친구를 만나 기쁘면서도 무서운 건 여전한 모양이었다.

"나도 알아, 다저."

아키라는 낮고 안정적인 목소리를 유지하며 덧붙였다.

"괜찮아. 내가 널 여기서 꺼내 줄 거야. 그냥 가만히 있으면 돼. 알았지?"

아키라는 물에서 다저 고삐를 빼내어 꽉 잡았다. 다저는 산책하러 갈 때 한 장비를 그대로 착용하고 있었다. 고삐를 비롯해 안장과 등자 또 굴레와 재갈까지.

"날 바라봐. 저 불은 생각하지 말고."

다저가 아키라 말을 이해할 리 없었다. 그건 아키라도 잘 알고 있는 사실이었다. 하지만 중요한 건 바로 목소리 톤이었다. 그 태도와 자신감. 아키라는 자신감이 넘치진 않았지만, 다저를 위해 그런 척했다. 왜냐하면 다저는 자기 등 뒤에서 벌어지는 일을 아키라처럼 보고 있진 않으니까!

노바 집이 통째로 활활 타고 있었다.

물로 말을 이끌 순 있지만

"아키라!"

수는 크게 외치며 불타는 집에서 뒤로 물러났다.

아키라는 불을 보았다는 의미로 고개를 끄덕이면서도 다저를 뚫어져라 보며 눈을 맞추었다.

"괜찮아. 이제 이리 와 봐. 착하기도 하지."

아키라는 말하며 고삐를 살살 잡아당겼다.

다저는 헤엄치기를 정말 좋아했다. 아키라 집 가까이 있는 호수 근처에 가기라도 하면 늘 경로를 이탈해 호수에 가 헤엄치자고 고집을 부렸다. 그래서 아키라는 산책할 때면 물에 젖어도 괜찮은 옷을 꺼내 입곤 했다. 호수 쪽으로 가는 산책은 늘 물에서 끝났으니까. 하지만 지금은 그럴 때가 아니다.

"이리 와, 다저."

아키라가 차분한 마음을 유지하려고 무던히 애쓰며 말했다. 그저 물이 얕은 가장자리로 다저를 움직이게 한 다음, 불길에서 얼른 도망치면 될 일이었다.

윙 윙 윙! 와장창! 쉭!

모리스는 어마어마하게 큰 야수처럼 노바 집을 먹으며 유리 조각을 와그작와그작 씹어 댔다. 몇 야드나 떨어져 있는데도 그 열기가 강렬했다. 이글거리는 붉은 불티가 수영장 물 위로 떨어지자마자 짜르르 소리를 냈다.

그들 바로 위쪽 쉼터에도 불이 붙었다!

"아키라."

수는 두려움이 깃든 목소리로 작게 말했다.

아키라도 공포에 짓눌렸다.

"얼른 나와, 당장! 다저!"

아키라가 빽 소리를 내지르며 고삐를 잡아당겼다. 하지만 다저는 움직이기는커녕 아키라만 미끌미끌한 수영장 바닥에서 발을 헛디디게끔 했다. 풍덩! 냉랭한 찬물에 아키라가 푹 빠졌다. 얼마 안 되어 바로 물에서 나온 아키라는 다저를 노려보았다. 덜덜 떨리는 몸으로 가쁜 숨을 몰아쉬었다.

'말을 물속으로 이끌 순 있지만, 다시 물 밖으로 나오게 하는 건 쉽지 않지.'

아키라는 생각했다.

"얘! 여기 봐 봐!"

수가 외치자 아키라는 뒤를 돌았다. 수 손에는 배낭에서 꺼낸 사과 하나가 들려 있었다.

사과를 발견한 다저는 수영장 계단을 후다닥 오르는 바람에 거의 아키라를 칠 뻔했다.

"그렇지! 아주 잘했어!"

수가 말했다. 다저가 허겁지겁 사과를 먹으며 입술로 손을 간지럽히자 수는 킥킥 웃었다.

아키라는 수영장을 빠져나와 수와 다저에게 터덜터덜 걸어갔다. 물에 젖어 청바지와 셔츠 그리고 머리칼에서 물이 뚝뚝 떨어졌다.

"그럼, 당연하지. 먹을 게 있어야 수영장을 나오는구나. 피부야 타든 말든."

아키라가 다저에게 말했다.

다저가 몸을 흔들며 아키라, 수에게 물을 뿌리자 둘은 꺅 소리를 질렀다. 그러고는 아키라에게 얼굴을 비비적대며 정답게 히힝 하고 울었다. 그 순간, 모든 게 용서되었다.

아키라는 두 팔로 다저 얼굴을 감싸 다저처럼 코를 비비적댔다.

"네가 죽었을까 봐 얼마나 무서웠는지 몰라. 두 번 다신 널 떠나지 않을 거야. 다저, 약속할게."

아키라가 속삭였다.

다저가 아키라한테만 들리게 조용하고 부드러운 콧바람을 푸르르 내뿜자, 아키라가 살며시 미소 지었다.

"나도 널 사랑해."

찌지직 펑펑!

아키라와 수가 펄쩍 놀랐다. 불에 타던 쉼터가 무너지며 수영장으로 떨어졌다. 방금까지 아키라와 다저가 서 있었던 바로 그 자리로! 아키라가 고삐를 잡기도 전에 다저는 풀쩍 두 앞발을 들어 뒷다리로 섰다가 뒤로 물러나며 수영장 옆에 있던 이동식 그릴을 쳤다. 그릴이 뒤집히며 우당탕 떨어지자, 아직도 연기가 나는 숯덩이와 새까맣게 탄 스테이크 몇 조각이 바닥에 나뒹굴었다.

"말했잖아, 음식 냄새가 난다니까."

수가 말했다.

노바 집 마당을 에워싼 나무에까지 하나둘 불이 번지기 시작했다.

"이제 출발해야 해! 다저에 올라타. 당장 떠나자!"

아키라는 수가 안장에 잘 올라타도록 도와준 뒤, 배낭을 메고 수 뒷자리에 풀쩍 올라탔다. 두 팔로 수를 감싸듯이 안아 고삐를 쥔 다음, 두 다리에 힘을 주며 혀를 끌끌 찼다. 그러고는 어두운 연기로 뒤덮인 숲으로 출발했다. 모리스는 그 탈출이 화가 난다는 듯 미친 듯이 아우성을 쳤다.

불타는 라비올리

세상에 존재하는 색깔이 죄다 빨갰다.

다저에 올라탄 아키라와 수는 갓길을 지나 생기라고는 찾아 볼 수 없는 회색 나무 사이를 지났다. 뿌연 하늘에 갈색으로 그을린 전선이 아래로 축 늘어져 있었고, 재는 눈처럼 얇은 층을 만들며 주변을 소복하게 덮었다. 색만큼이나 소리도 없었다.

모리스가 휩쓸고 지나간 세상의 모습이었다.

"난 불이 우리 뒤를 쫓아온다고 생각했거든. 우리 앞이 아니라."

수가 속삭였다.

이해가 안 되는 건 아키라도 마찬가지였다. 둘은 불길에 휩싸인 노바 집을 탈출하자마자, 2차선 도로를 따라 산 정상으로 향하며 자동차 진입로와 집을 수없이 지나쳤다. 산불은 늘 아키라와 다저 그리고 수를 '뒤따라오고' 있었다. 그런데 어떻게 먼저 지나간 거지?

"이 불은 모리스가 아니었나 봐."

아키라는 작은 목소리로 말했다. 새까맣게 타 버린 광경에 둘은 침묵에 휩싸였다.

"번개가 여러 곳에 불을 냈는지도 몰라."

아키라가 다시 이어 말했다.

이게 그런 경우라면, 아키라와 수는 불보다 앞선 게 아니라…… 불 '안'에 머물고 있다는 말이 된다. 또 여러 군데에서 작은 불이 나고 있다는 말은 거꾸로 말하면, 언제라도 화염의 장벽을 마주칠 수 있다는 의미였다.

아키라는 다저가 빠르게 뛰지 않고 천천히 걷도록 했다. 덤불 사이사이에서 불꽃이 작게 일고 주변 나무에서는 연기가 모락모락 피어올랐다. 타는 듯한 열기에 얼굴을 감싸 둘러 묶은 핸드 타월에서 수분이 몽땅 날아가 버렸다. 수영장에 푹 빠졌던 아키라와 다저 역시 몸의 물기가 거의 다 말랐다.

도로에서 비스듬히 벗어나 있는 진입로에서 둘은 불에 타 텅 빈 껍데기만 남은 채 스스로 무너진 이 층 저택을 보았다. 심지어 저택은 아직도 불타고 있었다. 아키라는 불이 휩쓸 때 집에 아무도 없었기를 바랐다.

"라비올리 넣은 냄비를 가스레인지로 태워 본 적 있어?"

수가 물었다.

"뭐? 나? 그런 적은 없는데."

아키라가 대답했다.

"예전에 과학 시간에 실험한 적이 있거든. 냄비에 물을 채운 다음, 라비올리를 넣고 불을 켜잖아. 시간이 어느 정도 흐르면 물이 끓어오르지. 다들 그때 가스레인지에서 냄비를 들어내 물을 쭈르르 따라 낸 다음 라비올리를 꺼내 먹잖아. 근데 이때 가스레인지에 냄비를 그대로 내버려둔다고 생각해 봐. 물이 끓고 끓다가 다 증발해 버리고 결국 라비올리만 남지. 그런데도 불을 계속 켜 두고 냄비에 물을 더 붓지 않으면, 라비올리에 있던 수분마저 몽땅 날아가 버려. 그럼 라비올리가 쪼글쪼글해지다가 타 버리는 거지. 캘리포니아가 딱 그래."

수가 덧붙였다.

"단지 다른 점이 있다면 이곳에서 라비올리는 수많은 집과 숲이라는 거야. 또 가스레인지는 같은 온도로 열을 가하는데 이곳에선 누군가가 매년 조금씩 온도를 올리지."

아키라는 이 실험을 해 보진 못했지만, 과학 선생님이 간단한 실험을 통해 왜 지구가 계속 더워지는지 설명한 것과 비슷하다고 생각했다. 선생님은 잼이 든 큰 병 두 개에 가져와 각각 온도계를 넣었다. 병 하나는 알루미늄 포일로 덮어 막고 다른 병 하나는 그대로 열어 두었다. 그다음 적외선램프를 켜고 알루미늄 포일 뚜껑을 덮은 병이 뚜껑을 덮지 않은 병보다 점점 온도가 높아지는 걸 관찰했다.

"이 알루미늄 포일 뚜껑이 바로 온실가스인 거지요. 지구 대기 안에 있는 열을 가두고 있답니다."

과학 선생님이 설명했다. 열을 어느 정도 가두는 건 좋은 영향을 미친다. 동식물이 살아남으려면 태양 열기가 필요하니까. 하지만 너무 많은 열, 즉 사람들이 화석 연료를 태워서 나는 열까지 가두면 과열 상태가 된다.

바로 그게 '기후 위기'이다.

다저가 걷다가 잠깐 문제가 생겼는지 덜거덕대자 수는 신음을 내뱉었다. 아키라는 수가 고통을 어떻게든 견디려 애쓰는 걸 알고 있었다. 하지만 다저가 삐걱댈 때마다 수의 입술 사이로 괴로운 숨결이 새어 나왔다.

"괜찮아?"

아키라가 물었다.

"해낼 수 있을 거야."

수는 작게 대답했다.

아키라는 장담할 수 없었다. 아직도 산 정상에 다다르지 못했거니와 대체 얼마나 더 멀리 가야 하는지도 알 수가 없었다.

혹시 몰라 핸드폰을 꺼내 신호가 잡히는지 확인했지만, 여전히 깜깜무소식이었다.

이번에도 다저가 발걸음을 어색하게 내딛자, 아키라는 다저에게 어떤 문제라도 있는지 확인하려고 고개를 아래로 떨구었다. 다저는 평소와 다름없이 걸었다. 하지만 매번 다리 하나를 들어 올리고 잠시 몇 초간 멈추는 모습이 마치 진득거리는 진흙에서 어렵사리 발굽을 빼는 것 같았.

숨이 헉 막힌 아키라는 재빠르게 도로 옆에 난 도랑으로 다저를 몰았다.

"무슨 일이야?"

수가 질문했다.

아키라는 다저를 멈춰 세운 다음에 손가락으로 뒤를 가

리켰다. 거기에는 재투성이 도로 위로 말발굽 자국이 움푹 새겨져 있었다.

"아스팔트가 뜨겁다 못해 이젠 녹아 버리다니! 거기에 다저의 발이 빠지고 있었어!"

아키라가 수에게 말했다.

녹초가 된 수는 예상한 일이 벌어졌다는 듯 고개를 끄덕였다.

"도로가 녹는다고? '왜' 아니겠어."

수가 비꼬는 걸 아키라는 알고 있었다. 하지만 그 말에 괜스레 아빠가 떠올랐다. 아빠라면 도로가 녹는 건 지극히 평범한 일이며 어쩌면 그럴 운명이었을 거라고 말했을 테다. 그걸 설명하려고 몇 가지 주장을 내세우면서.

아키라는 고개를 내저었다. 아빠가 틀렸다. 잠자코 있을수록 이 문제를 해결하지 못한 채 보내는 시간만 더 길어질 뿐이다.

아키라는 다저가 끓어오르는 아스팔트에서 떨어져 도랑을 걷도록 했다. 작은 커브를 감아 돌자, 앞쪽 연기 속에서 낮고 캄캄한 무언가가 보였다.

"픽업트럭이야. 아, 죽은 픽업트럭이라 해야 하나."

수가 속삭였다.

수 말이 맞았다. 모든 게 그랬듯이 여기저기 부서진 픽업트럭 역시 그을린 갈색으로 변한 채 도로에 풀썩 주저앉아 있었다. 죽은 동물의 뼈처럼. 창문과 전조등, 페인트칠, 심지어 바퀴마저 눈을 씻고 봐도 찾을 수 없었다. 산불이 다 태워 버렸다. 바퀴의 철제 테두리는 녹아내리는 아스팔트에 약 8센티미터나 움푹 처박혀 있었다. 픽업트럭에서는 여전히 팍팍 터지는 소리가 흘렀으며 연기도 스르르 피어올랐다. 뼈대만 남았어도 뜨거운 건 여전했다.

다저는 이 모든 게 잘못되었다고 느끼며 불편한지 콧바람을 푸르르 내뿜었다. 그럼에도 아키라는 안을 살펴보려고 다저를 픽업트럭 가까이로 몰았다. 픽업트럭을 채웠던 실내 장식은 죄다 사라지고 없었다. 모든 좌석과 차량용 시트커버 그리고 운전대와 대시 보드까지. 그저 먹빛을 띠는 흉한 잿더미에 불과했다.

그런데 잿더미에 삐죽 솟아 나온 게 있었다.

바로 새까만 가죽이 된 세 사람의 미라였다!

만약, 만약, 만약

"세상에!"

수가 외쳤다.

아키라는 옆으로 고개를 휙 돌려 도로에 구역질했다.

불에 탄 시신을 보자 아키라는 충돌 사고 직후, 불이 옥죄어 올 때 수네 자동차에 갇혀 있었던 공포가 새삼스레 떠올랐다. 만약 자동차에서 빠져나오지 못했더라면, 만약 불길이 더 빠르거나 그들이 더 느렸더라면, 만약 도망치지 못했더라면…….

아키라는 손등을 들어 올려 입가를 쓱 닦았다. 아빠는 어디에 있을까? 수 아빠는 어디에 있을까? 두 아빠도 검게 그을린 숲 여기 어딘가에 있을까? 불에 타 여기저기 일그러진 숲 어딘가.

"가자. 지금 우리가 할 수 있는 건 아무것도 없어."

수 목소리에서 괴로움이 묻어났다.

"가자!"

아키라가 재빨리 두 다리에 힘을 주자, 다저는 빠른 구보로 출발했다. 자리를 뜨자 아키라는 마음이 좀 가라앉았지만, 깨달은 게 있었다. 저 시신의 모습이 영원히 아키라를 따라다니며 괴롭힐 거라는 사실이었다.

앞쪽 연기 속에서 자동차 두 대가 더 나타났다. 아까 마주친 픽업트럭처럼 두 자동차 역시 부피가 줄고 금속 뼈대만 남은 채로 풀썩 주저앉아 있었다. 자동차 하나에는 시신 두 구가 있었는데, 운전자와 옆 조수석에 탄 시신은 서로에게 몸을 기대고 있었다. 온몸이 불타면서도 서로 꼭 부둥켜안은 모양이었다. 또 다른 자동차에는 앞좌석에 시신 두 구 그리고 뒷좌석에 자그마한 시신 두 구, 총 네 구가 있었다. 이미 다 죽었다. 이 산불에 형체를 알아볼 수 없을 정도로 시꺼멓게 타 죽었다.

수가 울음을 터뜨렸다.

아키라는 어찌해야 할지 몰랐다. 무슨 말을 해야 할까? 바라보고 싶지 않아도 자꾸만 시선이 그쪽으로 향하는 걸 멈출 수 없었다. 살면서 단 한 번도 시신을 본 적이 없다. 텔레비전이나 영화에서 아무리 시신이 섬뜩하게 그려져도 그다지 신경 쓰지 않는 건 그게 가짜라는 걸 우리 모두 알기 때문이다. 하지만 아키라가 마주하는 이 끔찍한 현실은 도망칠 길이 없었다. 두 눈에 들어오는 이 광경, 귓전에 맴도는 이 소리, 코를 찌르는 이 냄새.

"아키라!"

수가 이미 몇 차례나 아키라 이름을 불렀던 모양이다.

"아키라, 떠나야 해. 지금 우리가 할 수 있는 건 아무것도 없어."

수 말에 아키라는 어렵사리 눈길을 거두고 고개를 끄덕였다.

"미안해. 나는 그저……."

"네 마음 알아."

수 대답에 아키라는 다시 다저를 몰며 길을 나섰다.

보통 다저는 오른쪽 귀를 뒤로 젖혀 아키라가 말하는 걸 듣고 왼쪽 귀는 앞으로 쫑긋 세워 무슨 일이 일어나는지 귀 기울인다. 하지만 지금은 두 귀를 앞으로 쫑긋 세우며 저 앞에 있는 무언가에 집중했다. 아키라는 그게 무엇인지 아직 보이지 않았고 소리도 들리지 않았지만, 오랜 경험으로 다저가 보내는 신호에 늘 주의를 기울여야 하는 걸 체득하고 있었다. 아키라는 온몸에 신경을 곤두세우며 그게 뭐든 맞을 준비를 했다.

잠시 후, 아키라도 다저가 들은 소리를 똑같이 듣고 눈으로도 확인했다. 문이 네 개 달린 큰 픽업트럭 하나가 털털대며 도로를 따라 천천히 다가왔다.

황폐함만이 전부인 이곳에 누군가 살아 있었다!

탈출 방법

아키라와 수는 픽업트럭을 향해 미친 듯이 손을 흔들어 댔다.

"저기요! 도와주세요!"

아키라가 크게 부르짖었다.

픽업트럭은 아키라와 수 옆에 멈추었다. 픽업트럭이 꽤 높아 운전석에 앉은 여자는 말 등허리에 올라탄 아키라와 수보다 조금 아래에 있었다. 금발에 몸집이 작은 여자는 긴팔 데님 셔츠와 청바지를 입고 있었다. 손잡이를 감아 돌려 조수석 창문을 내린 다음, 혼이 나간 표정으로 아키라와 수를 향해 몸을 기울였다.

"SUV 차 끌던 남자 봤니? 머리카락은 갈색이고 눈은 푸른색이야. 키는 나보다 머리 한두 개가 크고."

아키라는 지나쳐 오면서 본 다른 자동차를 떠올려 봤지만, 모두 한 명보단 더 많이 타고 있었고, 게다가 SUV 차량도 아니었다.

"못 봤어요. 죄송해요."

여자 얼굴 위로 눈물이 하염없이 흘렀다. 오늘만 해도 이미 차고 넘치게 눈물을 쏟은 것 같았다.

"불이 덮쳤을 때 슈퍼마켓에 있었거든. 남편이 전화해서는 불이 보인다는 거야. 그래서 도망가는 중이라고 했는데 갑자기 핸드폰 연결이 끊기더니 그 이후로는 남편한테 연락이 없어. 일단 집에도 가 봤는데, 거긴……."

여자는 말을 잇지 못했다. 말하지 않아도 알 수 있었다. 아키라와 수는 도로를 따라 새까맣게 타 버린 집을 여태 봐 왔으니까.

"타 버린 자동차가 도로에 널리고 널렸는데……."

여자는 울음 사이로 말을 이었다.

"그런데 그중에 우리 차가 있는지 도저히 알아보질 못하겠어. 만에 하나 거기에 남편이 있다면……."

아키라는 침을 꿀꺽 삼키며 눈물을 참으려 애썼다. 어떤 말을 해야 할까? 어떻게 위로를 건넬 수 있을까? 다 괜찮아질 거라고 말하는 건 정말 아무런 의미가 없었다. 어떻게 괜찮을 수가 있을까? 집은 이미 다 타서 무너지고 남편마저 어디에 있는지 알 수가 없는데.

"우리도 사람을 찾고 있어요."

아키라와 수는 차례대로 두 아빠가 어떻게 생겼는지 여자에게 자세히 설명했다. 하지만 여자 역시 두 아빠를 발견하지 못했다.

"안타깝구나. 그런데 둘은 괜찮아?"

여자가 질문했다.

"저는 괜찮아요. 하지만 친구는 몸이 불편해요. 어깨 하나는 탈구되었고 갈비뼈도 몇 개 부러졌을지도 몰라요. 지금 쿠퍼즈타운에 있는 병원으로 데려가려던 중이었어요."

여자는 잠시 시선을 돌리더니 뭔가 결심이 선 듯했다. 다시금 아키라, 수와 눈을 마주치며 고개를 끄덕였다.

"타. 내가 데려다줄게."

그 말에 아키라는 기뻐서 심장이 폴짝 뛰었다. 수 역시 안도감으로 몸에 힘이 풀리는 게 느껴졌다.

"남편분은 어떡하고요?"

아키라가 되물었다.

여자는 코를 훌쩍이며 휴지로 두 눈가를 닦아 냈다.

"그이가 어디에 있는지 몰라도 너희 둘은 내 눈앞에 있으니까. 도움이 필요하고. 자, 얼른 올라타!"

아키라는 다저에서 뛰어내린 다음, 수가 내려오는 걸 도왔다. 여자는 문을 열고 나와 픽업트럭 앞을 돌아 다가왔다. 아키라와 여자는 힘을 합쳐 수를 픽업트럭 조수석에 앉혔다.

"그나저나 내 이름은 비키야."

비키 아주머니가 이름을 말하자, 아키라와 수도 이름을 말했다.

"앞서서 가시면 제가 다저를 타고 뒤따라갈게요."

수의 안전띠를 채우면서 아키라가 비키 아주머니에게 말했다.

그 말에 비키 아주머니는 소스라치게 놀라며 고개를 내저었다.

"어머, 아키라, 그건 안 돼. 여기까지 오는 데에도 얼마나 많은 불을 지나쳤다고. 잠깐이었지만, 저기 저 자동차에 갇힌 사람들과 똑같은 운명을 맞이할 거로 생각했다니까. 말을 타고선 절대 헤쳐 나올 수 없어."

아키라는 두 팔을 들어 다저 입마개를 감싸 더 찰싹 끌어안았다.

"다저를 떠날 순 없어요. 다신 안 돼요."

"말은 괜찮을 거야. 정말로. 자, 얼른 타. 벌써 이렇게 높은 곳까지 불이 다 번졌잖아. 우리랑 같이 가자."

비키 아주머니는 한 팔로 아키라 어깨를 두르며 말했다.

"아키라, 얼른 타야 해. 이게 우리가 탈출할 수 있는 단 하나뿐인 방법이야."

아키라도 수 그리고 비키 아주머니와 함께 가고 싶었다. 모리스에게서 최대한 멀리, 빨리 도망치고 싶었다. 하지만 그 말은 곧 다저를 두고 떠나는 걸 의미하는데, 또다시 그런 짓을 저지를 순 없었다.

아니, 그럴 수 있나?

아키라의 속이 딴딴해지며 뒤틀렸다.

어떻게 해야 할까?

캐나다 매니토바주 처칠

오언과 조지

03

나누크

오언과 조지는 젖 먹던 힘까지 쥐어짜며 빠르게 눈밭을 가로질렀다. 오언은 조지 어깨에 성한 팔을 둘러 다친 다리에 압박이 덜 가게 했다. 북극곰이 호수에서 도망치는 둘을 눈으로 확인하지 못했다고 해서 냄새도 못 맡거나 못 쫓아오는 건 절대 아니다. 둘은 계속 어깨 너머를 휙 돌아보며 지평선을 자세히 살폈다. 하지만 지금까지 오언 눈에 들어오는 거라고는 회색빛 작은 돌무더기와 휘어진 땅딸막한 가문비나무뿐이었다.

갑작스레 오언이 걸음을 멈추자, 조지도 따라 멈추었다.

"내 팁! 툰드라 버기 여행객들이 준 팁을 잃어버렸다."

오언이 절망에 가득 찬 목소리로 소리쳤다.

세상모르고 단잠에 들었다가 급히 깬 사람처럼 화들짝 놀란 조지는 이내 못마땅한 표정을 지었다.

"이 상황에서 네가 걱정하는 게 고작 그거냐? 네 돈 잃어버린 거?"

조지가 무게 중심을 이동시키며 오언과 자신 몸을 함께 곧추세웠다.

"야, 우리 핸드폰은 어쩔 거야? 조명탄은? 내 스노모빌은? 나라면 툰드라 버기에서 받은 쥐꼬리만 한 돈보다 이런 걸 훨씬 더 중요하게 생각했을 거야."

오언이 입술을 삐죽빼죽 내밀었다.

"그냥 말이 그렇다는 거지. 내가 저 돈이라도 있었으면 스노모빌을 더 빨리 살 수 있잖아."

오언 말에 조지는 끙 하는 신음만 내뱉었다. 둘은 다시 발걸음을 옮겼다.

허드슨만으로 돌아가려고 둘은 북쪽으로 이동했다. 이윽고 물에 다다르자, 이번에는 처칠로 돌아가려고 서쪽으로 방향을 틀었다. 늘 보던 랜드마크인 이타카 난파선과 미스피기를 좌표 삼아 이동했다. 그리 멀지 않지만, 해가 지기 전에 꼭 도착해야 했다. 해가 저문다는 건 나침반과 빛을 잃는다는 뜻이었고, 더 중요한 건 그나마 남은 작은 온기마저 사라진다는 의미였다.

이 툰드라에서 불도, 머물 곳도 없이 밤을 보내는 건 끔찍했다.

"아까 만난 북극곰 있잖아. 걔는 진짜 추위를 못 느껴.

북극곰은 약 10센티미터가 넘는 동물 지방이 있거든. 그래서 열을 몸에 더 잘 간직하는 거지. 심지어 적외선 카메라로 봐도 화면에 나타나지 않는다니까! 정말 북극 닌자가 따로 없어!"

오언이 말했다.

"네, 고맙습니다, 위키피디아 선생님."

"매년 여기 오는 날씨 선생님이 알려 주신 거야."

"우리 할머니는 북극곰이 나오는 옛이야기를 자주 들려주곤 했어. 이누이트족은 북극곰을 '나누크'라고 부르곤 한대. 이야기에 따르면 나누크는 하늘을 훨훨 날기도 하고 얇은 공기층으로 눈 깜짝할 새 사라지기도 하지. 또 저 멀리 들리는 소리도 귀신같이 잘 듣는대. 할머니가 나누크 이름을 밖에서 소리 내어 말하지 말라고 어찌나 신신당부하던지. 한밤에 우리 집을 찾아와 날 데려간다나."

"야! 너, 방금 이름 말했잖아!"

"그냥 이야기일 뿐인걸. 그래도 이누이트족이 얼마나 나누크를 존중하는지를 엿볼 수 있지. 털이나 음식보다 훨씬 더 큰 의미인 거야. 나누크는 솜씨가 뛰어난 사냥꾼이자 생존자이면서 이누이트족 정체성을 나타내는 상징적 동물이기도 하니까. 이누이트족은 북극곰이 이글루에 들어가는 순간 사람으로 변신하고 반대로 이글루를 떠나는 순간 다시 곰으로 변신한다고 믿는대."

조지가 말했다.

"그건 좀 으스스한데. 북극곰이 여기저기 집이나 건물에서 변신하고 있는 거 아니야?"

오언의 두 눈동자가 휘둥그레지며 이어 말했다.

"잠깐만, 우리가 아는 몇몇은 진짜 북극곰 아닐까?"

오언은 아는 사람들을 떠올리며 누가 변신한 북극곰일지 잠깐 생각했다. 시외에서 엄청나게 많은 썰매 개를 키우는 나이가 지긋한 아저씨? 학교 매점에서 맨날 불평을 쏟는 투덜이? 오언의 4학년 때 담임 선생님은 진짜 확실했다.

"그 여자애, 기억나냐? 핼러윈 날 북극곰한테 공격당한 애."

조지가 물었다.

"수지 투쿠메."

오언이 퍼뜩 대답했다. 그 여자애는 전설이었다.

"유치원 때 말이야, 걔 맨날 풀 빨아먹고 지우개도 막 질겅질겅 씹어 먹었잖아."

조지가 기억을 떠올리며 말했다.

"오! 오! 또 막 사람들 뒤에 몰래 다가가서 갑자기 뒤통수 후려갈기는 거 좋아했잖아."

오언이 붕대로 감싼 조지 머리를 손가락으로 가리키며

말했다.

이에 조지는 고개를 끄덕끄덕했다.

"수지 투쿠메는 북극곰이 정말 확실해."

"그렇지? 이제야 다 이해가 가네!"

오언이 세상을 향한 새로운 눈을 뜬 것처럼 외쳤다.

"크리족도 북극곰에 얽힌 이런 비슷한 이야기가 있어?"

조지가 물었다.

"아니, 우린 이누이트족이 북극곰에게 갖는 그런 정신적인 유대감은 없어. 우리한텐 카리부와 무스가 훨씬 더 중요하거든."

일리가 있는 말이다. 현재 크리족 대부분은 처칠 남쪽에 와서 산다. 하지만 이누이트족은 캐나다 최북단에 위치한 누나부트보다 더 깊은 북쪽에서 지내는데, 바로 그곳에서 수많은 북극곰이 겨울을 난다.

둘이 걸어가는 와중에 눈발이 약하게 흩날리기 시작했다. 흐릿흐릿한 먹색 하늘빛은 지평선으로 갈수록 새하얗게 녹아들었다. 앞에 넓고 판판한 평지 하나가 나타났지만, 또 호수 같아 미심쩍어 그냥 지나쳤다.

눈에 살짝 미끄러진 조지는 미간을 찌푸렸다.

"어째 눈이 더 질퍽거리지 않냐? 더 축축하고?"

흠, 조지 말을 듣고 보니 눈이 꼭 계절이 바뀌고 내리는 첫눈처럼 정말 미끌미끌해 보였다. 사실 처칠에는 10월 초입부터 계속 눈이 내렸기 때문에 더 기이했다.

조지가 비틀비틀하더니 말했다.

"잠깐 좀 앉아야 할 것 같아."

오언은 서둘러 돌무더기로 길을 이끌었고, 둘은 도착하자마자 그 위로 풀썩 쓰러졌다. 조지는 심각한 상처를 입은 머리를 뒤로 쭉 젖혔다. 다친 손목도 가슴팍에 올려놓았다. 오언은 다리에 빙빙 감쌌던 붕대를 확인했다. 이미 피범벅이 된 다리는 벌에 쏘인 듯 화끈거려 손대기도 어려웠다.

오언은 숨을 깊이 들이마시며 자세를 좀 바꿔 보려 했지만 불가능했다. 이렇게 앉아도 저렇게 앉아도 고통이 가시질 않았다.

"스노모빌 진짜 안타깝네. 내 스노모빌만 있었어도 여기서 이렇게 꼼짝 못 하진 않았을 텐데. 두 번째 스노모빌이 있었으면 집까지 그냥 타고 가면 되니까 말이야."

"넌 죽었다 깨어나도 스노모빌 절대 못 사."

조지는 두 눈을 꼭 감은 채 말했다.

"무슨 소리야? 그래, 호수에 돈이 빠지긴 했지만……."

"오언, 그 돈 그대로 가지고 있었다고 해도 아마 다음 주면 공중으로 분해되었을 거야. 네가 손에 쥐는 돈은 북극곰한테 둥둥 떠내려오는 해빙 같은 거니까. 절대 참지 못하지."

오언이 발끈하며 되받아쳤다.

"아니거든!"

"얼마, 그러니까 지금까지 스노모빌 사려고 돈 얼마나 모았는데?"

조지가 물었다.

오언은 답이 없었다.

조지는 슬쩍 눈을 치켜뜨며 오언을 바라보았다.

"이 반응은 뭐지? 오, 알겠다. 너한테 빵 원만 남았겠지. 이유를 말해 줄까? 3주 전에 넌 새로운 비디오 게임을 하나 샀어. 그리고 2주 전에는 간식거리 사 먹는다고 돈을 몽땅 날렸지."

"너, 나랑 같이 먹었잖아!"

"그리고 지난주에는 말이야."

조지는 아랑곳하지 않고 계속 말했다.

"지난주에는 아바타 새 옷을 산다면서 받은 팁을 몽땅 날려 버렸잖아. 네가 3주 전에 산 그 비디오 게임에 나오는 아바타 말이야. 심지어 진짜도 아닌데. 그런 데다 돈을 쓰다니!"

"사람들이 자꾸만 게임 기본 의상을 여태 입고 다닌다고 놀리잖아!"

오언이 되받아쳤다.

우 우 우. 저 멀리 늑대 우는 소리가 들려오자, 오언과 조지는 몸을 일으켜 앉았다.

"다시 출발해야겠다."

조지가 말했다.

"그래."

오언이 대답했다. 돈 이야기라면 오언도 해명하고 싶었다. 하지만 그 이야기는 나중에 조지와 다시 하는 게 맞았다. 북극곰이 여태 둘을 뒤따라왔다는 생각만으로도 충분히 끔찍했다. 늑대 무리의 사냥감까지 될 필요는 없었다.

불타는 툰드라

오언은 걸으며 북극곰이 오지는 않는지 지평선을 요리조리 살폈다. 북극곰을 발견하진 못했지만, 신중히 들여다보면 여러 가지 다채로움을 발견할 수 있었다.

여행자들은 늘 툰드라가 생기 없이 추운 황무지라고 생각했지만, 오언은 그게 사실이 아니라는 것쯤은 알았다. 조지 그리고 여기에 사는 모든 사람은 알고 있었다. 여름이 오면 새빨간 월귤과 청보랏빛을 뽐내는 시로미 그리고 진노랑과 주황의 영롱한 진들딸기가 땅을 오색찬란하게 뒤덮었다. 그뿐인가, 초록빛 이끼와 꼬마 난초 그리고 달큼한 향기를 내뿜는 붉은 보랏빛 살갈퀴도 자태를 뽐내며 한데 섞여 있었다.

게다가 모든 걸 소복이 덮은 새하얀 눈 위아래에도 생명은 가득했다. 북극여우와 북극 토끼 그리고 여름에는 갈색이었다가 겨울이 오면 하얀색으로 변하는 둥그렇고 북슬북슬한 사할린 뇌조가 있다. 얼룩 다람쥐 그리고 햄스터를 닮은 나그네쥐는 눈을 파서 터널을 만든다. 또 울버린과 늑대 그리고 흰올빼미도 있다. 북극곰은 그저 먹이 사슬의 일부로 몸집이 가장 크고 사나워서 돋보일 뿐이다.

둘은 또다시 언 호수를 마주치고는 멀리 떨어져 낮은 나무가 줄줄이 서 있는 곳으로 갔다. 뭐가 이리도 묘하지? 점차 가까이 다가가자 오언은 이유를 알아챘다.

나무들이 새까맣게 타 죽어 나뭇잎 하나 없었던 것이다.

"여기서 무슨 일이 일어난 거지?"

오언이 질문했다.

"저번 여름에 산불 난 거 기억 안 나? 연기? 마을에서도 훤히 다 보였잖아."

조지가 대답했다.

기억이 떠오르자 오언은 얼굴을 찌푸렸다. 연기가 풀풀 피어오르자, 하늘이 거무튀튀해지고 공기마저 텁텁해 숨 쉬기가 어려웠다. 사람들이 산불에 관해 대화하는 걸 듣긴 했지만, 그게 무엇을 의미하는지 깊이 생각해 보진 않았다. 툰드라에 산불이라니, 거의 들어 본 적도 없었다. 여긴 늘 뼛속이 시리도록 춥고 축축해서 야생에서도 또 여름에도 불나기 도통 쉽지 않았으니까. 근데 이 나무들은 대체 어떻게 탄 거지?

오언과 조지는 조용히 경의를 표하며 숯덩이가 되어 버린 나무 사이로 걸었다. 꼭 전쟁터에서 쓰러진 군인 수백 명 사이를 헤집고 걷는 것 같았다.

으악! 바로 그때, 외마디 비명과 함께 눈 속 구멍으로 오언이 떨어졌다!

북극에서 일어난 일

질겁한 오언 머릿속에 가장 먼저 떠오른 건 등골 시린 호수 저 나락으로 빠진 것이다. 살아남는다 해도, 기어 나온다 해도, 물에 흠뻑 젖어 오슬오슬 떨며 결국 저체온증으로 죽을 게 뻔했다.

"으아! 살려 줘! 살려 줘!"

오언은 힘껏 소리쳤다.

그때 조지의 웃음소리가 들려오자, 오언은 소리를 지르다 말고 팔다리를 허우적대 보았다.

오언은 호수에 빠진 게 아니었다. 매끄럽고 둥글게 팬 땅속 구멍으로 빠진 거다. 타 버린 나무 뿌리 사이에 난 아담한 구멍은 깊이도 허리춤밖에 되지 않았다.

조지는 몸을 푹 수그려 정수리를 내보이며 깔깔 웃었다.

"그만 웃어 대고 이제 날 좀 꺼내 줘. 아까 다리 물린 데가 다시 벌어진 것 같단 말이야."

오언이 조지에게 말했다.

사실이었다. 구멍으로 훅 떨어지며 오언 다리에서 피가 다시 울컥 흘러내렸다. 조지가 구멍에 빠진 오언을 끌어당겨 꺼낸 다음, 붕대를 다시 고쳐 매 주는 내내 오언은 시종일관 얼굴을 잔뜩 찌푸렸다. 작업이 다 끝나자, 둘은 눈밭에 누워 두 눈을 지그시 감았다. 여기저기 몸이 쑤시고 기절하기 직전이었다.

"나, 어디에 빠진 거냐?"

오언이 질문했다.

"굴 같은 데. 꽤 큰데 비어 있는 거 같더라."

"오! 나, 여기 어딘지 알겠다. 이 작은 숲 전체가 북극곰이 파 놓은 굴로 가득했어. 지난봄에 날씨 선생님을 여기로 모셔 왔을 때 어미와 새끼 곰 무리가 굴 밖으로 나오는 걸 봤거든."

조지는 또 다른 어미 곰을 마주치게 될까 봐 얼른 상체를 일으켜 세워 앉았다. 하지만 오언은 걱정하지 말라는 듯 손을 휘저었다.

"이미 떠난 지 오래야. 어미와 새끼 곰 무리는 봄에 굴 밖으로 나와서 먹이를 사냥하러 허드슨만으로 곧장 출발하거든. 물론, 북극곰 파파라치가 잘 찍게 자세도 취해 주고 말이야."

오언과 부모님은 날씨 선생님과 그 팀처럼 첫걸음마 떼는 새끼 북극곰의 사랑스러운 모습을 촬영하려는 사람들을 데려다주며 꽤 많은 돈을 벌었다.

조지는 다시 뒤로 누웠다.

"어쨌든, 이게 얼음 구멍은 아니었지만 너희 엄마 말씀이 맞긴 맞네. 결국, 구멍에 빠지긴 했으니까."

오언은 크게 웃어 보였지만 사실 엉엉 울고 싶었다. 온몸은 상처투성이에 지칠 대로 지쳤으며 무서웠다. 주의 깊게 보지 않는다며 잔소리하는 엄마 아빠를 어떻게든 다시 만나고 싶었다. 그러면 적어도 셋이 함께할 순 있을 테니까. 집이 그리 멀지 않은 곳에 있는데도, 가족과 이토록 단절되었다고 느낀 건 난생처음이었다.

"이제 출발해야겠다."

조지가 말했다.

"그래." 오언이 바로 대답했다.

하지만 그 누구도 손가락 하나 움찔거리지 않았다.

"그러니까, 누구한테도 말할 필요는 없잖아. 내가 빈 북극곰 굴에 빠져서 놀라 자빠진 거 말이야."

오언이 말했다.

"오언, 잘 들어. 북극에서 일어난 일은 북극에서만 머무는 거야."

"바로 그거지."

오언은 대답했다. 둘은 힘이 쭉 빠진 채로 서로 주먹 인사를 나눴다.

타오르는 방귀

어스름밤이 되기 전에 집에 가야 하는 건 또렷한 사실이기에 오언과 조지는 마지못해 서로 끌어당겨 몸을 일으켜 세운 다음 출발했다. 혹시 또 구멍에 빠지게 될까 봐 숲에 널린, 검게 그을린 나무 무리를 피해 걸었다. 하지만 오언은 새까맣게 탄 곰 굴을 발견할 때마다 가슴에서 슬픔이 솟구쳤다.

한번은 날씨 선생님이 오언에게 어미 곰은 새끼를 낳을 장소를 아주 까다롭게 고른다고 말한 적이 있었다. 어미 곰들은 수백 년 동안 보존된 굴을 찾아 다시 돌아오기 때문에 해마다 새로운 굴을 파느라 시간과 에너지를 쓰지 않아도 되었다. 그 비축한 에너지로 땅속에서 아무것도 먹고 마시지 않으며 장장 7개월 동안 새끼를 낳아 돌봐야 했다.

임신한 어미 곰이 돌아와서 산불 때문에 파괴된 굴을 발견한다면 기분이 어떨까? 새끼를 돌보는 데 써야 할 에너지를 새 보금자리를 마련하는 데 몽땅 써 버리면 어떻게 될까? 새끼 북극곰 개체 수가 혹 떨어지는 해가 찾아올까? 아니면 북극곰이 아예 없어지려나?

오언은 생각에 잠겨 앞에 펼쳐진, 눈 이불을 덮은 판판한 늪을 발견하지 못했다. 하지만 조지는 늪을 알아보고는 가장자리로 돌아서 가려고 경로를 변경했다.

"오! 여기도 날씨 선생님을 모시고 왔었어!"

오언이 주위를 둘러보며 이어 말했다.

"날씨 선생님이 촬영하면서 무지하게 신기한 걸 하더라고. 횃불을 눈 바닥 가까이에 댄 다음에 기다란 막대기로 얼음을 퍽 찔러 깊은 구멍을 내는 거야. 그러면 갇혀 있던 공기가 화르르 폭발하면서 이렇게나 큰 불덩이로 변신하더라니까."

"얼음 아래 있던 공기가 불덩이가 되어 폭발했다고?"

조지가 질문했다.

"그렇다니까. 날씨 선생님 말씀으로는 이게 무슨 방귀인지 뭔지랑 연결되었다던데."

"뭐? 물고기 방귀?"

조지는 두 눈썹을 더 치켜올리며 질문했다.

"뭐, 그거랑 비슷한데 완전히 똑같진 않아."

오언이 기억해 내려 애쓰며 이어 말했다.

"방귀를 뀌면 그게 대기권으로 올라가면서 세계 곳곳으로 퍼진다고 말씀하신 거 같아. 플로리다나 캘리포니아에 사는 사람들뿐만 아니라 온 세상 사람들이 캐나다 사람들이 뀐 방귀를 들이마신다고 생각하니까 얼마나 웃기던지."

"흠, 북극에서 일어난 일은 북극에서만 머물지 않는군."

오언이 늪 가장자리를 걷다 무언가에 걸려 허우적대자, 그 아래 땅이 허물어졌다. 연못 벽이 부서지더니 물은 야트막한 비탈로 쏟아져 내렸다.

연못 물 전체가 채 5분도 안 돼서 쭉쭉 빠지는 걸 오언은 믿을 수 없다는 표정으로 우두커니 바라보았다.

도통 이해가 되지 않았다. 영구 동토층이 어떻게 이런 식으로 무너질 수 있지? 보통 영구 동토층을 깨려면 착암기가 필요하다. 그런데 지금 이 땅은 오언이 걷기만 했을 뿐인데도 붕괴하다니.

"자, 마을로 돌아가기 전에 더 부수고 싶은 서식지가 있으신가요?"

조지가 질문했다.

오언이 두 눈을 가늘게 치켜뜨자, 조지가 마구 웃기 시작했다.

"더는 못 참아!"

오언이 손에 낀 손모아장갑 하나를 쭉 빼서 땅바닥에 내동댕이치며 말했다.

"모욕 주기 시합을 선언하지."

"진짜? 너, 지금 바로 여기서 하고 싶다는 거야?"

"그래, 내가 널 소환한다. 조지 그뤼에르!"

곧바로 조지도 두 눈을 가늘게 뜨며 대답했다.

"좋아. 오언 매켄지."

조지 역시 손에 낀 손모아장갑 하나를 쭉 빼서 땅바닥에 있는 오언 장갑 옆으로 휙 내던졌다.

"도전을 받아 주지."

모욕 주기 시합

오언과 조지는 장갑을 각자 다시 집어 들고 온갖 부상에도 힘을 쥐어짜 서로를 견제하면서 둥글게 돌았다. 시합을 여는 지금이야말로 가장 바보 같은 순간이겠지만, 조지는 오언을 놀리며 너무 심하게 웃어 젖혔다. 오언은 더 이상 조지를 내버려둘 수 없었다.

"네 얼굴, 내가 왼손으로 그린 것처럼 생겼어."

"아, 우리 바로 붙는 거야? 좋아."

오언의 선공에 조지가 대답하고 바로 이어 말했다.

"널 바보라고 부르는 건 진짜 바보한테도 모욕이야."

"조지, 털 관리 퍽 잘했더라. 그렇게 콧구멍에 코털이 삐죽빼죽 나오게 하려면 어떻게 해야 하냐?"

"내가 설명해 주지. 근데 크레파스가 없는데 어쩌냐."

모욕 주기 시합은 고대 이누이트족 전통으로 오늘날까지도 사람들은 이 시합을 열었다. 디스 랩 배틀과 비슷한데, 억울한 집단이 상대방을 놀리는, 웃긴 노래를 만드는 거다. 여기서 중요한 건 상대방을 놀릴 방법을 최대한 많이 찾는 거였다. 그다음 이 노래를 모든 사람들 앞에서 공연한다. 어떨 땐 상대방을 먼저 화나게 하는 사람이 승자였다. 또 어떨 땐 가족이나 친구가 누구의 농담이 더 웃기는지를 판단해 승자를 정했다. 다투는 방식이지만, 누구 하나 다치는 사람이 없었다.

학교에서 이누이트족 모욕 주기 시합에 대해 배우자마자, 오언과 조지는 자기들만의 시합으로 재창조하여 서로에게 써먹을 농담거리와 놀림거리를 연구했다. 둘의 시합에서 승자는 상대방을 웃게 하는 사람이었다.

"치즈 군, 스스로에게 해야 할 질문이 있어요. 당신은 사람들이 있는 그대로의 모습을 인정해 주길 바라나요, 아니면 사람들이 당신을 좋아해 주길 바라나요?"

"오언, 넌 아주 탄탄대로 인생을 살 거야. 근데 거기서 멈추면 좋겠는데."

"야, 만일 똥이 필요하면 그냥 네 머리를 쥐어짜면 줄줄 흐를 거야."

"그 추잡한 말에 제 추잡한 표정을 보내 드리죠. 앗, 당신 얼굴은 이미 추잡하군요!"

"조지, 네 얼굴은 진짜 꾸깃꾸깃해. 악몽도 네 꿈 꾼다더라."

"오언, 네 얼굴이 오죽 꾸깃꾸깃하면 너희 엄마가 널 학교 앞에 내려 줬을 때, 쓰레기 무단 투기 벌금을 내셔야 했겠냐."

"조지, 너, 정말 멍청해."

"오언, 넌 북극곰에 대해 아주 빠삭한데 딱 하나, '물리지 않는 법'을 몰랐구나."

"글쎄, 북극곰이 네 엉덩이 때리는 걸 그대로 놔뒀다면 나도 물릴 일 없었겠지."

"아마 나도 북극곰한테 얻어맞을 일 없었겠지. 스노모빌 탈 때, '산탄총을 몸에 지니고 다니기로 한 그 누군가가 진짜로 산탄총을 들고 다니는 걸' 잊지만 않았어도 말이야!"

그 말에 정곡을 찔린 오언은 철썩 따귀를 맞은 것처럼 뒤로 비틀대며 물러섰다.

"넌 '생각'이란 걸 안 해, 오언. 네가 툰드라 버기에서 여행객들에게 하지 말라고 신신당부했던 짓을 네가 다 했잖아."

조지는 장갑을 낀 채 손가락을 세며 하나씩 나열했다.

"주변에 북극곰이 있는지 확인도 안 했지. 또 어미와 새끼 곰 사이에 끼어들었지. 심지어 북극곰에게서 등 돌리고 이겨 보려고 죽어라 달렸잖아."

조지는 모욕 주기 시합 규칙마저 깨며 오언에게 차례를 넘겨주지 않았다. 지금 조지는 펄펄 끓어올랐다.

"그러더니 주의를 기울이지 않아서 스노모빌을 얇은 얼음 위로 운전했지."

"난 최대한 빨리, 멀리 도망치려 했다니까!"

오언이 해명하듯 말했다.

하지만 조지는 오언을 무시하고 오언이 잘못한 행동들만 계속 읊어 댔다.

"넌 차 앞을 막 걸어 다녀. 뭐, 마을에 자동차가 한 열 대 있냐? 스노모빌 사려고 돈 모은다고 말만 하지 수중에 돈이 생기자마자 다 써 버리잖아. 심지어 날씨 선생님 이름도 외우질 못하지. 여기에 매년 꼬박꼬박 찾아와 너희 가족의 툰드라 버기로 개인 투어를 신청하는 분이잖아. 또 툰드라 곳곳에 피어오르는 산불 연기를 두 눈으로 보고서도 대체 뭐가 타고 있을지 멈춰서 생각하는 법이 없어."

오언은 터지는 눈물을 꾹 참으며 장갑 안에서 두 주먹을 쥐었다. 오언과 조지는 서로의 눈동자를 뚫어져라 노려보았다. 코에서는 뜨거운 숨결이 쉭쉭 빠르게 흘러나왔다. 북극곰 두 마리가 싸울 자세를 취하고 서 있는 것 같았다.

"아, 그래? 자, 그럼 네가 왜 갑자기 처칠의 모든 것에 넌덜머리가 났는지 이야기 좀 해 볼래?"

조지는 '더는 말 꺼내지 마라.'라는 표정을 지었다. 하지만 그러기에는 너무 늦었다.

오언은 일부러 목소리를 높여 징징대는 말투로 말했다.

"여긴 너무 추워. 벌레도 많아. 여행자도 많아. 영화관은 없지. 마을을 오가는 도로도 없지. '여자'도 없지."

오언은 공중에 두 팔을 휘저으며 덧붙였다.

"조지, 뭐 어쩌라는 거야! 처칠은 언제나 너한테 충분히 베풀었다고! 너도 알다시피, 네 할아버지와 할머니 그리고 이모, 고모, 삼촌, 사촌 그리고 네 가장 친한 친구도 여기에 산다는 그 사실을 떠나서 말이야."

조지는 주르르 흐르는 눈물을 보이기 싫어 고개를 휙 돌렸다.

"내가 처칠을 떠나고 싶어 하는 것처럼 보이나 보지?"

조지는 훌쩍이며 덧붙였다.

"오언, 우리 아빠, 항구에서 정리 해고 당했다고."

뉴펀들랜드

오언이 휘청거렸다. 조지가 오언을 두고 쏟아 낸 말이 가슴을 후벼 팠지만, 가장 친한 친구에 대한 걱정이 더 먼저였다.

'조지 아빠가 직업을 잃었다고?'

"왜 나한테 말 안 했어?"

오언이 질문했다.

조지도 감정이 벅차오른 듯했다. 다치지 않은 팔을 몸 뒤로 빼며 앉을 바윗돌을 찾아 헤매자, 오언이 한걸음에 달려가 부축했다.

조지가 자리를 잡고 앉자, 오언도 그 옆에 힘이 쭉 풀린 듯 앉았다.

"5일 전에 2주 해고 통보를 받았어."

조지는 스노 고글을 벗어 두 눈가를 벅벅 닦아 내며 말했다.

조지 아빠는 부두 노동자다. 처칠 항만에 정박하는 거대한 규모의 파나맥스 선박에서 화물을 싣고 내리고 일을 하며 돈을 두둑이 벌었다. 하지만 몇 년 전, 캐나다 정부가 세계 곳곳으로 곡물을 수출할 때 더는 처칠 항만 뱃길을 사용하지 않자, 그 후로 모든 게 내리막길로 들어섰다.

"더 이상 오가는 배가 그리 많지 않아. 엄마 아빠가 뉴펀들랜드로 이사 갈까 생각 중이더라. 거기라면 아빠가 또 뱃일을 구할 수 있으니까. 두 분 다 이 상황을 받아들이고 어떻게든 해결하려고 노력하셔. 우리한테 다른 데에서 살면 좋은 점이나 여기를 떠나면 겪지 않아도 되는 온갖 번거로움을 줄줄 말하곤 하지. 난 그저 우리 부모님 분위기를 맞추는 것뿐이야."

조지가 다시 손을 들어 두 눈가와 코를 훔치자, 파카에 얼룩덜룩한 콧물 자국이 났다.

"엄마 아빠가 얼마나 힘든지 아니까. 나까지 짐이 되고 싶진 않단 말이야. 하지만 나도 떠나고 싶지 않아. 그리고 우리 부모님도 사실 같은 마음이고."

"항만에서 곡물이나 기름 말고 다른 걸 배로 수출하게 될지도 몰라."

오언은 그 어떤 해결책이라도 부여잡는 심정으로 덧붙여 말했다.

"매년 해빙이 줄고 또 줄잖아. 여기서 조금만 더 따뜻해지면, 북서 항로가 활짝 열려서 갑자기 캐나다에서 러시아나 일본으로 더 많은 물건을 수출할 수도 있어."

조지가 너털웃음을 지으며 코를 훌쩍였다.

"이게 무슨 지옥문 열리는 소리야. 안 그래? 지구 온난화가 아빠 직업을 구해 주길 바라다니, 끔찍하지 않냐?"

오언은 충격받았다. 그렇게는 아예 생각해 보지 않았다. 큰 그림은 생각해 보지 않고 그저 자신과 조지만 생각한 거다.

'나, 진짜 생각이라는 걸 전혀 안 하는구나?'

오언이 생각했다. 아빠와 엄마가 맞았다. 조지 말도 구구절절 맞았다.

오언이 조지에게 무슨 말을 건넬지 생각하는 사이에 이상하게 찌릿찌릿한 느낌을 받았다.

누가 쳐다보는 느낌.

조지도 확실히 느꼈나 보다. 오언은 힘껏 눈살을 찌푸리고 주변을 둘러보며 눈을 깜박였다.

오언과 조지가 동시에 발견한 건 바로, 북극 닌자였다. 한 10미터쯤 떨어진 하얀 언덕을 배경 삼아 어슬렁어슬렁 움직이는 북극곰은 거의 눈에 띄지도 않았다.

나누크가 돌아왔다! 줄곧 숨어서 따라온 게 틀림없었다.

미국 플로리다주 마이애미

나탈리

03

가라앉는 배

나탈리는 돛단배 바닥에 차오르는 물을 공포에 휩싸인 채 바라보았다.

"전에 뭐에 부딪힌 건지, 왜 저렇게 끔찍한 소리가 났는지는 몰라도 배 바닥에 구멍이 난 게 확실해요!"

안나 아주머니가 말했다.

'아무 데도 안전하지 않아.'

앉아 있던 나탈리는 몸이 앞뒤로 흔들리는 가운데 거듭 생각했다.

'아무 데도 안전하지 않다고!'

어린 남매가 훌쩍대더니 이내 울음을 터뜨리자, 이사벨 아주머니는 둘을 품에 꼭 껴안았다.

"다 같이 가라앉기 전에 여기서 당장 나가야 해요!"

이사벨 아주머니가 모두에게 말했다.

객실 문을 열어 밖을 내다보고 돌아온 데릭 아저씨 몸에서 물이 뚝뚝 떨어졌다.

"주변에 빌딩이 둘러싸고 있어요. 몇몇은 이미 침수되어 집 지붕만 겨우 보이는데, 그 와중에 더 높은 건물의 그림자가 군데군데 있거든요. 그런 집 가운데 어디라도 부딪히면 뛰어내릴 수 있어요. 하지만 그러려면 당장 움직여야 해요!"

그 말에 이사벨 아주머니는 얼른 아이들을 의자에서 일으켜 에반 가족이 서 있는 문 옆으로 데려갔다.

나탈리 후드 티 안에 있는 추로가 오들오들 떨었다. 나탈리도 추로처럼 똑같이 덜덜 떨려 왔다. 한 발자국도 움직일 수 없었다. 그 어떤 생각도 할 수 없었다. 또다시 사나운 폭풍으로 들어갈 순 없었다. 도저히 그럴 수가 없었다.

이사벨 아주머니가 나탈리 어깨에 손을 살며시 올렸다.

"*나탈리, 우린 할 수 있어. 모두 함께. 자, 여기로 와.*"

이사벨 아주머니는 나탈리가 일어설 수 있도록 도와주며 에스파냐어로 이어 말했다.

"*내일 아침이면 다 끝날 거야.*"

바짝 신경이 곤두선 채로 꽤 긴 시간이 흘렀다. 배는 이리저리 흔들리고 삐거덕 소리를 냈다. 발치에서 물이 철퍼덕 튀어 올랐다. 배는 점점 가라앉고 있었다.

'물이 더 이상 차오르지 않는 곳에 이르는 순간이 올까?'

나탈리는 생각했다.

데릭 아저씨와 마커스는 두 귀를 쫑긋 세우며 작은 객실 천장을 뚫어져라 쳐다보았다. 기다림의 시간. 기도문을 읊는 안나 아주머니 입술이 우물거렸다. 자바리는 나탈리가 머리를 기댄 벽 옆면을 빤히 응시했다. 나탈리는 그제야 처음으로 자바리가 입은 옷이 마이애미허리케인 농구팀 저지라는 걸 발견하고는 어쩐지 웃음이 나올 것 같았다. 이사벨 아주머니가 부르는 부드러운 노랫소리도 흘렀다. 아주머니는 자신의 두 손에 딸의 두 손을 담고 노래 박자에 맞춰 토닥토닥 두드렸다. 물은 계속 차올랐다.

나탈리 마음에 마리포사가 몽실몽실히 떠올랐다. 어렸을 적 만들어 낸 상상의 나라. 마리포사는 마음이 편해지는 평화로운 안식처였다. 하지만 지금은 집 뒷벽을 쳐부수고 들어온 역겨운 물에 망가진 채로 소용돌이치는 마리포사 지도와 종이만 상상될 뿐이었다.

엄마는 베아트리체 이모와 무사히 살아남았을까? 이 폭풍을 피할 안전한 곳을 찾았을까? 이 모든 게 끝나고 나면 대체 어떻게 다시 엄마와 이모를 찾아야 할까? 이제 어디서 살아야 할까?

두 눈을 꼭 감은 나탈리 얼굴이 일그러졌다. 조각조각 깨진 이 삶을 어떻게 다시 이어 붙일 수 있을까?

쾅! 끼이이이이이이이익.

나탈리는 고개를 들어 위를 보았다. 돛단배가 무언가에 부딪혔다. 탈출할 기회다!

분홍 플라밍고

데릭 아저씨가 재빠르게 밖을 보더니 한껏 들떠 다시 돌아왔다.

"아파트 건물 발코니와 충돌했어요! 마커스, 얼른 이리 와. 난간 좀 잡게 도와줘!"

아저씨가 큰 목소리로 말했다.

아저씨와 마커스는 서둘러 계단을 올라 밖으로 나가서는 다른 사람들에게 따라오라고 소리쳤다. 자바리와 안나 아주머니가 다음 차례였다. 그 뒤를 나탈리도 뒤따랐다.

밖이다. 폭풍은 나쁘다 못해 참혹했다. 들쑥날쑥한 나뭇조각과 잔해 더미가 쓸려 오며 나탈리 몸 여기저기를 쓱 베고 후려쳤다. 나탈리는 바닥에 몸을 바싹 눕혔다. 한 손으로는 후드 티 안에 있는 추로를 잡고 다른 손으로는 배에 얽히고설킨 밧줄을 꽉 움켜쥐었다.

돛단배가 충돌한 아파트는 나탈리가 마이애미에서 천 개

도 넘게 본 흔하디흔한 직사각형 상자 모양의 삼 층짜리 건물이었다. 평소라면 바깥 복도로 난 창문과 문이 저마다 활짝 열려 있었겠지만, 지금은 합판이 죄다 설치되어 있었다. 다행히 복도를 보호하기 위한 판판한 아파트 지붕과 철제 난간이 보였다.

아파트에 사는 사람들의 집에 굳이 들어가지 않아도, 복도에만 다다른다면 비를 피할 순 있을 거다.

거무튀튀한 폭풍 해일이 복도 끝자락에 있던 콘크리트 계단을 뜯어서 날려 버렸다. 그 바람에 이 층에서 일 층을 잇는 계단은 사라졌고 아파트 아래층은 이미 물과 하나가 되어 버렸다.

'아파트 삼 층 발코니에 우리 배를 도킹하려나 봐.'

나탈리는 짐작했다. 이 모든 게 불가능해 보였다.

아저씨와 마커스는 이미 콘크리크 복도로 넘어가 있었다. 아저씨가 돛단배 난간을 꽉 붙들어 매는 사이에 마커스는 나머지 사람들이 건너는 걸 도왔다. 안나 아주머니가 먼저 나섰다. 아주머니는 마커스와 자바리가 잡기 전에 미끄러져 좁은 갑판 위로 떨어질 뻔했다. 나탈리는 이사벨 아주머니와 어린 남매에게 객실에서 나와 건너갈 차례라고 손짓했다. 이사벨 아주머니는 아들과 딸을 차례로 마커스에게 건넨 다음에야 난간을 기어올라 안나 아주머니와 함께 합판이 설치된 집 앞으로 대피했다.

철써덕 쾅!

나탈리는 고개를 쑥 수그렸다. 접시 모양 위성 안테나 하나가 배와 충돌하더니 그대로 날아가 버렸다. 그리고 곧바로 찌그러진 금속 쓰레기통 뚜껑도 날아왔다.

루벤은 사람들이 이 배를 떠나도록 허락하긴 했지만, 결단코 쉽게 보내 줄 생각은 없어 보였다.

자바리가 나탈리를 향해 손가락을 가리켰다. 나탈리 차례였다. 나탈리는 몸을 수그려 후드 티 안에 있는 추로를 꽉 잡은 채 손을 쭉 뻗은 자바리를 향해 살금살금 발걸음을 옮겼다.

나탈리 눈가 끝에 폭풍 속 어둠을 뚫고 매섭게 돌진해 오는 커다란 무언가가 보였다. 나탈리는 그게 뭔지 확인하려고 얼른 몸을 돌렸다.

거대한 분홍 플라밍고 유리 조각상이었다. 횡횡 부는 바람을 타고 정확히 나탈리를 향해 빠른 속도로 떠내려오고 있었다.

나탈리는 쿵쾅대는 심장을 부여잡고 고개를 홱 숙였다. 그리고 바로, *쾅 꽝 쨍그랑!* 플라밍고 조각상이 배 위에서 산산이 박살 났다. 그 어마어마한 충격에 아저씨는 배 난간을 움켜쥔 두 손을 놓치고 말았다. 갑판 위로 내동댕이

처진 나탈리는 손을 쓸 겨를도 없이 데구루루 굴렀고 여기 저기 쿵쿵 부닥치며 허우적댔다.

나탈리는 대혼돈 속에서 자바리가 검은 물로 떨어지는 걸 보았다. 있는 힘껏 손을 뻗으며 자바리 이름을 부르짖었지만, 바람이 손쉽게 나탈리의 목소리를 날려 버렸다. 자바리는 사라졌다. 나탈리도 사라질 뻔했다. 배는 회전하며 아파트 건물에서 멀어지고 있었다. 몸을 길게 내뻗으며 목이 터져라 부르짖는 마커스와 아저씨에게서 멀어지고 있었다. 마커스와 아저씨 그리고 모두는 비가 억수같이 내리는 어둠 속으로 순식간에 사라졌다.

"안 돼! 안 돼! 돌아와요!"

나탈리가 절규했다.

겨우 나탈리를 도와주는 사람들을 만났는데, 루벤을 피할 안전한 장소도 찾았는데, 또다시 나탈리와 추로는 외톨이가 되었다. 폭풍 속에서 길을 잃은 외톨이.

여정을 함께하는 동료

나탈리는 배 난간에 꼭 달라붙어 있었다. 손가락 마디마디가 공포에 질린 듯 창백했다. 후드 티 안에 있는 추로가 몸을 떨었다. 양옆으로 거센 비가 사정없이 내리쳤다. 포효하는 바람은 나탈리와 추로를 낚아채 가려 했다. 작은 돛단배는 불같은 성미를 지닌 말처럼 둘을 튕겨 던져 버리려 했다.

너무 버거웠다. 루벤은 수단과 방법을 가리지 않고 나탈리를 공격해 오는데 정작 나탈리는 어디서부터 무엇을 시작해야 할지 몰랐다. 그저 돛단배 저 깊숙한 곳으로 다시 기어 들어가서 모든 게 끝날 때까지 꼭꼭 숨고 싶었다. 하지만 그럴 수도 없는 노릇이었다.

그토록 죽기 살기로 매달렸던 돛단배마저 가라앉고 있었으니까.

수평선을 죽 살피며 안전히 머물 곳이 있는지 찾았다. 번쩍하는 번갯불에 저 멀리 검은 형체가 희미하게 모습을 드러냈다. 더 많은 아파트 건물이 나타난 걸까? 아직은 알 수 없었다.

물 위 파도가 일으키는 하얀 물결 사이로 뭔가 움직이자 나탈리는 너무 놀라 숨이 턱 막혔다.

앨리게이터 한 마리가 조금 떨어진 곳에서 헤엄치고 있었다.

어둠을 뚫고 도망칠 방법을 찾으려 노력하지 않았더라면, 앨리게이터도 발견하지 못했을 거다. 나탈리는 앨리게

이터를 바라봤다. 앨리게이터도 나탈리를 바라봤다. 유리구슬처럼 반들반들한 앨리게이터의 눈동자 하나가 나탈리의 두 눈동자와 딱 마주쳤다. 물에서 미끄러지듯 지나가는 앨리게이터를 보며 나탈리는 숨을 꾹 참았다. 앨리게이터를 발견한 추로가 또 으르렁대려 하자, 나탈리는 황급히 한 손을 들어 꼬마 강아지 입을 틀어막았다.

다행히도 앨리게이터는 나탈리와 추로에게 딱히 관심이 없는 것 같았다.

그때, 그 옆에 같은 방향의 물살을 타고 스르르 미끄러지듯 흐르는 무언가를 또 발견했다. 앨리게이터와는 비교할 수 없는 두려움이 옥죄어 왔다.

버마왕뱀.

마이애미 운하에 사는 또 다른 생물인 이 거대한 뱀은 길이만 무려 약 3.5미터가 넘고 초록색과 갈색이 섞인 몸에 큼지막한 물방울무늬가 있었다. 또 몸 두께는 나탈리 허벅지만큼이나 두꺼웠다. 상상의 나라 마리포사에서는 흉측하고 괴수 같은 버마왕뱀이 용으로 변신해 나오는데, 용감무쌍한 기사 무리가 이 용을 무찌른다. 하지만 진짜 자연의 세계에서 버마왕뱀을 상대할 수 있는 유일한 적수는 앨리게이터뿐이다.

하지만 앨리게이터도, 버마왕뱀도 서로를 잡아먹고 싶어

하지 않았다. 나탈리와 추로를 보고도 입맛을 다시지 않았다. 다들 더 큰 문제와 씨름하고 있었으니까.

허리케인 루벤.

그래도 나탈리는 온 신경을 곤두세운 채 앨리게이터와 버마왕뱀이 물 흐르듯 지나가는 걸 바라봤다.

비를 뚫고 번갯불이 번쩍 내리꽂히자, 저 앞에 작은 직사각형 건물들 위로 네모난 섬 하나가 흐릿하게 보였다. 아니, 섬이 아니었다. 그건 이 층 건물 옥상인데 그 아래층은 이미 물바다와 하나였다. 아까 대피하려고 했던 삼 층 아파트보다 좋은 도피처는 아니지만, 가릴 처지가 아니었다.

쾅! 끼익! 강풍이 작은 돛단배를 건물 가까이 밀었다.

심장이 터질 만큼 무서웠다. 루벤이 나탈리 귓전에 대고 소리를 질렀다. 나탈리는 두 무릎으로 천천히 기어올라 지붕 테두리에 튀어나온 짧은 난간을 꽉 부여잡았다. 작은 돛단배가 물살에 이리저리 뒤틀렸다. 나탈리가 건물에 꼭 매달린 사이, 발아래에 있던 돛단배는 점차 멀리 떠내려갔다. 두 다리는 휘휘 도는 폭풍 해일에 잠겼지만, 나탈리는 힘껏 몸을 끌어 올려 난간을 넘었다. 지붕에 8센티미터 정도 되는 물웅덩이가 있었지만, 영원 같던 시간 속에서 처음으로 단단한 땅에 다다랐다.

기진맥진한 나탈리는 웃음과 눈물이 동시에 터졌다.

"우리가 해냈어, 추로! 우리가 드디어 해냈어!"

나탈리가 말했다. 허리케인이 고막을 때려 추로는 못 들었을 테지만 상관없었다. 나탈리는 추로가 가슴팍 위로 폭 쓰러지는 것만 봐도 느낄 수 있었다. 나탈리만큼 안도했다는 것을.

그래도 몰아치는 비바람을 벗어나려면 어디라도 찾아야 했다. 지붕 위에서 조그마한 건물을 하나 봤는데, 아니었나? 계단통 아니면 물건 창고 같았는데.

온몸에 맥이 빠져 버린 나탈리는 두 손과 무릎을 땅에 대고 비틀대며 다시 몸을 일으켜 세웠다. 바로 그때, 지붕 끝자락에 파도 하나가 맹렬히 밀려오더니 나탈리에게 정확히 와서 부서졌다. 나탈리는 거칠거칠한 지붕을 따라 굴러떨어지며 뭐라도, 정말 아무거라도 손으로 잡으려고 안간힘을 썼다. 그러던 그때, 갑자기 사라졌다. 발아래 단단한 땅은 사라지고 또다시 나탈리는 물에 잠겼다.

헤엄치러 가다

'안 돼! 다신 물에 들어가기 싫다고!'

나탈리는 세차게 발차기 하며 몸부림쳤다. 쓸려 가기 전에 지붕 테두리를 당장 움켜잡아야 했다. 입 안으로 밀려드는 짠물을 꿀꺽 삼키는데, 뭔가 씁쓸했다.

'소독제인가?'

나탈리는 숨이 막혀 곧장 질식할 것 같았다. 의식이 희미해졌다. 물에 빠져 죽고 있었다. 그러다 마침내 두 손이 줄곧 찾던 지붕 테두리에 닿았다. 하지만 여기를 넘어 올라올 때 잡았던 거칠거칠하고 짧은 벽이 아니었다. 훨씬 부드러웠다. 더 둥그렇기도 하고. 이건 마치…….

'수영장 가장자리 같은걸.'

물 위로 고개를 내민 나탈리는 산소를 찾아 헉헉대며 비로소 자신이 어디에 있는지 깨달았다. 루벤이 나탈리를 움켜잡아 폭풍 해일로 끌어 내린 건 아니었다. 옥상 수영장에 빠진 거다!

후드 티 안에서 추로가 버둥대며 할퀴자, 나탈리는 재빨리 후드 티 지퍼를 내려 충분히 숨을 쉬도록 추로를 꺼냈다. 꼬마 강아지는 캑캑대며 계속 기침했지만 괜찮아 보였다. 그저 추로가 물을 너무 많이 삼키지 않았기를 바랐다.

무시무시한 빗속에서 나탈리는 수영장 밖으로 튀어나온 사다리를 발견하고 그쪽으로 발장구 치며 나아갔다. 사다리를 거의 다 올라 수영장 밖에 이르렀을 때, 한쪽 품에 안겨 있던 추로가 안절부절못하는 게 느껴졌다. 그러더니 나

탈리 뒤에 있는 무언가를 보고 또 캉캉 짖어 댔다.

뒤를 돌아 그 정체를 확인한 나탈리는 심장이 마비될 것만 같았다.

바다소가 수영장에 있다니.

꺅! 나탈리는 비명을 내지르며 옥상에 풀썩 주저앉았다. 바다소는 위협적인 동물은 아니지만, 여기, 지금, 이 건물 옥상 수영장 안에서 바다소를 보는 건 뭔가 꿈꾸는 것 같았다.

나탈리는 그 생명체를 물끄러미 바라보았다. 정말이지, 상상할 수 없을 정도로 거대했다. 바다소의 키는 약 150센티미터인 나탈리에 비해 두 배는 거뜬히 넘어 보였다. 또 몸집은 얼마나 큰지 나탈리를 통째로 한입에 꿀꺽 삼킬 수 있을 것 같았다. 초식 동물인 게 어찌나 다행인지. 바다소의 회색빛 몸은 갈조와 녹조로 얼룩덜룩했으며 등에는 수년간 모터보트에 부딪혀 난 십자형 상처가 새겨져 있었다.

바다소는 물 위로 오동통한 주둥이를 쭉 빼내 숨을 쉬더니 나탈리를 향해 킁킁거렸다. 그 모습에 나탈리는 별안간 바다소와 유대감이 들었다. 둘은 많이 닮아 있었다. 루벤은 둘의 집을 파괴한 것도 모자라, 여기 옥상까지 끌고 와 발을 꽁꽁 묶어 놨다.

이 모든 일이 둘의 잘못도 아닌데 견뎌 내는 건 오롯이 둘의 몫이었다.

캉캉! 추로가 나탈리를 향해 짖으며 바다소가 건 주문을 깨뜨렸다. 추로가 맞았다. 서둘러 폭풍을 피할 장소를 찾아야만 했다.

"안녕, 바다소야. 행운을 빌어."

나탈리가 속삭였다.

나탈리는 엉금엉금 기어 수영장에서 점점 멀어졌다. 최대한 바다 가까이에 몸을 낮춘 채 가슴팍에 추로를 안고 이동했다. 벽이 네 개에 지붕이 달린, 가장 가까운 건물로 향했다. 수영장 옆에 딸린 작은 창고였다. 손을 뻗어 문고리를 잡아 열자마자, 루벤이 문 경첩을 몽땅 뜯어 폭풍으로 날려 버렸다. 나탈리는 비명을 지르며 몸을 휙 수그렸다.

어쨌든 창고 안으로 기어 들어가 비치 볼과 스티로폼 상자 더미 그리고 홍수 물에 둥둥 떠다니는 수영장 누들 사이로 몸을 꾸역꾸역 밀어 넣었다. 창고의 후미진 구석에 몸을 숨긴 뒤, 가슴 한가운데에 추로를 놓고 감싸안았다. 바들바들 몸이 절로 떨려 왔다.

살아남기 위해 얼마나 더 안간힘을 써야 이 폭풍이 끝나는 걸까?

그리고 그때, 여기서 더 이상 나빠질 게 없다고 생각했을 때, 루벤이 하고 싶은 공격을 다 퍼부었다고 생각했을

때, 나탈리 얼굴 위로 뚝뚝 물방울이 떨어졌다. 고개를 들어 위를 보았다.

지붕이 살짝 흔들리며 들썩였다.

'안 돼. 지붕만은 안 된다고. 더는 안 된다고!'

줄줄 흐르던 눈물은 이제 활활 들끓는 분노로 바뀌었다. 속에 불이 치밀어 올랐다. 두 팔이 부들부들 떨렸다.

참을 만큼 참았다.

"안 돼! 안 된다고! 어마가 우리 집 지붕을 뜯어 갔어. 네가 아까 우리 집 뒷벽도 부쉈잖아! 근데 이거까지 네가 가져갈 순 없어!"

나탈리가 루벤에게 빽 소리를 질렀다.

아무런 소용이 없다는 걸 잘 알고 있었다. 허리케인에게 고함치는 모습은 꼭 추로가 공포를 느끼는 하나하나에 캉캉 짖는 모습과 똑같았다. 하지만 나탈리도 참을 수가 없었다. 기진맥진하는 것도 힘에 부쳤다. 아무 대응을 하지 않는 것도.

"그만해! 당장 그만하라고!"

들썩이는 지붕을 향해 나탈리가 악에 받친 듯 소리쳤다.

"꺼져, 루벤! 제발 날 좀 가만히 내버려두라고!"

그러자 갑자기, 놀랍게도 루벤이 멈췄다.

미국 캘리포니아주 시에라네바다산맥

아키라

04

산꼭대기 그리고 그 너머를 향해

"전 같이 가지 못할 것 같아요."

아키라는 수와 비키 아주머니에게 말했다.

아주머니가 몰고 온 픽업트럭을 간절히 바라보았다. 픽업트럭이라면 이 산불에서 당장 탈출시켜 줄 가능성이 있었다. 게다가 수와 헤어지자니 놀랍도록 마음이 아팠다. 그렇다고 다저를 포기할 순 없었다!

"아까 다저와 떨어졌어요. 그때 약속했어요. 두 번 다시 이런 선택을 하지 않기로."

아주머니가 아키라에게 함께 가자고 설득했지만, 아키라는 이미 마음을 굳혔다. 아주머니에게 자신과 엄마 핸드폰 번호를 적어 주며 연결 신호가 잡히면 꼭 엄마에게 소식을 전해 달라고 부탁했다.

수도 전화번호를 적어 아키라에게 건넸다.

"우린 또 만나면 되겠다. 우박이 떨어지거나 홍수가 날

때 말이야."

수가 말했다.

아키라는 웃었다. 전에는 수와 진실한 친구가 될 수 있을 거라고 짐작만 했지만, 이제 그건 너무나 당연한 이야기였다. 어쩌면 수는 아키라의 가장 친한 친구가 될 수도 있었다. 하지만 수는 이마에 난 상처가 대체 어쩌다 생긴 것인지 아직도 아키라에게 털어놓지 않았다.

"맞아, 내가 장담하지. 그런 일이 없다면, 그건 우박이 녹아서일걸."

아키라가 수에게 말했다.

수는 살포시 미소를 지었다.

"혹시, 내 남편을 보게 되면……."

아주머니가 불쑥 말을 꺼냈지만 이내 말꼬리를 흐렸다.

아키라는 미소를 머금으며 고개를 끄덕였다. 그 마음을 고스란히 다 알고 있었으니까.

아키라는 말안장에 앉아 픽업트럭이 연기 속으로 사라질 때까지 손을 흔들어 인사했다. 이윽고 픽업트럭이 모습을 감추자, 아키라는 불안함에 헐떡이며 가쁜 숨을 몰아쉬었다. 심장이 빨리 뛰다 못해 튀어나올 것처럼 쿵쾅댔다.

"이제 너랑 나만 남았네, 다저."

아키라 말에 다저가 푸르르하자, 아키라는 다저 목을 토

닥토닥 두드렸다.

"자, 이제 이 산을 넘어서 집으로 가자."

아키라는 도로 밖으로 다저를 몰아 서둘러 숲을 가로지른 뒤 산 정상을 향해 달렸다. 검게 그을리고 탄 나무가 쭉 이어지더니 마침내 생생한 폰데로사소나무 무리가 나타났다. 그 뒤로 베어클로버와 매화오리나무 역시 무사했다. 마침내 아키라와 다저는 거목들의 품으로 돌아왔다. 거대한 세쿼이아 숲. 오늘 아침을 시작한 바로 그 장소였다.

이 땅의 메마른 무언가가 불타지 않았다는 게 놀라웠다. 불이 난다고 해도 거목들까지 집어삼킬 순 없겠지. 아빠가 귀에 딱지가 앉도록 말했듯이, 세상이 최악의 상황으로 내몰아도 이 거대한 세쿼이아 숲은 이미 백 세대를 견뎌 왔고 앞으로도 그 시간만큼 건재할 터였다.

아빠가 늘 말하던 게 또 하나 있었다.

'길을 잃거든 높은 곳에 올라 주변 시야를 확보하렴.'

아키라는 정확히 아빠 말대로 행동했다.

역시나 아빠가 맞았다. 산 정상에 올라서니 시야가 탁 트였다. 아키라 집과 산 반대편으로 내려가는 길까지 보였다. 여기저기에서 연기가 피어올랐지만, 붉게 솟구치는 불길은 보이지 않았다. 여태 본 이 연기는 산 반대편의 모리스 산불에서 난 걸까? 아니면 번개가 내리쳐 이쪽 능선에서도 작은 불이 시작된 걸까? 도무지 알 수 없었다.

  세쿼이아의 건조하면서도 부드러운 나무껍질, 아키라는 그 위에 살며시 손을 올렸다. 거기에 머물고 싶은 마음이 굴뚝같았다. 하지만 모리스 산불이 휩쓸면 이 거대한 세쿼이아 나무들은 살아남겠지만 아키라와 다저는 그러지 못할 게 분명했다.

  "좋아, 다저! 여기서 반대편으로 내려가 집에 가자."

  다저는 알았다는 듯 나지막이 소리를 푸르르 냈다. 둘은 연기로 흐릿한 산길을 신중히 살피며 내려가기 시작했다.

  중간쯤 다다르자 다저가 갑자기 방향을 돌리더니 산 아래가 아닌 옆을 향해 걸어가려 했다. 아키라는 미소를 지었다. 다저가 뭘 하려는지 빤히 알고 있었다. 그쪽은 아키라와 아빠가 즐겨 가던 산 빈터로 향하는 길이었다. 풀이 없는 널따란 빈터는 위로는 세쿼이아 숲이 에워싸고 아래로는 골짜기가 내려다보여 황홀한 경치를 자랑했다.

  다저는 아키라가 거기에 가고 싶어 할 거라고 생각한 게 틀림없었다.

  "아니, 아니야. 오늘은 거기에 못 가."

  아키라가 다저를 다시 뒤로 이끌며 말했다.

  다저 두 귀가 쫑긋 서더니 나무 덤불 속 무언가에 시선이 꽂혔다. 우는토끼 무리가 부산스럽게 깡충대며 길을 가로질러 뛰어가는 걸 아키라도 제때 발견했다.

그대로 멈춰 선 다저는 몸이 꼿꼿하게 굳었다. 이해가 되지 않았다. 한 번에 저렇게나 많은 우는토끼를 보는 게 드문 일이긴 하지만, 어쨌든 다저가 우는토끼 무리를 무서워할 리 없었다. 대체 왜 이토록 겁먹은 거지?

아키라는 그저 기다리며 다저가 바짝 긴장한 이유가 뭔지 눈과 귀로 확인하려 애썼다. 하지만 들리는 거라고는 그저 건조하게 불어오는 후끈한 바람 소리와 저 멀리서 무언가 작게 터지고 불타는 소리뿐이었다.

"자, 다저, 이제 다시 출발할 시간이야."

아키라는 두 다리로 다저 몸통을 살짝 조이며 다시 나아가자고 재촉했다. 하지만 다저는 미동도 없었다.

"대체 무슨 일이야?"

아키라가 물었다.

그 순간, 연기를 뚫고 퓨마 한 마리가 탁 튀어나오더니 아키라와 다저 앞에 멈춰 섰다.

대이동

아키라는 온몸이 얼어붙었다. 다저도 마찬가지였다. 세차게 쿵쾅대는 심장 소리가 귀에까지 들릴 정도였다.

길목에 선 퓨마는 아키라와 다저를 보더니 다시 뒤돌아 어깨 너머로 방금 지나온 길을 흘깃 쳐다보았다. 그러더니 다시 날쌔게 뛰어 연기 속에 자취를 감췄다.

"후."

아키라는 겨우 목소리를 내며 꾹 참았던 숨을 내쉬었다. 전에 퓨마를 보긴 했지만, 늘 먼발치에서였다. 산등성이에 드리운 그림자 속에 몸을 숨겨 살금살금 돌아다니거나 바위와 바위를 건너뛰며 이동하는 모습이었다. 이렇게나 눈앞 가까이에서 본 건 난생처음이었다.

퓨마가 덤벼들지 않다니, 아키라는 조금 얼떨떨했다. 퓨마는 난폭한 맹수로 가끔 다저만큼이나 커다란 말도 여럿 사냥했다. 하지만 이 맹수는 아키라와 다저에게 다시 눈길조차 주지 않고 훌쩍 떠났다.

"우리 운이 엄청 좋은가 봐."

아키라가 다저에게 말했다.

그 순간 두 눈이 의심스럽게도 다저가 몸을 돌려 퓨마를 따라가려 했다.

"워 워 워! 다저, 우린 '이쪽'으로 가야지."

아키라가 말하며 다저를 다시 뒤로 이끌었다.

"왜 저쪽으로 가려 하는 거야? 방금 퓨마가 거기로 뛰어

가는 거 너도 봤잖아!"

아키라가 이끄니 다저는 마지못해 몸을 돌렸다. 아키라는 얼굴을 찌푸렸다. 다저가 왜 이렇게 고집부리는 걸까?

얼마 지나지 않아 또다시 다저가 얼어붙었다. 우르릉우르릉 땅이 진동하더니 큰뿔야생양 작은 무리가 우는토끼와 퓨마가 지나간 그 방향으로 뛰어갔다. 펄쩍 놀란 아키라는 안장에서 굴러떨어질 뻔했다. 하지만 앞서 지나간 다른 동물처럼 큰뿔야생양 무리조차 아키라와 다저를 겨우 발견한 정도였다. 아니면 신경 쓰지도 않던가.

큰뿔야생양 무리가 다 가고 나서도 다저는 한 발자국도 내딛지 않았다.

"좋아, 대체 무슨 일이 일어나고 있는 거지?"

갑작스레 바람의 방향이 바뀌더니 동물들이 튀어나온 방향에서 뜨거운 바람이 순식간에 불어왔다. 아키라는 시뻘건 화염이 꼭 살아 숨을 쉬는 생물체처럼 온갖 동물을 쫓아 숲 바닥을 빠르게 빠르게 기어 오는 게 보였다.

산 이쪽에도 산불이 났다!

불이 소나무를 재빠르게 훑으며 오르자, 소나무가 쾅 폭발하며 수천 개의 불꽃이 사방에 흩뿌려졌다. 아키라는 몸을 움찔거렸고 다저도 뒤로 주춤했다.

펑! 펑! 펑! 또 다른 나무에 불이 번졌다. 그러자 또 하나 그리고 또 하나, 순식간에 난폭한 맹수가 이글이글 불타는 앞발을 높이 치켜들고 아키라와 다저를 향해 내뻗었다.

빈터

"알았어! 알았어!"

아키라가 외쳤다. 다저 고삐를 홱 잡아당겨 불에서 멀리 떨어진 곳으로 힘차게 달려 나갔다. 숲속으로 거침없이 뛰어들었다. 나뭇가지가 뾰족한 손톱으로 할퀴고 채찍질해도 둘은 굴하지 않고 소나무 숲과 덤불을 뚫고 달렸다. 아키라는 안간힘을 다해 겨우 매달려 있었다. 이윽고 수많은 나무를 지나쳐 무릎 높이까지 오는 갈색 풀이 깔린 빈터에 다다랐다.

아키라는 빈터 한가운데로 다저를 몰다가 마침내 고삐를 살짝 들어 올리며 멈추었다. 둘 다 거칠게 숨을 내쉬었다. 그러면서도 다저는 작은 원을 그리며 계속 움직였고 안장에 앉은 아키라는 요리조리 고개를 돌리며 주변을 살폈다. 바로 뒤쪽 숲 사이사이로 산불이 아우성을 치며 타올랐다.

아키라는 언제라도 방향을 바꿔 불에서 멀리 도망칠 수 있게 다저의 고삐를 꽉 잡았다. 하지만 화염은 빈터 가장

자리에 이르자 멈추었다. 불이 갈색 풀로 뒤덮인 땅을 조금 맛보긴 했지만, 주변에 널리고 널린 소나무가 훨씬 더 맛있는 모양이었다. 아키라는 불길이 먼저 첫 번째 나무 무리를 날름 먹고, 그다음 나무들도 게걸스레 삼키는 걸 바라봤다. 이내 둥그런 빈터를 둘러싸며 번졌으나 그래도 빈터 내부만은 그대로였다.

아키라는 전율에 휩싸였다. 다저도 잔뜩 겁먹어 히힝 울었다.

"알아, 다저. 나도 네 마음 다 알아. 조금만 차분히 기다려 보자."

말과는 달리 아키라 심장은 방망이질하듯 쿵쾅쿵쾅했다. 다저도 쉬지 않고 방향을 바꿔 돌아다니며 이곳에서 도망치고 싶어 했다. 하지만 온순한 다저는 아키라가 시키는 대로 따랐다.

1분도 채 안 되었는데 강렬하게 번득이는 불이 둘을 완전히 감쌌다. 둘은 빈터에 갇혀 버린 꼴이 되었지만 그래도 안전했다. 잠깐은.

안장에 앉아 있던 아키라는 몸을 푹 쓰러트렸다.

"정말 미안해. 다음번에는 네가 하는 말을 꼭 귀담아들을게."

다저가 푸르르 콧바람을 내뿜는 게 꼭 "그리는 게 좋을 걸." 하고 말하는 것 같았다.

다저는 여전히 긴장에 떨고 있었다. 제자리에서 빙그르르 맴돌며 불을 등지려 했지만, 언제나 더 많은 불이 앞에 깔려 있었다. 사실 아주 짧은 순간이긴 해도 숨 돌릴 여유가 있다는 걸 아키라는 알았지만, 그걸 다저에게 이해시키기는 어려웠다. 그래서 배낭에서 사과 한 알을 꺼내 다저의 관심을 돌리고는 아키라도 사과 한 알을 먹었다.

둘을 지나쳐 달려간 큰뿔야생양 무리가 빈터에서 멀리 떨어진 곳을 배회하는 게 보였다. 그렇다면 퓨마도 이 땅 어딘가를 활보하고 있다는 말인가? 그게 사실이라면 퓨마가 지금 배고픔보다 불을 더 무서워하길 간절히 빌었다.

빈터에서 아키라는 산 아래까지 시야를 확보할 수 있었다. 아키라가 있는 빈터와 집 사이 움푹 팬 골짜기에서 또 다른 산불이 난 게 보였다. 이 산불이 점점 번지거나 바람이 방향을 바꾸기라도 하면 불은 아키라 집을 향해 정확히 돌진할 테다. 그 생각이 들자 아키라는 속이 뒤틀렸다. 사과 한 입을 베어 입에 우물우물하다 그마저도 바닥에 퉤 뱉어 버렸다. 순식간에 배고픔이 사그라들었다.

다저 두 귀가 홱 돌더니 산 아래에 있는 어딘가를 향했다. 아키라도 그쪽으로 눈길을 돌렸다.

아키라는 소스라치게 놀라 뚫어져라 쳐다봤다. 오늘만

해도 이상한 장면을 수없이 마주하기는 했지만, 이게 단연 제일이었다. 다른 도시로 이동할 때 타는 것처럼 생긴 거대한 제트기 하나가 아키라와 다저가 있는 협곡 골짜기로 내려오고 있었다. 사람들을 태운 수송기라기에는 지나치게 낮게 날았다. 보통 이런 대형 수송기는 나무 꼭대기 가까이 내려와 날지 않았다. 아키라의 두 팔 위아래에 소름이 쫙 돋았다. 산불 연기가 수송기 장비를 망가뜨려서 비행사가 앞을 볼 수 없는 건가?

이 비행기가 추락하려나?

아키라는 숨을 꾹 참았다. 다저는 이리저리 계속 움직이며 당장이라도 뛰쳐나갈 준비를 마쳤다.

마지막 순간에 수송기가 산 옆면을 따라 비스듬히 날아오자, 수송기 아랫배가 훤히 보였다. 수송기는 자세를 바로잡더니 불이 난 최전선에 발사하기 위해 비행기 아랫면에 난 큼지막한 문 여럿을 활짝 열었다. 이윽고 루비처럼 붉은 화학 물질 뭉게구름이 폭포처럼 쏟아져 나와 초록 숲을 온통 뒤덮었다.

"와! 소방 비행기야!"

아키라가 말했다. 화재를 진압할 때 프로펠러가 달린 수송기 말고 이런 제트기도 있을 거라고는 생각도 못 했다.

눈을 사로잡는 산불 지연제에 아키라는 불의 최전선까

지 발걸음을 옮겼다. 골짜기 아래에서는 점처럼 보이는 사람들이 소방용 도끼와 불도저를 활용해 매서운 불길과 싸우고 있었다. 캘리포니아 소방청! 이 빈터처럼 산불이 태울 게 아무것도 없는 장소를 만들어 방화선과 완충 지대를 구축하려고 애쓰는 중이었다. 소방관들이 얼마나 힘들지 감히 상상조차 되지 않았다. 무거운 장비를 모두 착용하고 피부를 녹일 듯한 불꽃 바로 옆에서 사투를 벌이다니! 아키라는 45미터 정도 떨어진 곳에서 말을 타고 있었는데도 뜨거운 불길에 온몸이 목욕을 한 듯 땀으로 젖어 있었다.

다저가 안달이 나 불의 고리 가운데를 빙빙 돌자, 아키라는 다저를 진정시키려 했다. 안절부절못하는 다저를 탓할 수만은 없었다. 아키라도 다저와 마찬가지로 불안했으니까. 이 불이 우리를 덮칠 때까지 얼마나 걸릴까? 도망치기도 전에 저 골짜기에 난 산불이 번져서 결국 집에 가는 길을 막으면 어쩌지?

지옥 불이 내지르는 고함 너머로 어디선가 낮고 규칙적인 소리가 윙윙 들려왔다. 제자리에서 빙빙 돌던 둘은 또 다른 거대한 제트기 하나가 자신들을 향해 다가오는 걸 발견했다. 이 제트기 역시 산과 충돌할 것 같은 착각이 일 정도로 낮게 날았다. 하지만 이번에는 제트기가 비스듬히 날지 않았다. 정확히 아키라를 향해 다가오고 있었다.

'그들만의 불'을 쏟아 내리고 오는 중이었다.

"다저! 우리 살았어! 이 제트기가 길을 내어 줄 건가 봐!"

폭발

제트기는 빈터로 가까이 더 가까이 내려왔다. 제트기 아랫면에 달린 큼지막한 문들이 활짝 열리더니 붉은 산불 지연제가 거대한 뭉게구름을 만들며 살포되었다. *푸시시!*

아키라는 꽉 쥔 주먹을 하늘 높이 치켜올렸다.

"예이!"

아키라가 외쳤다.

하지만 하강하는 제트기에서 붉은 산불 지연제가 끝도 없이 쏟아져 내렸다. 다저는 점점 다가오는 붉은 뭉게구름에 겁먹은 채 갈피를 잡지 못하고 서성였다. 아키라는 두 손으로 고삐를 꽉 쥐었다. 이 폭주하는 화학 물질이 곧 멎기를 바랐지만, 멈추질 않았다. 대량의 산불 지연제는 불만 덮는 게 아니라 빈터 전체를 뒤덮을 판이었다.

아키라는 다저의 몸을 돌려 도망치려 했지만, 이미 늦었다. 붉은 산불 지연제 구름이 꼭 폭탄처럼 둘을 덮쳤다. *쾅!* 둘은 화학 물질을 온통 뒤집어썼다.

아키라의 모든 감각 기관이 화학 물질에 어쩔 줄을 몰라 했다. 두 눈은 따끔따끔했고 콧구멍 깊숙이까지 가루가 박혔다. 또 목구멍이 막히고 두 귓전이 둥둥 요동쳤다. 심지어 피부 구멍마저 다 막힌 듯했다. 아키라는 콜록콜록 기침하며 구역질했다. 공포에 질린 다저가 두 뒷다리로 일어나자 안장에 앉았던 아키라는 뚝 떨어질 뻔했다. 앞을 볼 수 없는 아키라는 그저 고삐며 안장이며 다저 갈기며 손에 잡히는 건 뭐라도 부여잡으며 매달렸다. 아키라는 다저를 멈춰 보려 했지만 다저는 번개처럼 빈터를 뛰쳐나갔다. 둘은 불의 심장으로 함께 향했다!

불을 뚫고

아키라는 한마디 말도 할 수 없었으며 두 눈을 뜰 수도 없었다. 다저를 몰 수조차 없었다. 그저 할 수 있는 거라고는 다저에게 필사적으로 매달린 채 떨어지지 않게 해 달라고 기도하는 것뿐이었다. 다저는 이글이글 타오르는 숲 사이를 질주했다. 불이 내뿜는 강한 열기는 즉각적으로 다가와 마치 피부가 타는 것 같았다. 얼굴과 두 팔 그리고 입고 있는 옷으로도 열기가 느껴졌다. 아키라는 다저 목에 달라붙듯 몸을 낮추고 갈기를 움켜쥐었다. 열기뿐만 아니라 강한 눈부심에 눈을 질끈 감을 수밖에 없었다. 다저가 이성을 잃을 것처럼 높은 목소리로 우는 소리가 들려오자, 아키라 가슴이 갈기갈기 찢어졌다. 아키라도 다저만큼이나 두려워서 어찌할 바를 몰랐다. 다저를 안심시킬 수도, 차분히 마음을 가라앉히도록 도울 수도 없었다. 이 순간, 둘은 불 속에 있었다. 이 불을 벗어나기 전까지는 절대 멈출 수 없었다.

다저는 전속력으로 불길을 헤치며 달렸다. 아키라는 어디로 향하는 것인지 전혀 몰랐다. 다저 역시 길을 모르는 게 아닐까? 피부를 태우는 열기가 몸 전체로 퍼졌으며, 옷은 피부 위에 놓인 잘 달궈진 다리미처럼 느껴졌다.

손아귀 힘이 점점 빠지고 엉덩이가 안장에서 자꾸만 미끄러졌다. 이러다 말에서 떨어지는 건 아닐까? 쿵쿵 쾅쾅 때려 대는 말발굽, 그 아래로 떨어지겠지. 말에 짓밟힌 다음에는 살아 있는 채로 불에 활활 타 죽게 되리라.

그런데 그때였다.

쉭! 갑자기 펄펄 끓는 열기에서, 지옥 불이 뿜는 포효와 타닥타닥하는 소음에서 빠져나왔다. 드디어 불에서 벗어났다! 그런데도 아키라는 여전히 두 눈을 꼭 감고 안장에서 떨어지지 않으려고 안간힘을 쓰며 다저가 마음껏 달리도록 두었다. 다저를 믿었다. 다저가 죽을힘을 다해 이 불에서 최대한 멀리 데려갈 거라고.

드디어 다저가 속도를 낮추자, 아키라는 안장에서 몸을 곧추세워 앉았다. 산불 지연제 때문인지 두 눈에서 눈물이 진물처럼 흘러내렸다. 힘겹게 두 눈을 뜬 아키라는 코앞에 닥친 나뭇가지를 그제야 발견했다.

팅! 나뭇가지에 가슴팍을 정확히 강타당한 아키라는 다저 등에서 붕 날아오르더니, 꽈당 하며 바닥에 등을 부딪쳤다.

불에 타다

아키라는 숨을 쉴 수가 없었다. 숨 한 모금 쉬려고 메마른 흙과 소나무 솔잎을 손톱으로 죽죽 할퀴며 몸부림쳤다.
'죽음이 다가왔구나!'

숨조차 쉴 수 없고, 이제 남은 거라고는 죽음뿐이다!

목이 꽉 죄는 와중에 구역질이 터져 나오자, 갑자기 두 폐가 다시 작동하는 것처럼 느껴졌다. 아키라는 매캐한 연기를 크게 들이마셨다. 기침이 터지며 몸이 심하게 떨렸다. 심장은 가슴 한가운데를 뻥 뚫을 것처럼 쿵쾅거리며 망치질했다.

  마침내 두 눈을 겨우겨우 뜬 아키라는 자신을 내려다보는 다저와 눈이 마주쳤다. 다저 얼굴은 붉은 산불 지연제로 온통 뒤덮여 있었다.

  다저는 얼굴을 갸우뚱하며 닦달하는 듯이 푸르르 콧김을 내뿜었다.

  '땅바닥에 누워서 뭐 하는 거야?'

  아키라는 한 손을 들어 다저에게 잠시 기다려 달라고 손짓한 뒤, 자신도 다저와 똑같이 부드러우면서도 끈적한 붉은 화학 물질을 뒤집어썼다는 걸 뒤늦게 알아차렸다.

  '이거 때문에 우리 몸에 불이 붙지 않았나 봐.'

  아키라는 생각했다.

  "아야. 진짜 똥줄 타게 아프네."

  아키라가 신음을 내뱉으며 말했다.

  아픈 와중에도 자신이 던진 농담에 미소가 지어졌다. 수라면 분명 좋아했을 텐데.

  아키라는 바닥에 등을 대고 누워 두 팔을 양옆으로 쭉 뻗은 다음, 몸이 보내는 신호를 가만히 들었다. 약 열 군데 조금 넘는 곳이 욱신거렸다. 간간이 긁히고 멍든 곳 외에는 죄다 산불이 뿜는, 타는 듯한 열로 인한 상처였다.

  '1도 화상이군.'

아키라는 아빠가 가르쳐 준 내용이 떠올랐다. 이건 햇볕 화상으로 아주 심한 햇볕에 탄 것과 같았다. 아주 고통스러웠지만, 그래도 견딜 만했다.

가장 심한 상처는 바로 아키라 왼쪽 팔 아래였다. 산불 지연제가 그 부분까지는 미처 닿지 않았는지, 계속 지글지글 끓는 듯이 화끈거렸다. 아키라는 팔을 들어 흘깃 바라보자마자, 숨이 턱 막혔다. 산불이 불타는 앞발을 갖다 댄 부분은 벌써 달걀 크기만큼이나 부풀어 올랐다. 살갗은 이미 벌건 분홍색의 물집이 잡히고 진물까지 나오려 했다.

아키라는 짧게 숨을 들이마시며 생각했다.

'이건 2도 화상이군.'

달궈진 가스레인지를 만지거나 끓는 물에 닿았을 때 피부가 벗겨지는 화상이다.

아니면 불길에 2, 3초 이상 직접 데거나.

아키라는 힘겹게 몸을 일으켜 세워 앉았다. 2도 화상에는 당장 뭐라도 해야 했다. 화상 때문에 너무 고통스러워 앞을 똑바로 볼 수가 없었다. 하지만 아키라에게 도움이 될 만한 물건이 뭐가 있을까? 그저 진통제뿐이었다. 또 배낭에 물 세 병도 남아 있었다.

아키라는 상처 부위에 물을 조금 부어 깨끗이 씻어 냈다. 벗겨진 피부에 물이 닿자마자, 아키라 입에서 신음이 절로 흘렀다. 정신이 혼미해질 정도로 팔이 아려 와 거의 뇌 기능이 마비될 것 같았다. 아키라가 원하는 거라고는 그저 솔잎이 소복이 쌓인 바닥에 누워 공처럼 몸을 만 채 시간 가는 줄 모르고 쿨쿨 자는 거였다.

다저가 주둥이로 아키라를 슬쩍 찌르자, 아키라는 몸을 흔들며 다시 정신을 차리려 했다.

"네 말이 맞아. 정말 집중해야겠어."

아키라가 다저에게 말했다.

새로운 불이 언제 또 닥쳐올지 모른다. 서둘러야 한다!

아키라는 일어나 다저 뺨 한쪽을 쓰다듬었다.

"고마워, 다저."

아키라는 신발 한 짝을 벗은 다음, 신고 있던 양말도 벗었다. 그러고는 양말을 물에 흠뻑 적셔 화상 부위를 헐겁게 감쌌다. 양말이 살균되었을 리 없지만, 통증을 누그러뜨리고 부푼 부위를 덮는 데에는 쓸 만했다. 상처야 집에 가서 잘 씻어 내면 그만이었다.

'만약' 집에 간다면.

아키라는 응급 처치를 마무리한 다음에 다저도 상처나 화상을 입지는 않았는지 살펴보았다. 털이 조금 타긴 했지만, 그런대로 괜찮아 보였다. 산불 지연제에 들어 있는 화학 성분이 다저에게 좋을 리 없지만 그래도 어느 정도 보호막이 되어 주었다.

"그리고 있잖아, 네 배가 땅에서 1미터는 떨어져 있어 얼마나 다행인지 몰라."

아키라가 다저 배를 톡톡 두드리며 말했다.

아키라는 진통제 두 알을 꼴깍꼴깍 삼키고 난 다음, 물 한 병을 깨끗하게 비웠다. 다른 한 병은 다저가 마시게 했다. 또 마지막 한 병으로는 아키라와 다저의 두 눈과 얼굴에 끈덕지게 붙은 산불 지연제를 열심히 닦아 냈다.

"자, 우린 어디에 있는 걸까?"

다 닦아 낸 후에 아키라는 말을 꺼냈다.

아키라와 다저는 양쪽에 경사면을 낀 산골짜기 밑바닥에 다다라 있었다. 그런데 어느 경사면이 산으로 또는 집으로 향하는 거지?

"길을 잃거든 높은 곳에 올라 주변 시야를 확보하렴."

아키라는 다저를 바라보며 아빠가 했던 말을 그대로 읊었다. 다저 고삐로 고리를 만들어 나뭇가지에 묶었다.

"금방 올게."

아키라는 가장 커 보이는 소나무 한 그루를 골라 기어오르기 시작했다. 느릿느릿 올라가는데도 화상 입은 팔의 상처가 너무 고통스러웠다. 마침내 연기가 낮게 깔려 있는 호수가 내려다보였다.

소나무 위에서 아키라는 집으로 가려면 어느 방향으로 가야 할지 확인했다. 또 아키라와 다저가 방금 도망쳐 온, 붉은 산불 지연제 폭탄이 터진 빈터도 보았다. 하지만 빈터를 발견하자마자 아키라는 소나무를 부둥켜안은 두 손을 놓칠 뻔했다.

"아니야. 말도 안 돼."

아키라가 속삭였다.

산등성이 저 높은 곳, 산 최정상까지 다다른 거대한 세쿼이아 나무들의 꼭대기가 활활 불타고 있었다!

캐나다 매니토바주 처칠

오언과 조지

04

다리 세 개, 팔 두 개, 뇌는 하나

오언은 큰 덩치 북극곰을 발견하자마자 깜짝 놀라 펄쩍 뛰었다. 새하얀 눈에 몸을 숨기고 여기까지 뒤따라오다니!

"저리 가, 나누크! 돌아가라고!"

조지가 부르짖었다.

달칵 펑!

오언은 가까이에서 터지는 공포탄 소리에 귀가 먹을 것만 같아 재빨리 귓구멍에 손가락을 푹 찔러 넣었다. 나누크도 그 소리가 별로였는지, 낮은 언덕 너머로 성큼성큼 달아났다.

"어떻게 저렇게나 큰 게 찍소리 하나 안 내고 몰래 뒤따라올 수가 있지?"

조지가 물었다.

"북극 닌자니까. 우리를 줄곧 따라온 것 같아."

"북극곰은 쉬운 사냥감을 좋아하지 않냐? 저 친구 지금 우리 쫓아다니느라 열량 소모가 엄청난데?"

"우리가 바로 쉬운 사냥감이야. 아니, 난 겨우 한 입 거리일지도."

오언이 말하며 바닥 쪽으로 고개를 까딱거렸다. 부츠에서 샌 피가 길게 이어져 있었다.

"이런 미친, 오언! 왜 말을 안 해?"

조지는 한달음에 다가와 오언을 부축했다.

"너도 아프잖아."

"이리 와 봐."

조지는 산탄총 끈을 어깨에 둘러멘 후, 오언을 자신에게 기대게 해 다친 다리가 더는 압박받지 않도록 했다.

오언과 조지는 집으로 가려면 북극곰을 등져야 했다. 북극곰이 나타나면 큰일 나는 상황이지만, 지금으로서는 선택의 여지가 없었다. 해는 어슴푸레해지는데 항만에서 흐르는 냄새는 코끝을 스치지도 않았다.

"우리 제법 잘 어울리는 한 쌍 같은걸."

둘이서 발을 절뚝이며 걷다 오언이 이어 말했다.

"우리 둘이 합쳐서 다리는 세 개, 성한 팔은 두 개뿐이야."

"뇌는 하나고."

조지가 바로 되받아쳤다.

조금 전에 벌어진 다툼에 대한 사과처럼 느껴져 오언은 킬킬 웃었다.

"있잖아, 북극곰이 피 냄새를 맡고 여기까지 따라온 게 아닐 수도 있어. 너, 샤워 안 한 지 얼마나 됐냐?"

오언이 물었다.

눈송이처럼 폭신한 모욕이 날아들었다. 바로 이런 게 원래 모욕 주기 시합에서 서로가 주고받던 모욕이었다. 아까처럼 진짜 모욕으로 변하기 전에 말이다. 오언은 자신만의 방식으로 미안하다는 말을 건네며 조지와의 사이가 다시 예전처럼 되돌아가기를 바랐다. 이 세상에 하나뿐인, 둘도 없는 친구이기 때문에 조지를 절대 잃고 싶지 않았다. 뉴펀들랜드에는 물론이거니와 오언의 부주의함에도.

"맞아. 나, 샤워 안 해. 씻고 싶으면 그냥 눈밭에 뒹굴뒹굴하면 되지. 북극곰처럼!"

조지가 말했다.

"야! 북극곰은 원래 진짜 그래!"

"이 처칠에서 너만 북극곰에 대해 알고 있는 게 아니거든?"

조지가 오언에게 말했다.

오언은 씩 웃었다. 괜찮다. 적어도 둘 사이는 괜찮다. 하지만 오언은 조지가 처칠을 떠나지 않게 하려면 어떻게 해야 하는지 몰랐다.

하나 더, 오언은 자신의 문제점을 도대체 어떻게 고쳐야 할지도 몰랐다.

'내가 아무 생각 없이 살진 않는데.'

오언은 걸으며 생각했다. 여러 연못과 호수를 감싸는 영구 동토층 벽이 허물어지며 물이 넘쳐흐르는 걸 본 적 있다. 툰드라에 난 산불 냄새를 맡기도 했다. 또 날씨 선생님이 호수 방귀에 불붙여 불덩이를 만들 땐 깔깔 즐겁게 웃기도 했다. 여행객들에게 붉은여우와 범고래 그리고 회색곰이 재래종을 내쫓고 있고, 이게 다 따뜻해진 기후 때문에 새로운 동물이 여기서 터전을 잡고 사는 게 가능해져서라며 콕 짚어 말하기도 했다.

심지어 오언은 북극곰의 내륙 생활 기간이 매년 점점 길어진다는 사실도 익히 알았다. 그건 오언과 오언 가족에게 더 많은 돈을 의미했으니까.

오언이 하지 않은 건 바로, 이 모든 게 정말 무엇을 '의미'하는지에 관한 생각이었다.

허물어지는, 호수의 영구 동토층은 일부분이다. 날씨가 너무 따뜻해져서 마을 집이 부드러운 토양에 줄줄이 가라앉거나 주저앉으면 어떻게 될까? 잦은 산불에 대대로 내려오던 굴이 파괴되면 어미 곰은 어떻게 될까? 북극에 새로 넘어온 동물들이 토종 동물인 북극여우, 벨루가, 일각돌고래, 북극곰을 모조리 죽이면 어떻게 될까?

 게다가 관광 기간이 더 늘었다고 한들, 모두가 그토록 보고 싶어 하는 북극곰이 따뜻한 날씨에서 얼마나 살아남을 수 있을까? 해마다 북극곰이 해빙에서 사냥하는 시간이 점차 줄고 있는데!

 '큰 그림', 오언은 그제야 깨닫기 시작했다. 그리고 큰 그림은 바로, 기후 위기를 가리키고 있었다.

 지난봄, 날씨 선생님이 툰드라에 왔을 때 북극과 기후 위기에 관해 설명한 내용을 모두 떠올리려 애썼다. 지금 생각해 보니, 물고기가 방귀를 뀐다는 말이 아니었다. 지구 온도가 높아지면 북극 영구 동토층이 녹는데, 이때 새롭게 녹는 땅에서 발견되는 식물을 티끌만 한 미생물들이 잔치 벌이는 듯 먹어 댄다. 바로 이 '미생물들'이 메탄가스를 만드는 거다. 방귀! 또 온실가스인 메탄가스가 대기권에서 열을 가두는 바람에 지구는 더 따뜻해진다. 지구가 한층 따뜻해지면 영구 동토층은 더 많이 녹게 되고, 영구 동토층이 더 많이 녹으면 더 많은 미생물이 게걸스레 먹고 즐기며 방귀를 뀐다. 그리고 또……. 자, 이 모든 게 어떤 식으로, 아주 손쓸 새도 없이 통제가 불가능해지는지 안 봐도 훤하다.

진짜진짜 '기가 막힌 방귀'가 있지 않은가. 누군가 교실 후미진 구석에서 쉭 뀌면, 점점 퍼져 앞에 있는 애들이 하나둘씩 코를 찡그리고 고개를 돌려 범인을 찾게 만드는 그런 방귀. 북극 영구 동토층에서 생기는 메탄가스는 이렇게 온 세상에 퍼진다.

'북극에서 일어난 일은 북극에서만 머물지를 않아.'

오언은 생각했다.

길을 따라 걷던 오언의 눈에 여기저기 눈에 덮이지 않은 땅이 보였다. 이상하기도 하지. 매년 이맘때에는 모든 게 눈으로 뒤덮여 있어야 하는데. 바로 오늘 아침까지만 해도 눈길이 닿는 땅은 온통 눈으로 뒤덮여 있었다. 그렇다면 지금 오언이 보고 있는 맨땅은 뭐지?

'집중해서 생각해.'

오언은 스스로 되뇌었다. 눈으로 덮이지 않은 땅은 무엇을 의미하는 거지?

조지가 오언 외투를 가볍게 툭 치자, 오언은 생각을 훌훌 털고 정신을 차렸다.

"저기 좀 봐. 사냥 오두막이야!"

조지가 말했다.

오언은 두 눈을 의심했다. 앞에 보이는 작은 오두막은 오늘 밤 둘이서 하루를 보내기로 한 오두막을 쏙 빼닮아 있었다. 또 어미 곰과 사투를 벌인 이후 처음 발견한 문명사회의 흔적이었다. 둘은 들뜬 마음으로 속도를 높여 앞으로 나아갔다. 오두막 안에 도움을 줄 누군가가 있을지도 모르니까!

지미네 오두막

사냥 오두막으로 가까이 다가갈수록 오언의 들뜬 마음이 푹 사그라들었다. 원룸 오두막은 멀리서도 창문이 깨지고 건물의 모퉁이가 모두 무너진 게 훤히 보였다.

낡은 정사각형 오두막 외벽을 둘러싼 합판은 페인트칠도 되어 있지 않았다. 용케 버틴, 판판하고 기울어진 지붕 일부분에는 검정 타르페이퍼가 덧붙여져 있었다. 나무 계단 세 개를 오르면 바로 현관에 다다르는데 바로 그 아래, 오두막 주인이 남겨 둔 합판 조각이 보였다. 녹슨 못 수백 개가 촘촘히 박힌 합판은 뾰족한 끝이 위로 오도록 놓여 있었다.

오언은 이게 뭔지 바로 알아차렸다. 여기서는 이것을 '북극곰용 현관 발 매트'라고 부르곤 했다. 참견쟁이 북극곰이 현관문을 열고 들어오지 않게 하기 위해 제작된 거였다.

오언은 오두막에 단 하나 남은 창문 앞에서 또 다른 북극곰 방지 수단을 발견했다. 초라한 헌 소파. 소파의 탄력이 거슬리는지 북극곰은 소파에 올라가려 하지 않았다. 물론, '소파 뜯어 먹기' 선수였지만. 이 소파 역시 굶주린 북극곰 여럿이 베어 문 커다란 잇자국들이 남아 있었다.

사냥 오두막 앞에는 직접 물감으로 쓴 "지미네 오두막" 간판이 있었다.

오언과 조지는 문을 활짝 열어젖히고 북극곰용 현관 발매트를 넘어 들어갔다.

"저기요?"

조지가 외쳤다. 하지만 오언이 보기에 오랜 시간 동안 아무도 여기에 머물지 않은 게 분명했다. 좁은 오두막에 살림은 단출했다. 접이식 의자 두 개와 식탁 역할을 하는 뒤집힌 플라스틱 양동이가 보였다. 벽에는 플라스틱 우유 상자 하나가 못 박혀 고정되어 있었는데, 그 안에는 빈 통조림 그리고 수저와 포크 몇 개가 나뒹굴었다. 지붕보는 또 어찌 그리 낮은지 오언이 두 팔을 쭉 뻗으면 닿을 만한 거리에 있었다. 개수대나 화장실은 없었다.

방 한가운데에 오랫동안 사용하지 않은 화목 난로가 하나 있었다. 바로 그 옆에 있는 장작용 상자에는 손글씨도 적혀 있었다.

장작 전용: 가득 채워 놓기

하지만 아무것도 없었다.

화목 난로를 켜는 게 어차피 큰 의미가 없었을 테다. 지붕에 휑하게 뚫린 구멍으로 눈이 포슬포슬 내려와 이미 바닥에 자그마한 눈 언덕을 만들며 쌓였다.

"쓸 만한 게 별로 없어 보이네."

조지가 말했다.

"그래도 여기서 밤을 보내야 하지 않을까? 곧 해가 질 거야."

"난 그건 좀 별로인데……."

조지가 대답했다.

오언도 마찬가지였다. 하지만 둘에게 남은 선택지가 있을까? 허드슨만에서 30분, 아니 3시간을 걸어야 할 수도 있다. 오언은 감이 안 왔다. 그래도 아무것도 없는 것보다야 반 남은 오두막이 나았다.

쉭쉭, 밖에서 콧바람을 거칠게 내뿜는 숨소리가 들려왔다. 오언과 조지는 서로를 바라보며 조용히 하라는 몸짓을 했다. 오언이 살금살금 발소리를 죽이며 창문 가까이 다가가 슬쩍 밖을 보았다. 두려움이 무시무시하게 밀려왔다.

나누크가 오두막 주위를 어슬렁어슬렁 돌아다니고 있었다!

요리사 나누크

두 눈이 휘둥그레진 오언은 몸을 돌려 조지를 바라보며 입으로 질겅질겅하고 손으로 할퀴는 몸짓을 했다. 그러자 조지는 단박에 이해했다. 둘은 허둥지둥 주변을 훑고는 할 수 있는 게 무엇일지 골똘히 생각했다. 어디에 숨을 수 있을까? 번뜩이는 생각이 났는지 조지 얼굴이 환해지며 손가락으로 천장 구멍을 콕콕 찔렀다. 바로 저기다! 저 지붕에 오르기만 한다면, 북극곰에게서 도망칠 수 있다!

오언은 접이식 의자 하나를 집어 들어 아주 조용히 구멍 아래로 옮겼다. 둘은 팬터마임을 하며 표정과 몸짓으로만 의견을 주고받았다. '너 먼저 가!', '아니, 네가 먼저 가!' 결국, 인내심이 바닥난 조지가 오언을 잡아 임시방편으로 만든 사다리로 이끌었다.

접이식 의자는 금방이라도 부서질 것처럼 위태위태했다. 하지만 오언은 천장 구멍 안으로 머리를 쑥 집어넣고 성한 팔을 걸치는 데 겨우 성공했다. 아래에서 조지가 오언을 힘차게 들어 올리는 순간에 딱 맞춰 오언은 지붕에 있는 난로 연통에 팔 하나를 감아 걸며 나머지 몸을 쭉 끌어 올렸다. 북극곰이 할퀸 팔과 문 다리가 고통으로 비명을 꽥꽥 내질렀지만, 마침내 성공했다.

오언은 아주 잠깐이지만 지붕에 누워 숨을 헐떡헐떡 몰아쉬고는 다시 몸을 돌렸다. 그때, 나누크가 오두막을 향해 다가오는 걸 발견했다.

'조지!'

오언은 지붕에 배를 납작하게 대고 누워 구멍 사이로 조지가 올라오도록 힘껏 끌어당겼다. 팔다리에서 떨어지는 피가 눈 위에 선명히 새겨졌다.

"의자를 차면서 올라와!"

오언이 속닥거렸다.

조지가 몸을 꿈틀대며 바둥거렸다. 툭 툭 *우지끈!* 접이식 의자가 쓰러지는 소리가 들렸다. 이제 북극곰이 의자를 사용해 오언과 조지를 따라오지는 못할 테다.

오언은 조지가 지붕에 완전히 오르도록 끝까지 쭉 끌어당겼다. 마침내 둘은 지붕에 등을 대고 벌러덩 누워 거친 숨을 쌕쌕 내쉬었다. 이제 안전하다. 어두운 먹빛 하늘에서 새하얗고 어여쁜 눈송이가 조지와 오언 위로 보슬보슬 내렸다.

쾅 쾅 쾅! 흩날리는 눈 사이로 북극곰이 성큼성큼 걸어와 오두막 앞 계단을 오르는 소리가 들렸다.

이때 오언은 조지와 오두막으로 들어올 때, 북극곰 현관 발 매트를 넘어 들어온 사실이 머릿속에 스쳤다.

"나누크! 못 조심해!"

별안간 오언이 지붕 옆을 보며 목청껏 소리쳤다.

퍽! 조지가 오언을 쳤다.

"야! 너, 제정신이야? 그걸 밟아서 아프면 우리를 안 따라오겠지. 그럼, 우리가 도망갈 수 있잖아!"

"그렇긴 한데……. 좀 못됐잖아. 북극곰이 다치는 건 싫단 말이야."

조지는 고개를 절레절레 내저으며 욱신대는 통증으로 움찔했다. 오언이 돌돌 감아 준 머리 붕대는 피로 흠뻑 젖었다. 오언 팔다리에 감긴 붕대도 마찬가지였다. 휴식이 간절했다. 병원 진료는 말할 것도 없고!

아래에 있던 북극곰은 누군가 베어 물다 만 북극곰 소파는 무시하고 창문으로 기어 들어왔다. 큰 덩치 북극곰이 오두막 안을 이리저리 돌아다니자, 작고 허술한 집이 통째로 흔들거렸다. 오언은 아까 조지가 꺼낸 이누이트족 이야기가 떠올랐다. 북극곰이 사람 집에 발을 들이자마자 사람으로 변신한다는 이야기. 지붕 아래에서 북극곰이 달가닥거리며 돌아다니는 소리는 마치 누군가가 저녁을 지으러 부산스레 움직이는 소리처럼 들렸다.

오언은 생각에 꽂히자, 짜릿짜릿한 마법이 살살 피어오르는 게 느껴졌다. 저 아래서 북극곰이 정말로 사람으로 변신하는 건 아닐까? 지금 당장 두 눈으로 확인하지 못하면, 앞으로 평생 알 수 없을 텐데…….

오언은 살금살금 은밀하게 다시 천장 구멍 쪽으로 미끄러지듯 갔다. 그러고는 집 안을 빼꼼 엿보았다.

까꿍!

나누크는 북극곰이 틀림없었다. 사람은 아니었으니까. 흰 털이 북슬북슬하고 덩치가 거대한 북극곰은 네발 자세로 작은 오두막을 꽉 채웠다.

북극곰은 고개를 들어 오언을 뚫어져라 쳐다봤다.

북극곰과 오언 눈동자가 마주쳤다. 그 순간, 오언은 강렬한 연대감을 느꼈는데 살면서 부모님 그리고 조지와도 느껴 본 적 없는 무언가였다. 이누이트가 왜 북극곰을 두고 변신한 사람이라고 말하는지 단박에 이해했다. 북극곰의 두 눈동자 안에는 어떤 특별함이 존재했다. 날카로우면서도 깊은 생각에 잠긴 두 눈동자. 총명함으로 빛나는 두 눈동자.

나누크가 뾰족뾰족한 발톱을 오언에게 휙 휘둘렀다. 오언은 비명을 지르며 몸을 뒤로 빼어 간발의 차로 베이지는 앉았다. 씩씩대던 나누크가 두 뒷다리로 벌떡 서서 지붕 구멍에 머리를 쑥 집어넣었다.

허겁지겁 뒤로 물러나던 조지는 다치지 않은 팔에 들려 있던 산탄총을 바로 들고는 나누크 머리 위쪽 높은 부분을 조준했다. *덜컥 펑! 덜컥 펑!* 공포탄 소리가 두 번 연속으로 울려 퍼지자, 나누크가 다시 네발로 자세를 낮췄다.

오언이 옆을 슬쩍 내려다봤다. 북극곰이 오두막 모퉁이에 난 구멍으로 갑자기 나오는 바람에 벽에서 커다란 조각이 너덜대며 뜯겼다. 작고 허름한 오두막이 삐거덕삐거덕 휘청대기 시작하자, 오언과 조지는 두 팔을 양쪽으로 쭉 펴며 몸을 지탱하려고 용을 썼다. 오두막은 삐걱 소리를 내며 느리게 무너지는 듯했지만 다행히 흔들림은 잦아들었다. 오언과 조지가 안도감에 숨을 길게 후 내쉬자 앞이 뿌예졌다.

"어디로 갔지? 북극곰을 놓치면 안 되는데."

조지는 지평선을 샅샅이 살피며 말했다.

오언은 지붕 꼭대기로 기어올라 반대편을 내려다보았다.

"찾았다!"

"지금 뭐 해?"

"똥 싸."

"기똥차네."

조지가 말했다.

"우리가 연달아 쏜 공포탄에 대한 대답으로 똥을 싸나 봐. 그런데 우리 공포탄은 이제 몇 발 남았어?"

"아까 채우고 나서 여섯 개로 시작했거든."

조지는 장갑 낀 손을 들어 올려 손가락으로 숫자를 세며 말했다.

"아까 호수에서 한 발 쏘고 여기 오기 직전에 한 발 쐈 지. 방금 두 발 연달아 쐈으니까, 이제 두 발 남았네."

좋은 소식이 아니었다. 그런데 이것보다 더 안 좋은 소 식이 있었다. 방금 발사한 공포탄 두 발은 북극곰이 똥 쌀 만큼 놀라게 한 건 맞지만, 결국 달아나게 하진 못했다.

북극곰은 공포탄 체험 후기를 남기고서 다시 오두막 주 위를 돌았다. 지붕이 이미 많이 기울어져 있어 오언과 조 지는 계속 등 대고 누워서 한쪽으로 북극곰을 지켜볼 수 있었다. 나누크 역시 오두막 지붕 쪽이 보이게끔 눈밭에 자 리 잡고 앉아 오언과 조지를 지켜보았다.

조지가 오언에게 눈빛을 보냈다. 조지가 공포탄을 한 발 더 쏘아야 하는지 고민하고 있다는 걸 오언은 알아챘다. 오 언은 고개를 끄덕이고는 두 손을 들어 양쪽 귀를 덮었다. 북극곰이 떠나지 않으면, 오언과 조지도 떠날 수 없었다.

덜컥 펑!

나누크는 펄쩍 놀라 일어나 두 뒷다리로 서며 몸을 곧추세웠다. 그러고는 하늘에 대고 콧방귀를 쉭쉭 뀌더니 입을 쩍 벌려 쇠꼬챙이 이빨을 드러냈다. *그르렁그르렁!* 그러더니 다시 눈밭에 자리 잡고 앉았다.

"이런, 망할."

조지가 말했다.

"응."

오언이 대답했다. 나누크가 이따위 공포탄은 하나도 겁나지 않는다고 생각한 이상 이제 둘은 정말 심각한 상황에 부닥쳤다.

북극곰은 두 눈을 지그시 감더니 커다란 앞발을 들어 반들반들한 까만 코에 살짝 댔다. 스스로 완전한 하양으로 변장한 거다. 오언과 조지는 서로 바라보며 콧방귀를 뀌었다. 북극곰이 변장하는 걸 계속 보고 있지 않았더라면, 나누크는 눈에 섞여 정말 안 보였을 수도 있다. 하지만 지금은 어린아이가 제 얼굴만 쏙 가린 채 다 숨었다고 착각하는 것 같았다.

"이 똥 멍청이! 너, 다 보이거든!"

오언이 소리쳤다.

그래도 북극곰은 꼼짝하지 않았다. 가만히 있으면 오언과 조지가 잊어버릴지도 모른다고 생각하는 것처럼.

"북극곰이 우리 안 볼 때 몰래 도망치자!"

오언이 조지에게 속삭였다.

"그게 먹힐 것 같지 않아."

조지는 아까 오언이 말한 북극곰의 예민한 후각을 떠올리며 자기 코를 톡 치고는 덧붙였다.

"지금 남은 공포탄은 한 발뿐이거든. 북극곰이 이걸 두려워할진 모르겠지만 말이야. 그냥 여기서 북극곰이 지칠 때까지 기다려야 하나 봐."

조지는 한숨을 푹 내쉬며 자리 잡고 앉았다.

지붕에서 꾸는 꿈

땅거미 지는 하늘에서 솜털처럼 가벼운 눈이 솔솔 내렸다. 오언과 조지는 파카를 꽉 여미고 장갑도 고쳐 끼었다. 계속 걸을 때는 너무 더워 두꺼운 겨울옷에 땀이 찰 정도였는데, 움직이지 않고 가만히 있자 으슬으슬해 몸이 떨려 왔다.

"사실 쟤 잘못은 아니야. 나누크 말이야."

시간이 좀 흐르자, 오언이 말을 꺼냈다. 오언은 주의를 기울이는 걸 넘어 더 깊이 생각하려 노력했다. 지금 오언은 설원에 누워 둘이 내려오길 기다리는 북극곰에 대해 생각하던 중이었다.

"북극곰이 우리를 사냥하려는 건 꼭 악당이라서가 아니야."

오언이 이어 말했다.

"그냥 배고파서지."

"나도 배고파."

조지가 말했다.

오언은 고개를 아래로 떨구어 여전히 설원에 누워 안 보이는 척하는 북극곰을 보았다. 북극곰과 나누었던 눈 맞춤이 떠올랐다. 두 눈동자에서 찬란히 빛나던 총명함.

"그래. 근데 북극곰이 배가 고픈 건 우리 잘못이기도 해. 딱히 나랑 네 잘못이 아니라 우리 모두의 잘못이지. 이건 인류가 저지른 잘못이야."

오언은 말했다. 정말이지, 난생처음으로 그 연결 고리를 이해했다.

"바로 우리가 지구를 더 뜨겁게 만들고 있어. 그래서 해빙이 더 일찍 녹고 더 늦게 만들어지지. 해빙이 사라지면 나누크는 바다표범을 못 잡아먹게 돼. 결국 다른 데 가서 식량을 찾아야 하지."

"나도 알아. 그냥 저 북극곰의 다음 식량이 내가 되기 싫은 것뿐이라고."

오언은 고개를 끄덕였다. 갑자기 초등학교 3학년 때, 처칠 사람들이 발이 묶여 부족한 식량으로 버텨야 했던 시기가 떠올랐다. 봄에 홍수가 여러 번 닥쳐 마을로 들어오는 기찻길을 휩쓸어 갔다. 그래서 처칠은 바깥세상과 완전히 단절되었다. 어릴 적 일이라 오언은 약간 불편했다는 기억만 남아 있다. 한동안 극장에서 그 어떤 최신 영화도 상영되지 않았고, 마을 중심에 있던 가게에 오언이 즐겨 먹던 사탕이 똑 떨어졌었다.

사실 좀 즐겁기도 했다. 왜냐하면 처칠에 오는 기차가 없다는 건 처칠에 오는 여행자도 없다는 뜻이니까. 그래서 오언은 엄마, 아빠와 함께 놀 시간이 엄청나게 늘어, 다 같이 처칠곶으로 탐험 여행을 떠나기도 했다.

하지만 오언은 이제 전혀 다르게 보였다. 휩쓸려 간 기찻길은 북극 생활이 얼마나 위태로운지를 여실히 드러냈다. 북극곰뿐만 아니라 사람에게도 똑같이 위태로웠다. 기차를 아예 이용할 수 없게 되자, 마을에 필요한 물품 하나하나를 비행기로 들여와야 했다. 사과 한 알, 콜라 한 캔, 목재 낱개, 새 셔츠 한 장과 신발 한 켤레까지. 그러다 보니 모든 가격이 하늘 높이 치솟았으며 급상승한 생활 물가 탓에 누구도 돈을 모을 수 없었다. 기찻길 복구 작업은 1년 반이 걸렸는데, 그사이 아주 많은 사람이 더는 처칠에서 견디지 못하고 이사를 갔다.

"우리가 여기에 있으면 안 된다는 생각이 들지 않아?"

오언이 조지에게 물었다.

"이 지붕 위에? 아…… 당연하잖아."

"아니, 내 말은 우리 마을 말이야. 처칠. 우리가 북극곰 이주 경로 한가운데다 도시를 세워 놓고는 온갖 시간, 돈, 에너지를 쏟아부으면서 어떻게든 북극곰을 못 들어오게 하고 있잖아. 하지만 처칠은 북극곰이 매년 가을마다 찾아와 해빙이 만들어지길 목 놓아 기다리는 바로 그 '정확한 지점'인걸. 수천 년, 아니 감히 '헤아릴 수도 없는 세월' 동안 말이야. 있지, 난 잘 모르겠다. 우리가 다른 데다 마을을 지어야 하지 않을까? 심지어 해빙이 녹아서 정말로 처칠만이 더 큰 사업을 벌이기라도 하면, 더 많은 사람이 몰려올 거고, 북극곰은 더 많은 문제가 생길 거야. 내 입으로 말하긴 싫지만, 조지, 어쩌면 너희 부모님 생각이 맞을 수도 있어."

옆에서 조지가 머리를 절레절레 흔드는 소리가 오언에게까지 들렸다.

"사람도 살아야 하는 거야. 함께 살 수 있는 방법을 찾아야 할 뿐이야. 자연을 거스르지 않고 '함께' 말이야. 사람도 '자연의 한 부분'이니까."

오언은 고개를 옆으로 돌려 친구를 바라보며 말했다.

"야, 생각 한번 심오하네. 너, 그거 할아버지가 가르쳐 주신 거지?"

"아니. 뱀 허물에 오줌 누고 마셔서 살아남은 어떤 아저씨가 텔레비전에서 그러더라고."

"기똥차네."

북극광

오언은 북극곰을 확인했다. 여전히 눈에 드러누워, 여전히 앞발로 코를 가리고 있었다.

이 엉큼한 꾀돌이.

"나, 말할 거야. 우리 엄마, 아빠한테 말이야. 여기 처칠에 남고 싶다고."

오언은 다시 고개를 돌려 조지를 바라보았다.

"미안해. 네가 처칠을 나쁘게만 이야기하니까 나도 헛소리한 거야. 너희 아빠가 직업을 잃으신 줄은 상상도 못 했거든."

"아냐, 네가 맞아. 일부러 나쁘게 생각했어. 처칠이 싫어지면 떠나기 더 쉬울 것 같았거든. 또 말썽 일으키고 싶지도 않았고. 근데 부모님께 내가 뭘 원하는지 말해야겠어. 물론 희망이 없을지라도."

"그래, 네가 여기 남을 방법을 같이 찾아 보자."

"좋아."

조지가 말했다. 그리고 둘은 누가 먼저랄 것 없이 장갑 낀 손을 쭉 뻗으며 주먹 인사를 나눴다.

"야, 저것 좀 봐."

조지가 사냥 오두막을 발견하기 전에 줄곧 걸어온 방향으로 고개를 까딱였다. 짙은 어둠 속에 겨울 하늘만은 생생히 살아, 희미한 초록빛 오로라가 추는 구불구불 춤을 보여 주었다. 북극광. 하늘에서 어마어마하게 큰 유령 뱀 여러 마리가 발버둥 치듯 몸을 뒤트는 것 같았다. 처칠에서 북극광은 밥 먹듯이 볼 수 있지만, 오언은 매번 넋을 잃고 바라보았다.

"굉장한데."

"아니, 그 밑을 보라고."

조지가 말했다.

오언의 눈길이 아래로 향했다. 조지는 북극광을 말하려던 게 아니었다. 오로라가 발산하는 초록빛을 받아 환히 드러난, 녹이 슨 거대한 난파선을 말하는 거였다.

"이타카 난파선이야! 허드슨만!"

오언이 울부짖었다. 북극곰에게 너무 집중하는 바람에 허드슨만을 발견하지 못했거나 오로라가 빛을 비춰 줘야만 보는 운명이었나 보다. 또다시 주의를 기울이지 못한 걸 자책하긴 했지만, 이번만큼은 자신을 너무 내몰진 않았다. 어쨌든 중요한 건 둘이 다시 돌아오는 데 성공했다는 거니까! 집은 엎어지면 코 닿을 거리에 있었다. 처칠은 서쪽으로 조금만 더 가면 나온다.

"조지, 나, 얼어 죽기 직전이야. 서둘러 가자."

"더 큰 문제가 생겼는걸."

조지는 대답하자마자 상체를 세워 앉은 다음, 손가락으로 가리켰다.

오언은 숨이 막혔다. 나누크만큼이나 큰, 어쩌면 더 큰 또 다른 북극곰 하나가 어둠을 헤치며 모습을 드러냈다. 곧 열리는 작은 파티를 함께 즐기려는 모양이었다.

미국 플로리다주 마이애미

나탈리

04

해가 떠오르다

 허리케인 루벤이 갑자기, 심지어 완전히 멈췄다. 누가 동전 앞뒷면을 홀딱 뒤집듯이 말이다.

 꿈꾸는 건가? 나탈리는 숨을 죽인 채 가만히 귀 기울였다. 똑 똑, 물 떨어지는 소리만 들려왔다. 옥상 저장 창고 밖 하늘은 구름 한 점 없이 화창했고 눈부신 플로리다 햇살이 부서져 내렸다.

 나탈리는 고개를 숙여 두 팔로 감싸안은 강아지를 내려다봤다. 추로도 이렇게 끝났다는 게 믿어지지 않는다는 듯 얼어붙었다. 나탈리를 올려다보는 두 눈에 깃든 건 두려움인가? '나탈리'를 향한 두려움?

 사실 나탈리도 스스로 좀 무서웠다. 폭풍에 악을 바락바락 쓰자, 폭풍이 두 다리 사이로 꽁무니를 휙 빼고는 재빠르게 달아난 꼴이었다.

 나탈리는 후들후들하는 두 다리로 겨우 몸을 일으켰다.

고갈된 체력에 아드레날린이 돌자, 전율에 휩싸였다. 그저 걷기만 하는데도 두 다리가 말을 듣지 않았다. 고작 창고 밖으로 발걸음을 내딛는데도 자꾸만 휘청거렸다.

지붕에 고인 물이 발등을 적시며 찰랑거렸다. 수영장에서는 바다소가 아직도 유유히 떠다녔다. 하지만 바람 한 점 불지 않았다. 비 한 방울 내리지 않았다. 허리케인이 사라졌다. 그저 화창한 하늘에 눈부신 햇살이 내리쬐고 소름이 끼치는 적막만이 감돌았다.

나탈리의 생각 회로가 고장 났다. 구름이라도 몇 점 떠 있어야 하지 않나? 비라도? 허리케인이 마이애미를 '살짝' 스치기만 해도 꼬박 며칠씩이나 비가 내렸으니까.

나탈리는 추로를 꼭 붙들며 지붕 가장자리로 조금씩 걸어 나갔다.

길이 강으로 변해 있었다.

수문에 자동차며 배가 차곡차곡 쌓여 있었다. 바로 그 잔해 더미 맨 꼭대기에 위아래가 뒤집힌 채로 반쯤 물에 잠긴 건……. 나탈리가 탔던 돛단배가 아닌가. 나탈리는 몸서리쳤다. 정말 간발의 차이로 나탈리와 추로는 돛단배를 탈출한 거였다.

나탈리는 수영장을 크게 돌아 걸으며 다른 편을 흘깃 바라보았다. 바다와 늪 그리고 도시, 눈길이 닿는 모든 곳이

하나가 되어 있었다. 차오른 물 밖으로 높다란 빌딩 몇몇이 솟아 있었는데, 꼭 호수에 둘러싸인 성 같았다. 물속 여기저기에 나타난 야자나무와 전봇대 꼭대기는 맹그로브를 닮아 있었다. 수많은 자동차와 배 그리고 집 파편이 둥둥 떠다녔다. 운하가 된 길에는 꼭 거인 아이 하나가 장난감을 막 꺼내 놓은 것처럼 열차 칸이 켜켜이 쌓여 있었다.

나탈리는 눈 가장자리로 무언가 움직이는 게 느껴지자, 몸을 돌려 바라보았다. 몇 건물 너머에서 중년 백인 남자 한 명이 숨어 있던 장소에서 비틀대며 나왔다. 믿기지 않는다는 표정으로 입을 떡 벌리고 있었다. 또 다른 아파트 발코니로 라틴계 가족도 머뭇머뭇하며 나왔다. 육 층짜리 콘도 건물에서는 어리둥절한 기색이 역력한 백인 가족이 모습을 드러냈다. 또 완전히 물에 잠긴 건물 옥상에 있는 작은 계단통 아래에서 젊은 흑인 남자 하나가 불쑥 나타났다. 그 뒤로 함께 숨어 있었는지, 사람 대여섯 명이 줄줄이 나왔다.

길 맞은편 삼 층 건물에서는 발코니의 철제 셔터가 올라가더니 옆으로 밀어서 여닫는 유리문이 나왔다. 그 유리문에서 주황빛 반투 올림머리를 한 젊은 흑인 여자 하나가 핸드폰으로 영상을 촬영하며 걸어 나왔다.

에반 가족 그리고 이사벨 아주머니와 어린 남매는 어디

에도 보이지 않았다. 나탈리는 한 손을 들어 올려 입을 막았다. 검은 물로 떨어지던 자바리가 다시금 떠올랐다. 부디 형 마커스와 데릭 아저씨가 자바리를 물속에서 구해 냈기를 간절한 마음으로 빌었다.

나탈리도 가족을 찾아야 한다. 하지만 대체 여기가 어디지? 집으로 되돌아가려면 얼마나 걸릴까?

아래를 내려다보니, 물이 빠지면서 건물 외부에 있는 비상 대피로가 서서히 모습을 드러냈다. 나탈리는 추로를 꽉 부여잡은 채 지붕 반대로 기어 넘어가 철제 발코니에 올라섰다.

"안 돼! 안 돼! 다들 당장 들어가!"

주황빛 머리칼을 지닌 흑인 여자가 크게 소리쳤다. 숨어 있던 장소를 떠난 나탈리와 모든 사람에게 정신 사납게 손을 흔들어 댔다.

"돌아가라고! 얼른 숨어야 해! 폭풍이 끝난 게 아니란 말이야!"

나탈리는 얼굴을 한껏 찌푸렸다. 대체 무슨 말이지?

"이건 허리케인의 눈이라고!"

흑인 여자는 연이어 고함쳤다.

"폭풍이 다시 닥칠 거야!"

두 번째 승부

나탈리는 정신이 혼미해졌다.

'허리케인의 눈'. 그럼, 그렇지!

허리케인의 눈에 대한 여러 글을 읽었지만, 그 안에 들어온 건 난생처음이었다. 눈은 소용돌이치는 허리케인 비구름 덩어리 한가운데에 있는 동그란 점이다. 바로 폭풍의 중심부로 허리케인은 이 중심부 주변을 빙빙 돌았다. 그래서 눈 부분은 늘 대단히 고요했다. 강력한 바람은 눈 주변을 돌다 보니 안으로는 들어올 수 없었다.

부아가 치밀어 올랐다. 그토록 열심히 허리케인에 맞설 준비를 해 왔는데 눈에 대해 이렇게 까맣게 잊다니.

몇 블록 떨어진 곳에서 물이 빠르게 빠졌다. 이는 곧 더 강한 위력을 갖춘 물살이 되어 찾아온다는 뜻이었다. 힘을 키웠으니 이제 물과 비바람은 하늘에 닿을 만큼 치솟아 건물과 야자나무 그리고 전봇대를 한입에 먹어 치울 테다.

바로 그 폭풍이 나탈리를 정조준하고 있었다.

나탈리는 숨을 쉬어야 한다는 걸 기억했다. 본능이 다시 지붕으로 돌아가 숨으라고 명령했다. 하지만 루벤이 아까도 작은 저장 창고를 찢으려 들지 않았나? 두 번째 승부는 전보다 무조건 더 안 좋아질 게 뻔했다. 저장 창고는 안전하지 않았다. 그렇다고 나탈리가 어디를 갈 수 있을까?

미친 듯이 주변을 둘러보았다. 두 눈에 들어오는 거라고는 자신이 서 있는 철제 비상 대피로와 길 건너편 발코니에서 사람들에게 돌아가 숨으라며 손을 흔드는 주황빛 머리칼을 지닌 여자뿐이었다.

나탈리와 그 여자 사이에는 열차 칸이 뒤범벅이 된 채로 쌓여 있었다.

나탈리 머릿속에 번뜩 생각이 스쳤다. 길 건너에 있는 흑인 여자는 옆으로 여닫는 유리문을 보호할 철제 셔터도 있었다. 물에 젖지도 않았다. 심지어 '핸드폰'도 있다니. 이 모든 걸 종합하자면 폭풍을 견뎌 낼 만한 안전한 장소에 머물고 있다는 뜻이었다.

안전한 장소. 나탈리가 제때 거기에 도착할 수만 있다면 함께 머물 수 있는 장소.

점점 다가오는 눈의 벽을 보자마자, 나탈리의 두려움은 굳은 결심으로 바뀌었다. 루벤에 압도당하는 것도 아주 지긋지긋했다. 또 이리저리 툭툭 밀어 대는 것도 넌더리가 났다. 어디로 향하는지, 어떻게 그곳에 다다르는지 모른 채 그저 물살에 쓸려 다니는 것도 아주 신물이 났다.

이제 돌격할 때다.

나탈리는 주저 없이 후드 티 안에 추로를 푹 찔러 넣고

지퍼를 끝까지 올렸다. 그러고는 밖에 있는 비상 대피로 계단을 후다닥 뛰어 내려가 폭풍의 길로 발걸음을 내디뎠다.

시간이 없다

 길 건너에 있던 주황빛 머리칼을 지닌 흑인 여자가 비상 대피로 계단을 뛰어 내려오는 나탈리를 발견하고는 다급히 두 팔을 휘적이며 경고했다.
 "안 돼! 뭐 하는 거야? 당장 돌아가!"
 나탈리는 그 말을 무시했다. 켜켜이 쌓인 열차 칸은 거리 사이를 잇는 울퉁불퉁한 길이 되었다. 물에 닿지 않고 이편에서 저편으로 이동할 수 있었다.
 '만일', 거리를 좁혀 오는 눈의 벽보다 더 빨리 뛴다면.
 후드 티 안에 있는 추로를 꼭 껴안으며 대피로의 마지막 계단을 풀쩍 뛰어내려 첫 번째 열차 칸 위에 올라섰다.
 "할 수 없어! 불가능해! 돌아가!"
 흑인 여자가 울부짖었다.
 '아니, 해내야만 해.'
 나탈리는 속으로 말했다. 의심할 1분, 1초도 없었다.
 미끌미끌한 열차 지붕에 선 나탈리는 균형을 잡으며 한

가운데로 뛰어갔다. 그러고는 열차 칸 사이를 건너뛰어 다른 열차 칸 위로 올라타다가 결국 두 무릎으로 풀썩 넘어졌다. 고개를 들어 폭풍을 살폈다. 눈의 벽이 순식간에 이동하고 있었다! 예상을 훌쩍 뛰어넘는 속도로!

나탈리는 벌떡 일어나 다시 뛰기 시작했다. 열차 칸 금속 지붕에 신발이 찍히는 소리가 쨍쨍 크게 울려 퍼졌다.

거의 다 왔다. 주황빛 머리칼을 지닌 흑인 여자 바로 아래에 있는 이 층 발코니에 거의 다다랐다. 그러다 불현듯 나탈리는 건물 외벽을 기어 올라갈 방법이 없다는 사실을 깨달았다. 삼 층으로 올라가려면 건물 안으로 들어가 계단통을 먼저 찾아야 했다. 하지만 물은 이미 머리 바로 위까지 다가왔다.

'안 돼, 안 돼, 안 돼! 삼 층까지 어떻게 가야 하지? 곧 이 폭풍 해일이 날 덮칠 텐데!'

물이 차곡히 쌓인 열차들 사이사이로 쭈르르 빠지더니, 파도의 가파른 경사면으로 쫙 말려 올라갔다. 번뜩 나탈리에게 해결책이 떠올랐다.

나탈리는 흑인 여자가 서 있는 건물 코앞에서 경로를 휙 바꾸었다. 이 층 난간을 잡고 기어올라 건물 안으로 들어가지 않았다. 방향을 틀어 다른 열차 칸 지붕을 향해 죽어라 뛰었다.

곧장 닥쳐올 파도가 입을 쩍 벌린 바로 그 길로.

페이션스

"안 돼!"

바로 위에서 흑인 여자의 울부짖음이 들려왔다.

순식간에 폭풍 해일은 정확히 나탈리에게 부서져 내릴 테다. 나탈리가 훅 숨을 크게 들이마시자마자 쾅 하며 파도가 나탈리를 집어삼키더니 발치를 휙 휩쓸었다. 눈 깜짝할 사이에 나탈리는 몸이 붕 떠서 삼 층 발코니 옆을 빠르게 스쳐 지나갔다. 난간을 붙잡으려고 두 손을 쭉 뻗은 채 필사적으로 버둥댔다. 여러 난간 기둥에 손가락 마디마디가 퍽 부딪히며 미끄러지다 마침내 난간을 꽉 움켜잡았다. 난간에 꼭 매달려 버티는 와중에도 몰아치는 물은 나탈리를 떼어 내려고 잡아당겼다.

그러다 최고조에 오른 파도가 지나가더니 물 높이가 갑자기 낮아지기 시작했다.

물살에 나탈리 몸도 빨려 들어가고 있었다. 그 순간, 손 하나가 나타나 나탈리 손을 와락 움켜쥐었다. 고개를 드니 주황빛 머리칼을 지닌 흑인 여자가 난간에 기대어 허리를 푹 수그린 채 나탈리를 붙잡고 있었다.

　흑인 여자는 나탈리를 쭉 끌어당겨 발코니 위로 올린 다음, 몸을 꼭 감쌌다. 나탈리는 연거푸 기침과 구역질을 내뱉으며 다시 숨을 고르게 쉬려 애썼다. 후드 티 안에서는 추로가 캑캑 기침하며 꼼지락댔다. 물에 푹 잠겼지만, 목숨만은 건졌다.

　이제 루벤은 에너지를 최대로 충전해 다시 돌아왔다. 한 손에는 돌풍을, 한 손에는 세찬 빗줄기를 들고 쾅쾅 때려 잔해를 사방으로 날려 버렸다. 흑인 여자는 뒤에 있는 미닫이 유리문을 손가락으로 가리키며 나탈리에게 몸을 바짝 기대고 말했다.

　"당장 들어가야 해!"

　나탈리를 구해 준 은인이 소리쳤다.

　나탈리가 끄덕끄덕했다. 둘은 바람에 날아가지 않도록 서로를 부여잡으며 겨우 문을 열어 비집고 들어갔다. 그러고는 말려 있던 폭풍 대비용 철제 셔터를 재빨리 내렸다.

　이 일이 일단락되고 안전한 곳에 도착하자, 둘은 누가 먼저라 할 것 없이 캄캄한 집 바닥에 깔린 카펫 위로 쓰러지듯 누웠다. 그러고는 숨을 바로 쉬려 헐떡댔다. 추로가 벗어나고 싶은지 꿈틀댔다. 나탈리는 마지막 힘을 쥐어짜 후드 티 지퍼를 아래로 쭉 내리고는 손을 맥없이 바닥에 떨

구었다.

치와와만이 표출할 수 있는, 타오르는 분노를 싹 다 끌어모은 추로는 철제 셔터 앞으로 한달음에 뛰어가더니 밖에 있는 허리케인을 향해 노발대발하며 짖어 댔다. 밖이 보이지도 않는데.

나탈리는 추로에게 조용히 하라고 하지 않았다. 그 마음을 깊이 이해했으니까. 집 뒷벽이 무너진 이후로 나탈리와 추로는 드디어 가장 안전한 장소에 도달했다. 하지만 건물은 여전히 흔들흔들했다. 폭풍 대비용 철제 셔터도 덜거덕거렸다. 비는 지붕을 쏴쏴 때리고 바람은 아우성쳤다. 마치 루벤이 폭풍의 눈에 발을 들인 나탈리를 홱 잡아채지 못해 화가 머리 꼭대기까지 난 듯했다. 그리고 그 사실을 나탈리에게 알리려는 것 같았다.

"살면서 온갖 사나운 꼴 다 겪어 봤지만, 이게 진짜 1등이네."

이윽고 흑인 여자가 말을 꺼내고는 자리에 앉아 나탈리에게 물었다.

"어디 아픈 데 없니?"

나탈리는 지칠 대로 지친 웃음 한 줌이 새어 나왔다. 몸에 '멀쩡한 데'가 있긴 한 걸까? 고개를 살짝 들어 몸을 훑어보았다. 여기저기 찢긴 셔츠에 핏자국이 스며들어 있었으며, 루벤과의 결투로 온몸은 베이고 멍들어 상처투성이였다. 그래도 참을 수 없을 정도로 심각한 건 아니었다.

"전 괜찮아요."

나탈리는 대답하며 다시 두 눈을 지그시 감고 머리를 바닥에 내려놓았다.

"전 나탈리고, 얘는 추로예요."

"난 페이션스."

흑인 여자는 이어 말했다.

"새로 얻게 된 바다 전망 아파트에 온 걸 환영해."

허리케인 좀비

페이션스가 일어나서 몸을 말리러 간 사이에 나탈리는 축축이 젖어 오는 카펫에 누워 두 눈을 지그시 감고 있었다. 그저 행복했다. 폭풍에 캉캉 짖던 추로도 결국에는 지쳤는지 나탈리 가슴팍에 기어 올라와 폭 누웠다. 추로 역시 나탈리만큼이나 진이 빠진 게 분명했다.

"쌓인 열차 칸을 넘어 여기까지 오다니, 정말 두 눈을 의심했다니까."

페이션스가 말하며 자리로 돌아왔다.

나탈리는 무거운 눈꺼풀을 들어 올렸을 때, 코앞에서 자신을 내려다보는 페이션스를 발견했다. 아치형 눈썹에, 코에는 다이아몬드 스터드가 반짝이고, 두 귀에는 금빛 링 귀걸이가 댕그랑거렸다. 검정 청바지에 검정 후드 티를 입은 페이션스는 수건 한 장과 나탈리가 갈아입을 옷을 챙겨 와 건넸다.

"여기."

나탈리는 울음이 터질락 말락 했다. 사실 속으로 평생을 이렇게 물에 젖은 채 지내는 건 아닌가 생각했다.

페이션스는 나탈리가 자리에서 일어서는 걸 부축하며 욕실로 가는 길을 알려 주었다. 아담한 원룸에 하나씩 딸린 침실과 주방은 모두 거실과 이어져 있었다. 거실 탁자에 촛불 여러 개가 놓여 있었는데, 거기서 빛이 일렁일렁 뿜어져 나왔다. 또 벽은 다양한 애니메이션 캐릭터 포스터로 여기저기 도배되다시피 했으며 구석에는 밝은 주황색 카약도 하나 있었다.

나탈리는 게슴츠레 눈을 겨우 뜨고 욕실로 비틀비틀 걸어가면서 텔레비전 하나와 책이 빽빽이 꽂힌 책장을 발견했다. 탈진한 상태여서 그런지 모든 게 흐릿했다.

욕실 세면대 위에 놓인 꼬마 양초들에서 은은한 빛이 났다. 나탈리는 문을 닫고 젖은 옷을 하나둘 벗기 시작했다.

"집은 어디야? 이 폭풍 속에서 대체 뭐 하고 있었던 거니?"

페이션스가 문 너머로 말을 건넸다.

나탈리는 몸을 말리며 그간 지나온 이야기를 간추려 말했다.

"와…… 엄마와 이웃집 이모 일은 정말 안타깝구나. 두 분 모두 무사하시기를 바라야겠지. 지금은 핸드폰 연결이 끊겼지만, 연결되자마자 너희 엄마와 이모께 전화를 해 보자. 알았지?"

나탈리는 수건을 머리에 칭칭 감싼 채로 거울 속 자신을 물끄러미 바라보았다. 운하에서 막 건져 올려진 것처럼 느껴졌다. 눅눅하고 추웠다. 몹시 지치고 상처투성이였지만 살아 있었다. 그런데 엄마와 베아트리체 이모도 무사하다고 어찌 장담할 수 있을까?

"하이얼리아에서 왔다고 했지? 거긴 여기서 몇 킬로미터나 떨어진 곳인데. 여긴 리버티시티거든. 그 가장자리에 붙어 있다고 해야 하나."

페이션스가 문 너머로 계속 말을 걸었다.

나탈리도 리버티시티를 알고 있었다. 하이얼리아와 리틀 하이티 사이에 있는, 흑인 지역 사회가 대부분인 곳이었다. 이렇게나 멀리 오다니, 믿기 힘들었다.

"이젠 안전해."

페이션스가 나탈리에게 말했다.

'과연 그럴까요? 앞으로의 삶은 안전히 지낼 수 있는 걸까요? 다음에 올 허리케인은 얼마나 강력할까요? 그다음은? 또 그다음은?'

나탈리는 의문스러웠다.

겨우 몸을 다 말린 나탈리는 페이션스가 빌려준 품이 큰 트레이닝복으로 갈아입고 거실로 머뭇거리며 걸어 나왔다. 꼭 좀비 같았다. 그대로 기절해서 며칠간 아무 것도 안 하고 잠만 자고 싶었다.

"저 이불에 누워, 일단 몸 좀 녹여. 물 가져다줄게."

페이션스는 나탈리에게 또 말했다.

"배고파?"

"아니, 괜찮아요."

나탈리는 대답했지만, 목소리가 작아서인지 밖에서 내지르는 루벤 비명에 잡아먹혔다. 나탈리는 그 대신 고개를 절레절레 흔들고는 이불로 기어올랐다. 처음 보는 사람의 집에 있으려니 어딘가 이상했다. 대화의 물꼬를 트는 아무 말이라도 해야 하나. 누구인지, 하는 일이 무엇인지 같은 질문들. 하지만 짐승처럼 윙윙 우는 바람 때문에 대화 자체가 어려웠다.

무엇보다 피곤했다. 정말이지, 너무나 피곤했다.

나탈리는 머리끝까지 담요를 끌어당긴 다음, 두 눈을 감았다. 곧 잠이 들었다.

나탈리는 우주에서, 소용돌이치는 하얀 초대형 폭풍을 내려다보는 꿈을 꾸었다. 폭풍은 반도 전체를 완전히 가리더니 이내 자리를 떴고, 남플로리다는 지도에서 흔적도 없이 사라져 버렸다.

미국 캘리포니아주 시에라네바다산맥

아키라

05

시야

두 팔과 두 다리에서 힘이 스르르 빠졌지만, 아키라는 기어오른 소나무에서 온 힘을 다해 버텼다. 두 눈에 들어오는 광경이 사실이라니, 믿을 수가 없었다.

거대한 세쿼이아 숲이 불타다니!

거목의 무성한 나뭇잎은 땅에서 하늘 높이 치솟은 곳에 자리 잡아 보통 산불은 감히 닿을 수도 없었다. 그런데 그런 거목들이 지금 횃불처럼 타다니! 모리스의 화력이 어찌나 크고 강렬한지 무려 높이가 75미터를 넘는 거대한 세쿼이아 나무 꼭대기까지 다다른 거다.

아키라는 두 눈을 감았다. 그날 아침만 해도 아빠는 거대한 세쿼이아 숲은 타지 않을 거라고 아키라에게 말했다. 나무가 산불에 견디게끔 환경에 적응하며 성장한다는 그 말, 일리 있는 말이다.

하지만 '보통' 산불을 견디게끔 성장하는 거다. 이런 산불을 말하는 게 아니었다.

아키라는 분노에 차 매달린 나무 꼭대기를 마구 흔들며 욕을 내뱉었다. 무기력하게 느껴졌다. 어리석었다. 아빠는 줄곧 자연은 스스로 치유할 힘을 지녔으며 모든 게 자연 순환의 일부라고 말했다. 하지만 거대한 세쿼이아 나무들이야말로 수많은 산불을 '견디며' 그 속에서도 '성장하도록' 진화한 나무다. 이런 '거대한 세쿼이아 나무들'이 불타고 있다는 건 이 순환 역시 깨졌다는 말이 아닌가!

창피함이 몰려와 아키라는 불에 덴 벌건 분홍색 살갗마저 화끈거렸다. 그동안 아빠와 기후 위기 이야기를 할 때면 아빠 의견을 문제 삼지 않았다. 싸우기 싫었으니까. 차분하고 조용한 평화로움이 좋았으니까. 하지만 잠자코 있는 건 아빠와 의견이 같다는 표현이었다. 이렇게 아무 말도, 아무 행동도 하지 않는 사이에 아키라의 세계는 활활 불타고 있었다.

아빠는 늘 아키라에게 넓은 시야가 필요하거든 더 높이 오르라고 말했다. 지금 아키라는 그렇게 했고 깨달았다. 자연은 스스로 알아서 해결하지 않는다. 적어도 이번에는. 인간이 망가뜨렸으니, 인간이 바로잡아야 했다.

꽝! 뒤로 난 골짜기에서 무언가가 크게 터지는 소리가 들려오자, 아키라는 고개를 돌렸다.

버섯 모양의 거대한 주황빛 불덩이가 하늘에 까만 연기를 쉴 새 없이 토해 냈다. 전쟁 사진에서나 볼 법한 광경을 직접 목격한 건 난생처음이었다. 작은 산불 하나가 주유소라도 터뜨린 걸까?

뜨거운 바람이 거세게 불어와 아키라 얼굴 주위의 머리칼을 쓸어 넘기고 심지어 골짜기를 가득 메운 흐릿한 연기도 싹 걷어 냈다.

아키라는 깊게 숨을 들이마셨다. 두 눈에 보이는 상황이 비로소 이해되었다. 이쪽 산 곳곳에 작은 불이 났다고 생각했다. 외떨어진 불. 하지만 사실은 그게 아니었다. 모두 연결되어 있었다. 전부! 아키라와 다저를 빈터로 내몰던 불 그리고 주유소를 폭파한 불, 둘 다 대형 산불의 일부였다. 불이 골짜기를 통과해 뒤로 뻗어 나가 아키라가 막 지나쳐 온 산 아래를 감아 돌며 번진 거다.

모리스다. 줄곧 모리스였다.

수와 도망쳤던 불, 아키라 머리 위로 뻗은 거목들을 태운 불, 저 아래 골짜기에 난 불. 하나의 초강력, 초대형 산불이 산 위아래 그리고 주변을 둘러싸면서 산 양쪽을 연결해 모든 걸 *화르르화르르* 태우고 있었다.

어둑한 연기 속에서 아키라는 조금 전 골짜기 저 아래에 있던 소방관 여러 명을 발견했다. 소방관들은 방화선을 구축하는 걸 포기하고 불길 속에 불도저와 굴착기를 그대로 버린 채 도망치고 있었다.

"안 돼! 안 돼!"

아키라는 울부짖었다. 소방관들이 다치는 건 정말 싫지만 그렇다고 모든 걸 그만두고 떠나는 것도 싫었다.

이 불을 막을 방화선이 없다면, 이제 모리스는 아키라 집으로 향할 터였다.

캐나다 매니토바주 처칠

오언과 조지

05

한판 대결

 나누크는 다른 북극곰을 본능적으로 알아채고는 곧장 네발로 기는 자세를 취했다. 거대한 북극곰 두 마리가 서로를 경계하며, 원을 그리듯 움직이기 시작했다. 나누크가 입김을 칙칙 내뿜자, 다른 북극곰이 으르렁 울부짖었다. 가까이 더 가까이, 서로 다가가더니 입을 쩍 벌리고는 머리를 앞뒤로 천천히 흔들었다. 이다음에 어떤 일이 일어날지 빤했다. 북극곰 두 마리의 '한판 대결'이 벌어질 참이었다.

 오언은 마음이 들떠 설레었다. 부모님의 툰드라 버기를 타고 안전하게 북극곰 싸움을 본 적이 있지만, 이렇게 가까이에서 직접 두 눈으로 보는 건 처음이었다.

 여름철에 수컷 북극곰들은 오언과 조지의 모욕 주기 시합처럼 재미 삼아 다투기도 하는데, 서로를 해칠 의도는 없다. 하지만 봄철에 짝짓기 상대를 두고 싸우거나 겨울철에 사냥터를 지키려는 결투는 아주 공격적이며 비열하기까지 했다.

"나누크가 '부머'의 구역에 들어온 게 분명해. 그래서 지금 '내 잔디에서 나가!'라고 말하는 거지."

오언이 말을 꺼냈다.

조지는 오언 얼굴을 빤히 바라봤다.

"영화 '원더랜드'에 나오는 파란 곰 부머? 제정신이야? 제발 부머라고 부르지 말아 줄래?"

나누크와 부머는 두 귀를 바짝 뒤로 젖히며 두 뒷다리로 우뚝 섰다. 쾅! 서로에게 힘껏 한방망이 때리는 소리가 메아리로 울려 퍼졌다.

"우아!"

북극곰의 결투를 바라보는 두 아이에게서 감탄이 터졌다. 오언은 이 헤비급 타이틀전에서 시선을 뗄 수가 없었다. 그건 조지도 마찬가지였다.

북극곰 두 마리는 서로를 밀어 내면서 앞발을 휭 휘둘렀다. 그러다 부머가 몸을 뒤로 빼며 거대한 앞발을 크게 들어 나누크 머리를 후려갈겼다. 그 타격에 나누크가 엉덩방아를 찧으며 넘어지자, 부머가 확 덮쳤다. 거대한 북극곰 두 마리가 눈밭을 뒹굴며 그르렁그르렁 쇠꼬챙이 이빨을 번뜩 드러내 서로를 물어뜯으려 했다. 이 세상 그 무엇도 눈에 들어오지 않는 듯했다.

"바로 저 정도로 정신이 팔려야 우리가 도망칠 수 있는 거야."

조지가 속삭였다.

오언과 조지는 서로를 멀뚱히 바라보면서 바보처럼 눈만 끔벅끔벅했다. 도망칠 수 있는 시간에 저걸 왜 보고 있었던 걸까?

"서두르자!"

오언이 말했다.

먼저 천장 구멍으로 미끄러져 내려온 건 조지였다. 그 뒤를 오언이 따랐다. 오언은 사냥 오두막 구멍에 몸을 반쯤 걸친 채로 잠시 멈춰 혈투를 벌이는 두 북극곰을 향해 마지막 눈길을 던졌다.

"나누크, 행운을 빌어! 저놈에게 이 구역의 진정한 보스가 누구인지 제대로 보여 줘."

오언이 속삭였다.

눈밭에 그려진 그림자

오언과 조지는 한창 싸우는 북극곰 두 마리를 뒤로하고 사냥 오두막에서 멀리 도망쳤다. 두 사람 앞으로 북극광이 우윳빛 세상을 희미한 초록빛으로 물들였다. 이윽고 먹구름 떼가 밀려오자, 눈이 내리기 시작하더니 앞을 보기가 어려워졌다. 이인삼각 대형으로 터덜터덜 걷는 오언과 조지는 땀범벅이 된 동시에 몸을 와들와들 떨었다.

둘은 걷는 내내 아무런 말이 없었다. 지칠 대로 지쳤거니와 온 감각 세포를 활용해 방향을 잘 가늠하며 걸어야 했기 때문이다. 오언은 저 멀리서 미스피기를 봤다고 생각했다. 하지만 굵어지는 눈발 탓에 저게 낙서가 가득한 옛날 화물 수송기 잔해라고 장담하기 어려웠다. 그저 그만큼 집에 가까이 다가왔기를 바랄 뿐이었다.

문득 오언은 마을 사방에 있는 많은 랜드마크가 죄다 잔해라는 걸 깨달았다. 미스피기, 이타카 난파선, 큼직한 골프공 두 개로 보이는 쓸모없는 낡은 전파 탐지 시설, 프린스오브웨일스 요새. 이 길들지 않는 냉혹한 북극 땅에 서양 문명을 일으키고자 들여왔지만 결국 실패한 산물들이었다. 이 마을도 통째로 같은 운명에 처하게 될까? 어쩌면 훗날 오언 가족은 툰드라 버기를 끌고 버려진 처칠 거리를 돌아다닐지도 모른다. 눈과 얼음 그리고 북극곰에게 항복해 무너지고 낙서로 도배된 건물들을 보여 주면서 말이다.

저 앞에 휘몰아치는 눈 사이로 커다랗고 거무스름한 무언가가 두 다리로 우뚝 서 있는 게 보였다. 오언과 조지는 바로 걸음을 멈췄다.

'북극곰만은 안 돼!'

오언이 마음속으로 비는데 조지가 신이 나 손바닥으로 오언 어깨를 툭 치고 마구 쥐어흔들었다.

"이눅슈크다!"

그제야 사람 모양을 한 키 큰 돌무더기가 오언 눈에 들어왔다. 아까 어떤 여행객 가족이 셀카를 찍으려고 자세를 취하던 이눅슈크였다. 그 이눅슈크는 마을로 향하는 길을 알려 주었다. 집이 코앞이다! 오언과 조지는 행복에 겨워 서로를 부둥켜안았다.

결승선에 다다랐다는 안도감이 파도처럼 밀려오자, 오언은 휘청거렸다. 모든 여정이 끝나면 오언은 크고 묵직한 담요를 몸에 폭 덮고 소파에 웅크려 있을 생각이었다. 몇 달이고 이불 밖으로 나오지 않은 채. 꼭 굴에 들어간 어미 곰처럼.

"얼른 와. 우리 거의 다 왔다."

조지가 말했다.

이인삼각 대형이 더 빨라졌다. 1분이 지났을까? 눈이 죽죽 내리는 어둠 속에서 새로운 무언가가 형체를 드러내자, 둘은 발걸음을 천천히 늦췄다.

녹초가 된 오언은 그냥 엉엉 울고 싶어졌다. 저게 나누크라면, 아니 더 끔찍한 부머라면 그냥 될 대로 되라는 식으로 눈밭에 드러누울까 싶었다.

 그런데 뭐가 되었든 왜 움직이지를 않는 걸까? 오언과 조지는 천천히 그 형체로 다가갔다. 그리고 오언은 마침내 그게 무엇인지 알아차렸다.

딩! 동! 댕!

 어슴푸레 보이던 건 북극곰이 아니었다. 그건 북극곰 '덫'이었다.

 오언은 마을 주위에 설치된 북극곰 덫을 흔히 봐 왔고, 또 어떤 방식으로 작동하는지도 꿰뚫고 있었다. 덫의 중심 부분은 커다란 철제 원형 파이프로, 시냇물과 개울이 흐르도록 도로 아래에 설치된 파이프와 똑같이 생겼다. 파이프 한쪽 끝은 활짝 열려 있었으며 그 끝에 달린 커다란 덫 문은 단두대처럼 위아래로 여닫혔다. 반대쪽 끝은 견고한 쇠창살로 굳게 막혀 있었고, 파이프 안에는 역겨운 냄새가 진동하는 큼지막한 고깃덩이가 대롱대롱 매달려 있었다. 덫 안으로 곰을 들어오게 하는 미끼였다.

 북극곰이 덫 안으로 기어올라 미끼를 무는 순간, 앞쪽

덫 문이 쾅 닫힌다.

딩 동 댕! 북극곰 포획에 성공하셨습니다!

게다가 이 덫은 통째로 트레일러 위에 설치되어 있었다. 그래서 아침에 매니토바주 천연자원국, 즉 DNR이 돌아다니며 덫 하나하나를 확인하고, 북극곰이 든 덫은 픽업트럭에 걸어 이동시켰다. 그런 다음 포로를 감옥에서 끌어냈다.

"이런, 미친! 조심해!"

조지가 부르짖으며 곰 덫 안으로 기어 들어갔다. 오언이 화들짝 놀라 물었다.

"야, 너, 뭐 하는 거야?"

오언은 등 뒤에 묘한 느낌이 흘러 돌아보았다.

나누크다! 헤쳐 온 삶만큼이나 웅장한 나누크가 머리꼭대기 가까이에 있었다.

"이런, 제기랄!"

오언 역시 소리치며 조지를 뒤따라 덫으로 얼른 기어올랐다.

둘은 덫의 저 끝, 코를 찌르는 냄새를 풍기는 커다란 고깃덩이 근처까지 미끄러지듯 기어갔다. 잠깐은 나누크로부터 안전했다. 아주 잠깐은…….

쾅 꽝! 나누크가 앞발을 철제 파이프 가장자리에 얹더니 콧김을 쉭쉭 내뿜었다. 오언과 조지를 따라 들어갈 궁리를

하는 건가?

"안 돼, 안 돼, 안 돼, 안 돼, 안 돼!"

오언이 울부짖으며 고깃덩이를 홱 잡아당겼다.

"안 돼, 기다려!"

조지가 부르짖었지만 이미 늦었다.

와장창! 앞쪽 덧 문이 쾅 닫히며 둘은 나누크로부터 차단되었다.

깜깜한 파이프에는 헐떡대는 오언과 조지의 숨소리만 울려 퍼졌다. 가쁜 숨결에 허연 김이 터져 나왔다.

"우리 이젠 안전해."

오언이 쌕쌕대며 다시 말했다.

"이젠 안전해."

"그래, 근데 이젠 곰 덫에 빠지고 말았네."

조지가 한숨을 쉬었다.

미국 플로리다주 마이애미

나탈리

솔라바야

 소음이 아닌 무음이 나탈리를 잠에서 깨웠다.

 더는 루벤의 아우성이 들리지 않았다. 비는 지붕에 채찍을 휘두르지 않았다. 바람도 창문 하나하나를 잡고 흔들어대지 않았다.

 끔벅이던 두 눈을 벅벅 문지르는 동안에도 꿈에서 본 희미한 기억 조각들을 뇌리에서 떨칠 수가 없었다. 여기는 어디일까? 얼마 동안 잠이 든 거지?

 나탈리는 무언가에 기대어 일어나 주변을 천천히 둘러보았다. 텔레비전과 책장 하나 그리고 여기저기에 붙여진 애니메이션 포스터가 눈에 들어왔다. 구석에 서 있는 카약도. 추로는 나탈리 발치에서 단잠에 취해 있었다.

 이불 옆에 놓인 탁자에서 사진 액자 하나를 발견했다. 젊은 흑인 여자와 아시아계 미국인 소녀가 큰 나무 앞에서 자세를 취하고 있었다. 나탈리는 사진 속 여자가 누구인지 떠올랐다.

'페이션스.'

이곳은 페이션스의 아파트였다.

발코니로 향하는 미닫이 유리문이 활짝 열려 있었다. 바깥에는 환한 햇볕이 쏟아져 내렸다. 페이션스는 괴로움과 슬픔이 가득한 얼굴로 문 입구에 서 있었다.

"저기, 죄송해요. 제가 얼마 동안 잠을 잔 건가요?"

아직도 힘이 없어 휘청거리는 나탈리가 물었다.

"어젯밤 내내 자고 오늘 아침 반나절 동안. 거의 기절한 것 같았어."

페이션스가 대답했다.

"다 끝났나요?"

"어떤 부분에서는. 또 어떤 부분에서는 이제 막 시작한 셈이고. 이리 와서 저기 좀 봐."

나탈리는 발코니에 선 페이션스 곁으로 발걸음을 옮겼다. 때마침 일어난 추로도 나탈리 뒤를 졸졸 따랐다. 해가 쨍쨍히 내리쬐는데도 바람은 여전히 약하게 불고 비 또한 부슬부슬 내렸다. 남플로리다에서는 보기 드문 광경이었다.

게다가 이 도시는 전혀 알아볼 수 없게 변해 있었다.

100년 전쯤 마이애미는 습지대를 개척해 없앴는데, 지금 그 습지대가 다시 돌아와 있었다. 서쪽 에버글레이즈와 동

쪽 바다 사이에 끼인 이 도시는 하나의 거대한 물바다였다. 용케 버텨 낸 집들은 길이 아닌 널따란 흙탕물 운하에 여러 개의 작은 섬처럼 솟아 있었다.

새로이 만들어진 흙탕물 운하에 배가 여럿 보였지만 도움을 줄 수 있는 배는 아니었다. 루벤은 해안가 정박지에 자리 잡고 있던 돛단배와 요트를 싹 다 모아 내륙에서 약 8킬로미터를 질질 끌어 이동시키더니 주차장 여러 군데에 옆으로 눕힌 채 버리고 떠났다. 수많은 자동차와 트럭이 마치 장난감처럼 홀딱 뒤집힌 채 쌓여 있었고, 나무들은 나뭇잎이 죄다 떨어지는 바람에 벌거숭이가 되었다. 전봇대는 두 동강이 났으며 물에 빠진 전깃줄은 꼭 쭈르르 나오는 파티용 검정 스프레이처럼 얽히고설켜 주변을 온통 뒤덮었다.

나탈리는 추로를 들어 가까이 껴안았다. 도대체 이 파멸 속에서 어떻게 살아남은 걸까? 앞으로 다가올 삶은 어떻게 살아남아야 할까?

"잘 가, 루벤. 솔라바야."

나탈리는 독을 품고 말했다.

"그게 무슨 말이야?"

페이션스가 물었다.

"제 수학 선생님이 쿠바 사람이었거든요. 시험을 다 치른 저희에게 알려 주셨어요. '끝나니 속이 다 시원하네!'라는 뜻이래요."

나탈리가 설명했다.

페이션스는 고개를 끄덕끄덕했다.

"솔라바야, 루벤!"

페이션스가 똑같이 따라 말했다. 페이션스와 나탈리는 서로를 바라보며 살포시 웃었다.

아래를 향해 추로가 짖자, 나탈리도 그쪽으로 고개를 돌렸다. 한 남자가 반쯤 잠긴 투바이포 구조재와 붉은 건식 벽을 타고 물에서 빠져나오려는 것처럼 보였다.

"저기요! 저기요, 괜찮아요?"

나탈리가 남자에게 소리쳤다.

남자는 움직이지도, 소리쳐 대답하지도 않았다. 그저 쌓인 잔해 위에 몸을 걸친 채 미동도 하지 않았다.

숨이 턱 막힌 나탈리는 한 걸음 뒤로 물러섰다. 남자는 잔해 위로 기어 올라오던 게 아니었다. 이미 죽어 있었다.

"세상에나."

페이션스가 말하며 얼른 나탈리 몸을 돌려 집 안으로 들여보냈다.

"미안해라. 아까까진 없었는데……."

"엄마."

나탈리는 울음이 터졌다.

"베아트리체 이모."

페이션스는 나탈리를 꼭 끌어안으며 말했다.

"괜찮을 거야. 두 분 다 무사할 거야."

나탈리는 그 말을 믿을 수 없었다. 그러나 그 말을 믿을 수밖에 없었다. 그러지 않으면 이대로 바닥에 쓰러져 버릴 것 같았다.

"아직도 핸드폰 연결이 안 되나요?"

나탈리가 물었다.

페이션스는 고개를 가로저으며 대답했다.

"안타깝지만 여전히 신호가 잡히질 않네."

나탈리는 울음을 꾸역꾸역 참아 냈다. 엄마와의 대화가 간절했다. 하지만 어떻게? 언제?

"더는 혼자가 아니야, 나탈리. 내가 있잖아. 우리 같이 이 상황을 이겨 내 보자. 알겠지?"

나탈리는 고개를 끄덕였다.

"언니는요? 가족 모두 괜찮아요?"

"난 여기서 자랐어. 내가 고등학교를 다닐 때, 우리 부모님은 허리케인이 지긋지긋하다며 캘리포니아로 이사 가셨지. 두 분은 지금 거기에 계셔서 무사해. 나만 바보처럼 다시 마이애미로 돌아왔지. 여기 리버티시티에서 지역 사회를 위한 푸드 뱅크를 운영하고 있거든. 지금 당장 가야 할 곳도 바로 거기고. 내가 도울 게 있나 한번 보려고."

"뭐라고요? 지금요? 어떻게요?"

나탈리는 질문하다가 구석에 서 있는 카약이 눈에 띄었다. 그렇구나! 페이션스는 허리케인이 떠나고 나면 카약을 타고 도시를 돌아다닐 생각이었다.

"잠깐만요. 카약에 절 태우고 엄마 찾는 걸 도와주면 되잖아요!"

"아, 나탈리. 널 태운 다음에 '어디로' 가야 할까? 집에서 8킬로미터나 떠내려왔잖아. 현재로서는 엄마가 어디에 계시는지 알 수도 없는걸."

나탈리는 침을 꼴깍 삼켰다. 페이션스 말이 구구절절 맞는다는 걸 알면서도 얼른 엄마와 이모를 찾고 싶은 마음이 굴뚝같았다. 안전해지고 싶었으니까.

우리 집으로 돌아가고 싶었으니까.

페이션스가 나탈리 어깨를 꽉 잡았다.

"지금으로선 적십자 단체에 연락하는 게 최선일 거야. 거긴 잃어버린 사람을 찾는 걸 도와주거든. 또 내 핸드폰 신호가 다시 돌아오면 엄마에게 전화해 봐. 지금 여기 리버티 시티에는 우리의 도움을 필요로 하는 사람들이 많아. 이건 그냥 나아지기 전에 그저 바닥을 치려는 것뿐이야."

나탈리는 고개를 끄덕거렸다. 그리고 이런 상황에서 자신보다 다른 사람을 먼저 떠올리는 페이션스에게 크게 감동했다. 그럼에도 불구하고 모든 게 부질없게만 느껴졌다.

"뭔가 하려면 허리케인이 불어닥치기 전이어야 해요. 휩쓸고 난 후가 아니고요."

나탈리가 말했다.

"아, 나랑 똑같은 생각이네! 일단, 폭풍이 지나는 길목에 살지만 떠날 형편이 안 되는 사람들을 대피시킬 방법이 필요하지. 또 그 사람들이 제때 대피하지 못하면 머물 수 있는 안전한 장소도 여럿 있어야 하고. 게다가 비상용 음식과 물 그리고 의료 용품을 가득 채운 창고도 필요하지. 다 '미리' 준비해야 하고. 또 허리케인이 잠잠한 시기에는 다 같이 기후 위기를 부지런히 공부해야 해. 왜냐고? 애당초 이 모든 걸 악화시키는 게 바로 기후 위기니까!"

나탈리는 한 대 맞은 것처럼 충격에 휩싸였다. 보통 기후 위기에 관해 끝없이 말하던 사람은 나탈리였다. 그리고 다들 그런 나탈리에게 열 좀 식히라는 듯 말했다. 하지만 페이션스는 들끓어 올랐다.

그 순간, 나탈리는 기후 위기에 대해 자신과 같은 수준의 열정을 지닌 누군가를 만난 것 같아 조금 들떴다. 하지만 당장은 어떤 것에 진심으로 즐거워하는 것도 버거웠다.

"그런데요, 페이션스 언니. 밖이 어떤 상황인지 봤잖아요. 우리가 다 해결할 순 없어요."

나탈리가 말했다.

페이션스는 고개를 끄덕였다.

"맞아. 우리가 모두 해결할 필요까진 없어. 그저 '뭐라도' 할 뿐이지."

미국 캘리포니아주 시에라네바다산맥

아키라

06

집

 두껍게 낀 컴컴한 연기 속에서 아키라 집은 보일락 말락 했다. 아키라는 다저를 타고 가족이 있는 곳을 향해 전속력으로 달렸다.

 산에서 내려올 때 둘은 모리스 산불보다 겨우 한 걸음 앞선 터라 아키라 등 가까이에 뜨거운 바람이 맞닿았다. 다저 두 귀는 줄곧 뒤를 의식했다. 아키라도 산불이 바짝 뒤쫓아 온 걸 알았다.

 평평한 땅에 세워진 아키라 집은 기다란 단층 주택이며 뒷마당에 작고 빨간 마구간도 있었다. 아키라는 마구간 바깥에 울타리로 둘러싸인 공간을 힐긋 보았다. 아빠 말이다! 돌아오는 데 성공했다니! 기쁨에 찬 함성이 절로 터졌다. 이제 아빠와 수 아빠만 안전히 돌아온다면…….

 그때 앞마당에서 누군가가 호스로 집에 물을 뿌리고 있었다. 아키라는 단박에 누구인지 알아챘다.

"엄마!"

아키라가 울부짖었다. 아키라는 다저를 재빠르게 세우고는 풀쩍 뛰어내렸다. 엄마도 호스를 바닥에 내던지고는 아키라에게 뛰어가 와락 포옹했다.

"아키라! 널 영영 잃게 될까 봐 얼마나 무서웠다고."

엄마가 말하며 아키라를 꼭 감싸안았다.

"저도요, 엄마!"

"도대체 무슨 일이 있었던 거니?"

엄마는 아키라를 품에서 잠시 떼어 낸 다음, 아키라 몸 이곳저곳에 난 긁힌 상처와 멍을 살펴보았다.

"이건 또 뭐야?"

엄마는 아키라가 밴드 대신 사용한, 지저분한 양말을 벗겨 내며 덧붙였다.

"화상을 입었구나! 당장 여기부터 치료해야겠어."

"엄마…… 아빠를 찾지 못했어요."

눈물을 삼키며 아키라가 말을 꺼냈다.

"여기에 있어! 아빠는 지금 집에 있단다. 다저는 내가 우리에 넣을 테니 어서 가 보렴."

아키라는 심장이 터질 것 같았다. 집 안으로 후다닥 뛰어 들어가 보니 소파에 몸져누운 아빠가 보였다. 배낭을 툭 떨어뜨리고는 곧장 아빠에게 뛰어가 부둥켜안았다.

"아키라!"

아빠는 쉰 목소리로 한껏 부르짖었다.

"다시 돌아가려고 했단다. 널 찾으려고. 그런데 산불 때문에 드나드는 모든 길을 경찰이 막더구나."

아빠는 아키라 머리칼에 얼굴을 묻고 흐느끼며 아키라를 더 힘주어 껴안았다.

"널 떠나는 게 정말 싫었단다. 네가 살아 돌아오지 못할 거라 생각했지."

"저도 아빠가 죽었을지도 모른다고 생각했어요."

아키라 눈에서도 눈물이 줄줄 흘러내렸다.

"언니!"

여동생 힐디가 소리를 지르며 거실로 달려 나왔다. 그러더니 소파에 있는 아빠와 아키라 위로 몸을 던지고는 4살 아이가 낼 수 있는 온 힘을 쥐어짜 아키라를 꽉 안았다. 아키라는 웃음이 났다. 다시 가족과 함께할 수 있다니, 더할 나위 없이 좋았다.

잠시 후, 욕실에서 엄마가 다양한 종류의 붕대와 항생제 연고가 든 상자 하나를 들고 왔다. 엄마는 아키라를 데려가 의자에 앉힌 다음, 팔에 난 덴 상처를 살폈다.

"언니한테서 훈제 냄새가 나!"

힐디가 아키라에게 말했다.

그 말에 아키라는 눈물을 훔치며 빙그레 웃었다. 아키라도 여생을 이렇게 훈제 냄새를 풀풀 풍기며 살게 될 거라고 생각한 터였다.

"비키 아주머니가 전화했나요? 수는 괜찮대요?"

아키라는 상처 부위를 깨끗이 닦는 엄마에게 물었다.

"네 전화가 내가 받은 마지막 전화란다. 그 이후로는 전화가 먹통이야."

엄마가 대답했다.

아키라는 아빠를 향해 몸을 돌렸다.

"수 아빠랑 다른 차에서 구출한 할아버지, 할머니는 어떻게 되셨어요?"

"우린 할아버지와 할머니를 병원에 데려다줄 다른 분을 찾았지. 수 아빠도 그분들과 같이 병원에 갔단다. 그분들은 연기를 마셨는지, 아주 심각한 상태였어."

아빠는 목소리가 거칠 뿐만 아니라 심지어 숨 쉬는 것도 문제가 있어 보였다. 말을 끝내자마자 콜록콜록했다.

"당신도 물 좀 마셔야겠어요."

엄마가 말했다.

"그런데 비키 아주머니는 누구니? 또 수에게 어떤 일이 있었던 거야?"

아빠가 물을 한 모금 마시더니 말했다.

아키라는 가족들에게 빠르게 설명했다. 불타는 숲을 수와 함께 도망친 일, 노바 집에 무단으로 침입한 일 그리고 수영장에서 다저를 발견한 일까지. 말하다가 엄마가 덴 상처에 연고를 문질러 바를 때면, 신음이 삐져나와 잠깐 말을 멈춰야 했다.

"수영장에서 다저가 헤엄을 치고 있었단 말이야?"

힐디는 그 장면이 상상되는지 낄낄 웃어 댔다.

"전 수와 큰 픽업트럭을 몰고 온 비키 아주머니를 만났죠. 아주머니가 수를 병원에 데려간다고 했어요. 둘 다 무사해야 할 텐데……. 그리고 나서 전 높이 올라갔어요. 아빠, 아빠가 늘 말한 대로요. 시야를 좀 확보하려고요."

"그래야 내 딸이지."

아빠가 말했다.

아키라는 침을 꼴깍 삼켰다. 기후 위기에 대해 새롭게 깨달은 시각에 대해서는 아빠에게 말하지 않았다. 지금은 그럴 때가 아니었다.

엄마가 덴 상처에 붕대를 다 감을 때까지 아키라 얼굴은 찌푸려져 있었다.

"얼른 병원에 가 봐야겠어. 일단은 좀 쉬고. 이제 집에 왔으니 넌 안전해."

텔레비전에서 아주 낮게 소리가 흘러나왔다. 헬리콥터에

서 촬영한, 어마어마한 산불 영상을 실시간으로 생중계하고 있었다.

 갑작스레 모든 기억이 아키라에게 한꺼번에 밀물처럼 밀려왔다. 불길을 헤치며 뛰어다닌 것부터 불에 탄 시신을 마주한 일 그리고 모리스가 불타는 두 팔로 산 전체를 얼싸안는 장면까지. 아키라는 두 눈을 감았다. 정말이지 지쳤다. 편히 '쉴 수 있다면' 얼마나 좋을까. 이 소파에 가족들과 옹기종기 웅크려 앉아 두 번 다시 모리스를 떠올리지 않아도 된다면, 더 이상 바랄 게 없었다.

 하지만 그럴 수 없었다. 엄마도 틀렸다. 아키라는 안전하지 않았다. 그 누구도.

 아키라가 자리에서 일어섰다.

 "엄마, 아빠! 여기에 있으면 안 돼요. 산불이 계속 진행 중이거든요. 캘리포니아 소방청도 진압을 마무리하지 못했어요. 지금 산불이 우리 집으로 온다고요!"

 "아, 안 돼!"

 동생이 울음을 터뜨리며 엄마 품으로 달려갔다.

 "아키라, 아키라."

 아빠가 한 손을 들어 보이며 이어 말했다.

 "너무 심하게 반응하는구나. 우리는 여기에 있어도 괜찮을 거다."

"뭐라고요? 안 된다니까요! 지금 당장 차에 타면 어떻게든 벗어날 수 있을 거예요. 근데 서둘러야 해요! 비상 대피용 가방 어디에 있어요?"

캘리포니아에 사는 수많은 가족처럼 아키라네도 산불이나 지진이 나면 바로 도망갈 수 있도록 비상 대피용 가방을 미리 챙겨 두었다. 가방 안에는 돈, 인공호흡기 마스크, 종이 지도 여러 장, 휴대용 구급상자와 중요한 문서의 복사본까지 들어 있었다. 다행히도 아키라 가족은 살면서 비상 대피용 가방을 쓸 일이 없었다.

지금까지는.

엄마는 근심 가득한 얼굴로 아빠를 바라보았으나 아빠는 그저 고개만 절레절레 흔들었다.

"아키라, 그만하자꾸나. 우리가 사는 곳은 불이 자주 나는 곳이야. 그래서 그동안 준비해 온 거잖니. 이 집은 콘크리트로 지어졌고 집 뒤꼍에 발전기도 따로 있어서 전기도 안 끊겨. 물은 우물에서 길어다 쓰면 되고. 엄마가 호스로 지붕과 마당을 이미 적셨어. 또 집 주변 약 30미터 안으로는 탈 만한 게 아무것도 없단다. 우린 괜찮아."

예전의 아키라라면 아빠 말에 무조건 알았다고 했을 테지만 아키라가 직접 산불을 본 이후로는 그럴 수 없었다. 아키라가 직접 산불을 겪은 이후로는 그럴 수 없었다.

"아니요! 저기 밖에 제가 있었잖아요. '아빠'도 저기에 있었잖아요. 무슨 일이 벌어지고 있는지 아빠도 봤잖아요. 전보다 더 안 좋아졌어요. 그냥 눈 감은 채 스스로 알아서 해결될 거라며 내버려두지 않을 거예요!"

아키라가 아빠에게 소리쳤다.

동생이 엄마 셔츠에 얼굴을 묻었다.

"봐라, 네가 지금 힐디를 겁주고 있잖니."

아빠가 아키라에게 말했다.

"겁먹어도 돼요! 사실 우리 모두 두려워해야 한다고요! 아빠, 저 거목들이 불타고 있다니까요!"

아빠는 뭔가 말하려고 입을 옴짝달싹했지만, 아무 말 없이 눈살만 잔뜩 찌푸렸다.

"줄기야 뭐, 그럴 수도 있겠지. 하지만 거목들은 매우 두꺼우니 충분히……."

아빠가 설명을 시작하자, 아키라가 끼어들었다.

"줄기가 아니에요, 아빠. 꼭대기에 있는 나뭇잎과 나뭇가지까지 다 탔다니까요. 모리스 산불이 어찌나 심각한지 거대한 세쿼이아 숲을 죽여 버렸다고요!"

아키라는 말을 잃은 엄마와 아빠에게 씩씩댔다. 이럴 시간이 없는데!

아키라는 마지막으로 비상 대피용 가방을 보았던 장소로

황급히 뛰어갔다. 현관문 벽장 바닥에 부츠와 신발 여러 켤레가 있었고, 비상 대피용 가방은 그 바닥 아래에 숨겨져 있었다. 아키라는 비상 대피용 가방을 꺼낸 다음, 노바의 배낭을 주워 들었다.

"필요한 물품을 모두 챙겨서 차에 타요. 말 운반용 트레일러를 차에 연결해서 다저와 엘우드를 데리고 떠나야 해요. 당장 서둘러요!"

아키라는 현관문을 벌컥 열어젖혔다. 하지만 그대로 굳어 버렸다.

이미 늦었다. 집 가장자리에 줄지은 소나무에서 불길이 생일 케이크 촛불처럼 하늘 높이 치솟았다. 심지어 아키라네 자동차와 트럭까지 불타고 있었다.

눈가리개

"세상에! 어떻게 불이 벌써 여기까지 번졌지?"
엄마가 크게 외쳤다.

괴물의 탈을 쓴 모리스가 포효했다. 폭발적인 열기와 바람에 아키라는 한 손을 들어 올리고는 뒤로 주춤대며 물러났다. 불은 집을 향해 탐욕으로 펄펄 끓는 두 팔을 쭉 뻗어 왔다. 수많은 불티가 벽과 창문 하나하나에 부딪히더니 핑 날아갔다. 현관 복도에 깔린 러그 위로 불티 하나가 훅 떨어지더니 이내 화르르 불이 붙고 말았다.

아키라가 현관문을 쾅 닫고 발로 불을 짓밟아 껐다.

"이제 제 말 믿으시겠어요?"

아키라가 소리를 질렀다.

엄마는 품에 동생을 안고 서 있었으며 아빠는 그제야 몸을 일으켜 앉았다. 하지만 아무도 움직이지를 않았다. 곤경에 처했다는 걸 빤히 알면서도 '아무것도' 하지 않다니!

아키라는 고개를 요리조리 돌리며 어떻게든 잘 생각해 보려 했다.

"당장 어디로 가야 할지 모르겠어요. 뭘 해야 할지도 모르겠다고요!"

불에 대비해 뭐라도 준비할 수 있는 시간은 불나기 '전'이지, 그 '후'가 아니다.

"힝, 우리도 수영장에 다저처럼 들어가면 되지."

힐디가 우는소리를 하며 말했다.

"수영장은 무슨······. 호수!"

아키라가 벌컥 외쳤다. 맞다! 집 뒤로 약 800미터 떨어진 곳에 호수가 하나 있었지. 아키라는 힐디 이마에 쪽 뽀뽀한 뒤, 창문으로 한달음에 뛰어가 뒷마당을 자세히 살펴보

앉다. 마구간은 이미 불타고 있었으며 다저와 엘우드는 겁에 질린 채 울타리 안을 겅중겅중 뛰어다니고 있었다. 하지만 모리스 산불이 집을 완전히 에워싼 건 아니었다. 아직은. 기회가 있었다. '당장' 떠나기만 한다면!

"호수에 가기만 하면 헤엄을 쳐서 언덕에 다다를 수도 있을 거예요. 자, 어서요. 거기에 가면 우린 안전할 거예요."

아키라가 가족들을 바라보며 말했다.

"우린 '여기'서도 안전하단다."

아빠는 소파에서 움직이지도 않고 대답했다.

"여보! 저기 불 좀 봐요! 아키라 말이 맞아요!"

엄마는 날카롭게 되받아친 다음, 아키라를 향해 몸을 돌렸다.

"하지만 절대 걸어서는 호수까지 못 갈 거야. 불이 너무 빠르게 번지는걸."

"다저와 엘우드를 타고 가면 되죠! 둘 다 안장도 놓여 있고 또 다저는 이미 한 번 불길을 헤쳐 나온 경험이 있잖아요. 엘우드는 다저가 이끄는 대로 따를 거예요."

아빠가 소파에서 힘겹게 일어섰다. 아빠는 제일 처음 모리스에게서 도망칠 때 연기를 흡입한 이후로 계속 거칠게 숨을 쌕쌕댔다. 아키라는 일어서는 아빠를 보며 겨우 설득한 줄 알았는데, '여전히' 아빠는 고개를 내저었다.

"아키라, 넌 일을 더 어렵게 만드는구나. 저 호스를 좀 다오."

아빠가 쿨럭대며 엄마에게 이어 말했다.

"여보, 주방에서 소화기 좀 가져다줘요."

"호스? 소화기? 아빠, 제발 말도 안 되는 소리 하지 마세요! 모리스는 '초대형 화재'라고요! 그런 걸 쓰기에는 늦어도 너무 늦었어요!"

아키라가 울부짖었다.

"이 집이 불에 타 무너질 리 없어, 아키라. 겪어 봤던 일이잖니. 이번에도 불은 우리 주변을 지나서 갈 거야. 늘 그래 왔던 것처럼. 우린 불이 꺼질 때까지 기다리기만 하면 돼."

아빠가 말했다.

아키라는 두 눈을 질끈 감고 터지는 울음을 꺽꺽 참으며 크게 심호흡했다.

"아빠, 아빠가 왜 기후 위기를 믿지 않는지는 저도 잘 모르겠어요. 또 지금은 정말이지, 이렇게 티격태격할 시간도 없어요. 그런데 이유야 어찌 되었든, 아빠는 지금 눈을 억지로 가리고 있어요. 저 밖에서 무슨 일이 일어나는지, 그 실체를 확인하는 일에 대해서요. 아빠가 외면하는 바로 그게 우리 모두를 죽일 거예요."

"아키라."

아빠는 한껏 엄한 목소리로 말을 꺼냈지만, 이번에는 엄마가 끼어들었다.

"떠나요. 다 같이."

엄마는 아빠 두 눈을 꿰뚫듯 바라보며 덧붙였다.

"대화 끝."

아빠는 논쟁을 계속 벌이고 싶어 하는 눈치였지만, 엄마는 힐디를 한 팔로 번쩍 들어 허리춤에 안고는 아빠를 뒷문으로 밀며 함께 이동했다. 아키라는 배낭과 비상 대피용 가방을 들고 세 사람을 뒤따랐다.

마치 주먹을 휘두르는 것 같은 바깥 열기에 아키라네 가족들은 몸을 움찔거렸다. 집 옆 가장자리를 따라 심은 나무 무리로 불이 번지고 있었다. 아키라네 가족들이 보는 앞에서 화염은 이 나무에서 저 나무로 그리고 또 다른 나무로 풀쩍풀쩍 뛰더니 마침내 완전히 포위했다.

"이제 어떡하지?"

엄마가 외쳤다.

울타리 안에 있던 다저와 엘우드는 원을 그리며 뛰어다녔다. 두 말의 머리와 꼬리는 꼿꼿이 서 있었고, 두 귀는 빙글빙글 회전했다. 또 두 눈은 앞뒤로 재빠르게 움직였다. 아키라는 저렇게 질겁한 상태로는 두 마리 다 이 지옥 불을 침착하게 뚫고 나가지 못하리라는 걸 알았다. 공포에 사로잡힌 말은 아키라네 가족을 휙 내동댕이칠 게 분명했다.

"다시 집으로 돌아갑시다."

아빠가 말했다.

"안 돼요! 저기 좀 봐요!"

아키라가 소리치며 지붕을 손으로 가리켰다. 수없이 많은 불티가 지붕 아스팔트싱글에 내려앉아 이미 새빨갛게 불타고 있었다.

"믿을 수가 없군."

아빠가 속삭였다.

아키라는 발끈 화가 났다. 눈가리개를 여태 쓰고 있다니! 아빠는 대체 왜 눈앞에서 일어나는 일도 똑바로 보려 하지 않을까?

"답답해! 모두 여기서 기다려요!"

아키라는 벌컥 외치며 곧바로 타오르는 마구간으로 뛰어갔다.

450킬로그램 겁쟁이

"아키라, 안 돼!"

엄마의 비명이 들려왔다. 하지만 이미 아키라는 불타는

마구간 문 앞에 서 있었다. 한 팔을 들어 올려 나무가 내뿜는 열기를 어떻게든 막으며 안으로 들어섰다. 불에 새까맣게 그슬려 우글쭈글 비틀린 목재 벽에 말 눈가리개들이 걸려 있었다. 아키라는 눈가리개를 모두 홱 잡아챈 다음, 밖으로 뛰어나왔다.

"엄마! 도와주세요!"

아키라가 소리쳤다. 엄마는 힐디를 아빠에게 건넨 다음, 서둘러 아키라에게 다가왔다.

"엘우드에게 이걸 씌울 수 있나 한번 봐 주세요. 다저는 제가 할게요."

아키라는 엄마에게 눈가리개 세트를 건네며 말했다.

아키라는 뛰어가 겁에 질려 뒷마당을 줄기차게 빙빙 도는 다저를 붙잡았다.

"다저!"

아키라는 소리를 내지르자마자, 정신이 번쩍 들었다. 아키라가 기겁한 모습을 보이면 일을 망치게 될 터였다.

"다저."

아키라는 공포를 애써 누르며 차분히 말을 이었다.

"있지, 다저. 이 눈가리개만 쓰면 돼. 우리, 할 수 있을까? 어?"

뛰어다니던 다저는 이내 아키라에게서 조금 떨어진 곳에

멈추어 서서 두 눈동자를 쉴 새 없이 데굴데굴 굴렸다.

 말은 양쪽 눈을 함께 사용하는 사람과 달리 각 눈을 따로 사용한다. 게다가 위아래 그리고 앞뒤를 볼 수 있어 위험을 더 잘 발견한다. 너무 지나칠 정도로. 여기에 말이 놀라는 걸 아주 싫어한다는 사실까지 덧붙인다면, 결과적으로 약 450킬로그램이 넘는 겁쟁이가 온 사방에서 위험을 감지하고 있다는 거다. 이런 말에게 눈가리개를 착용시키면 앞만 보게 되어 안 보이는 부분 때문에 겁먹지 않는다.

 "다저, 지금 나와 우리 가족을 도와 달라고 부탁하는 거야. 알겠지?"

 아키라는 목소리 톤을 최대한 차분하게 유지하며 다저에게 말을 건넸다.

 "우리를 태우고 마지막으로, 딱 한 번만 불길을 헤쳐 나가면 좋겠는데……. 그럴 수 있을까?"

 다저는 콧바람을 푸르르 내뿜었다. 그 말을 안 믿는다는 듯 고개를 갸우뚱 기울이더니 아키라의 영혼 저 깊은 곳을 뚫어져라 바라보고 있었다. 꼭 이렇게 말하는 것 같은 눈빛으로.

 '지금 나랑 장난해?'

 "나도 알지, 알지."

 아키라는 차분히 대답했지만 심장이 쿵쾅댔다. 눈가에

집 지붕 전체가 불타는 게 보였다.

'우리 집이 불타고 있다니!'

가빠지는 호흡에 숨이 멎을 것 같았지만, 아키라는 이 공포를 어떻게든 억누르려 했다.

아키라는 다저에게 눈가리개를 씌울 방법을 찾아야 했다. 그러지 않으면 다 같이 죽게 될 테니까!

물거품이 되다

문득 아키라는 다저에게 하기 싫어하는 일을 억지로 시키려 했던 마지막 순간이 떠올랐다. 노바네 수영장에서 나와야 했던 그 순간. 끌어당겨도 보고, 간절히 빌어도 보고, 용기를 북돋는 말로 달콤히 속삭여도 봤지만, 아무짝에도 소용이 없었다. 다저는 꼼짝도 안 했다.

수가 사과로 유혹하기 전까지.

아키라는 가장 친한 친구 둘이 서로를 더 깊이 알아 가던 그 순간이 떠올라 빙긋 미소를 지었다. 아키라는 재빨리 어깨에 걸친 노바의 배낭을 미끄러뜨려 내린 다음, 배낭 속을 뒤적거렸다. 그러는 동안에도 다저가 도망가지 않도록 눈 맞춤을 떼지 않았다.

"봐. 사과, 그렇지?"

아키라는 사과 한 알을 집어 들며 덧붙였다.

"네가 좋아하는 거잖아."

나부대는 불이 주변을 에워쌌다 해도 다저는 참을 수 없었다. 다저가 아키라 손에 들린 사과를 먹으려고 앞으로 발걸음을 내디디자, 아키라는 굴레를 잡고 눈가리개를 씌워 고정했다.

"사과라면 사족을 못 쓰는구나."

아키라는 머리를 다저에게 기대며 말했다.

"아키라!"

그때 엄마의 외침이 들렸다. 엄마는 엘우드에게 눈가리개를 잘 씌운 다음, 힐디를 들어 올려 안장에 태우며 아키라에게 덧붙여 말했다.

"엘우드를 타고 힐디와 따라갈게. 넌 아빠랑 다저를 타고 먼저 출발하렴. 어서!"

아키라는 다저에 올라타 아빠에게 다가갔다. 아빠는 비상 대피용 가방에서 가족 모두가 쓸 마스크를 꺼내던 중이었다. 아키라는 아빠가 뒷자리에 오르는 걸 도운 다음, 자신도 마스크를 썼다. 아빠는 아까보다 지금 더 숨 쉬기 어려워했다. 쌕쌕대는 아빠 숨소리가 고스란히 느껴졌다.

아키라는 다저를 흙길로 몰았다. 길 주변에 난 나무들은 불타는 벽이 되어 있었다. 호수까지 말을 타고 고작 10분 거리인데, 그건 이렇게 펄펄 뛰는 지옥 불이 주변에 없을 때였다.

"당장 떠나야 해! 절대 멈추면 안 돼!"

엄마가 말했다.

아키라는 끄덕끄덕했다. 불을 뚫고 간다는 게 어떤 건지 정확히 알고 있었다. 몸에 입은 화상이 그걸 증명했다.

쉭쉭! 쉭쉭!

집 구석구석에 있는 창문은 와장창 박살이 나 버리고, 불길은 건물 뼈대를 샅샅이 핥짝거렸다. 아키라는 초조하게 서성이는 다저를 어떻게든 제어하려 애썼다. 그러던 중, 차마 시간이 없어 챙기지 못한 물건들을 모두 잃는다는 상실감에 마음이 울컥했다. 아키라가 좋아하는 책들과 아이패드 그리고 옷가지와 일기장까지.

모리스는 아키라가 살면서 간직해 온 모든 걸 게걸스레 먹고 있었다. 아키라 그 자체이기도 했던 모든 것. 또 부모님 물건은 다 어쩌지? 아빠가 수집해 온 엄청난 애니메이션 컬렉션. 엄마의 보석 상자. 또 일본에서 캘리포니아로 처음 이사 올 때부터 들고 다닌, 엄마 조상들이 담긴 사진 액자. 노르웨이인 할아버지가 손수 만들어 준 시계. 그 모든 게 불타고 있었다.

"믿을 수가 없군."

아빠가 또다시 반복했다.

'이젠 믿을 수밖에 없을걸요.'

아키라는 생각했다.

두 다리를 힘차게 차며 다저를 출발시켰다. 이글이글 타오르는 오솔길의 가장자리를 향해!

깨끗한 길

햇볕 화상을 입게 하는 열기가 길을 따라 강렬히 내리꽂혔다. 나무들은 하얀 주황빛 불기둥을 또렷이 그렸다. 숲 바닥은 날뛰는 불에 살아 있는 듯 몸부림쳤다. 아키라 앞으로 곧게 뻗은 흙길만이 불길에서 벗어나 있었다.

힐디 비명이 들려오자, 아키라는 뒤돌아보고 싶어졌지만, 이 길에서 눈길을 한시라도 떼서는 안 되었다.

"엄마랑 힐디는 괜찮다. 우리를 바짝 뒤따라오고 있어. 계속 가렴!"

아빠가 아키라에게 말했다.

아키라가 다저를 채찍질하자, 다저는 이내 빠르게 뛰기 시작했다. 다저의 큰 키 그리고 속도가 없었더라면, 아키라와 아빠는 이 불을 뚫는 질주에서 절대 살아남지 못했을 거다. 엘우드가 없었더라면, 엄마와 동생도 마찬가지였을 테다.

아키라는 목이 메었다. 그저 아키라가 부탁했다는 이유만으로 다저는 지독한 위험 속으로 뛰어들었다.

아키라는 다저 목을 톡톡 두드리며 자신이 다저를 얼마나 소중한 친구로 생각하는지 전했다. 타닥타닥 깨지고 아우성치는 불 너머로 다저가 알아들었는지 알 수 없었지만, 아키라는 다저가 다 이해했다고 믿었다. 둘에게는 말과 몸짓을 뛰어넘는 연결 고리가 있었으니까. 아키라 삶에서 그 누구와도, 그 무엇과도 비교할 수 없는 가장 순수한 연결 고리였다.

다저가 눈가리개를 썼다 하더라도 앞에 난 불은 여전히 볼 수 있었다. 하지만 다저는 불타는 숲 사이에 난, 좁고 평평한 흙길에 집중했다.

지난 수년간 아키라와 아빠는 떨어진 나뭇가지와 나무줄기를 흙길 가장자리로 걷어 내 치우며 방화선 역할을 하는 이 길만은 깨끗하게 유지했다. 하지만 이제 나뭇가지와 나무줄기들은 모리스의 한 입 거리 사료가 되어 불쏘시개처럼 타올라 길 양쪽으로 무릎 높이의 불 벽을 만들었다.

아빠는 아키라 뒤에서 크고 작은 기침을 걷잡을 수 없이 토해 냈다. 둘은 짙은 연기와 불타는 나뭇가지들을 벗어나려고 한껏 몸을 낮추어 이동했다. 또다시 아키라는 땀범벅이 되었고, 덴 상처는 화끈화끈 고통스러웠다. 얼마쯤 왔을까? 얼마쯤 앞으로 더 가야 할까? 불에서는 모든 게 새로이 보였다. 아키라가 오랫동안 봐 왔던 랜드마크들도 몽땅 사라졌다.

길을 가던 다저가 갑자기 우뚝 멈췄다. 그것도 불타는 길 한가운데에서! 도무지 이해가 되지 않았다.

아키라가 빨리 가자며 채찍질해도 꼼짝하지 않았다.

"아키라! 무슨 일이니?"

엄마가 부르짖었다. 다저가 멈추자, 엘우드 역시 멈추었다. 끓어오르는 열기에 다 같이 구워지는 중이었다.

"아키라, 당장 출발시켜!"

기침을 너무 많이 쏟아 내는 바람에 아빠 목소리가 겨우 들려왔다.

"저도 노력하고 있어요! 다저, 무슨 일이야?"

아키라가 아빠에게 대답하고는 다시 다저에게 물었다.

당연히 다저는 대답이 없었다. 아키라는 요리조리 주변을 살펴보며 다저가 어떤 이유로 이토록 망설이는지 헤아리려 애썼다. 앞에 놓인 길은 깨끗했다. 그 외 보이는 거라고는 눈부시게 번득이는 나무들과 이글대며 타는 땅 그리고 한 치 앞을 볼 수 없는 연기뿐이었다. 하지만 출발할 때부터 숲은 이런 모습이었다.

아키라는 허탈한 마음에 안장 위에서 풀썩 몸을 늘어뜨렸다. 도통 어찌해야 할지를 몰랐다. 아키라가 깨닫지 못한, 다저가 줄곧 아키라에게 말하려는 게 무엇일까?

말의 본능

아키라는 두 다리에 힘을 준 다음, 고삐를 잡고 휙 튕겼지만, 다저는 움직이지 않았다.

'제발, 다저! 여기서 타 죽게 생겼단 말이야!'

아키라는 생각했다. 펄펄 끓는 열기가 아키라 가족을 굽고 있었다. 등 뒤로 힐디의 흐느낌이 들려왔다.

"아키라! 출발시켜!"

아빠가 고함을 질렀다.

"당장 출발해야 해!"

엄마도 외쳤다.

'나도 안다고요! 알고 있다고요!'

아키라는 생각했다. 시간이 똑딱똑딱 지날수록 불길은 더 뜨겁게, 더 높게 타올랐다. 하지만 뭘 해야 하지?

아키라는 다저의 두 귀를 보고는 이대로 포기하고 싶어졌다. 두 귀는 머리 위에 있는 큰 붉은 삼나무에 고정되어 있었다. 삼나무는 불타고 있었는데, 그건 다른 것도 모두 마찬가지였다. 그 이외에 별다른 건 없어 보였다.

도통 이해가 안 되었다.

앞에 난 길은 적어도 아키라 눈길이 닿는 곳까지 안전해 보였다. 하지만 다저는 이전처럼 더 이상 나아갈 수 없다고 아키라에게 말하고 있었다.

'온갖 동물이 우리를 지나쳐 산 아래로 허둥대며 달아나는데도 난 듣지를 않았지.'

'내가 아빠에게 기후 위기에 대해 말하려고 노력하는데도 아빠는 듣기조차 거부하지.'

아키라는 깜짝 놀라 깨달았다.

아키라가 자신만의 눈가리개를 계속 쓴다면, 다저가 이토록 신호를 보내는데도 무시하고 밀어붙인다면, 아빠와 결국 같은 사람인 것이다. 다저가 아키라에게 경고 신호를 보내는 게 꼭 지구가 불타는 거목들을 가리키며 사람들에게 경고하는 것 같았다.

'뭔가 단단히 잘못되었어. 위험해. 경로를 바꿔야겠어.'

아키라는 다저와 나누는 침묵의 연결 고리에 대해 다시금 떠올렸다. 여전히 다저의 본능이 무엇을 감지했는지 알 수 없었다. 하지만 다저가 아키라를 신뢰하는 만큼 아키라 역시 다저를 똑같이 신뢰해야 했다.

"좋아, 다저. 네가 알아서 이끌도록 해."

아키라는 고삐를 느슨히 쥐며 이어 말했다.

"네가 말해 줘. 우리가 어디로 가야 하는지!"

다저는 바로 이해했다. 그러고는 망설임 없이 곧장 방향을 틀어 불타는 숲에 난 가파른 오솔길로 뛰어 내려갔다.

변경된 경로

흙길을 벗어나자, 아키라와 다저 그리고 아빠는 불길에 완전히 잡아먹혔다. 불은 혀를 죽 내밀고 아키라 청바지와 셔츠 그리고 두 손과 얼굴을 날름날름 핥았다. 뒤로 힐디의 날카로운 비명이 들렸다. 엘우드도 다저를 뒤따라 이 지옥 불로 들어온 거다.

"아키라! 대체 무슨 생각인 거냐? 흙길을 왜 떠난 거고! 이러다 우리 모두 죽겠구나!"

펑!

뒤로 강력한 파괴력을 지닌 무언가가 폭발하자, 아키라는 움찔했다. 아연실색한 다저는 불타는 숲 깊은 곳으로 더 빠르게 달렸다. 아키라는 어깨 너머로 힐긋 뒤돌아보며 깜짝 놀라게 한 것의 정체를 확인했다.

붉은 삼나무였다. 다저가 줄곧 눈을 떼지 않고 바라보던 바로 그 나무! 폭발한 나무는 저절로 다른 불에 녹아들어 활활 탔다. 꼭 아키라와 수 그리고 두 아빠를 떼어 놓았던 나무처럼, 누가 나무 안에 폭탄을 심어 놓기라도 한 것처럼 조각조각 찢겨 터졌다.

아직 터지지 않은 나무 꼭대기가 스스로 무너져 내리더니 타닥타닥, 쉭쉭, 오솔길 위로 정확히 떨어지며 불타는 잔해를 뒤덮었다.

저 길을 계속 갔더라면, 다저가 애타게 하는 말을 아키라가 듣지 않았더라면, 다 같이 죽음을 맞이했을 거다. 하지만 아키라 가족은 이제 불에 타 죽지 않아도 되었다.

"이랴!"

아키라는 두 다리를 힘껏 차며 소리쳤다. 다저는 불타는 숲 사이를 전속력으로 달렸다. 아키라는 다저가 꼭 알았으면 하는 게 있었다. 이제 다저와 온전히 그리고 완전히 모든 걸 함께할 거라는 사실이다. 되돌아가지도, 속도를 늦추지도 않을 거다.

옷이 녹아 살갗에 눌어붙는 게 느껴졌다. 훤히 노출된 피부에 물집이 잡히는 것도 느껴졌다. 아빠가 아키라에게 너무 딱 달라붙어 숨 쉬기도 어려웠다. 엄마와 동생은 여전히 잘 따라오고 있을까? 그러기를 간절히 바라면서도 뒤돌아 확인할 순 없었다. 아키라가 고삐를 쥐고 있긴 했지만, 이제 길을 이끄는 건 다저였으니까.

다저는 겁먹은 채로 본능에 따라 질주했다. 아키라는 다저가 호수로 가는 건지도 알 수 없었다. 그저 할 수 있는 거라고는 다저를 채찍질하는 것뿐이었다. 빨리 더 빨리!

앞으로 다가오는 불 벽에 아키라는 머리를 휙 수그리고 두 뒤꿈치로 다저 몸을 세차게 찼다.

"달려, 다저! 달려!"

아키라의 울부짖음이 다저에게 닿았는지 알 수 없었다. 하지만 상관없었다. 다저가 이해했다는 걸 아키라는 고스란히 느꼈으니까.

휙!

불길에 삼켜진 백열의 순간, 아키라는 몸 구석구석이 불타는 게 느껴졌다. 바로 이거구나. 이렇게 자동차 안에 있던 사람들처럼 끝나는 거다. 온 마음을 다해 사랑했던 숲의, 잿더미에 새까만 미라가 되어 묻히는 것.

펑!

그러다 갑자기 아키라 가족은 불 밖으로 벌컥 튀어나왔다. 땅이 멀어져 갔다.

아키라는 말에서 날아가 버렸다!

낙하

아키라는 공중에서 헤엄치듯 팔다리를 허우적댔다. 한동안 무중력 상태가 되었다.

첨벙!

아키라는 얼음장같이 차가운 물로 떨어졌다. 난생처음 느껴 보는 냉기였다. 그 충격에 숨이 멎을 것만 같았다. 입 안과 콧구멍 그리고 귓구멍으로 물이 들이닥쳤다. 시린 손가락을 펼쳐 몸을 감싸안았다. 아키라 몸은 아래로, 아래로, 더 아래로 내려가다가 이내 호수 밑바닥에 있던 바위와 쿵 부딪혔다.

아키라는 밑바닥을 힘껏 차며 냉랭한 물 위로 불쑥 튀어 올랐다. 숨을 찾아 헐떡대며 콜록콜록 기침을 내뱉었다. 선 자세로 헤엄치며 아빠, 엄마, 동생을 찾아 죽을힘을 다해 주변을 둘러보았다. 엄마가 가장 먼저 고개를 내밀었고, 그다음 아빠가 품에 동생을 안고 나왔다.

모두 살았다!

그리고 저편에 다저와 엘우드도 보였다. 둘은 어찌 저리 침착할 수 있을까 싶을 정도로 유유히 헤엄치고 있었다. 마치 햇살이 내리쬐는 오후에 오솔길 산책을 다녀와 잠깐 헤엄치는 것처럼 보였다. 아키라는 눈물 사이로 배시시 웃음이 났다.

'다저가 결국 해낸 거야. 우리를 이 호수로 안전하게 이끌었어!'

뒤를 돌아 숲을 바라보았다. 위쪽 땅 끝자락에서 호수에 닿으려면 여섯 걸음 정도 되는 높이를 뛰어야 했다. 바로 그 높이를 날아 떨어진 거였다. 땅끝 너머 사나운 지옥 불 속에서는 나무가 줄지어 활활 타며 하늘에 닿을 듯한 불길을 만들었다. 까만 연기도 피어올랐다. 그곳은 모두가 함께 지나온 길이자, 다저와 엘우드가 불을 꿰뚫어 보고 호수로 뛰어들지 않았더라면 꼼짝없이 갇힐 뻔한 곳이었다.

아키라는 간신히 팔다리를 움직이는 상태였지만, 가족과 힘을 합해 호수 중앙에 있는 작은 언덕으로 헤엄쳐 이동했다. 다저와 엘우드가 먼저 도착했다. 둘은 물을 튀기며 돌투성이 물가로 오르더니 이내 강아지처럼 몸을 흔들었다. 그 뒤를 바짝 따라 올라온 아키라와 엄마는 아빠와 동생을 기슭으로 쭉 끌어당겼다.

모두 무사한 걸 확인한 네 가족은 다 같이 주저앉아 눈물지으며 서로를 얼싸안았다. 하지만 곧 끔찍한 추위에 몸을 떨었다.

검은 호수를 가로질러 보이는 컴컴한 산비탈은 불이 뿜는 주황빛으로 번쩍였다. 새빨간 불티들이 반딧불이라도 된 양 호수 위를 나풀나풀 떠다녔다. 이토록 엄청난 재해를 일으키지만 않았더라면 참 아름다웠겠지.

반짝이는 불티가 천천히 부드럽게 내려와 물 표면에서 짜르르 소리를 내며 사그라들었다. 그걸 보며 아키라는 걱정으로 심장이 쿵 내려앉았다. 세찬 돌풍이라도 불면, 아키라 가족이 머무는 이 작은 언덕에 더 많은 불티가 날아올 터였다.

"우리…… 우리는 안전하지 않아요. 심지어 여기도요."

아키라가 이를 딱딱 맞부딪치며 말했다.

말도 안 된다. 여기, 호수 한가운데에 있는 언덕에서도 불을 피할 수 없다면, 대체 안전한 곳은 '어디'란 말이지? 달이라도 가야 하나?

"그…… 그전에 저체온증으로 죽을 것 같아."

엄마가 사시나무 떨듯 몸을 달달 떨며 말을 꺼냈다.

산불이 내는 아우성과 탁탁 부스러지는 소리 위로 무언가가 휑휑 소리를 내자, 아키라는 고개를 들어 올려다보았다. 은은한 달빛과 뿌연 연기가 자욱한 하늘에서 엄청나게 큰 이중 로터 헬리콥터 하나를 발견했다. 큰 양동이 하나를 대롱대롱 매달고 호숫물을 담아 가려고 아주 낮게 내려오고 있었다. 아키라는 캘리포니아 소방청이 비슷한 양동이 여럿을 사용해 진화 작업에 나서는 걸 본 적이 있었다.

아키라는 힘겹게 두 다리에 힘을 줘 일어선 다음, 등골 시린 물속으로 첨벙첨벙 뛰어 들어갔다. 그러고는 펄쩍펄쩍 뛰고 두 팔을 세차게 흔들며 외쳤다. 곧 동생과 엄마 그리고 아빠가 아키라 곁으로 다가와 함께했다. 비행사가 제때 발견하지 못할까 봐 아키라는 애간장이 탔다. 하지만 그때, 헬리콥터에서 밝은 빛이 켜지더니 아키라네 가족과 두 말을 비추었다.

아키라는 가족과 함께 환호성을 지르며 안도감에 가득 차 서로를 부둥켜안았다. 그 주변을 다저와 엘우드가 껑충대며 맴돌았다. 두 말은 어떤 상황인지 이해하지 못했지만, 가족이자 친구인 사람들이 행복해하자 두 말도 행복한 것처럼 보였다.

"계신 곳에서 움직이지 마세요. 다시 돌아와 가족분들과 두 말을 구조하겠습니다."

아키라는 떨리는 두 팔로 다저 얼굴을 감싸 자기 얼굴에 바짝 맞댔다.

"다저, 저 말 들었어? 이제 헬리콥터를 타고 우리 날아갈 거래!"

다저는 히힝 나지막이 울며 아키라 얼굴에 코를 쿡 찔렀다. 아키라는 온 마음으로 다저를 사랑했다. 또 아키라는 길 위에서 다저가 그토록 하려던 말에 귀 기울여 정말 다행이라고 생각했다.

헬리콥터가 다시 날아가자, 물 건너에 있는 산불이 또다시 펑펑 터뜨리고 포효하며 울부짖었다. 이번에는 모리스가 사람들에게 어떻게든 말을 전하려 하고 있었다.

시에라네바다산맥을 비롯해 전 세계에서 일어나는 일이 정상적이지 않다는 말. 자연의 정상적인 순환, 그 일부가 '절대' 아니라는 말.

아키라 아빠는 그 소리에 귀 기울일 생각이 하나도 없었다. 아빠가 엄마와 동생을 끌어안는 모습을 보며 아키라는 한숨을 푹 내쉬었다. 익숙한 마음의 힘겨루기가 느껴졌다. 아빠를 사랑한다. 다정한 아빠는 아키라만큼이나 이 산을 위하는 마음을 지녔다. 하지만 지구에서 일어나는 일의 원인을 파악하는 것에 있어서 아빠의 생각은 완전히 틀렸다.

그간 아키라가 기후 위기에 관한 의견을 내거나 행동에 나서지 않은 건 아빠와의 관계를 망치고 싶지 않아서였다. 하지만 아키라는 이게 결코 아키라의 문제가 아니었음을 깨달았다. 이건 온전히 아빠의 몫이었다. 아빠와 기후 위기로 논쟁할 필요가 없었다. 그저 아키라는 자신이 옳다고 생각하는 일을 하면 되는 거였다. 아빠가 싫어한다고 해도 그건 아빠가 감당할 몫이었다.

왜냐하면 아키라는 더 이상 잠자코 있지 않을 거니까. 기후 위기는 우리가 당면한 현실이다. 그리고 아키라는 기후 위기와 관련해 무엇이든 해 나갈 것이다.

캐나다 매니토바주 처칠

오언과 조지

06

곰 덫에 걸리다

 오언은 차디찬 원기둥 감옥을 쓱 둘러보았다. 한쪽 철제 문은 굳게 잠겨 있었고 다른 쪽은 쇠창살이 막고 있었다. 밖으로 나갈 방법이 없었다.
 오언이 고개를 내저었다. 꽤 잘해 왔는데. 지금까지는. 더 주의 깊게 살피는 것 말이다.
 "미안해. 너무 당황해서 그만."
 조지가 오언 어깨에 한 손을 올리며 말했다.
 "야, 됐어. 곰 덫에 제 발로 기어 들어온 게 나잖아. 나도 별생각 없었는걸. 나누크한테 내가 뭘 기대한 거지? 우리를 가만히 내버려둘 거라고?"
 뱃고동처럼 깊은 소리에 곰 덫이 진동했다. 텅 텅 텅 텅 텅. 새로운 희망이 오언 마음 가득히 솟구쳤다. 이게 무슨 소리인지 알았으니까. 처칠 사람이라면 누구나 알았다. 헬리콥터! 십중팔구 북극곰 순찰을 나온 DNR일 테다.

오언과 조지는 쇠창살 앞에 바짝 붙었다. 헬리콥터가 멀리 떨어져 있긴 했지만, 깜깜한 어둠을 가로지르며 내리는 흰 눈을 비추는 탐조등이 보였다. 오언과 조지가 오두막에 도착했다는 연락이 없어서 부모님이 DNR에 연락해 둘을 찾아 달라고 요청했을까?

둘은 목이 터져라 소리치며 손이라도 흔들려고 쇠창살 네모 칸에 손을 꾸역꾸역 욱여넣었다. 하지만 구멍들은 손보다 작았으며 헬리콥터 날갯소리는 귀청이 떨어질 듯이 컸다. 몇 분이 지났을까? 헬리콥터는 오언과 조지가 있는지도 모른 채 그대로 굉음을 내며 떠나갔다.

조지가 욕설을 홱 내뱉었다. 오언은 힘이 쭉 빠졌다. 찰나의 흥분으로 오언 마음에 스민 추위가 좀 가셨었는데, 이제 다시 철제 파이프 아래로 눈바람이 휭휭 들어오는 게 온전히 느껴졌다. 오언이 미친 듯이 몸을 떨었다. 조지 역시 와들와들 떨며 온기를 빼앗기지 않으려고 몸을 한껏 구부렸다.

"여기서 나가지 못하면 아침에 순찰하는 DNR이 꽁꽁 언 맥앤치즈를 발견하게 될 거야. 자, 여기 문을 한번 열어 보자."

오언이 이를 맞부딪치며 말했다.

둘은 반대쪽 철제 파이프로 함께 기어갔다. 하지만 덫

안에서 밖에 있는 문손잡이에 손이 닿을 리가 없었다. 둘이서 찾은 또 다른 것은 철제 파이프를 잘라 낸 자리에 만든, 경첩이 달린 작은 문이었다. 덫 밖에 있는 사람이 철제 파이프 안에 있는 곰에게 총으로 진정제를 쏘려고 만든 거라 오언은 짐작했다.

"야, 이거 열려!"

오언은 손으로 작은 문을 들어 올리며 덧붙였다.

"딱 우리 중 하나가 비집고 들어갈 만한 크기인데!"

"근데 나누크는 어디 있지?"

조지가 작은 목소리로 속삭였다.

오언은 다시 반대쪽 쇠창살로 엉금엉금 기어가 어둠에 잠긴, 눈 덮인 툰드라를 훑어보았다. 그러고는 조지를 향해 몸을 돌리고 고개를 가로저었다. 그 어디에도 나누크는 보이지 않았다.

기다렸다. 가만히, 조용히 앉아 있었지만 어떤 소리도 들리지 않았다.

"나누크가 간 것 같아?"

조지가 속삭였다.

"그럴 리가. '너'는 나누크가 갈 것 같아?"

오언의 속삭임에 조지는 고개를 절레절레 내저었다. 나누크를 얕봐서는 안 된다. 나누크는 지나치게 영리하고, 지나치게 끈질기니까. 이건 속임수다. 아니, 속임수가 분명했다. 그런데 대체 어디에 있는 걸까?

달리 방도가 없다. 둘 중 하나가 천장 출입구로 머리를 빼꼼 내밀고 찾아야만 한다.

북극 닌자

오언이 손모아장갑에서 한 손을 쓱 빼내더니 꼭 쥔 주먹을 번쩍 들어 올렸다. 조지가 바로 깨닫고는 오언을 따라 했다.

둘은 동시에 주먹 쥔 손을 흔들었다. 가위바위보!

오언이 낸 꽉 쥔 주먹을 조지의 보자기가 감쌌다. 오언은 눈을 흘겼다. 다시 둘은 주먹 쥔 손을 위로 들었다. 가위바위보! 오언이 낸 가위를 조지의 주먹이 쳐 냈다. 오언은 나지막이 욕설을 내뱉었고 조지는 능글맞게 웃었다. 가위바위보 승자는 언제나 조지였다.

조지가 길을 비켜서자, 오언은 천장 출입구 아래로 이동해 쭈그려 앉았다. 다시 장갑을 주섬주섬 낀 오언은 크게 심호흡하고 천천히, 아주 천천히 출입문을 밀어 올렸다. 아무 일도 일어나지 않자, 오언은 두 눈을 질끈 감고 머리 정수리를 구멍에 슬쩍 내밀었다. 밖에 나누크가 바로 서 있을 줄 알았는데, 오언 머리로 팡팡 두더지 게임을 즐기려 기다리고 있을 줄 알았는데, 아무 일도 일어나지 않았다.

질끈 감았던 두 눈을 떴다. 밖은 더 컴컴하고 눈발은 더 굵어졌지만, 몇 미터 떨어진 주변쯤은 훤히 보였다. 나누크가 흔적도 없이 사라지다니. 정말 얇은 공기층으로 눈 깜짝할 새 사라진 것처럼 말이다.

'이건 나누크에 관한 이누이트족 옛이야기 아니었나?'

오언은 그 생각이 들자 이야기에 믿음이 가기 시작했다.

오언이 다시 들어왔다.

"아무 데도 없는데?"

"그럼 나가자."

조지가 대답했다.

오언은 고개를 절레절레 흔들었다. 뭔가 이상한데?

"안 돼. 아직은 아냐."

조지가 눈살을 찌푸렸다.

"오언, 나누크는 다 안다니까. 지금 이 캔에서 마지막 과자 한 조각을 빼낼 수 없다고 생각하니까 떠난 거야. 진짜 추워 죽겠어. 넌 피 뚝뚝 흘리지, 난 앞도 제대로 못 보지. 게다가 여긴 마을에서 가까운 외곽이기도 하고. 당장 여기를 나가서 일단 병원부터 가자."

오언은 바닥에 앉았다.

"안 돼. 네 입으로 말했잖아. 내가 '생각'을 안 한다고."

조지 얼굴은 전보다 훨씬 더 하얗게 질려 있었다.

"오언, 모욕 주기 시합에서 내가 한 말 전부 사과할게."

"아니, 네 말이 맞아. 전부 다. 난 뭘 '보긴' 하는데 그게 뭘 '의미'하는지는 딱히 생각하지 않거든. 주의를 더 깊이 기울이고 또 더 큰 그림을 보려 노력해야지."

"친구, 네 자기 계발 목표를 진심으로 응원한다. 근데, 지금 '당장' 시작해야겠냐? 여기서 더 생각할 게 뭐가 있어?"

"이누이트족 옛이야기가 그렇다고 한들, 북극곰이 진짜로 얇은 공기층으로 사라질 리가 없잖아. 도대체 어디로 갔을까?"

오언이 조지에게 물었다.

"이 덫 밑에?"

조지가 애써 답했지만, 이내 둘 다 고개를 가로저었다. 그러기에 나누크는 몸집이 너무 컸다.

"아니야. 북극곰은 북극 닌자잖아. 기억 안 나? 그러니까…… 닌자들은 뭘 하지?"

오언이 물었다.

"지붕에 올라타 몰래 돌아다니지. 별 모양 수리검을 휙 던져서 사람들을 죽이기도 하고. 또 훤히 보이는 곳에서도 잘 숨지."

'훤히 보이는 곳에서도 잘 숨는다.'

오언은 생각했다.

그때 둘 다 동시에 같은 생각이 번뜩 스치자, 둘의 눈은 휘둥그레지고 입은 놀라움과 경외감으로 떡 벌어져 O자가 되었다.

오언이 속삭였다.

"나누크가 저 눈밭에서 앞발로 코를 가리고 있나 봐!"

차디찬 처칠

'훤히 보이는 곳에서도 잘 숨는다.'

오언과 조지는 지붕에 올랐을 때, 나누크가 하는 행동을 보았다. 지금도 전과 같은 행동을 하는 게 분명했다. 만약 구멍을 살금살금 기어 나간다면, 나누크는 몇 초 내로 덮쳐 올 테고 둘은 어디에도 숨을 수 없게 된다.

조지는 장갑 낀 손으로 주먹을 만들어 쭉 뻗자, 오언이 툭 주먹을 맞부딪쳤다.

"백인 꼬마치고는 퍽 괜찮은 생각인데!"

조지가 오언에게 말했다.

"고맙군."

오언이 빙그레 미소 지으며 대답했다.

이젠 그저 나누크가 다시 나타나길 기다리는 동안 추위에 먼저 얼어 죽지 않길 바랄 뿐이었다.

오언과 조지는 끝 쪽 쇠창살 가까이에 자리 잡고 앉았다. 오언은 옷을 입었는데도 등 뒤에 있는 철제 벽 때문에 뼈가 저릿저릿할 정도로 추웠다. 또 사이사이로 불어오는 매서운 바람은 오언을 하드로 만들 지경이었다.

오언 맞은편에 앉은 조지는 두 팔로 자기 몸을 꼭 감싸 안았다. 어찌나 심하게 떠는지, 이가 맞부딪치는 소리가 오언 귀까지 들렸다.

"이 모든 걸 포기하기 싫다는 그 마음, 아직 유효하지?"

오언이 조지에게 물었다.

조지는 낄낄 작게 웃으며 오언에게 말했다.

"그럼. 그러니까 내 말은 온 툰드라를 휘저으며 북극곰에게 사냥당하고 싶진 않지. 또 눈보라 치는 날에 너랑 북극곰 덫으로 두 번 다시 캠핑 오고 싶지도 않아. 그래도 난 여전히 처칠이 좋아. 부모님께도 말할 거야. 여기에서 나갈 수만 있다면 말이야."

오언은 고개를 끄덕끄덕하며 싱긋 웃었다.

오언의 한쪽 눈에 멀리 눈밭에서 뭔가 살짝 움직이는 낌새가 보였다. 곧바로 조지 발 하나를 움켜잡고 손으로 그곳을 가리켰다.

둘은 나누크가 까만 코 위에 대고 있던 흰 앞발을 내리며 자리에서 일어나는 걸 두 눈으로 확인했다. 후드득후드득 눈이 흘러내렸다.

오언과 조지는 입을 꾹 다물고는 흥분에 젖어 서로에게 복싱하듯 팔을 마구 휘둘렀다. 그렇고말고! 몇 미터 떨어진 곳에서 저 똥 멍청이가 어린아이가 할 법한 까꿍 놀이 수법을 쓰며 내내 기다리고 있었던 거다. 하지만 결국에는 인내심이 바닥났는지, 나누크는 몸을 돌려 새하얀 눈 속으로 저벅저벅 걸어갔다.

"야!"

조지가 속삭였다.

"내 말이! 맥앤치즈 승리!"

오언이 대답했다.

"얼른 여기서 나가자."

"안 돼, 기다려!"

"더는 기다릴 수 없어! 오언, 지금은 더 생각할 필요도 없단 말이야. 나누크가 갔잖아!"

조지가 오언에게 말했다.

"아니, 그게 아니라. 나 갈 거야. 근데 먼저 챙길 게 하나 있단 말이야."

썩은 고깃덩이

칠흑 같은 밤하늘 아래, 눈보라가 오언과 조지를 휘감아 앞이 잘 보이지 않았다. 그래도 북극곰 덫을 탈출한 오언과 조지의 운명은 이제 그들 손에 달려 있었다.

또 둘의 운명은 역겨운 냄새가 진동하는 큼지막한 고깃덩이에 달려 있었다.

오언은 덫에서 들고나온 생고깃덩이를 최대한 몸에서 멀리 들며 고개를 휙 돌렸다. 갈변된 고기에는 힘줄이 가득했고 얄따란 연분홍 비계도 있었다. 자동차에 치여 죽은 동물 냄새처럼 악취가 코를 찔렀다.

"어…… 나, 이제부터 채식할까 봐."

조지가 속삭였다.

오언은 나누크가 자신들 말고 이 고깃덩이에 한눈을 팔게 해서 마을까지 걸어갈 시간을 벌고 싶었다. 둘은 나누크가 보고 가져갈 수 있도록 지독한 냄새가 풀풀 나는 고깃덩이를 힘껏 밀어 덫 위에 올려놓았다.

"여기 있어, 친구. 네가 정말 배고프다는 거 알아. 그러니까 이거 먹어. 우리 말고!"

모든 일을 마치자, 오언이 말했다.

"자, 근데 고깃덩이가 여기에 있다고 어떻게 알려 주지? 그러니까 나도 나누크가 몇 킬로미터나 떨어진 곳에서 나는 냄새도 다 맡는다는 건 알아. 근데 나누크가 여기 말고 마을 쓰레기통으로 향할 수도 있잖아."

"나누크!"

오언은 우렁찬 목소리로 소리치더니, 딸랑딸랑 식사를 알리는 작은 종이라도 되는 것처럼 철제 덫 옆면을 쾅쾅 쳐 댔다.

"나누크! 저녁 먹어! 얼른 와서 가져가!"

조지는 산탄총을 어깨에 걸치고는 오언의 파카를 쭉 잡아끌었다.

"너, 돌았어? 내 말은 '우리가 떠난 다음에' 고깃덩이가 여기에 있다고 어떻게 알려 주느냐는 말이잖아. 너 때문에 죽게 생겼네!"

조지가 숨죽이며 말했다.

"뭐?"

둘은 헐레벌떡 뛰었다.

"너도 나누크가 돌아올 걸 알잖아. 늘 돌아오니까. 이젠 나누크가 뭐라도 먹을 수 있겠지."

오언이 말했다.

"저 고기가 애피타이저도 안 되면, 우리가 메인 요리가 될 거라고!"

오언과 조지는 언 호수 가장자리를 이인삼각 대형으로 절뚝이며 걸었다. 숨이 턱 끝까지 차올라 어떤 말도 나오지 않았다. 한 번 더 쉬었다가는 다시 일어나 출발이나 할 수 있을지 확신할 수 없었다. '당장' 마을로 돌아가는 게 아니라면 끝장이었다.

텅 텅 텅 텅.

오언과 조지는 공포에 사로잡힌 얼굴로 서로를 바라보았다. 저 소리. 눈밭을 가로질러 맹렬히 돌진하는 북극곰 소리와 똑같았다. 먹으라고 음식도 밖에 남겨 놨건만! 나누크는 왜 고깃덩이를 먹으러 먼저 안 간 거지? 아니면 '벌써' 게 눈 감추듯 몽땅 먹어 치우고, 이젠 피까지 질질 흘리며 생고기 냄새를 풍기는 오언과 조지를 쫓아오는 건가?

오언은 고개를 흔들었다. 그동안 바보짓을 한 건가? 주의를 기울이고 큰 그림을 생각하는 건 소용없는 짓이었을까?

오언이 휘청이는 바람에 이인삼각 대형의 박자가 꼬이기 시작했다. 오언과 조지는 비틀비틀하다 함께 미끄러져 하얀 눈 바닥에 얼굴로 쿵 떨어졌다.

"악!"

오언은 소리를 내질렀다. 지칠 대로 지친 몸은 여기저기가 쑤셨다. 곧 북극곰에게 들이받힐 일만 남은 거겠지. 심지어 바지에 차갑고 질퍽대는 눈까지 묻었다.

소리는 점점 가까이 들려왔다. 텅 텅 텅 텅 텅.

오언과 조지는 소리의 정체를 깨닫고는, 놀라움과 안도감이 한데 섞인 얼굴로 서로를 바라보았다.

그건 북극곰 소리가 아니라 헬리콥터 소리였다!

마지막 공포탄

둘 머리 바로 위에 헬리콥터가 있었지만 휘몰아치는 눈보라 때문에 볼 수가 없었다. 거꾸로 말하자면, 헬리콥터도 '둘'을 보지 못한다는 뜻이었다.

"지금이야! 한 발 남은 공포탄을 지금 쏴!"

헬리콥터 날갯소리 너머로 오언이 크게 소리쳤다.

"뭐? 안 돼! 곰도 없잖아!"

"그래도 헬리콥터가 공포탄 소리를 들을 수 있잖아! 우리가 어디에 있는지 찾아내서 구출해 줄 거야!"

오언이 조지에게 말했다.

조지가 머릿속으로 요리조리 계산하는 게 훤히 보였다.

"만약에 우리 소리를 '못' 들으면? 나누크가 돌아왔을 때 마지막 공포탄이 필요하면 어떡해!"

조지가 목청껏 소리쳤다.

오언은 고개를 돌렸다. 조지 말이 맞을 수도 있었다. 오언이 코앞에 닥친 일만 보고 큰 그림을 생각하지 않는 거라면 어쩌지?

이건 마치 날씨 선생님이 늪에 생긴 기포로 불덩이를 만드는 걸 보고도 그게 어떤 의미인지 깊이 생각하지 않은 것과 같았다. 그뿐인가, 심지어 녹아내리는 해빙을 보고도 북극곰을 향한 위협이 아니라 떼돈을 벌 기회라고만 생각한 것도 마찬가지였다.

헬리콥터 소리는 꼭 둘에게서 멀어지는 것처럼 잦아들었다. 결단을 내려야 하는 순간이었다.

오언은 고개를 내저었다. 주의를 기울이지 않고, 또 큰 그림을 생각하지 않는 건 아주 위험하다. 하지만 지금 일어나는 일을 이해하고도 행동하지 않는 것 또한 똑같이 위험하다. 어쩌면 더 심각할 수도.

"쏴, 조지! 지금 당장!"

오언이 고함쳤다.

조지가 끄덕끄덕했다. 오언이 장갑 낀 두 손을 들어 귀를 꽉 막자, 조지는 산탄총 방아쇠를 당겼다.

달칵 펑!

가까이서 들리는 공포탄 소리는 귀청을 찢을 듯했다. 하지만 헬리콥터의 회전하는 날갯소리를 뚫을 정도로 컸을까? 조명탄이라도 있으면 얼마나 좋았을까? 헬리콥터가 조명탄은 분명 발견했을 텐데. 그 많은 조명탄은 조지의 스노모빌과 함께 호수 밑바닥에 가라앉아 있었다.

오언은 숨을 꾹 참고 조지와 귀를 쫑긋 세우며 밤하늘을 뚫어져라 쳐다봤다. 얼른 헬리콥터가 이 눈보라를 헤치고 오언과 조지를 발견하기를 애타게 바랐다.

텅 텅 텅 텅 텅.

"가까이 오는 것 같아!"

메아리치는 날갯소리 너머로 조지가 외쳤다.

"근데, 어디 있어?"

오언이 외쳤다.

조지가 어깨를 으쓱였다.

"우리 주변을 빙빙 돌고 있나 봐!"

둘은 서로를 부축해 몸을 일으켜 세웠다. 오언은 두리번두리번 주변을 돌아보며 잔뜩 낀 먹구름 속에서 헬리콥터를 찾아 헤맸다.

'도대체 어디에 있는 거야? 소리는 들리는데, 보이지를

않네!'

오언의 눈동자 하나가 움직임을 포착했다. 기쁨에 겨워 몸을 돌린 오언은 심장이 목구멍에 콱 틀어박힌 듯 놀라 굳어 버렸다.

"조지!"

오언이 부르짖었다.

북극곰 하나가 눈보라를 뚫고 오언과 조지를 향해 저벅저벅 걸어오고 있었다.

조지가 산탄총을 빼 들었지만 이내 불현듯 떠오른 사실에 산탄총을 아래로 축 떨구었다.

또다시 돌아온 나누크. 하지만 마지막 남은 공포탄 한 발은 오지도 않는 헬리콥터에 신호를 보내느라 이미 써 버린 후였다.

밤의 인사를 나누어라

나누크가 돌아왔다.

'늘' 나누크는 돌아온다.

거대한 북극곰은 오언과 조지를 둘러싸며 빙 돌았지만, 정작 둘은 더 멀리 물러날 곳도 없었다. 뒤로는 언 호수가 있었다.

'생각하자.'

오언은 스스로 되뇌었다. 툰드라 버기 투어를 준비하며 외운 온갖 북극곰 정보를 머릿속으로 떠올려 보았지만, 막상 도움이 되는 게 하나도 없었다. 이 순간, 오언 가슴에 딱 와닿는 말이 하나 있긴 했다.

"불곰과 마주치면 바닥에 납작 엎드리고, 흑곰이라면 맞서 싸워 보라. 하지만 북극곰이라면, 밤의 인사를 나누어라."

'밤의 인사를 나누고 싶진 않다고!'

오언은 생각했다.

조지가 오언의 다친 팔을 감싸 두르고 산탄총을 마구 흔들며 몸집이 커 보이게끔 했다.

"야, 가! 가라고!"

조지가 외쳤다.

오언도 다치지 않은 팔을 흔들었다.

"저리 가, 나누크!"

나누크는 계속 주위를 돌며 자꾸만 거리를 좁혀 왔다. 오언과 조지는 언 호수 쪽으로 물러날 수 있는 만큼 찔끔찔끔 뒷걸음질을 쳤다. 오언은 아주 잠깐 호수 위를 걸어 볼까 생각했다. 하지만 얼음이 깨지는 거와 별개로, 북극곰에게서 죽어라 도망쳐야 하는 절체절명의 순간에 미끄덩대는 얼음판에 있고 싶지 않았다.

"야! 야!"

오언이 일부러 떠들썩한 소리를 내며 외쳤다.

"바로 우리가 너한테 고기를 남겨 줬다고! 우리는 네 친구야!"

조지가 크게 말했다.

"맞아. 우리한테 먹이를 더 달라고 하는 것 같은데? 이제 그 먹이는 '우리'가 되겠지만."

오언이 되받아쳤다.

입을 쩍 벌린 나누크가 목을 꺾으며 흔들자, 뚝뚝 소리가 흘렀다. 자신들을 덮칠 준비가 끝나 가는 걸 오언과 조지도 알고 있었다. 조지는 은빛 산탄총을 막대기처럼 잡아 들었고, 오언은 숨을 장소를 물색하느라 미친 듯이 고개를 돌리며 주변을 살폈다.

하지만 더는 갈 곳이 없었다.

텅 텅 텅 텅 텅.

별안간 오언과 조지는 몸을 휙 수그렸다. 등 뒤로 아까 그 헬리콥터가 눈보라를 헤치며 불쑥 튀어나와 두 사람 머리 바로 위에 자리 잡았다. 먼저 눈부신 탐조등 빛이 두 소년 위로 쏟아져 내리더니 방향을 휙 돌려 나누크를 비추었다. 탐조등 빛에 거대한 북극곰은 고개를 돌렸지만, 결단코 물러서진 않았다.

오언은 펄쩍펄쩍 뛰고 싶은 기쁨을 느끼는 동시에 두 무릎을 풀썩 꿇으며 쓰러졌다.

드디어 구조된다! DNR 옷을 입은 남자 하나가 헬리콥터 문밖에 기댄 채 빼꼼 모습을 드러냈다. 남자의 두 손에 사냥용 소총이 들린 걸 본 오언은 심장이 바닥으로 쿵 떨어졌다. 오언은 조지를 뿌리치며 앞으로 나가 어떻게든 남자의 주의를 끌고자 손을 흔들었다.

"안 돼! 제발 죽이지 마요!"

오언은 목이 터져라 외쳤다.

어느새 조지도 옆에 서서 하늘 높이 산탄총을 들고 흔들었다.

"쏘지 마요! 쏘지 말라고요!"

조지가 부르짖었다.

헬리콥터에 있던 남자는 둘을 발견하지 못했거나 아무 상관 없는 듯했다. 총열을 타고 연기 두 줄기가 터지듯 피어올랐다.

팍! 팍! 휘청거리던 나누크는 결국 쓰러졌다.

연대감

　헬리콥터에서 발사된 두 발의 총알이 오언 가슴에 날아와 박힌 듯했다. 설원 위에 두 무릎을 풀썩 꿇어앉은 오언의 두 뺨 위로 걷잡을 수 없는 눈물이 흘러내렸다.
　나누크가 자신과 조지를 해치는 건 싫었지만, 나누크가 죽는 것도 싫었다.
　"걔 잘못이 아니란 말이에요."
　오언은 흐느끼며 말했다.
　조지는 오언 어깨 한쪽을 부여잡고는 손가락으로 나누크를 가리켰다.
　"오언, '총알'이 아니야! 저거 '진정제 화살촉'이야!"
　조지가 헬리콥터 날갯소리 너머로 크게 소리쳤다.
　오언이 고개를 들어 바라보니, 맨 끝에 새빨간 술이 달린 은백색 관 두 개가 나누크 몸통 옆에 삐죽 꽂혀 있었다. 거대한 곰이 자리에서 일어나 헬리콥터 반대쪽으로 뒤뚱거리며 걸어가자, 몸에 꽂힌 화살촉도 함께 달랑거렸다.
　"북극곰 감옥으로 데려가려고 먼저 재우는 거야!"
　조지가 말했다.
　마음이 놓인 오언은 고개를 끄덕끄덕했다. 갑자기 감정적으로 반응한 게 조금 부끄러웠다. 하지만 이제 나누크에게 강렬한 연대감이 생긴 오언은 나누크가 죽는다고 생각하자 도저히 견딜 수 없었다. 특히, 나누크가 죽는 게 자신 때문이라면 더더욱 그랬다.

조지의 부축을 받아 오언은 자리에서 일어섰다. 몇 미터 떨어진 곳에 있던 나누크는 진정제 화살촉 효과가 나기 시작했는지 정신이 오락가락한 듯 어슬렁거렸다. 헬리콥터 역시 북극곰이 기절하기를 기다리며 머리 위를 맴돌았다.

그러다 갑자기 나누크는 진정제 기운이 도는지 오언과 조지를 향해 정면으로 돌진했다.

어떻게 손써 볼 시간도 없는데!

둘은 그저 서로를 부둥켜안고 소리만 꽥꽥 내질렀다.

'무지 빠르네!'

오언이 생각했다.

DNR 경찰이 재차 소총을 쐈다.

팍! 팍!

하지만 이미 나누크는 오언과 조지의 머리 꼭대기까지 다가와 있었다. 둘은 눈밭으로 온몸을 내던졌다.

나누크는 둘을 그대로 지나치더니 호수로 달려들었다.

'그럼 그렇지!'

오언은 생각했다.

나누크도 오언과 조지처럼 상처 입고 두려웠을 테다. 지금 나누크는 오언과 조지가 이제껏 하던 여정을 똑같이 따라 하고 있었다. 집으로 달려가기. 그곳은 얼음이자 바다요, 바로 북극곰 나누크가 왕으로 군림하는 곳이다.

오언과 조지는 나누크가 하얀 눈 이불을 덮은 호수로 뛰어가는 모습을 보았다.

끼익 끽 첨벙! 발 아래 살얼음판이 깨지며 나누크는 물로 떨어졌다.

오언은 안도감을 느끼며 한숨을 푹 내쉬었다. 오언과 조지 그리고 나누크 모두 무사했다. 끝났다.

아니, 아닌가?

오언은 얼굴을 찌푸렸다. 뭔가 이상한걸.

'생각하자. 내가 바라보는 지금 이 상황에서 뭐가 잘못된 거지?'

오언은 스스로 되물었다.

오언은 고개를 돌리며 머릿속으로 이 사건을 되감아 보았다. 나누크는 진정제를 맞았으니 의식을 잃게 될 거다. 땅에 착륙한 DNR 경찰들이 호수에서 끌어내기 전에 말이다. 북극곰은 대단한 수영 선수이긴 하지만, 물속에선 숨을 쉴 수 없다. 만일 기절한 나누크가 계속 물속에 있는다면? 만일 경찰들이 제때 끌어내지 못한다면?

오언은 숨이 턱 막혔다.

"조지! 나누크가 물에 빠져 죽고 있어!"
오언이 빽 소리쳤다.

북극곰 구하기

더 이상 말이 필요 없었다. 오언과 조지는 언 호수로 곧장 달려들었다. 살얼음판이 바사삭 깨지며 오싹한 얼음물이 부츠에 좌르르 스며들었다.

"멈추세요! 물에서 당장 나오십시오! 곰이 아직도 움직이고 있습니다!"

헬리콥터 확성기에서 누군가의 목소리가 울려 퍼졌다.

"다행이다!"

조지가 크게 말했다.

"얘 잘못이 아니라고요!"

오언이 바락 외쳤다.

헬리콥터까지 둘의 목소리가 들릴 리 없었다. 하지만 둘은 깨달은 바가 하나 있었다. 이대로 나누크를 죽게 내버려 둘 순 없다는 것. '나누크의 세계'를 침범한 건 바로 오언과 조지였지, 그 반대가 전혀 아니었다.

오언이 첨벙첨벙 물을 튀기며 속도를 내어 나누크 옆으

로 다가갔다. 신고 있던 부츠와 스노보드복 바지에도 이미 물이 가득했다. 오언은 갑자기 비틀비틀하더니 그만 발을 헛디뎌 얼음장 같은 호숫물에 두 손으로 팡 치며 빠지고 말았다.

"으아! 난 진짜 멍청한 얼음이야! 오, 진짜 추워!"

오언이 다시 머리를 불쑥 내밀며 소리쳤다.

북극곰 반대편에 조지가 두 무릎을 꿇고 앉았다.

"후 후 후 후."

소름 끼치게 차가운 물이 바지를 적셔 오자, 조지는 거친 입김을 빠르게 내뱉었다.

추위를 느끼지 않는 나누크가 얼어 죽을 리 없었다. 몸집이 엄청나게 큰 북극곰이 호수 바닥에 앉으니 몸의 반은 물 밖에 나왔고 나머지 반은 물에 잠겼다. 나누크는 나른한지 둥둥 떠다니는 얼음을 슬쩍 건드렸다. 더 깊숙한 물로 들어가고 싶은 것 같았다. 이내 진정제 효과가 뚜렷이 나타나는지 나누크는 두 눈을 감으며 머리를 물속으로 떨구었다. 입과 두 콧구멍에서 보글보글 공기 방울이 뿜어져 나왔다.

"물에서 당장 나오십시오!"

또다시 확성기에서 목소리가 크게 울려 퍼졌지만, 오언과 조지는 들은 체 만 체했다.

"조지, 일단 나누크 몸을 돌려서 땅 위로 밀어 올리자!"

오언이 소리쳤다.

얼음물의 첫 충격은 사라지고, 뼛조각 하나하나까지 저릴 만큼 추울 때 느껴지는, 불에 타는 듯한 고통이 오언을 찾아왔다. 오언과 조지는 경련이 이는 것처럼 두 손을 바들바들 떨며, 나누크를 잡아끌어 몸을 돌린 다음, 땅 위로 밀어 올리려 애썼다. 하지만 뜻대로 되지 않았다.

"소용없어."

조지는 이를 위아래로 딱딱 맞부딪치며 말했다.

"이 친구 몸무게만 500킬로그램이야! 무슨 수를 써도 꼼짝 안 할걸!"

그동안 줄곧 두 눈을 감고 있던 나누크의 콧구멍에서 공기 방울도 나오지 않았다.

"일단 물 위로 머리만 좀 빼내 보자!"

오언이 두 무릎을 꿇은 채 비틀대며 앞으로 나가는데, 아랫다리가 마치 큰 얼음덩이처럼 질질 끌려 왔다. 사실 지금 오언과 조지가 '큰 얼음덩이'이기도 했다. 오언은 살다 살다 이렇게 추운 건 처음이었다. 세계 북극곰의 수도인 매니토바주 처칠에서 태어나 자랐는데도!

오언은 다치지 않은 팔로 나누크 머리를 감아 들어 올렸다. 물속에 잠겼는데도 북극곰 머리가 무거워 팔이 끊어질 것 같았다. 맞은편에 있던 조지도 함께 거들었다. 끙끙 온 힘을 쏟아 둘은 마침내 물 위로 나누크 코를 빼냈다.

북극곰 코에서 물과 콧물이 범벅이 되어 소화기처럼 뿜어져 나왔다. 힘에 부친 듯 기운 없는 숨결을 내뱉었지만, 그래도 나누크는 살아 있었다.

오언이 고드름이 되어 가는 두 다리를 나누크 머리 밑으로 밀어 넣자, 조지 역시 똑같이 했다. 북극곰이 벨 수 있는 베개를 만들어 준 셈이었다. 코끝을 에는 듯한 추위에 진이 빠져 버린 두 소년은 나누크 위로 풀썩 쓰러졌다. 그러고는 두 팔을 활짝 벌려 나누크를 세게 꽉 껴안았다.

"맥, 맥, 맥."

조지는 가쁜 숨결을 하나하나 내뱉을 때마다 오언 별명을 불렀다.

"무슨 일이야, 치즈?"

오언도 똑같이 거친 숨을 쌕쌕 내쉬며 말했다.

"이것 좀 봐 봐."

조지가 나누크 머리를 쓰다듬으며 이어 말했다.

"나, 지금 네가 아까 툰드라 버기에서 못 할 거라고 장담했던 걸 하고 있잖아. 북극곰 쓰다듬기!"

웃으니 몸이 쿡쿡 쑤셨지만, 오언은 도무지 참을 수가 없었다. 너무 웃겨 심지어 눈물까지 흘렸다. 눈물방울은 순식간에 얼음 방울이 되어 속눈썹에 대롱대롱 매달렸다.

오언은 툰드라 버기를 떠올리다가 기후 위기에 대해 질문을 던졌던 여행객이 생각났다. 그 질문에 생각 없이 대답하고 재미있는 이야기로 홀떡 넘어갔다.

하지만 북극곰 정보를 한 무더기 쏟아 내는 대신에 녹아가는 얼음과 무너져 내리는 영구 동토층 그리고 굴을 잃게 된 어미 곰에 관해 이야기했더라면 어땠을까?

오언네 툰드라 버기에는 '전 세계 사람들'이 찾아온다. 수많은 여행객에게 북극곰이 얼마나 근사한지 보여 준 '다음', 북극곰 구하기에 대한 열의를 불어넣어 집으로 돌려보냈더라면 어땠을까?

북극에서 일어나는 일은 북극에서만 머물지 않았다. 그러니 온 세계가 알아야 한다.

또 북극곰을 살리는 건 어쩌면 지구를 살리는 일과 맞닿아 있을지도 모른다.

헬리콥터가 땅에 착륙하자, DNR 경찰 두 명이 곰 크기의 들것을 들고 뛰쳐나왔다.

아주 잠깐 나누크는 두 눈꺼풀을 파르르 떨며 오언과 조지를 바라보더니 탈진한 듯 한숨을 작게 푸르르 내뱉었다.

"알지, 친구. 다 이해해."

오언이 말했다.

"이젠 무사해, 친구."

조지는 다시 한번 거대한 곰 머리를 쓰다듬으며 말했다.

"그래, 걱정하지 마, 나누크. 우리가 있잖아."

오언이 덧붙였다.

미국 플로리다주 마이애미

나탈리

06

브라더스키퍼

카약에 올라탄 나탈리와 페이션스는 노를 저으며 물에 잠겨 정적이 감도는 리버티시티 거리를 통과했다. 잠시 뒤 카약은 물에 잠기지 않은 도로 위로 올라섰다. 허리케인이 몰아칠 때 마이애미 전역은 물에 잠긴다. 하지만 리버티시티 대부분은 이웃 지역보다 지대가 몇 미터 높았다. 그래서 물이 빠진 리버티시티는 꼭 마이애미 호수에 떠오른 섬처럼 보였다.

"이제는 리버티섬이라고 불러야겠네. 그렇지?"

페이션스가 카약에서 나오며 나탈리에게 말했다.

페이션스와 나탈리가 카약 양쪽 끄트머리를 들었다. 추로는 카약 가운데에 탄 흡사 가마에 올라탄 왕처럼 이동했다. 길에는 무너진 나무와 고꾸라져 박힌 자동차 그리고 정체조차 알 수 없는 잔해가 널려 있어 조심조심 걸어야 했다. 나탈리는 사람들이 부서진 가구와 망가진 카펫을 질질 끌어내는 모습을 연민에 가득 찬 눈빛으로 바라봤다. 거기에는 산산조각이 난 집에서 떨어져 나온 건식 벽이 한 29도쯤 되는 물에 불어 있었다. 이 모든 게 마당에 하나둘 툭툭 던져져 쌓이고 쌓여 큰 쓰레기 더미가 되었다. 이 얼마나 가슴이 찢어지도록 비참한 일인지. 나탈리는 엄마와 허리케인 어마가 떠나고 나서 이 과정을 겪었다. 몇 년간 매해 새로이 다시 시작하는 느낌이랄까.

'우리 집에서 구할 게 있긴 할까?'

나탈리는 궁금했다. 지금 나탈리 이웃들도 같은 작업 중일까? 아니면 하이얼리아는 아직도 물속에 잠겨 있을까? 엄마와 베아트리체 이모는 어디에 있는 걸까?

나탈리는 깊은숨을 내쉬며 어떻게든 공포에 사로잡히지 않으려 했다. 알 길이 없었다. 적어도 아직은. 모두가 사랑하는 사람이 무사하다며 연락하길 애타게 기다리는 것처럼 나탈리도 그저 하염없이 기다릴 뿐이었다.

나탈리는 페이션스와 함께 작은 시멘트 벽돌 건물에 도착했는데, 건물 밖에는 이미 사람들이 길게 줄지어 서 있었다. 둘은 큰 차고 문 옆에 카약을 내려놓았다. 이 푸드뱅크 건물은 자신이 인수하기 전에 자동차 정비소였다고 페이션스가 나탈리에게 알려 주었다.

"이곳은 예전에 자동차 오일을 바꿔 주곤 했지만, 이젠

사람들의 삶을 변화시키고 있어."

가입 종이 맨 위에는 "브라더스키퍼 식량 창고"라고 쓰여 있었다.

"우린 음식과 생활용품을 모은 다음에 도움이 필요한 사람에게 다시 나눠 줘. 물론 루벤 이후에는 거의 모든 사람이 대상이 되겠네."

페이션스 말은 농담이 아니었다. 나탈리 눈에는 리버티시티에 사는 모든 사람이 도움을 받으려고 여기에 줄 서 있는 듯했다. 흑인과 백인 그리고 라틴계와 아시아계 사람들. 젊은 가족부터 중년 연인들 그리고 노년에 들어선 사람들까지. 페이션스가 친근하게 이름을 부르는 걸 보니 모두 잘 아는 사이 같았다.

나탈리는 두 팔로 추로를 안아 들고 뻘쭘하게 서 있었다. 페이션스는 무리 속을 지나며 사람들과 손을 맞잡아 흔들거나 꼭 포옹했다. 또 이 폭풍을 뚫고 어떻게 살아남았으며 무엇을 잃었는지 이야기를 나누었다.

"자, 자, 저도 한 분 한 분 이야기 나누며 괜찮으신지 여쭙고 싶어요. 그런데 일단은 이 문부터 열어야겠어요."

나탈리는 페이션스를 따라 건물 안으로 들어서서 바닥에 추로를 내려놓았다. 나이가 지긋이 든 흑인 여자가 접이식 탁자 하나를 펼치는 중이었다. 페이션스는 그 여자와 얼싸안더니 몰아치는 폭풍 속에서 어떻게 견뎠는지 이야기를 나누었다. 그사이 나탈리는 추로와 브라더스키퍼를 차근차근 둘러보았다. 바닥부터 천장까지 철제 선반이 설치된 자그마한 공간이었다. 몇몇 선반에 생수와 기저귀 그리고 통조림 음식이 놓여 있었지만, 상당 부분은 텅 비어 있었다.

"폭풍이 닥치기 전에 이미 물품을 사람들에게 나눠 주었어. 나중을 생각해 조금만 남겨 두고. 나탈리, 이 할머니 성함은 레티티아예요. 레티티아 할머니, 이쪽은 나탈리랍니다. 제가 말했죠? 이 친구가 바로 하이얼리아에서 여기까지 떠내려온 친구예요."

"이리 오렴."

레티티아 할머니는 말을 꺼내자마자, 나탈리를 두 팔로 꽉 끌어안았다.

"난 포옹을 아주 좋아한단다. 그리고 미안하다고 말도 안 하지."

레티티아 할머니가 말했다.

"괜찮아요."

나탈리는 대답했다. 추로는 두 사람 주변을 돌며 캉캉 짖어 댔다.

"미국 연방재난관리청에서 왔어요? 적십자사는요? 도시에서 온 사람은 없어요?"

"아니, 아직은 없었어."

페이션스 물음에 레티티아 할머니가 대답했다.

나탈리는 '리버티섬'을 빙 둘러싼 바다가 떠올랐다. 물이 완전히 빠지지 않는 이상, 이곳 사람들은 배나 헬리콥터로만 도움을 받을 수 있었다.

"그럼 우리밖에 없는 것 같네요. 자, 일합시다!"

페이션스는 두 사람을 보며 말했다.

페이션스가 큰 차고 문을 둥글게 말아 올렸다. 아까보다 더 많은 사람이 몰려와 있었다.

탁자 앞에 앉은 레티티아 할머니는 사람들 이름과 주소 그리고 필요한 물품이 무엇인지 적어 내려갔다. 또 브라더 스키퍼에 그 물품이 남아 있는 경우에는 페이션스와 나탈리가 선반에 가서 물품을 찾아 사람들에게 갖다주었다. 그러는 동안 추로는 결국 레티티아 할머니를 좋아하기로 마음먹었는지, 무릎에 올라 찰싹 붙어서는 줄을 따라 다가오는 모든 사람을 자세히 살펴보았다.

후덥지근한 날에 물건들을 찾아 앞으로 뒤로 운반하다 보니 땀까지 났지만, 나탈리는 그런대로 좋았다. 뭐라도 하니 어찌나 기분이 좋은지. 사람들의 삶에 변화를 일으키는 일이라니.

나탈리는 그러는 동안 혹시 엄마와 베아트리체 이모 생

각을 떨칠 수 있었다.

한낮이 되자 브라더스키퍼 선반에는 먼지 한 톨 남지 않았지만, 줄에는 더 많은 사람이 늘어서 있었다. 다 같이 리버티섬에 갇혀 버렸다. 폭풍이 오기 전에 구매할 수 있었던, 턱없이 부족한 물품이 전부였다. 여전히 외부 도움은 눈 씻고 봐도 찾을 수가 없었다.

"핸드폰 연결이 가능한 곳이 있는지 한번 확인해 보고 올게."

페이션스가 클립 보드를 나탈리 두 손에 척 올려놓으며 말했다.

"나탈리는 레티티아 할머니와 함께 줄에 가서 사람들 이름과 주소를 적어 올래. 핸드폰 번호도 빼놓지 말고. 연결이 다시 되었을 때를 대비해서. 우선 필요한 게 뭔지 물어보고 최대한 빨리 구해다 준다고 꼭 전해 줘."

"제가요?"

나탈리는 질문했다.

"당연하지, 나탈리!"

페이션스는 나탈리 몸을 휙 돌리더니 차고 문 밖으로 밀며 말했다.

"지금 주변에 이 일을 맡을 사람이 누가 있겠니?"

따사로운 바깥 햇살이 나탈리에게 쏟아졌다. 줄 서 있던

모든 사람의 시선이 곧바로 나탈리와 두 손에 들린 클립보드에 꽂혔다. 꿀꺽, 나탈리는 침을 삼켰다. 선반에서 생수와 기저귀를 앞뒤로 운반하는 건 그렇다 치자. 사람들과 이야기하는 건? 사람들이 필요한 물품을 정확히 받도록 책임감 있게 일하는 건? 이건 완전히 별개의 일이었다.

'난 7학년이고 여기 있는 사람은 다 어른인데, 누가 내 말을 들으려고나 할까?'

애타는 마음

처음에는 아무도 나탈리 말을 들으려 하지 않았다. 리버티시티 사람들은 나탈리 주변을 에워싸 너나 나나 할 거 없이 자기들이 무슨 일을 겪었는지, 어디에 사는지, 또 무엇이 필요한지 봇물 터지듯 말했다. 나탈리는 어디를 봐야 하는지, 누구 말을 들어야 하는지 알 수도 없었다. 마구 쏟아졌다. 사람들이 쏟아졌다. 가슴 저리는 이야기도 쏟아졌다. 나탈리가 이 모든 사람을 돕는다는 건 정말이지, 어림도 없는 소리였다. 발치에서 미친 듯이 캉캉 짖는 추로 때문에 더 정신이 없었다.

"모두 그만!"

나탈리가 버럭 소리치자, 허리케인 루벤이 그랬던 것처럼 갑작스레 고요해졌다. 추로마저 깜짝 놀라 조용해졌다.

'이게 내 초능력일지도 몰라.'

나탈리는 그 생각에 은근히 기뻤다.

"들어 보세요."

모든 눈과 귀가 나탈리에게 집중되자, 나탈리는 소리를 더 낮춰 나지막이 이어 말했다.

"우리 모두 도움이 필요하고 또 도움을 받게 될 거예요. 하지만 우리가 '함께해야' 이걸 끝낼 수 있어요. 아시죠? 그러니까 모두 한 줄로 서 주세요. 바로, 여기 이분 뒤로요. 여기 계신 한 분 한 분과 이야기 나눈다고 약속할게요."

나탈리를 빤히 바라보던 사람들은 서로 눈길을 맞추더니 놀랍게도 나탈리 말대로 기다란 줄 하나를 만들었다. 나탈리는 두 눈을 의심했다.

레티티아 할머니는 나탈리를 바라보고는 씽긋 윙크했다.

"좋아요, 다들 이 친구 말 들었지요? 두 줄로 서 봐요. 자, 시작해 보자고요!"

레티티아 할머니는 자신을 둘러싼 사람들에게 외쳤다.

나탈리 줄에 선 사람들이 한 명씩 차례로 필요한 물품을 말했다. 음식과 생수, 약, 생리대, 담요, 선풍기, 깨끗한 속옷과 바짝 마른 양말, 배터리, 기저귀와 분유가 아주 많

이 필요했다. 또 집을 고치려면 망치와 못 그리고 합판이 있어야 했고, 거리와 마당을 청소하려면 갈퀴, 빗자루, 슬레지해머, 톱도 필요했다.

이 모든 것에 쉽게 압도당할 수 있었지만, 나탈리는 자신이 할 수 있는 것에 집중하기로 했다.

"저 위쪽 트웰프트 거리에 있는 식료품점이 다시 문을 열긴 했는데, 전력이 끊기는 바람에 스냅 카드를 받을 수가 없다네요."

어린아이를 품에 안은 여자가 말했다. 나탈리 엄마는 '영양 보조 지원 프로그램'을 뜻하는 스냅을 식권이라고 불렀다. 스냅은 일을 하는데도 음식을 필요한 만큼 충분히 구매하지 못하는 사람들에게 정부가 나누어 주는 것이었다.

"그동안에 전 뭘 먹고 살아야 하죠? 다음 주까진 급여를 받지 못할 텐데……."

어린아이를 안은 여자가 물었다.

"'아무도' 급여를 받지 못하고 있어요. 제때 받긴 글렀지요."

그 줄 뒤에 있던 어떤 여자가 말했다.

나탈리는 그 말이 맞다고 생각했다. 다시 보통날로 되돌아가려면 몇 주가 아닌 '몇 달'이 걸릴 테다. 그렇게 되돌아간다 한들, 그전까지 어떻게 생존해야 할까?

줄을 쭉 따라 시종일관 같은 이야기만 들려왔다. 목록에 새로운 이름을 적고 그 사람이 필요한 새 물품을 적으며 나탈리는 마음이 무거워졌다. 적다 보니 칸이 모자라 뒤집어 종이 뒷면에 이어 적기 시작했다.

썰물처럼 희망이 쭈르르 빠지고 있었다. 나탈리가 폭풍 속 작은 돛단배에서 만난, 어린 남매의 엄마인 이사벨 아주머니는 내일 아침이면 다 끝날 거라고 말했었다. 하지만 그 말은 틀렸다. 다음 날이 되었는데도 모든 건 '전혀' 괜찮지 않았다. 어떤 면에서는 더 악화됐을 뿐.

"'사회 시설'이 문제인 것 같으세요?"

브라더스키퍼 안에서 페이션스가 버럭 외치는 소리가 흘렀다. 분명 '애타는 마음'이 짙게 묻어나는 말투였다.

"여기 사람들이 배고파 허덕이고 있다니까요! 마실 깨끗한 물조차 없는데, 여기로 '건설 인부'들을 보내겠다고요?"

나탈리는 잠시 줄을 떠나 건물 안을 빼꼼 들여다보자마자 가슴이 설레어 폴짝댔다. 페이션스가 전화 통화 중이었다. 전화 연결이 가능하다니! 나탈리는 한달음에 뛰어가 페이션스 팔꿈치 하나를 꽉 쥐었다.

"여기로 당장 음식을 보내지 않으면 시설 걱정은 그쪽이 해야 할 거예요."

페이션스는 전화 상대방에게 말했다. 페이션스가 왜 화

가 났는지도 모르면서 추로는 페이션스 편을 들어 주듯 그 옆에 서서 맹렬히 짖었다.

"여보세요? 저기요?"

상대방이 전화를 끊은 건지 페이션스의 전화 신호가 끊긴 건지 알 수 없었다. 페이션스는 두 눈을 감고 숨을 깊이 몰아쉬고는 다시 눈을 떠 머리를 절레절레 흔들었다.

"방금 미국 연방재난관리청이었거든. 시와 주 그리고 연방 정부 죄다 같은 말만 반복하고 있어. 음식과 물을 가져다줄 수 없다는 거야. 왜냐면 지금 '비상사태'를 처리하느라 너무 바빠서래. 대체 '여기'가 그 비상사태라는 걸 왜 깨닫지 못하는지!"

페이션스는 손으로 주변을 가리키며 덧붙여 말했다.

"전기도 물도 음식도 없잖아. 굶주린 사람이 수백 명이나 되는데 창고에는 먼지만 날리고. 내가 부탁한 것처럼 정부가 '폭풍이 오기 전에' 물품을 채웠느냐고? 아니, 그러지 않았어. 근데 이젠 나한테 거리가 온통 물바다가 되어서 음식과 물을 전해 줄 수 없다니. 대체 허리케인이 휩쓴 이후에 도시가 어떤 모습일 거라 '생각'한 건지!"

나탈리는 또 한 번 페이션스가 존경스럽다고 생각했다. 페이션스는 매일같이 밖에 나가 폭풍에 소리치고 있었다. 그 상대가 얼마나 어마어마하게 압도적인지 상관 안 했다.

페이션스는 절망 섞인 숨을 크게 후 내쉬더니 조금 누그러들었다.

"여기, 엄마에게 전화해 봐."

페이션스가 나탈리에게 핸드폰을 건네며 말했다.

떨리는 두 손으로 핸드폰을 건네받은 나탈리는 경건하다 싶을 정도로 엄마 전화번호를 조심스레 하나하나 눌렀다. 추로는 나탈리의 불안함을 함께 느낀 듯이 주변을 깡충대며 뛰어다녔다.

신호가 갔다. *따르릉따르릉*. 영혼이 저 나락으로 툭 떨어지는 그때, 누군가 전화를 받았다.

산책길

"엄마! 나, 나탈리!"

나탈리가 울부짖었다. 하지만 나탈리 목소리 위로 녹음된 엄마 목소리가 끼어들어 흘렀다.

"안녕하세요, 전 엘레나 토레입니다. 지금은 전화를 받을 수 없으니······."

나탈리는 솟구치는 울음을 꾹 참으며 흘러나오는 음성 메시지를 들었다. 두 다리에 후들후들 힘이 빠져 철제 선반

에 기댔다.

삐 소리가 난 후, 나탈리는 파르르 떨리는 목소리로 말을 꺼냈다.

"엄마, 저예요. 저는 괜찮아요. 지금은 리버티시티에서 페이션스 데이비스라는 여자분과 함께 있거든요. 이것도 그분 핸드폰이고요. 이 메시지 들으면 여기로 다시 연락해 줘요."

엄마에게 무슨 말을 더 전해야 할까?

"사랑해요, 엄마. 부디 무사하면 좋겠어요."

나탈리는 말을 마치고 전화를 끊었다.

끝 모를 눈물이 얼굴 위로 주르르 흘렀다. 페이션스는 나탈리에게서 핸드폰을 다시 받아 들며 말했다.

"괜찮을 거야, 나탈리."

페이션스가 한 팔로 나탈리를 감싸자, 나탈리는 페이션스에게 기대어 눈물을 펑펑 쏟았다.

"아마 폭풍에 핸드폰을 잃어버리셨을지도 모르지. 나탈리처럼. 안정을 되찾고 나서 이 음성 메시지를 들으면 바로 연락 주실 거야."

나탈리는 흐느껴 울었다. 페이션스가 배려 깊게 말했지만, 차마 하지 못한 말이 무엇인지 알고 있었다. 엄마가 다시는 전화하지 못하게 되는 경우의 수도 있었다. 왜냐하면 엄마가 폭풍에 익사했을 수 있으니까.

페이션스는 나탈리에게서 클립 보드를 빼내 들었다.

"한동안 계속 일만 했잖아. 내가 적십자사에 연락을 넣어 명단에 나탈리 이름을 올려놓을게. 좀 휴식을 취해. 저 강아지랑 잠시 산책을 다녀오는 건 어때? 날 보며 자꾸 짖지 않도록 말이야. 여기선 내가 사장인데."

울음바다였던 나탈리는 비실비실 웃음이 새어 나왔다.

"제가 강아지 보호자는 아닌데."

나탈리는 말했다. 휴식이라니, 듣던 중 반가운 말이었다. 추로와 브라더스키퍼를 나와 마을을 둘러보았다. 잠깐이라도 혼자만의 시간을 보내 내심 기뻤다. 추로 역시 이곳저곳을 돌아다니며 쓰레기와 잔해 더미의 냄새를 맡고 쉬를 싸며 즐거워했다.

맑게 갠 다음 날, 오후가 되니 청청한 하늘에 새들이 다시 짹짹 지저귀었다. 하지만 나무, 전봇대, 자동차, 지붕과 창문 그리고 벽까지 모든 게 훼손되거나 파괴되었다. 또 아직까지 정부에서 사람들을 보내 복구 작업을 시작하지도, 절망에 갇힌 사람들을 돕지도 않았다. 사람들은 하나같이 뭘 할 게 없거나 고칠 방도를 찾지 못해 그저 부서진 집만 빤히 바라보고 있었다.

나탈리와 추로는 찢기고 뜯긴 나뭇가지 더미 주변을 조

심스럽게 나아가려 했다. 모퉁이를 돌아 무너지지 않은 가게를 줄줄이 지나쳤다. 갑자기 새까만 전투복에 검정 마스크를 쓴 거구의 백인 남자 한 명이 나탈리 앞에 불쑥 나타났다. 자동 소총이 손에 들려 있었다.

"멈춰. 누구야? 원하는 게 뭐야?"

백인 남자는 딱딱한 목소리로 말했다.

약탈하면 쏜다

나탈리는 온몸이 돌덩이처럼 굳었다. 새까만 유니폼을 입고 검정 마스크를 쓴 두 번째 백인 남자가 다가오더니 먼저 온 사람 뒤에 섰다. 큰 소총을 든 백인 남자는 테이프 몇 조각으로 글자를 만들어 방탄조끼 앞에 붙이고 있었다. 거기에는 "약탈하면 쏜다"라고 적혀 있었다.

"여기서 뭐 하는 거지?"

두 번째 남자가 질문했다.

추로는 두 남자를 바라보며 으르렁으르렁 한껏 경계했고 나탈리는 얼른 추로를 들어 올려 꼭 껴안았다.

"그냥 강아지랑 산책 나왔어요."

"그렇군. 산책 따윈 딴 데 가서 해."

첫 번째 남자가 말했다.

신발 가게며 주류 판매점 그리고 편의점 앞에도 남자 여럿이 서 있었다. 창문과 햇빛 가리개 곳곳이 폭풍에 깨지고 찢겨 버렸지만, 아무도 가게를 털지 않는 게 나탈리 눈에도 훤히 다 보였다.

"그리고 가서 전해. 이 가게든 어디든 다가올 생각하지 말라고."

두 번째 남자가 쏘아붙였다.

나탈리는 얼굴을 찌푸렸다. 대체 누가 가게를 약탈하려 들까? 어쨌든 끄덕끄덕 고갯짓하고 왔던 길로 다시 서둘러 돌아갔다. 전속력으로 부리나케 도망쳤다. 허리케인이 떠난 바로 다음 날인데, 저 남자들은 리버티시티에서 총을 들고 뭐 하는 거지?

나탈리는 다른 거리를 걷다가 젊은 아시아 여자 하나가 중국 식당 앞에서 기다란 유리닦이로 가게 출입문 물기를 닦아 내는 걸 발견했다.

"문을 여신 건가요?"

나탈리가 물었다.

여자는 머리를 절레절레 흔들었다.

"그냥 청소하는 거란다."

나탈리는 추로를 바라보고 고갯짓하며 이어 말했다.

"혹시 남은 음식이 있나요? 강아지가 배가 고파해서요."

"아니, 미안해. 우린 정말 마지막까지 참다가 냉동고를 열거든. 지금 문을 열면 음식이 그만큼 더 빨리 상하니까. 그럼 결국 전부 못 쓰게 될지도 몰라."

젊은 여자 얼굴이 갑자기 환해지며 덧붙였다.

"오, 잠깐만. 강아지 간식이 좀 있었던 것 같은데!"

젊은 여자는 가게 안으로 사라지더니 손에 작은 플라스틱 보관 용기를 들고나왔다. 그 안에는 기성품 강아지 간식이 들어 있었는데, 여자는 나탈리에게 간식 용기를 통째로 건네며 말했다.

"여기, 모든 게 정상으로 돌아오기 전까지 강아지에게 줄 간식은 있어야지. 그게 언제가 될지 모르니까."

나탈리는 젊은 여자에게 고맙다는 인사를 전하고 간식 하나를 꺼내서 추로에게 주었다. 페이션스 식량 창고로 발을 옮기는데 몇 걸음마다 추로가 간식을 또 달라며 날뛰었다. 하지만 나탈리는 고개를 흔들흔들 내저었다.

"한 번에 다 먹으면 안 되지."

나탈리는 추로에게 나무라듯 말했다.

다시 돌아왔을 때, 레티티아 할머니는 여전히 사람들 정보를 받아 적고 있었고, 페이션스는 또 한 번 기운이 쭉 빠지는 전화 통화를 막 끝낸 뒤였다.

"여전히 도움을 못 주겠다네. 그리고 안타깝게도 엄마한테서 연락은 아직 없었어."

페이션스가 나탈리에게 말했다.

나탈리는 고개를 끄덕였다. 잠시 자리를 떴을 때 엄마한테 연락이 와 있을지 모른다는 생각은 너무 욕심 넘치는 소망이었다.

"거리에 군인들이 나와 있던걸요. 군대나 그런 거 같았는데."

페이션스는 풋 비웃었다.

"응, 알아. 하지만 군대도 주 방위군도 아니야. 경찰은 더욱이 아니고. 자경단 같은 거야. 누구나 다 알다시피, 여기 살지도 않아. 그냥 배 타고 들어와서는 가게를 약탈하려는 사람을 쏘지. 사람들이 도둑질할 필요가 없게끔 저들이 음식을 여기까지 챙겨 왔느냐고? 물? 구급상자? 마른 옷? 아니. 그냥 총만 들고 왔어."

나탈리는 믿기 힘들었다.

"도둑을 발견하면 누구나 쏠 수 있다고요?"

"당연히 불법이지. 근데 막을 사람이 누가 있나?"

나탈리는 도무지 상상할 수 없어 고개를 가로저었다. 음식이나 신발 한 켤레 또는 텔레비전 하나를 훔친 일로 바로 총을 맞는다고? 일 처리가 원래 그런 식으로 흐르진 않

는다.

"저 길 아래에 있는 중국 음식점은 아직 열진 않았지만, 추로가 먹을 강아지 간식을 주셨어요."

나탈리는 페이션스에게 간식 용기를 내보이며 말했다. 추로가 갑자기 가여워진 나탈리는 간식 하나를 더 꺼내 주고는 간식 용기를 휑한 선반 위에 올려놓았다.

"흠, 적어도 '추로'는 보살핌을 받고 있네."

페이션스는 추로가 행복하게 먹는 모습을 바라봤다.

그때, *따르릉따르릉* 페이션스 핸드폰이 울렸다. 지친 한숨을 내뱉으며 전화를 받은 페이션스는 이내 두 눈이 총총 반짝이더니 미소를 머금었다.

"나탈리! 엄마야!"

페이션스가 소리쳤다.

엄마 이야기

"엄마!"

핸드폰 너머로 엄마 목소리가 들리자마자 나탈리는 부르짖었다.

"살아 있었구나! 다시는 네 목소리를 들을 수 없을 줄 알았단다, 내 아기 천사."

흐느끼는 울음 사이로 엄마가 말을 꺼냈다.

나탈리는 모든 걸 알고 싶어 하는 엄마에게 그간 겪은 일을 털어놓았다. 이야기를 들으며 엄마는 몹시 가슴 아파했다.

"네가 살아 있다는 건 정말이지, 기적 같구나."

이야기가 끝나자 엄마가 말했다. 이 모든 이야기를 다시 제 목소리로 듣자, 나탈리도 믿기 어려웠다.

엄마 이야기도 무섭긴 매한가지였다. 나탈리가 빠져나간 후, 집 안에 물이 계속 차올라 엄마와 베아트리체 이모는 천장까지 밀려 올라갔다. 또 폭풍 해일은 어찌나 강력한지, 정말 상상할 수 없는 일을 했다. 현관문 경첩 여러 개를 죄다 뜯어내 날려 버린 거다.

"난 숨을 깊게 들이마시고는 이모를 힘껏 끌어당겨 뚫린 현관문으로 나갔지. 두 폐가 터질 것 같더구나. 어쨌든 밖으로 나온 다음, 숨을 찾아 물 위로 올라가 고개를 뺐어. 화가 난 루벤이 온 사방에서 날뛰더라. 널 찾아 봤지만, 떠난 지 오래였단다."

나탈리는 폭풍에 휩쓸려 떠내려가던 게 떠올랐다. 벌써 이리 흐릿해지다니. 어찌나 순식간인지. 이 폭풍을 맞는 엄마와 이모를 도울 자신이 그 자리에 없었다는 생각이 들

자, 나탈리는 가슴이 미어졌다.

루벤은 엄마와 이모를 저 위쪽, 예전에 나탈리가 다니던 초등학교까지 떠밀었다. 엄마는 이모와 여기저기 부서진 이 층 창문에 기어올라 계단통으로 대피했다.

"있잖아, 나탈리."

엄마는 조심스럽게 말을 이었다.

"베아트리체 이모 있잖아……. 아주 버거우셨을 거야. 물을 아주 많이 삼키셨거든. 나도 최선을 다해 도왔지만, 미처 구조되기도 전에 이모는……. 아, 우리 딸. 정말 안타깝지만, 이모는 세상을 떠나셨단다."

베아트리체 이모

나탈리는 한 손을 들어 올려 입을 꽉 틀어막았다. 이전에는 엄마와 베아트리체 이모가 죽었을지 모른다고 생각했다. 엄마 목소리를 다시 듣자, 희망이 샘솟았다. 하지만 지금, 가족처럼 가까이 지낸 이모가 정말로 세상을 떠난 걸 알게 되자…….

나탈리는 몸을 완전 접은 채 꺼이꺼이 울었다. 핸드폰을 건네받은 페이션스는 나탈리 어깨에 한 팔을 두르고 나탈리가 마음 편히 눈물을 쏟도록 했다. 페이션스와 엄마의 통화 소리가 분명 들렸지만, 나탈리 신경은 다른 데에 가 있었다. 이모네 아파트 거실 바닥, 이모가 보던 연속극 소리가 흐르는 가운데 나탈리는 파랑 하드보드지를 싹둑싹둑 잘라 마리포사 나비를 만들곤 했다. 이모의 무릎, 나탈리는 얼굴 변신 마녀를 머스터드 씨앗으로 무찌른 이야기와 탐욕이 그득그득한 구혼자가 예쁜 공주 여럿을 동굴 여기저기에 가두어 둔 이야기를 듣곤 했다. 이모네 주방, 팥과 흰쌀 그리고 잘게 자른 양파를 한데 넣은 냄비를 가스레인지에 올리고 휘휘 젓곤 했다. 베아트리체 이모, 젊은 시절 니카라과에서 이미 허리케인을 한 번 겪은 생존자인데 여기 미국까지 와서 또 다른 폭풍에 목숨을 잃다니.

너무 불공평하다! 그 누구라도 이렇게나 큰 상실을 겪어서는 안 된다.

나탈리 등에 페이션스의 손길이 느껴지자, 나탈리는 고개를 들었다. 엄마가 다시 나탈리와 이야기하고 싶어 했다.

"믿을 수가 없어요. 이모가 죽다니요."

나탈리가 코를 훌쩍이며 말했다.

"나도 알지, 우리 아기 천사. 그 마음 다 안단다."

엄마도 눈물 젖은 목소리로 말했다.

"지금으로선 길게 통화할 수 없겠구나. 난 하이얼리아 대

피소에 있어. 안전해. 전기 발전기는 하나뿐인데, 전화를 사용해야 하는 사람은 여기 아주 많거든. 엄마가 거기 있는 페이션스와 이야기를 나누었는데, 지금 당장은 거기서 지내도 괜찮다는구나. 어때, 괜찮겠니?"

"네."

나탈리는 엄마에게 대답했다.

"그래. 그럼 리버티시티에 머물고 있으면 가능할 때 엄마가 널 데리러 갈게. 알겠지? 우리 딸, 사랑해. 정말 큰 용기를 냈구나."

나탈리와 엄마는 작별 인사를 나눈다며 조금 더 통화를 끌다가 마침내 끊었다. 나탈리가 페이션스에게 다시 핸드폰을 돌려주자, 추로가 나탈리 무릎 위로 기어올랐다. 나탈리의 절망감을 눈치챈 걸까? 꼬마 강아지 추로는 더 이상 베아트리체 이모를 볼 수 없다는 걸 어떻게 이해할까? 이모가 어디에 있는지 궁금해하며 온 세월을 보내진 않을까?

나탈리는 선반에 놓인 간식 용기를 꺼내 들었다.

"딱 하나만 더 줄게. 나머지는 여기에 오는 다른 강아지들을 위해 남겨 두자. 그래야 친구들도 먹을 수 있잖아."

"엄마가 무사하시다니 정말 다행이야. 들어 보니 하이얼리아는 도움을 좀 받는 것 같더라고."

나탈리 옆자리에 앉은 페이션스는 한 손으로 두둑해진

클립 보드를 들어 올리며 말했다.

"나? 난 물품이 꼭 필요한 사람들 명단을 이렇게 길게 길게 적었는데, 미국 연방재난관리청과 주 정부는 여전히 코빼기도 안 보이네. 여기로 루벤이 상륙하기 전에 ATM에서 뽑아 놓은 돈도 이미 다 썼거든. 또 누구한테 연락해야 할지를 모르겠어. 심지어 응급 구조 전화 911도 전화를 받지 않으니 말이야."

나탈리는 베아트리체 이모가 니카라과에서 겪은 첫 허리케인 생존기를 말하며 비슷한 말을 한 적이 있다는 걸 깨달았다. 내전 이후라 사람들을 도와줄 변변찮은 정부마저 없어 사람들끼리 뭉쳤다는 바로 그 이야기. 서로 가지고 있는 물건들을 나눈 일. 상황이 장기전에 돌입하면 충분하지 않겠지만, 일단 이 상황을 벗어나기 전까지 생존하는 데는 도움이 될 테니까. 좀 더 나은 상황을 만드는 거다.

추로가 간식 용기를 바라보며 또 달라고 짖었지만, 더는 주지 않을 거다. 나탈리는 지금 막 어떤 생각 하나가 떠올랐다.

"줄곧 이웃 사람들에게 뭐가 필요한지 물어봤잖아요."

나탈리는 떠오르는 생각을 바로바로 말했다.

"만약 우리가 돌아다니며 사람들이 '뭘 가졌는지' 물어보는 건 어떨까요?"

페이션스가 허리를 곧추세워 앉으며 말했다.

"그러니까 간식처럼? 예를 들어 엄청나게 많아 상하기 직전인 고기라든가, 그런 거?"

"게다가 누가 그릴을 갖고 있을 수 있잖아요. 아니면 다 마시지도 못할 만큼 생수가 너무 많든가 아니면 녹아 버릴 아이스크림이 있든가. 다들 가진 게 많지는 않겠지만, 그래도 물품을 함께 모으다 보면……."

나탈리는 고개를 끄덕이며 말했다.

페이션스는 두 팔을 벌려 나탈리를 얼싸안았다.

"나탈리! 진짜 천재다!"

페이션스는 다시 큰 목소리로 말했다.

"이 클립 보드를 들고 얼른 집집마다 문을 두드려 보자!"

무엇을 나눌 수 있나요?

브라더스키퍼 밖 주차장에 있는 그릴 위에서 햄버거와 핫도그가 지글지글 구워지는 소리가 흘러나왔다. 또 시멘트 벽돌로 만든 불구덩이 위에 놓인 대형 냄비에서는 쌀과 콩이 요리되고 있었다. 입맛을 돋우는 음식 냄새가 마을 구석구석 퍼지자, 사람들이 홀린 듯이 다가왔다. 사람들은 음식을 서서 먹으며 하하 호호 웃음꽃을 터뜨리고 이야기를 나눴다. 리버티시티에 온화한 햇볕이 들었다.

이게 다 나탈리와 페이션스가 사람들에게 무엇이 필요한지 묻지 않고 거꾸로 사람들과 무엇을 나눌 수 있는지 묻기 시작한 덕분이었다.

질문을 받은 모든 이가 도움을 선뜻 건넨 건 아니었다. 처음에 찾아갔던 사람은 자기 물건을 나눌 수 없다고 딱 잘라 거절하고는 나탈리와 페이션스를 코앞에 두고 문을 쾅 닫았다. 나탈리는 꽤 충격받았지만, 페이션스는 조금도 굴하지 않았다.

다음은 갓난쟁이가 있는 젊은 가족 집이었다. 빼꼼 집 안을 들여다보니 그 가족이 여유롭지 않은 상황이라는 게 나탈리 눈에도 훤히 들어왔다. 베푼다는 게 가능하기나 할까 싶었다. 하지만 젊은 엄마는 들어가더니 기저귀 상자 하나를 들고 와 페이션스에게 건넸다.

"가게들이 다시 문을 열기 전까지 버틸 건 충분히 있거든요. 부디 이 기저귀를 꼭 필요한 엄마들에게 전해 주세요."

나탈리는 코끝이 찡해 왔지만, 페이션스는 그런 감정에 휩쓸릴 시간조차 없어 보였다. 그다음 문을 두드린 집의 가족은 생수 여러 병을 건넸다. 또 그다음 찾아간 어떤 남자

는 핫도그 빵을 두 상자나 주었다. 나탈리와 페이션스가 찾아간 거의 모든 가정에서 사람들은 '뭐라도' 기부했다. 그러다 집 문을 연 어느 10대 남자애 하나가 자신은 나눌 게 아무것도 없다고 말하자, 페이션스는 나탈리가 줄곧 들고 다니던 온갖 물건을 남자애 두 팔에 건넸다.

"나눌 게 없어도 상관없어요. 일을 거들면 되니까요!"

페이션스가 말했다. 그리고 이렇게 만난 사람들은 작은 군대를 이뤄 음식과 물건을 창고로 날라다 주었다.

선반 곳곳이 물건으로 가득 차자, 몇몇 사람들이 찾아와 물건을 분배하는 걸 도왔다. 한 탁자에서는 과자 봉지와 생수 그리고 사과와 바나나를 나눠 주었으며, 다른 탁자에서는 기저귀와 분유를 나눠 주었다. 재능이 뛰어난 10대 여자애 하나가 의자 하나에 툭 걸터앉더니 어쿠스틱 기타를 치며 노래를 불렀다. 또 아저씨 두 명은 자신의 그릴을 가져와 밖에서 요리를 도맡아하며 한물간 시시한 농담을 주고받았다.

군침 괴는 향기가 풀풀 퍼지자, 여기저기에 있던 이웃 강아지들도 왔다. 나탈리는 강아지들에게 간식을 하나하나 나눠 주었다. 물론 추로는 강아지 하나하나에 으르렁 짖었지만.

나탈리는 그런 베아트리체 이모의 강아지를 바라보며 미

소 지었다. 어쩌면 나탈리는 가슴에 절대 치유되지 않을 상처 구멍이 뻥 난 채로 평생을 살게 될지도 모른다. 하지만 다른 사람에게 도움의 손길을 건네는, 이모가 했을 법한 일을 하니 이모를 잃었다는 상실감이 주는 쓰라린 아픔이 조금은 가셨다.

그러다 문득 나탈리는 줄에 선 누군가를 알아보고는 속에서 불이 확 솟구쳤다. 한 손으로 페이션스를 꽉 잡으며 그 사람을 가리켰다.

"저기 봐요! 우리가 처음으로 찾아갔던 사람이에요! 자기 건 하나도 안 나누고는, 이젠 여기서 다른 사람들이 기부한 음식을 날름 먹겠다니!"

"그래도 환영해."

페이션스 말에 나탈리는 한 대 얻어맞은 것 같았다.

페이션스는 어깨를 으쓱하더니 말을 이었다.

"어떤 이는 언제나 베풀 생각은 하지 않고 받을 생각만 하지. 하지만 난 언제나 받을 생각은 하지 않고 베풀기만 할 거야."

나탈리는 또다시 세상을 대하는 페이션스의 마음에 경외심이 들었다.

'이런 어른으로 자라려면 어떻게 해야 하지?'

나탈리는 궁금했다.

"어차피 저런 사람들이 최악의 골칫덩이는 아니니까."

페이션스는 한숨을 크게 내쉬며 말했다.

"무슨 말이에요?"

"이리 와 봐. 여기를 도와주는 사람은 충분하니, 나탈리와 난 지붕으로 올라가자."

신비로운 도시

"여기 올라와 생각하는 걸 난 참 좋아하거든."

페이션스가 브라더스키퍼 건물 뒤쪽에 난 사다리를 성큼성큼 오르며 나탈리에게 말했다. 페이션스의 토트백 안에는 함께 먹을 탄산음료와 과자 몇 봉지가 담겨 있었다. 나탈리는 추로를 품에 안고 올랐다. 추로도 짖을 대상들이 더 많아져서 좋아할 테니 말이다.

"여기 분명히 접이식 의자가 두세 개 정도는 있었는데……. 지금쯤이면 저 멀리 올랜도에나 가 있겠네."

둘은 지붕 가장자리에 걸터앉아 음식을 먹으며 왁자지껄한 사람들을 내려다보았다. 뭔가 좋은 일을 해낸 것 같았는데, 페이션스는 그다지 기뻐 보이지 않았다.

"무슨 일 있어요? 이거 혹시 안 좋은 생각이었나요?"

나탈리가 물었다.

"아니, 그런 거 아니야."

페이션스는 나탈리가 얼굴을 찡그린 걸 보고는 이어 말했다.

"미안해. 모두 적극적으로 서로를 돕는 모습은 정말 좋아. 근데 저 이면에 보이는 건 이게 즐겁게 보낼 수 있는 마지막 순간이라는 사실이지. 리버티시티에 있는 모두가 자신이 나눌 수 있는 걸 다 나누었잖아요. 그러니 이 음식과 물 그리고 물건들이 죄다 사라지면 그대로 끝인 거야. 더는 남은 게 아무것도 없으니까. 그럼, 그다음은?"

나탈리는 거기까지 생각해 보지 않았다. 그저 사람들을 한데 모으는 게 아주 뿌듯했다. 도움이 된다는 게 뿌듯했다. 하지만 페이션스가 옳았다. 이게 다가 아니었다.

페이션스는 핸드폰 화면을 죽 내리고는 새로 뜬 게시물을 확인하며 말했다.

"많은 게 사라졌네. 플로리다 키스 지역이 아주 납작해졌고. 마이애미비치에 엄청나게 많은 건물이 떠내려오고, 또 해변을 따라 줄지어 있던 모든 항구가 파괴되었어. 마이애미 항구와 마이애미 국제공항도 사라졌네. 또 브리켈 금융지구에는 홍수가 났고 코랄게이블스는 꼭 베네치아처럼 보여. 프리덤 타워도 없어지고 소그래스밀은 다시 에버글레이

즈 일부로 합해졌네."

페이션스는 고개를 절레절레 흔들며 덧붙였다.

"루벤이 포트로더데일마저 할퀴고 갔어. 에버글레이즈항도 마찬가지고. 낚시 부두 폼파노도 그렇고. 다 사라져 버렸지. 그래도 농구 홈구장은 겨우 버텨 냈나 봐. 거기 그 자리에 있네."

나탈리는 하이얼리아가 궁금해졌다. 리버티시티만큼 높지 않아서 아직도 물속에 잠겨 있으려나? 지금쯤 나탈리 집은 어떤 모습일까? 그 자리에 있긴 할까?

페이션스가 나탈리를 가로질러 손을 쭉 뻗어 과자 한 봉지를 집으려 하자, 추로가 또 으르렁하며 경계했다.

"알았다니까, 추로. 네 친구를 다치게 하진 않을 거라고."

페이션스는 두 손을 들어 올리며 말했다.

추로는 승리에 도취해 나탈리 무릎 위를 의기양양하게 돌더니 다시 앉아 두 눈을 지그시 감았다. 나탈리는 그런 추로를 가만히 바라보았다. 나탈리와 추로는 언제 친구가 된 걸까?

페이션스가 고개를 내젓고는 웃으며 말했다.

"나탈리네 강아지는 나탈리 말고는 다 싫어하네."

"근데 저는 보호자가……."

나탈리는 말하다 말고 갑자기 멈추었다. 베아트리체 이모는 세상을 떠났다. 추로가 갈 곳은 사라졌다.

"'네 보호자'는 이제 정말 나인 것 같네."

나탈리가 추로의 두 귀 사이를 긁으며 나지막이 말하자, 추로는 인정한다는 듯이 가르랑 소리를 냈다.

저 멀리 허리케인에서 살아남은 높다란 콘도의 여러 창문에서 전깃불이 새어 나왔다.

"저 아래 브리켈 지역은 전기가 다시 들어오는 모양이군."

페이션스가 넌더리가 난다는 듯이 이어 말했다.

"저렇게 부유한 사람들이 전기 공급을 받는 목록의 최상위권이라니, 참 좋겠네. 착즙기를 돌리고 자전거 운동을 할 전기가 꼭 필요하겠지."

나탈리는 섀넌이 떠올랐다. 섀넌은 하늘 높이 치솟은 아파트에 자체 발전기도 설치되어 있다고 했다. 루벤이 핼러윈을 얼마나 망칠지 걱정하던 섀넌. 마이애미에 남아 허리케인을 겪는 걸 '캠핑 모험'이라 부르던 섀넌 아빠.

나탈리는 이 모든 일이 끝나고 섀넌과 다시 친구로 지내는 게 상상이 안 됐다. 섀넌은 좋은 친구지만 둘은 전혀 다른 별에 사는 사람들 같았다.

페이션스는 고개를 흔들며 말했다.

"마이애미를 신비로운 도시라 부르곤 해. 하지만 여기 사

는 몇몇 사람에게만 신비로운 곳이겠지. 우리 같은 나머지 사람들에게는 하나도 신비롭지 않으니까."

"어렸을 때, 마법의 세상 마리포사를 만든 적이 있어요."

나탈리는 말을 꺼냈지만, 막상 마리포사를 말로 설명하려니 조금 얼굴이 붉어졌다. 하지만 어스름이 내린 밤, 높이 올라오니 말 꺼내기가 더 쉬웠다. 눈앞에 파멸된 도시를 두고 나탈리는 마리포사의 수많은 집과 공원 그리고 도서관과 병원에 대해 말했다. 또 세상과 타인을 바라보는 눈길과 방식에 대해서도.

"마리포사에서는요, 왕과 왕비가 사람들이 필요로 하는 걸 꼭 제공하죠. 그래서 다들 행복해요."

나탈리가 말했다.

페이션스가 고개를 끄덕이며 대답했다.

"들어 보니, 내가 가서 살고 싶은걸?"

그때, 추로가 머리를 꼿꼿이 세우더니 아래쪽 무언가를 향해 캉캉 짖어 댔다. 새로운 누군가가 주차장에 들어서자, 소동이 일고 있었다.

"저게 지금 다 뭐죠?"

페이션스가 물었다.

나탈리는 아까 마주친 가짜 군인들이 몰려와 사람들을 힘겹게 할까 봐 걱정됐다. 하지만 이들은 손에 총을 들고 있지 않았다. 그 대신 카메라 장비를 들고 있었다.

나탈리는 숨이 턱 막혔다. 큰 키에 청바지와 새파란 바람막이 외투를 걸친, 이 아름다운 라틴계 여자가 누군지 알아챘다.

"페이션스, 나, 저분 알아요! 텔레비전에 나오는 마리아 마티네즈예요!"

나탈리가 크게 소리쳤다.

중요한 이야기

"자, 지역 사회에서 식량 창고를 운영하고 계신다고요?"

마리아 마티네즈가 페이션스에게 질문했다. 어둑어둑한 주차장에 카메라만이 밝은 빛을 뿜어냈다.

"네, 허리케인 이전부터 브라더스키퍼는 기부받은 수많은 음식과 옷가지 그리고 필수품을 다시 나눕니다. 우리 지역 사회에서 그 물건이 가장 필요한 사람에게 배분하죠."

페이션스가 말했다.

나탈리는 빛이 비치는 동그라미에서 딱 한 걸음 뒤로 물러나 인터뷰가 진행되는 걸 지켜보았다. 뉴스 보도국은 하늘에 드론을 띄워 도시 전역을 관찰하다가 브라더스키퍼

주차장에서 일어나는 일을 발견했다. 그래서 마이애미의 유명한 기상학자가 모터보트를 타고 사람들과 이야기를 나누기 위해 리버티섬까지 온 거다. 그릴을 담당하던 아저씨 두 명과 기타를 퉁기며 노래하던 소녀 그리고 음식을 먹으려고 줄 선 여러 사람과도 이미 대화했다.

나탈리는 마음이 들떴다. 마리아 마티네즈를 실제로 봤을 뿐만 아니라, 모든 사람이 여기서 일어나는 일을 알게 될 테니 말이다.

드디어 리버티시티가 그토록 필요로 하던 도움을 받을 기회였다.

"오늘 어떻게 이렇게 다들 모이셨는지 여쭤봐도 될까요?"

마리아가 페이션스에게 질문했다.

페이션스는 주변 이웃을 찾아가 베풀 수 있는 물건이 있는지 물으며 돌아다닌 걸 말했다. 또 사람들은 자신이 내어 줄 수 있는 걸 기꺼이 베풀었는데, 심지어 다들 그리 여유로운 상황도 아니었다고 말했다.

"그리고 이건 다 나탈리의 의견이었어요."

페이션스는 말을 마치고는 몸을 돌려 나탈리에게 함께하자며 손짓했다.

심장이 쿵 떨어질 만큼 놀란 나탈리는 고개를 저으며 뒷걸음질 쳤다. 이대로 카메라에 나갈 순 없었다! 이틀 내내 목욕을 못 해 머리카락이 곱슬곱슬해져 수습이 불가능한 상태였다. 또 옷은 '누가 봐도 언니한테 물려받은 옷'처럼 나탈리 몸보다 다섯 배는 더 커 보였다. 땀이 나 꼬질꼬질한 데다가 넋이 나간 사람 같아 보였다. 원래 사진 찍히는 걸 그다지 좋아하지 않는 나탈리는 아는 사람이 이런 자신의 모습을 보게 될까 봐 정말이지, 끔찍했다.

하지만 페이션스는 씩 웃으며 나탈리를 빛 한가운데로 쭉 끌어당겼다.

"이 친구가 나탈리 토레예요. 나탈리 덕에 이 모든 게 가능했죠."

나탈리는 당황해 어찌할 줄을 몰랐다. 허둥지둥 머리칼을 쥐어 올려서 똥그란 모양을 만들려고 애썼지만, 그것 때문에 더 엉망진창이 되어 버렸다.

"안녕, 나탈리. 자기소개를 좀 부탁해도 될까요? 어느 학교, 몇 학년이에요?"

마리아가 질문했다.

나탈리는 카메라가 비추는 밝은 빛에 눈을 끔벅끔벅했다. 마리아 마티네즈 바로 옆에 서 있다니!

"안녕하세요."

나탈리가 말했다.

페이션스를 비롯해 바라보던 사람 모두 웃음이 터졌다.

물론 기분이 상하는 그런 웃음은 아니었다.

"안녕하세요, 나탈리. 몇 살인가요? 어느 학교에 다니나요?"

마리아는 입가에 미소를 머금은 채 다시 질문했다.

뭔가 질문을 받은 건 알았는데, 아무래도 기억 상실증에 걸린 것 같았다.

"제가요, 텔레비전에서 선생님을 매일매일 봤거든요. 진짜 좋아해요."

나탈리는 이어 말했다.

또다시 웃음이 빵 터지고 이번에는 마리아 기상학자도 소리 내어 웃었다.

"그래요? 전 오늘 두 분께서 이루어 내신 걸 보니 나탈리 양을 진짜 좋아하게 될 것 같네요."

마리아는 말하며 몸을 틀어 카메라를 보았다.

"사람들을 한데로 모아 서로를 돕는 장을 여는 것. 바로 이것이 하나의 지역 사회가 무엇을 할 수 있는가에 대한 훈훈한 예시일 수 있습니다. 지금까지 마이애미 뉴스 채널 파이브, 마리아 마티네즈였습니다."

밝게 비추던 불이 한순간에 팍 꺼지자, 다시 깜깜한 주차장이 되었다.

"고맙습니다. 오늘 여기서 다들 대단한 일을 하신 거예요. 정말 중요한 이야기였고요."

마리아가 모두를 향해 말하고는 카메라 팀과 짐을 싸며 떠날 채비를 하기 시작했다.

눈만 깜박이던 나탈리는 여전히 어지러웠다.

"잠깐만요. 이게 끝이라고요?"

나탈리가 질문했다.

그 말에 마리아가 뒤돌았다.

"더 할 이야기가 남았나요?"

"그거야…… 당연하죠."

나탈리는 대답했다. 페이션스와 지붕 위에 올라앉아 나눴던 대화가 떠올랐다.

"내일 여기가 어떤 모습일지 상상해 보셨나요? 이 음식과 물 그리고 물품들이 다 사라진 이후요."

"자세히 설명해 주실래요?"

마리아는 촬영 기사에게 신호를 보내 다시 녹화를 시작했다.

삑! 눈이 멀도록 밝은 빛이 다시금 얼굴을 정확히 때리자, 나탈리는 고개를 휙 돌렸다.

아니, 아니야, 아니다. 도저히 못 하겠는데!

저 불빛을 똑바로 마주하며 마리아 마티네즈와 대화 나누는 걸 '촬영'하다니! 나탈리는 절망에 가득 찬 눈망울로

페이션스를 올려다보았다. 뭘 해야 할까? 꼭 전해야 할 말은 무엇일까?

다른 배

"할 수 있어, 나탈리! 넌 해낼 수 있어!"

페이션스가 말했다.

나탈리는 머리를 절레절레 흔들었다. 이건 나탈리가 아니다. 방송에 나와 말을 하다니!

추로는 나탈리의 두려움을 퍼뜩 알아채고는 옆에 서서 으르렁으르렁했다.

"이 카메라는 잊어버리고 나한테 말해 봐요."

마리아가 나탈리에게 이어 말했다.

"나탈리, 보기에는 모든 게 좋아 보입니다. 리버티시티 사람들이 함께 모여 서로 가진 걸 나누고 또 식사하며 음악을 즐기고 있지 않습니까? 그런데 어떤 부분이 좋지 않다고 말씀하시는 걸까요?"

"'좋긴' 좋은데요."

나탈리는 말했다. 자신을 촬영하는 카메라의 존재를 어떻게든 잊으려 애쓰며 마리아의 두 눈을 바라보았다.

"말씀하신 게 맞아요. 아주 놀라운 일이죠. 오늘 여기서 벌어진 일은요. 허리케인이 휩쓸고 떠난 다음, 여기 리버티 시티에 남은 사람들 대부분 먹을 게 부족했죠. 물도 부족했고요. 또 생존에 필요한 다른 물건들도 부족하긴 마찬가지였어요. 저희가 이 모두를 돕기에는 어림도 없었고 또 뭘 해야 하는지도 잘 몰랐어요. 그저 견디기도 벅찼으니까요."

나탈리는 말했다.

"그래서 사람들을 모아 서로 가진 걸 베푸는 장을 만드신 거군요."

나탈리가 다음 말을 자연스레 꺼내도록 마리아가 대화를 이끌었다.

나탈리는 고개를 끄덕였다.

"하지만 또 부족할 게 분명하죠. 이제 사람들은 더 이상 나눌 게 아무것도 없거든요. 아침이 밝아 오면 또다시 배고픔에 시달리겠죠. 게다가 더 중요한 문제도 해결되지 않았고요."

"더 중요한 문제라는 게 무엇을 말씀하시는 걸까요?"

마리아가 되물었다.

"아시잖아요. 늘 말씀하시는 바로 그거요."

나탈리는 마리아에게 말했다.

"기후 위기죠."

마리아가 대답했다.

나탈리는 오랜 시간 고민했던, 잘 아는 주제로 넘어오자 심장이 콩닥콩닥 점차 빠르게 뛰었다.

"허리케인은 늘 우리를 찾아와요. 하지만 기후 위기가 허리케인을 더 심각하게 만들고 있죠. 심지어 사람들에게 여러 영향을 주고 있어요. 저 초고층 건물들 좀 보세요."

나탈리는 암흑에 잠긴 하늘 아래 별처럼 반짝이는 빛을 손으로 가리키며 말했다. 온 마이애미를 통틀어 홀로 반짝이는 빛.

"저기 사는 부자들 대부분은 이미 허리케인을 피해 마을을 탈출했거든요. 그런데도 전력 공급 최우선 순위가 저 사람들이라니요. 리버티시티는 언제 전력을 공급받을 수 있는 거죠? 하이얼리아는요? 오버타운은요? 리틀해이티는요? 기후 위기를 말할 때, 우리 모두 같은 배를 타고 항해한다고들 하지만, 사실은 아녜요. 어떤 사람들은 요트를 구해 폭풍을 뚫고 나가기도 하죠. 그러는 사이 우리처럼 남겨진 사람들은 둥둥 떠내려오는 게 무엇이든 붙들어 잡고 물에 빠져 죽지 않으려 발버둥을 친다고요."

군중은 나탈리와 한마음 한뜻이었다. 저마다 손뼉을 치며 나탈리를 응원했다. 추로가 여전히 요란스럽게 짖는 소리도 들렸다.

"이 문제에 대해 '뭐라도' 해야 해요."

나탈리는 허리를 꼿꼿이 곧추세우며 이어 말했다.

"사람들을 불러 모아 힘닿는 데까지 서로를 도와주는 것, 그것도 훌륭하지만요. 그게 전부여선 안 된다는 말이죠. '더' 나아가야 해요. 사실 처음부터 더 나아갔어야 했죠. 허리케인이 오기 전에 미리 텅 빈 브라더스키퍼 선반을 식량으로 꽉꽉 채울 수도 있었죠. 또 기후 위기에 대해 미리 뭐라도 했다면, 루벤은 처음부터 이 정도로 심각하지 않았을 수도 있어요."

"나탈리 양, 사람들이 이 문제에 대하여 어떻게 행동하길 바라나요?"

마리아는 나탈리에게 질문했다.

이에 나탈리는 풀이 죽었다.

그걸 나탈리가 어떻게 알까? 나탈리보다 훨씬 더 중요한 이야기를 나누는 사람들일 텐데. 다른 그 무엇보다 훨씬 중대한 문제일 텐데.

게다가 나탈리는 고작 7학년인데!

나탈리는 답을 찾아 주변을 훑어보았다. 마리아, 페이션스, 추로 그리고 하나가 된 모든 리버티시티 주민들. 그 누구에게도 또렷한 답은 없었지만, 그 자리에 답이 존재했다.

"잘 모르겠지만, 정확히 아는 건 하나 있죠. 혼자서는 할

수 없다는 거예요. 우리 모두의 노력이 필요해요."

"훌륭해요!"

마리아는 촬영 기사에게 신호를 보내 촬영을 멈추었다.

"'이제야' 진짜 이야기를 건진 것 같은데요. 그렇죠?"

마리아가 나탈리에게 말했다.

고개를 끄덕이는 나탈리를 페이션스가 꼭 안아 주었다.

'내가 해내다니! 카메라 앞에서 말을 하다니! 그것도 기후 위기에 대해서!'

나탈리는 생각했다.

"전문가답던걸요! 기상학자가 될 생각 없어요?"

마리아가 나탈리에게 말했다.

나탈리는 히히 웃음이 나왔다. 그거야말로 늘 꿈꾸던 일이니까!

"그럼요! 기상학자가 되는 게 꿈이거든요. 선생님처럼요."

"이 모든 게 수습되면 보도국에 한번 와요. 채널에서 여러 가지를 함께 해 볼 수도 있겠어요. 이 메시지를 더 많은 사람에게 전해야 해요. 나탈리 양처럼 기후 위기에 들끓는 열정이 있는 친구를 더 많이 모아야 해요."

나탈리는 화들짝 놀랐다.

"그럴게요."

나탈리가 대답했다. 또 그 정도에서 멈추지 않을 테다.

불현듯 나탈리는 깨달았다. 이제부터 무엇을 해야 하는지. 기후 위기 해결을 위해 모두의 노력이 필요하다면, 최대한 많은 사람을 그러모을 방법을 찾아야만 한다.

게다가 그 방법이 나탈리 뇌리에 번뜩 떠올랐다.

워싱턴 D.C.

에필로그

집회 시간

 드리워진 커튼 뒤로 아키라 크리스티안센은 가슴에 펄럭대며 날아다니는 나비 떼를 진정시키려 애썼다. 미국 국회 의사당 계단, '기후 위기에 반대하는 청소년' 집회가 열리는, 엄청나게 큰 야외무대에 올라 연설할 차례가 다가오고 있었다. 이거 좋은 생각일까?
 아니, 다시 생각해야겠다. 마지막으로 한 번만 더 생각해야겠는걸.
 아키라는 다시 몸을 빼꼼 내밀고 군중을 살폈다. 워싱턴 D.C.는 후덥지근한 여름날이었다. 하지만 사람들은 양쪽으로 나무가 죽 늘어선 널따란 잔디밭을 꽉 채우고 있었다. 국회 의사당에서 워싱턴 기념탑 저 멀리까지 수천수만의 사람이 모여 있었다. '쉬이 가늠할 수 없을 정도로' 사람들이 빽빽했다.
 엄마가 아키라 어깨에 한 손을 올렸다.

"해낼 수 있을 거야. 그저 숨 쉬는 것만 잊지 마렴."

미국과 캐나다 그리고 멕시코 곳곳에서 온 수많은 중학생이 집회 연설을 하려고 대기 중이었다. 심지어 더 많은 전 세계 청소년이 줌으로 시청할 예정이었다. 아키라는 탄소 발자국을 줄이려고 엄마와 캘리포니아에서부터 비행기가 아닌, 기차를 타고 와 집회에 참여했다. 드디어 사람들 앞으로 나가야 할 시간이 되었다. 그냥 온라인으로 집회에 참여할걸.

무대 뒤에서 부모님과 함께 기다리는 다른 연설자들을 흘깃 살펴보았다. 다들 아키라처럼 긴장한 눈치였다. 그중 아무렇지 않아 보이는 아이는 금발 머리 남자애 하나뿐이었는데, 친구에게 재잘재잘하는 모습이 마치 수업 시작 전 복도에 서 있는 것 같았다.

바깥에 있는 앞쪽 스피커 여러 개에서 팝송이 흘러나오고 무대 뒤쪽 어디에선가 작은 강아지가 쉴 새 없이 캉캉 짖어 댔다. 이 기후 위기 집회에 누가 강아지를 데려온 거지? 아키라는 두 손을 들어 양쪽 귀를 꽉 틀어막았다. 하지만 여전히 약 오십만 명의 군중이 내는 웅성웅성 소리는 저 멀리서 포효하는 불의 소리처럼 흐릿하게 들려왔다.

아키라는 불안감을 어떻게든 꾹 참으려 했다. 파도가 밀려와 아키라 몸 전체를 죽 훑고 지나가도록 그냥 내버려두라고 치료사 선생님이 줄곧 가르쳐 줬다. 아키라네 가족이 모리스 산불 화재에서 탈출한 지 어언 9개월이 지났다. 하지만 오늘처럼 당황스러운 상황에 놓이면 아키라는 여전히 공포심에 사로잡혔다.

아키라와 치료사 선생님은 '기후 위기에 반대하는 청소년' 집회에 참여하는 건 과거 일을 직면하는 아주 좋은 방법이라는 데 동의했다. 하지만 산불이 지나간 다음, 다저에 올라타 거목들을 보러 가는 것과는 전혀 다른 일이었다. 대체 무슨 생각이었지? 이걸 왜 한다고 했을까?

'왜냐하면 산불이 내 거목들을 다 태워 버렸으니까.'

아키라는 스스로 되뇌었다.

'왜냐하면 기후 위기는 현실이자 바로 여기에 있으니까. 더 이상 잠자코 있진 않을 거니까!'

아키라는 크게 심호흡하며 고개를 끄덕였다. 할 수 있다. 해내야만 한다. 이 나비 떼만 무시하면 된다.

그런데 정말 기막힌 건, 눈길이 닿는 '모든 곳'에 파랑 나비 떼가 있었다. 이 집회의 상징이었으니까! 양식화된 파랑 나비 로고는 연설대와 뒤에 놓인 큰 화면 그리고 바람에 살랑살랑 흔들리는 삼각기에 새겨져 있었다. 또 종이를 잘라 만든 나비는 조명과 가로등에도 달려 있었다. 여기서 무슨 수로 이 나비 떼를 무시할 수 있을까!

모여든 사람들을 위해 흐르던 팝송이 멈추더니 더는 새 노래가 나오지 않았다.

"이제 다 끝난 모양인걸."

아키라 엄마가 말했다.

아키라가 더 긴장해 떨기도 전에 한 소녀의 우렁찬 목소리가 내셔널 몰을 가로질러 커다란 스피커를 통해 쩌렁쩌렁 울려 퍼졌다.

"친구들, 동지들 그리고 지구의 모든 생명체 여러분, 환호로 맞이해 주세요. 나탈리 토레입니다!"

나이 어린 사회자가 크게 외쳤다.

군중이 만드는 환호성이 꼭 아우성치는 산불 같았다. 아키라는 무대에 오르는 첫 번째 연설자가 자신이 아니라는 사실에 행운의 요정에게 고마운 마음이 들었다. 뒤에서 기다리면서, 굽슬굽슬한 밤색 머리칼을 지닌 어여쁜 라틴계 소녀가 파랑 나비가 새겨진 티셔츠를 입은 채 연설대로 걸어 나가는 걸 바라보았다. 여러 번 예행연습을 하는 동안 그 소녀와 마주치긴 했지만, 정식으로 인사한 사이는 아니었다.

"안녕하세요, 나탈리 토레입니다."

나탈리가 사람들에게 말했다. 나탈리 앞 연설대에 화면 하나가 놓여 있었는데, 그 화면 위로 연설 내용이 띄워졌다. 나머지 친구들도 자기 차례가 오면 똑같은 방법으로 연설할 거다. 나탈리가 연설문을 읽어 내려갔다.

"저는 지난 10월에 닥친 허리케인 루벤의 생존자입니다."

나탈리가 이어 말했다.

"그 당시 하이얼리아에 있는 우리 집에서 엄마와 이웃인 베아트리체 이모와 함께 있었지요. 그런데 그때 폭풍 해일은 집 뒷벽을 부숴 놓더니 저를 허리케인 속으로 쓸어 갔습니다."

나탈리가 말하는 사이, 뒤쪽 큰 화면에 폭풍 사진들이 나왔다. 아키라는 두려움의 눈길로 화면을 바라보았다. 문득 등골이 서늘했다. 아키라와 나탈리 모두 작년 같은 시기에 서로 다른 기후 재앙에 목숨을 위협당했다니. 그것도 대륙의 양쪽 끝에서!

"이야, 내 동생 여기 있네."

무대 뒤에서 누군가의 목소리가 들려오자, 아키라는 나탈리에게서 시선을 떼고 돌아보았다. 오랜 친구인 페이션스 데이비스가 자신을 향해 걸어오는 게 보였다.

페이션스는 아키라와 엄마를 가볍게 안아 주었다.

"이야기 나눌 시간이 너무 없지! 미안해라. 모든 게 잘 진행되는지 확인하려고 여기저기 다니느라 아주 정신이 쏙 빠지겠어. 아키라, 잘 지냈어? 키 큰 것 좀 봐!"

페이션스는 아키라와 엄마에게 말했다.

아키라는 페이션스를 만나게 되어 정말 기뻤다. 아키라는 동생 힐디의 아기 돌보미였던 페이션스와 시간 가는 줄 모르고 나누었던 수다가 그리웠다. 전보다 조금 나이 든 모습이었지만, 여전히 멋있었다. 주황색이던 머리칼은 이제 파란색이었다. 이 나비 떼를 빼닮은 파랑.

모리스 산불 소식을 듣고 아키라에게 연락을 취해 이 집회에서 연설하도록 초대한 장본인이 바로 페이션스였다.

무대 뒤에서 아키라와 페이션스는 그간 어떻게 지냈는지 이야기를 나누었다. 아키라네 가족이 다시 집을 짓고 있는 상황과 아빠와 아키라가 푹 빠진 애니메이션 작품을 알려 주었다. 또 아키라가 지역 환경 클럽에서 자원봉사를 하고 있다는 말도 덧붙였다.

"화재를 겪고도 이사를 안 간다니, 놀라운데요?"

페이션스가 말했다.

그 말에 아키라 엄마는 어깨를 으쓱였다.

"보험 회사가 같은 장소에 집을 다시 지어야만 환급해 준다고 못 박더라고요. 그래서 다시 처음 그곳으로, 다가올 산불이 지나갈 그곳으로 돌아갈 수밖에 없었지요."

그 순간, 큰 화면에 뜬 어떤 사진을 보고 청중들이 '우' 소리를 내자, 엄마도 마침 고개를 돌려 바라봤다.

"이 모든 일에 대해 아빠는 좀 어떠셔?"

페이션스가 몸을 바짝 기대며 아키라만 들을 수 있는 목소리로 물었다.

"그러니까, 네가 여기 오는 거 말이야."

아키라는 한숨을 푹 내쉬었다. 아키라와 페이션스는 변했을지 몰라도 아빠는 전혀 변하지 않았다.

"여기 오는 걸 싫어했죠. 여전히 사람들이 기후 위기에 책임질 필요가 없다고 생각하시니까요."

아키라 말에 페이션스가 고개를 끄덕였다.

"저번에 아저씨랑 통화하는데 목소리로 다 느껴지더라고. 어렵겠다는 게. 이런 걸로 너랑 아빠랑 다투게 되지 않을까 해서 말이야."

아키라는 고개를 돌렸다. 어려웠다.

"아빠는 늘 내 아빠고 나도 언제나 아빠를 사랑하죠. 하지만 아빠가 옛날 방식을 고집한다고 해서 나까지 그럴 필요는 없으니까요."

페이션스는 한 팔로 아키라를 감싸안으며 힘을 주었다.

아키라는 무대에서 하는 나탈리의 말에 다시 귀를 기울였다.

"제가 '마이애미 초강력 허리케인'으로부터 어떻게 생존했는지 모두 알고 계실 거라 생각해요. 하지만 그게 기후 위기 이야기의 전부가 아니랍니다. 그래서 저희는 작년에 '기후 재난'을 겪은 전 세계 청소년들을 이곳에 초청해 여러분에게 '그들의 이야기'를 들려드리려 해요. 친구들이 여러분에게 꼭 전해야만 하는 이야기를 들으시며 미래를 위해 어떻게 변화를 일으켜야 하는지 깊이 생각하는 계기가 되기를 바랍니다. 왜냐하면 우리는 모두 지구라고 부르는 이 섬에 함께 살고, 더 나아가 우리만이 이 지구를 구할 수 있으니까요. 고맙습니다!"

아키라는 나탈리가 군중에게 손 흔들어 인사하고, 우레와 같은 갈채를 받으며 무대를 떠나는 걸 지켜보았다. 진행을 맡은 청소년 사회자가 다음 연설자를 호명했다. 인도 소녀 이샤니는 작년 비 폭탄에서 살아남은 생존자였다.

나탈리는 무대 뒤에 있는 아키라와 페이션스에게 다가왔다. 큰 화면에 뭄바이에 사는 이샤니가 나와 비대면으로 사람들에게 연설을 시작했다.

페이션스는 한 팔은 아키라에게, 한 팔은 나탈리에게 쭉 뻗어 동시에 감싸안았다.

"내 막냇동생들 좀 보자지. 이제 이리 다 커서 세상을 바꾸고 있다니!"

페이션스가 이어 말했다.

"나탈리, 이쪽은 아키라 크리스티안센이야. 아키라, 이쪽은 나탈리 토레고. 아빠는 달라도 둘 다 내 막냇동생이나 다름없다니까."

무대 담당자 한 명이 페이션스를 불러내자, 나탈리 그리고 아키라와 엄마만이 남겨졌다. 아키라는 어찌할 바를 몰랐다. 이젠 낯선 아이와 이야기도 해야 하는 건가? 누구도 이야깃거리를 준비해 오라고 말하지 않았는데! 도와 달라는 눈빛으로 엄마를 바라봤지만, 엄마는 표정으로 말했다.

'네가 직접 말해 보렴.'

어떻게든 말할 거리를 찾아 헤매던 아키라를 나탈리가 불쑥 구해 주었다.

"그러니까 페이션스 언니와 이미 알고 지낸 거야? 이 집회 전부터?"

나탈리가 물었다.

"아, 응. 페이션스 언니가 캘리포니아에서 지낼 때 알게 되었고 지금도 잘 지내고 있어."

"아, 그렇구나!"

나탈리가 놀란 표정으로 이어 말했다.

"난 언니가 산불 때문에 널 처음 알게 된 줄 알았거든."

"아니야, 우린 그전부터 알고 지냈어."

아키라는 말하자마자, 이불 발차기를 하고 싶었다.

'그러니까 그건 이미 말한 내용이잖아.'

또다시 아키라는 다른 할 말을 찾아 우물쭈물하며 불편하게 서 있었다.

"근데 이 파랑 나비 떼는 어떤 의미야?"

마침내 아키라가 물었다.

"아! 여기에는 몇 가지 이유가 있는데, 사실은……."

나탈리가 활기를 띠며 말했다.

"아, 아, 아!"

갑작스레 돌아온 페이션스가 끼어들었다.

"그 모든 이야기는 네 폐회사 때 아키라와 사람들에게 말해 줄래? 지금은 일단 추로를 찾아서 좀 조용히 시켜 줘야겠어. 여기 어딘가 너희 엄마가 추로를 데리고 다니시는 것 같아."

페이션스가 나탈리에게 말했다.

"그리고 아키라! 준비해야 할 시간이야. 이제 네 차례거든!"

하얗게 겁에 질린 아키라가 고개를 들었다. 뭄바이 소녀의 연설이 거의 끝자락에 다다랐다.

무대에 올라갈 다음 사람은 아키라다.

행성 B는 존재하지 않아

"정말 고맙습니다, 이샤니. 고맙습니다."

사회자는 뭄바이 소녀를 향해 마라티어와 영어로 인사를 번갈아 전하며 말을 이었다.

"이제 다음으로 무대에 모실 분을 환호로 맞이해 주세요. 아키라 크리스티안센!"

아키라를 부르는 신호라는 걸 아주 잘 아는데도 몸이 도통 움직이질 않았다. 질겁한 돌덩이가 되고 말았다.

그런 아키라를 페이션스가 슬쩍 밀자, 별안간 두 다리가 저절로 움직이더니 연설대까지 아키라를 뚜벅뚜벅 이동시켜 주었다. 정말로 연설을 하려는 자신이 믿기지 않았다.

아키라는 연설대가 구명조끼라도 되는 것처럼 꽉 부여잡은 채로 불안불안하게 서 있었다. 박수 소리가 멈춘 후 꽤 긴 시간이 흘렀다. 약 오십만 명이나 되는 군중의 두 눈동자가 시작하기를 기다리며 아키라를 올려다보고 있었다. 아키라는 침을 꿀꺽 삼켰다. 연설문 내용이 연설대 아래 화면에 버젓이 띄워져 있으니 그저 읽기만 하면 되는데.

이야기하고 싶었다. 아니, 이야기를 '해야만' 했다.

"안녕하세요, 아키라 크리스티안센입니다. 저는 작년 캘리포니아 모리스 산불 생존자입니다."

마침내 아키라는 이야기를 시작했다.

막상 시작하자 이야기하기는 수월했다. 끝없이 모인 사람들에게 반려동물인 말의 도움을 받아 산불에서 어떻게 살아남을 수 있었는지 말했다.

"와!"

다저 사진이 큰 화면에 나오자 사람들은 일제히 감탄을 터뜨렸다.

"모리스 산불은 원자 폭탄 천 개에 버금가는 에너지를 발산했다고 합니다."

아키라가 말하자, 다저 사진이 나뭇가지와 나뭇잎 하나 없이 새카맣게 타 버린 나무들, 연기와 재로 뒤덮인 산비탈, 불에 타서 땅에 무너져 버린 도시 사진으로 바뀌었다.

"장장 16일 동안이나 이 산불은 통제가 불가능했습니다. 그나마 비가 조금이라도 내린 덕분에 소방관들이 겨우 화재 진화 작업에 성공했죠. 그러는 동안, 모리스 산불은 1,200제곱킬로미터가 넘는 땅을 집어삼켰는데, 이건 로스앤젤레스 면적과 비슷합니다. 기록적인 피해였지요."

아키라는 사람들에게 이어 말했다.

"바로 일주일 후, 캘리포니아주 북부와 오리건주 남부를 새로운 초대형 산불이 휩쓸기 전까지는요."

고개를 떨군 아키라는 크게 심호흡했다. 연설에서 가장

힘겨운 부분을 말할 시간이었다.

"저는 여전히 화재로 인한 상처를 품고 지냅니다. 신체적인 상처는 물론이고 정신적인 상처까지도요. 가끔은 한밤중에 벌떡 일어나 가쁜 숨을 몰아쉬며 울부짖습니다. 꿈에서 불에 둘러싸인 저를 발견하곤 하죠. 제 몸은 불타오르고 전 그 어디로도 도망칠 수 없습니다."

아키라는 침을 꼴깍 삼키고 이어 말했다.

"수, 불 속에서 전 그 여자아이와 함께 있었는데 그 친구도 생존했습니다. 이제는 둘도 없는 친구가 되었지요. 하지만 정말 많은 사람이 불길을 빠져나오지 못했습니다. 릴리 터너, 우리 집 산비탈 아래에 살고 있었어요. 마커스 구티에레스, 저와 학급 회의를 함께했던 친구고요. 베서니 스톤, 제 동생과 같은 유치원에 다니던 아이입니다. 베서니의 갓난쟁이 남동생 엘리와 부모님 헬렌과 크리스 스톤까지."

아키라가 언급하는 사람들의 사진이 하나씩 화면에 띄워졌다.

"그 일이 지나고 다음 달 내내, 하루가 멀다 하고 각기 다른 장례식에 다녀온 것 같아요."

아키라는 말했다.

잠시 아키라가 말을 멈추자, 엄청난 수의 군중도 침묵에 잠겼다.

"게다가 거대한 세쿼이아 숲도 잃었습니다."

이윽고 아키라가 말을 꺼내자, 어마어마한 나무들 사진이 큰 화면에 띄워졌다.

"죽어 버린 이 나무들은 수천 년의 세월을 살아왔죠. 산불에서도 생존하도록 성장한 이 나무들마저 타 버린다면, 과연 우리는 얼마나 연약한 존재란 말일까요?"

아키라는 꽉 들어찬 군중 전체를 가로질러 바라보며 이어 말했다.

"자연은 거대합니다. 막강한 힘이 있어요. 그에 비해 인간은 미물에 불과해 무언가를 변화시킬 방법조차 없어 보입니다."

아키라가 말했다. 아빠는 아키라에게 이와 같은 말을 얼마나 많이 했던가. 아키라는 고개를 절레절레 흔들었다.

"하지만 그건 틀렸습니다."

아키라는 수많은 군중을 앞두고 말하고 있었지만, 사실은 아빠에게 전하는 말이었다. 아빠는 이 자리에 오지 않았지만.

"비버 한 마리가 지은 댐 하나가 생태계 전체를 변화시킬 수 있다고 합니다. 그런데 우리 인간은 어떻게 우리가 하는 모든 행위 하나하나가 지구에 아무 영향을 주지 않는다고 생각할까요?"

아키라는 깊게 숨을 들이마시고 내뱉었다.

"지구 온도가 높아지는 건 우리의 책임이라고 인정할 시간이 다가왔습니다."

아키라는 말 한마디 한마디에 자신감을 느꼈다.

"눈가리개를 벗어 던지고 문제 해결을 위해 당장 나서야 합니다. 그 문제로 말다툼하는 동안에 해결되는 건 아무것도 없으니까요."

청중은 무대를 떠나는 아키라에게 갈채를 보냈다. 이번에 그 소리는 멀리서 들려오는 불의 포효가 아니라 불안감을 덜어 주는 규칙적인 말발굽 소리처럼 들렸다.

아키라가 무대 뒤로 돌아오자, 페이션스와 나탈리 그리고 엄마가 박수를 보냈다.

엄마는 아키라를 으스러질 듯 끌어안았다.

"네게 정말 쉽지 않은 일이었을 텐데, 자랑스럽구나!"

"굉장했어!"

나탈리도 말했다.

"고마워."

아키라가 대답했다.

"그럼 이제는 누구 차례지?"

나탈리가 물었다.

큰 화면에 스위스 소년 울프강이 나와 고대 유물 사진을 보여 주었다. 산속 집 근처에서 약 10,000년 묵은 빙하가 녹는 바람에 발견된 것이라고 했다.

"어머, 저런."

페이션스는 손에 쥔 클립 보드를 나탈리 손에 닿지 않게 번쩍 들어 올리며 덧붙였다.

"여기에서 네 일은 이제 끝! 물론, 사람들을 집으로 돌려보낼 때 다시 무대에 올라야 하지만 말이야."

"그래도……."

"그래도 끝!"

페이션스가 나탈리에게 말한 다음 아키라를 바라보았다.

"여기서 나탈리 좀 데려가 줄래? 나탈리, 저 청중 사이에 섞여 너로 인해 일어난 이 일을 구경해 봐!"

아키라는 나탈리와 함께 시간을 보내고 싶어 하는 자신의 모습에 새삼 놀랐다. 심지어 간절했다. 연설을 이미 끝마쳐서인지 기분도 홀가분하고 또 무대에 올라 모든 사람 앞에서 말하고 나니 아키라는 뭐든 할 수 있을 것 같았다. '또 다른' 새 친구를 사귈 수도 있을 것 같았다.

'9개월 만에 두 명이라니! 정말 기록인데!'

아키라는 나탈리에게 한 손을 쭉 뻗었다.

"가자."

아키라는 씽긋 미소 지으며 말했다.

나탈리도 마음이 놓인 듯했다. 그러더니 입가에 미소를 머금고는 아키라가 내민 손을 꼭 쥐었다.

"끝나기 전에는 다시 와야 해! 안 그러면 네 차례에 추로를 올려 보낼 테야!"

계단을 향해 후다닥 뛰어가는 두 소녀의 등 뒤로 페이션스의 목소리가 크게 들려왔다.

군중 속으로 들어오니 더웠고 사람들은 **빽빽**했다. 하지만 아키라는 공기 중에 흐르는 강렬한 감정이 느껴졌다. 사방이 '움직이고' 있었다. 엄마와 아빠들은 아이들을 어깨에 앉히고 위아래로 들썩들썩 춤췄다. 초등학생 아이들은 파랑 나비가 달린 기다란 줄 여럿을 쥐고는 사람들 사이로 뛰어다니며 잡기 놀이를 했다. 청소년들은 마음에 울리는 자신만의 사운드트랙에 맞춰 리듬을 탔다.

여러 사람이 집회 구호가 쓰인 피켓과 기후 위기 구호가 쓰인 티셔츠를 입고 있었다. 아키라와 나탈리는 제일 인상 깊은 구호를 골라 사진 찍었다.

둘과 비슷한 나이의 어떤 소녀가 든 포스터에는 "화상들만 화석 연료를 좋아한대!"라고 쓰여 있었다. 그 소녀의 친구가 입은 셔츠에는 "행성 B는 존재하지 않아!"라고 쓰여 있었다. 성인 여성 한 명은 "기후 난민 환영"이라고 쓰인 피켓을 들고 여성의 아기는 "지구를 존중하자!"라고 쓰인 우주복을 입고 있었다. 또 초등학생 남자아이 두 명은 각각 "기후 위기가 숙제보다 싫다!", "눈 오는 날이 그리워요!"라고 쓰인 피켓을 들고 있었다. 10대 소녀가 든 피켓에는 이런 글도 있었다. "불타는 연애 좋아, 불타는 지구 싫어!"

빼어나게 잘생긴 루이지애나 백인 소년 란드리가 다음 연설자로 무대에 올랐다. 란드리가 살던 마을을 어떻게 바다가 천천히 집어삼켰는지 설명하는 동안에도 사람들 몇몇은 란드리의 외모에 감탄을 금치 못했다.

줌으로 만난 다음 연설자, 나이지리아 소년인 체타추쿠는 나이지리아 북동부의 사막화가 어떤 식으로 기근을 일으키는지 슬픈 이야기를 들려주었다. 또 배고픔에 허덕이는 자신과 같은 남자아이들이 어떻게 소년병을 강요받는지 설명하자 아키라는 벌떡 일어나 이야기에 몰두했다.

브라질 소녀인 프란시스카는 아마존 밀림 지대에 난 불로 인해 어떻게 마을을 통째로 잃어버렸는지 말했다. 그에 이어 호주 소년인 노아는 시드니 교외에 있는 이웃 마을이 초대형 화재로 몽땅 타 버린 이야기를 했다. 산불 여파를 담은 장면 하나하나가 아키라가 직접 겪은 일과 너무나 닮아 몸이 덜덜 떨려 화면을 똑바로 바라볼 수조차 없었다.

나탈리는 다시 한 손을 뻗어 아키라 손을 꽉 잡았다.

"너무 버겁지? 나도 이해해. 그래도 중요한 만큼 이 이야기를 사람들이 꼭 들어야 해."

나탈리가 말했다.

아키라는 고개를 끄덕였다. 나탈리 말이 옳았다. 직접 경험한 아키라와 나탈리는 그 심각성을 알고 있었다. 기후 위기는 둘과 비슷한 온 세계 청소년들에게 영향을 미치고 있었으며 모두가 알아야 했다.

줌으로 만난 호주 소년의 연설이 끝나자, 화면에는 북극곰 사진이 새로이 띄워졌다.

"오!"

나탈리가 탄성을 내뱉고는, 아키라를 가까이 끌어당기며 작게 말했다.

"안 보면 후회할걸! 캐나다에서 온 귀여운 남자애 두 명이야!"

여행자

"자, 여러분! 다음은 세계 북극곰 수도 매니토바주 처칠에서 오신 두 분입니다. 무대 위로 모실게요. 오언 매켄지 그리고 조지 그뤼에르!"

방긋방긋 미소를 띤 오언이 손을 흔들며 무대로 걸어 나갔다. 연설대까지 반쯤 다다른 오언은 문득 가장 친한 친구가 옆에 없다는 사실을 알아챘다. 조지는 시퍼레진 얼굴로 아직도 무대 뒤에서 우두커니 서 있었다.

오언은 군중들을 향해 손가락 하나를 꺼내 들어 잠시 기다려 달라는 신호를 보내고는 황급히 다시 조지에게 뛰어갔다.

"야, 친구. 우리 부르잖아! 조지와 오언, 오언과 조지. 따로 먹어도 맛있지만, 함께 먹으면 더할 나위 없이 훌륭하죠!"

조지가 고개를 절레절레 흔들었다.

"나누크가 당장 날 먹어 치우면 좋겠어."

"지금, 지금이야. 너, 죽을 만큼 무서워서 그런 말 하는 거 알아."

오언은 무대로 친구를 밀며 덧붙였다.

"하지만 수많은 북극곰을 위해 해 보자고!"

"날 먹으려 했던 곰."

조지가 말했다.

청중의 쏟아지는 박수에 오언은 연설대까지 조지를 이동시키고는 다시 손을 살랑이며 인사했다. 오언은 이 순간이 영원하기를 바랐다. 오언의 모든 삶이 이 무대를 위한 연습처럼 느껴졌다.

"자, 여러분. 저는 맥!"

"그니까 지금 제 일생일대의 선택이 아주 원망스럽다니까요."

조지가 말을 끝내자마자 청중의 웃음소리가 들려왔다.

"야! 지금 와서 팀명을 안 지키면 어쩌자는 거야! 그것도 이 모든 사람 앞에서!"

오언은 속닥속닥 말했지만, 마이크를 통해 목소리가 또렷이 울려 퍼졌다.

한 번 더 웃음이 터지자, 오언은 씩 웃었다. 지금 둘이서 이 무대를 완전히 휘어잡았다. 하지만 조지가 얼마나 질겁했는지는 오언만이 알았다. 오언은 사람들을 계속 즐겁게 해 주고 싶었지만, 친구가 긴장을 풀 방법 역시 빨리 찾아야 했다.

"전 맥이고 앤 치즈예요!"

오언은 조지가 해야 할 대사까지 대신해서 말했다.

"아시겠죠? 이 친구 성이 그뤼에르인데 치즈 종류 중 하나거든요."

오언이 즉흥적으로 덧붙였다.

조지는 눈을 흘기며 오언에게 어서 연설을 이어 가라고 몸짓했다. 오언은 이를 환히 드러내며 웃었다. 오언이 잘 알고, 또 참 좋아하는 그 조지가 돌아왔다!

"어쨌거나 저희가 오늘 여기 온 이유는 바로 북극곰에게 거의 잡아먹힐 뻔했기 때문이에요."

"진짜로요."

오언 말에 조지가 덧붙였다.

큰 북극곰 하나가 카메라에 코를 가까이 들이민 사진으로 화면이 바뀌자, 사람들은 "와!" 하고 감탄하며 웃었다.

"네, 다들 귀엽다고 생각하고 계시죠? 하지만 여기 이 나누크가 바로 저희를 먹으려고 덤벼들었어요!"

"아주 끈질기게요!"

오언 말에 조지가 덧붙였다.

"그런데 이건 북극곰 잘못은 아니었어요. 그렇지, 조지?"

오언 말에 조지는 동의한다는 의미로 고개를 끄덕였다. 금방이라도 기절할 것 같던 조지가 좀 나아 보이자, 오언도 마음이 놓였다.

오언과 조지는 그들이 겪은 이야기를 서로 주고받으며 말했다. 또 어떻게 겨우내 북극곰이 해빙에서 바다표범을 사냥하는지 설명했다. 하지만 지구 온도가 높아지며 해빙기는 줄고 북극에 얼음이 없는 시기가 늘어 더 많은 북극곰이 굶주림에 시달리고 있다고 말했다.

"바로 그런 이유로 점점 더 많은 북극곰이 자꾸만 마을로 오는 거죠. 먹이를 찾아야 하니까요."

오언은 말했다.

"여기 이 나누크는 진정제를 맞고 북극곰 감옥에서 한 달을 보낸 다음, 야생으로 돌아갔어요. 나누크 목숨을 구했다는 이유로 저희는 특별 허가를 받았죠. 그래서 이 친구가 풀려나는 날에 헬리콥터를 타고 함께 이동해서 나누크가 얼음을 향해 뛰어가는 걸 볼 수 있었어요."

조지가 말했다.

군중은 영상에 푹 빠져들었다. 아주 졸려 보이는 북극곰 한 마리가 헬리콥터 그물망에 실린 채 공중으로 이송되고 있었다. 역시나 오언은 참지 못하고 몸을 돌려 사람들과 함께 영상을 보았다.

"야, 여기서 보니까 우리 집 찾을 수 있을 것 같은데!"

오언이 하늘을 나는 헬리콥터가 비추는 처칠 건물들을 손가락으로 가리키며 말했다.

"거기서 보면 '안 보이는 집'이 없단다."

조지는 오언에게 대답했다.

"진짜 개미 손톱만 한 마을이거든요."

조지가 군중을 향해 덧붙여 말하자, 사람들이 웃음을 쏟아 냈다. 그런 조지를 보며 오언은 빙그레 웃었다. 대본에도 없는 농담을 던지다니!

갑자기 오언은 위아래로 폴짝거렸다.

"자, 이제 내가 미생물 방귀에 대해 말해 볼까요?"

오언 말에 또다시 사람들은 웃었다.

"그래. 또 매니토바 미생물이 뀌는 수많은 방귀가 어떻게 플로리다에 더 강력한 허리케인을 일으키는지, 또 북극의 기후 위기가 세상에 어떤 영향을 미치는지 더 알고 싶다면, 저희 유튜브 채널 '북극에서 일어난 일'에 놀러 오세요!"

"훌륭한 마무리야!"

오언이 외쳤다. 오언은 조지가 자신만의 페이스를 찾아 기뻤다.

"아이고, 치즈."

오언은 손목에 시계라도 찬 듯이 손목 부분을 바라보며 이어 말했다.

"이제 우리가 여기를 떠나야 할 시간이 다가온 것 같은데!"

"제발, 오언. 친구들 앞에서 치즈라는 말은 좀……. 그래도 떠나기 전에 저희가 잠시 진지하게 이야기하고 싶은 게 있어요. 솔직히 말씀드리자면, 그전까지만 해도 기후 위기는 저희에게 별로 중요하지 않았죠."

"사실 저희를 도와주는 쪽이었어요. 적어도 '우리 가족'에게는요."

"약간 그런 느낌이에요. 굳이 우리를 귀찮게 하는 일도 아닌데 왜 우리가 신경 써야 해?"

조지가 말했다.

"결국 여행자의 삶을 살았던 거지요."

오언이 덧붙였다.

"다들 아시겠지만, 여행 가면 생활 속 규칙을 더 안 지키지 않나요?"

조지가 물었다.

"무단 횡단을 한다거나 계속 밖에서 사 먹고 필요하지도 않은 물건을 사죠. 또 바닥에 쓰레기 몇 개 버린다고 걱정하지 않고요."

오언이 대답했다.

"여기 쪼끔 어지럽히는 게 뭐가 문제야? 규칙 몇 개 어기는 거? 어차피 여기서 평생 살 것도 아닌데."

조지가 말했다.

"하지만 모든 건 연결되어 있어요."

오언이 말했다.

연설의 다음 부분은 늘 오언을 소름 끼치게 했다.

"북극에서 일어난 일은 북극에서만 머물지 않아요. 다른 곳도 모두 마찬가지죠. 뭄바이, 루이지애나, 온두라스, 상하이, 자카르타, 스위스, 나이지리아, 브라질, 호주, 도쿄,

마이애미. 오늘 들었던 장소까지도요. 이 세계 어딘가에서 하는 우리 행동 하나가 전부 세상에 영향을 미치는 거죠."

조지가 말했다.

"이곳에서 우린 여행자가 아니니까요. 지구 행성은 바로 우리 집이죠. 이 전체가요."

오언이 덧붙였다.

오언은 그 말을 진심으로 믿었다. 처칠은 아주 먼 곳이었지만, 살면서 세계 다른 나라들과 이토록 가깝게 연결되어 있다고 느낀 건 처음이었다.

"또 우리가 이 세상을 떠난 후에도 우리 아이들은 여전히 여기서 살아갈 테니까요."

조지가 말했다.

"또 여러분 아이들의 아이들도 그렇고요. 또 여러분 아이들의 아이들의 아이들도 그렇겠지요. 또 여러분 아이들의 아이들의 아이들의 아이들의……."

오언이 덧붙였다.

"우리는 모두 하나의 대가족이니까요! 모든 동식물도 마찬가지죠. 북극곰도요!"

조지가 오언 말을 끊으며 말했다. 뒤쪽 큰 화면에서 사랑스러운 북극곰 새끼 한 마리가 설원을 데구루루 구르는 영상이 나오자, 사람들은 한꺼번에 "어머!", "아!" 하며 다시 한번 감탄했다.

"북극곰을 구합시다! 지구를 구합시다! 고맙습니다!"

오언이 부르짖었다.

사람들의 환호성이 일었다. 연설대를 떠나며 오언은 손을 흔들어 인사했다. 다시 저 군중 앞으로 나가고 싶다는 달콤한 감정이 세차게 솟구쳤다.

'툰드라 버기로 시작해 무대까지 오르다니! 그다음은 유튜브 스타야!'

무대 뒤로 내려온 오언은 핸드폰을 꺼내 확인했다.

"야! 우리 새 구독자만 벌써 오천 명이야!"

오언이 조지에게 말했다.

"우리 아빠가 새 영상을 작업하고 있거든. 무슈케고욱 의회가 어떻게 캐나다 국립 공원을 관리하는 파크스캐나다를 설득해 처칠만 남서부를 국가 해양 보호 구역으로 지정하게끔 하려는지 말이야. 월요일이면 새 영상이 올라올 거야."

조지가 오언에게 말했다.

오언과 조지는 서로 주먹을 쿵 마주쳤다. 오언은 이를 환히 드러내며 웃었다. 조지 아빠는 야외 탐험대를 운영하면서 오언과 조지의 유튜브 채널을 돕는 걸로도 충분한 생활비를 벌어 굳이 항구에서 일하지 않아도 되었다. 그 결과,

조지와 그 가족 모두 처칠을 떠나지 않았다.

오언은 사회자가 다니엘라라는 여자애를 소개하는 걸 들었다. 연설대로 나온 소녀는 극심한 가뭄에 가족이 운영하던 커피 농장이 완전히 망가지자, 기차 위에 올라타 온두라스 공화국에서 미국까지 온 이야기를 했다. 정말 믿을 수 없었지만 오언은 이미 예행연습 때 이 이야기를 들었다.

"있잖아, 그 루이지애나에서 온 남자애 찾아서 유튜브 채널에 올릴 인터뷰를 할 수 있는지 알아보자."

오언은 평소처럼 말하려 애썼다.

"오호."

조지는 오언을 향해 곁눈질하며 덧붙였다.

"네가 걔를 인터뷰하면 난 이 집회를 계획한 마이애미 소녀를 인터뷰하겠어."

"좋아!"

오언은 활짝 웃었다.

주머니가 징 하고 울리자, 오언은 핸드폰을 꺼내 들어 확인했다. 앗싸! 아빠에게서 온 문자 메시지였다. 줄곧 도착하기만을 바라던 그것!

"있지, 치즈……"

오언은 속삭이며 조지가 자신의 핸드폰을 보게끔 하려고 애썼다.

하지만 조지는 무시했다.

오언은 조지 소매를 세게 잡아끌었다.

"야, 치즈! 이것 좀 봐 봐."

"오언, 주의를 기울이며 살자고 한 말 기억 안 나냐? 지금 온두라스 공화국에서 온 저 멋진 여자애가 중요한 말을 하고 있잖아!"

조지가 들릴락 말락 대답했다.

"알긴 아는데 이미 들었잖아! 그리고 이거 진짜 중요한 거야."

오언이 말했다.

그제야 조지는 마지못해 오언 핸드폰을 바라보았다. 검은색과 노란색이 섞인 낡은 스노모빌 사진이었다.

"드디어 살 수 있을 만큼 돈을 모았어! 오늘 아빠가 가서 가져올 거야!"

오언이 자랑하듯 말했다.

조지가 화들짝 놀랐다.

"진짜야?"

조지는 다시 물으며 오언에게서 핸드폰을 빼앗아 들고는 두 눈으로 확인했다. 이윽고 놀란 얼굴을 한 조지가 고개를 들어 오언을 바라보았다.

"믿을 수가 없네. 드디어 네가 스노모빌을 갖게 되다니!"

오언은 고개를 내저었다.

"아냐, 친구. 내 거 아니야."

"무슨 말이야?"

"야, 이거 네 거야. 호수에 빠져 버린 네 스노모빌을 대신해서 산 거야. 우리 잃어버렸잖아. '내'가 잃어버렸잖아."

오언은 일부러 기침으로 마지막을 얼버무리며 말했다.

"야, 너……."

조지가 말을 더듬더듬했다. 말문이 턱 막혔다.

오언은 미소 지었다. 돈을 모으는 9개월 동안 비밀을 지키는 건 말 그대로 '고문'이었지만, 조지 얼굴에 떠오른 표정을 보니 그럴 만한 가치가 있었다.

"우리 함께 쓰는 거야."

마침내 조지가 말을 꺼냈다.

이제 놀라움에 할 말을 잃은 쪽은 오언이었다. 오언은 고개를 절레절레 흔들었다.

"아니야, 야, 나는……."

"'함께' 쓸 거야."

다시 조지가 반복했다. 진심이었다.

"좋아!"

오언이 말하며 둘은 다시 한번 주먹을 쿵 부딪쳤다.

온두라스 공화국 소녀는 여러 기후 난민에게 미국 국경

을 열어 달라고 요청하며 연설을 끝냈다. 무대를 끝내고 나가는 소녀에게 오언과 조지 역시 청중과 함께 큰 환호를 보냈다.

"이제 끝난 것 같은데, 아닌가?"

오언이 물었다.

"좋아요! 아리따운 아기, 아장아장 아이, 초롱초롱 초등학생, 엄청나게 중요한 중학생 그리고 씩씩한 10대, 모두 함성을 보내 주세요!"

사회자가 말하자 모든 청중이 우레 같은 환호성을 내질렀다.

"이 목소리 '누구'지?"

오언은 질문하며 주변을 요리조리 둘러보았다. 어쩐지 사회자 목소리가 익숙하게 들렸지만, 누군지도 몰랐거니와 어디에 있는지도 보이지 않았다. 하지만 선수다. 물론, 오언만큼 뛰어나진 않지만. 그래도 천재는 천재를 알아보는 법!

"여러분께 이야기를 전할 마지막 연설자입니다. 이 이후에는 지구를 구하러 떠나야 하니까요. 여러분, 무대에 다시 오를 이 연설자를 환영해 주세요. 나탈리 토레!"

오언과 조지는 다른 청중과 함께 박수를 치며 기다렸다.

더 기다렸다.

좀 더 기다렸다.

"누가 신호 주는 걸 잊어버렸나 봐."

오언이 말했다.

무대 다른 방향에서 치와와 한 마리가 불쑥 튀어나오자 오언은 깜짝 놀라 몸을 들썩였다. 이 쪼끄만 강아지는 빽빽이 찬 군중을 발견하고는 무대 코앞까지 곧장 뛰어가더니, 사람들 한 명 한 명을 향해 아주 미친 듯이 캉캉 짖어 댔다.

그 모습에 사람들은 곧장 와하하 박장대소를 터뜨렸다. 그 소리에 작은 강아지는 더 맹렬히 짖어 댔지만.

"흠."

조지가 말했다.

"이 기후 위기 집회가 강아지들한테도 퍼졌구먼."

마지막 도전

"저, 여기 있어요!"

사람들 속에 파묻혀 있던 나탈리가 크게 소리치며 허둥지둥 계단을 올랐다. 그러면서 대기하며 서 있던, 캐나다에서 온 두 남자애를 옆으로 밀치며 무대로 뛰쳐나갔다. 나탈리는 아키라와 함께 다른 연설자의 이야기를 듣는 데 너무 몰입한 나머지 시간이 흐르는 줄도 몰랐다.

그나저나 추로는 어떻게 풀려나 이 무대로 올라온 거지? 추로는 부리나케 앞뒤로 뛰어다니며 허리케인이 왔을 때로 돌아간 것처럼 모든 것에 요란스레 짖어 댔다.

"추로, 이리 와!"

나탈리가 외치며 추로를 쫓아 무대를 휘젓자, 청중은 그 모습을 보며 즐거워했다. 추로가 나탈리에게서 미끄러지듯 도망칠 때마다 환호를 보내다가 결국 추로가 나탈리 두 손에 잡히자 일부러 실망한 것처럼 앓는 소리를 냈다.

나탈리는 두 뺨을 붉히며 무대 뒤로 가 기다리던 페이션스에게 얼른 추로를 건넸다.

"말했잖아. 돌아오지 않으면 추로를 내보낼 거라고."

페이션스가 말했다.

"잠깐, 그러니까 언니가……."

페이션스는 말을 꺼내려는 나탈리에게서 추로를 받아 든 다음, 나탈리 몸을 다시 돌렸다.

"이제 무대로 나가서 사람들에게 해야 할 이야기를 꼭 전해!"

페이션스가 나탈리를 슬쩍 밀며 말했다.

나탈리는 연설대로 다시 서둘러 나왔다.

"자! 후, 엄청난 하루네요!"

나탈리가 마이크에 대고 말했다. 추로를 쫓아다니는 바람에 심장은 여전히 쿵쾅쿵쾅했다. 청중은 다시 박수를 보냈고 나탈리는 깊게 숨을 내몰아 쉰 다음, 싱긋 미소를 지었다. 그런데 웃긴 건, 다시 무대에 오르면 분명히 긴장될 줄 알았는데, 추로를 쫓아 뛰다 보니 수많은 군중 앞에서 연설할 걱정이 사그라들었다.

"이 자리에 놀랍도록 멋진 청소년분들을 한데 모은 건 바로, 여러분들에게 기후 위기는 머나먼 위협이 아니라는 걸 알리기 위해서입니다."

나탈리는 연설대 아래 화면을 읽으며 말했다. 나탈리 엄마와 페이션스가 폐회사를 쓰는 걸 돕기는 했지만, 생각은 온전히 나탈리 것이었다.

허리케인 루벤 이후, 힘겨운 회복 기간을 거치며 몇 날을, 몇 주를, 몇 달을 신중히 생각했다. 벌써 9개월이나 지났지만, 회복은 여전히 진행 중이었다.

"기후 위기는 현실입니다. '지금 당장' 일어나고 있죠. 전 세계 곳곳에서요."

나탈리는 말했다. 나탈리 뒤의 큰 화면은 온도가 높아지는 온도계 이미지로 바뀌었다.

"세계 평균 기온은 1800년대 산업 시대 초기 이후로 섭씨 1도 조금 넘게 올랐습니다. 이 1도로 지구는 심각한 기후 변화를 겪었습니다. 그런데 만일 2도까지 오르게 된다면 기후 위기를 넘어 기후 대재앙이 시작될 겁니다. 오늘 여러분께서 들으신 여러 기후 재난을 우리 모두, 매 순간, 더 크게 겪게 되는 상황이 찾아옵니다."

나탈리 뒤의 화면 이미지는 이제 리버티시티에서 텔레비전 인터뷰를 하던 나탈리의 캡처 이미지로 바뀌었다.

"허리케인 다음 날, 전 마이애미 기상학자 마리아 마티네즈와 인터뷰했습니다."

나탈리가 이야기를 시작했다.

"어! 날씨 선생님이잖아!"

무대 뒤에 있던 오언 매켄지가 불쑥 부르짖었다. 나탈리가 뒤돌아보니, 친구인 조지 그뤼에르가 한 손으로 오언 입을 틀어막으며 미안하다고 속삭였다. 나탈리는 별로 신경 쓰지 않았다. 그저 놀랐을 뿐. 캐나다에 사는 남자애 둘이 어떻게 마이애미 기상학자를 알지?

"그 인터뷰에서 전 기후 위기에 대해 말했죠."

나탈리가 이야기를 이었다.

"마지막에 마리아 선생님은 제게 이런 질문을 던지셨습니다. '사람들이 이 문제에 대하여 어떻게 행동하길 바라나요?'"

나탈리는 말을 멈추었다.

"그때 제대로 된 답을 하지 못했어요."

나탈리가 솔직히 말했다.

"기후 위기는 너무 커서 '압도적'이기까지 합니다. 때로는 허리케인에 맞서 헤엄치는 일처럼 느껴지기도 하지요. 그래서인지, 문제 해결을 위해 꼭 필요한 일 전부를 절대로 해낼 수 없을 것만 같습니다. 어쩌면 여러분과 가족들은 이미 재활용을 잘하고 대중교통을 이용하고 있을지 몰라요. 또 집에 태양 전지판이 설치되어 있으며 전기차를 몰 수도 있고요. 또 육류를 적게 먹거나 잔디를 깎지 않아도 되는 마당을 지녔을 수도 있지요. 이 모든 걸 실천하고 계실 수도 있어요. 아주 훌륭해요. 정말 도움이 됩니다. 근데 그런데도 지구는 자꾸만 뜨거워져요."

나탈리는 지친 듯이 고개를 절레절레 저었다.

"정말 두 손 두 발 다 들고 싸움을 포기하고 싶게 만들어요. 저도 압니다. 저도 그렇게 느낀 적이 있으니까요. 하지만 그럴 수가 없어요. 그러기에는 너무나도 위태로운 상황이거든요. 그렇다면, 이제 어떻게 해야 할까요? 음, 제 진실한 친구 하나가 해 준 말이 있는데, 그 말이 기후 위기 해결책에 대한 저의 관점을 변화시켰지요. '누구도 다 할 필요는 없지만, 모두가 무언가를 해야만 한다.'"

나탈리가 무대 뒤에 있는 페이션스를 흘깃 바라보자, 페이션스는 나탈리를 향해 두 손으로 하트 모양을 만들어 보였다.

"자, 여러분에게 드릴 제안 하나가 있습니다. 계속 더워지는 지구를 막기 위해서 우리가 늘 하는 작은 실천들 이외에 기후 위기를 막기 위해 여러분이 할 수 있는 '가장 큰 행동'은 무엇인가요? 여러분이 가장 잘하면서 도움이 되기도 하는 한 가지는 무엇인가요?"

나탈리는 질문했다.

"만약 예술가라면, 피켓 구호를 쓰거나 벽화를 그려 사람들이 기후 위기를 깊이 생각해 보게 할 수 있어요. 음악가라면, 기후 위기에 대한 곡을 지을 수도 있고요. 글을 잘 쓴다면, 지역 사회 신문 편집자에게 편지를 보낼 수도 있지요. 부유하거나 모금에 소질이 있다면, 기후 위기 자선 사업에 기부하는 방법도 있죠."

군중 속에서 익숙한 얼굴이 반짝하자, 나탈리는 미소 지으며 손을 흔들었다. 친구 섀넌은 나탈리와 나탈리 엄마와 함께 워싱턴에 왔다. 그런데 나탈리는 이 집회가 시작한 이후로 섀넌을 영 찾지 못하고 있었다.

폭풍이 한창일 때, 나탈리는 섀넌과 계속 친구로 지낼 공통분모를 더 찾을 수 있을 거라고 상상조차 할 수 없었다. 하지만 텔레비전에서 나탈리가 기상학자 마리아와 한 인터뷰를 본 섀넌은 가족과 함께 자신들이 할 수 있는 걸 행동으로 옮겼다. 모터보트에 음식과 물 그리고 돈을 챙겨 리버티시티로 직접 찾아온 거다.

나탈리와 섀넌이 한 도시의 동떨어진 지역에서 산다고 할지라도 결국에는 같은 행성에서 사는 거다. 함께라면 구할 수 있는 단 하나뿐인 행성.

"과학에 재능이 있으신가요?"

나탈리가 다시 대본으로 돌아왔다.

"그렇다면, 남녀노소 누구나 이해할 수 있도록 기후 위기를 설명할 방법을 찾아 보세요. 또 삽을 다룰 줄 알고 흙장난을 좋아하시나요? 그렇다면 지역에 더 많은 나무를 심어 보세요. 클립 보드와 스프레드시트를 좋아하나요? 그렇다면 집회를 열어 보세요!"

청중들의 웃음소리가 흘러 퍼졌다.

"또 잘하는 게 무엇인지 아직 찾지 못했다 하더라도 여러분은 저와 여기 모인 청소년들이 한 행동을 할 수 있답니다. 바로, 기후 위기에 대한 여러분의 '목소리'를 높이는 거예요!"

나탈리는 군중 모두와 함께 큰 박수를 보냈다. 모든 연설자들이 하나둘 무대로 나와 마지막으로 허리를 굽히며 인사했다. 또 줌으로 만난 청소년 연설자들은 화면에서 손을 흔들며 인사했다.

"이 투쟁에 우리 모두를 위한 자리는 있습니다. 하지만 리버티섬에서 깨달은 한 가지는 개인이 할 수 있는 모든 걸 실천해도, 여전히 부족할 수 있다는 거죠. 우리가 모든 걸 할 순 없어요. 기후 위기 해결을 위한 것 중에 우리는 '잘못하지만', 우리 정부가 '잘하는 게' 있거든요. 이제는 정부가 나서서 역할을 할 시간이 다가왔습니다."

나탈리는 내셔널 몰에 모인 군중에게 이어 말했다.

"바로 그 이유로 우리가 오늘 여기에 모였죠. 이 미국 국회 의사당 계단에요."

나탈리는 뒤로 보이는 웅장한 흰색 건물을 손가락으로 가리키며 말했다.

"청소년이라 할지라도, 투표권이 없을지라도, 우리 대변인은 언제나 '우리'를 위해서 일해야 하니까요. 그러니 우리가 직접 우리의 자원이 어떻게 사용되기를 바라는지 목소리를 높여야 합니다. 우리의 권리이자 '우리의 것'이니까요. 정부는 어떤 다른 존재가 아닙니다. 우리가 정부이자 정부가 바로 우리죠!"

다시 한번 청중에게서 박수갈채가 폭발하듯 터져 흘렀다. 나탈리는 국회 의사당과 워싱턴의 모든 건물에 있는 사람들에게까지 이 목소리가 닿기를 간절히 소망했다.

"작고 크고에 상관없이 우리 목소리는 정부의 모든 단계에 이르러야 합니다. 학교 교장 선생님께 학과목 정규 과정에 기후 위기 내용이 필요하다고 건의해 보세요. 시 의회에는 콘크리트를 줄이고 푸르른 공원을 더 많이 지어야 한다고 말해 보세요. 주 정부에는 새로 짓는 집에는 태양 전지판을 설치하고, 또 남는 공간에는 전기차를 위한 충전소를 지어야 한다고 의견을 내 보세요. 연방 정부에는 화석 연료를 발생시키는 회사에 보조금과 세금 감면 혜택을 중단하고 그 돈을 재생 에너지에 더 써야 한다고 주장해야 합니다. 기후 위기 문제에 있어 정말로 눈에 보이는 변화를 일구기 위해서는 우리 모두의 노력이 필요하니까요. 정부와 함께요."

청중 가운데 몇몇 사람들이 다시금 환호를 보내오자 나탈리는 잠깐 말을 멈추었다. 뒤쪽 큰 화면은 이 집회의 모든 간판과 배너 그리고 깃발에 새겨진 파랑 나비 이미지로 다시 바뀌었다. 나탈리는 깊게 심호흡했다. 연설 마지막 부분은 나탈리의 가장 사적인 이야기가 담겨 있어 몹시 어려웠다.

"어릴 적……."

마침내 나탈리가 입술을 뗐다.

"상상의 나라 하나를 만들었는데, 이름은 마리포사이며

그 상징은 파랑 나비였지요."

나탈리는 뒤로 돌아 화면을 손으로 가리키며 말했다.

"마리포사에는 성이 여러 채 있고 마법이 펼쳐져요. 용도 여럿 살고 있고요. 또 상쾌한 공기가 불고 맑은 물이 쪼르르 흐르죠. 도움이 필요하면 늘 받을 수 있고요. 마리포사에는 가난한 사람도 없고 모두가 언제나 행복해요."

나탈리는 침묵에 잠긴 군중을 바라보았다.

"마리포사를 만들며 그린 수많은 그림과 지도 그리고 국기를 여러분에게 보여 드릴 수 있었어요. 하지만 허리케인 루벤이 이 모든 걸 파괴했죠. 물론 제가 살면서 지녔던 모든 것도요. 하지만 여러분께 마리포사를 짓는 데 영감을 받은 진짜 나비의 사진을 '보여' 드릴 순 있답니다."

화면이 바뀌며 한 마리의 아름다운 파랑 나비 사진이 띄워졌다. 날개 한쪽 끝에서 반대쪽까지 고작 새끼손가락 한 마디만 했다.

"바로 마이애미파랑나비입니다. 제가 아주 어렸을 때, 남플로리다 전역에서 이 나비 떼를 볼 수 있었지요. 하지만 이젠 기후 위기 때문에 키웨스트 국립 야생 동물 보호 구역으로 지정된 아주 작은 외딴섬에 겨우 몇 마리 살아 있습니다."

나탈리는 한숨을 내쉬었다.

"제가 지은 마리포사는 어린아이의 꿈이죠. 아무리 노력한다 한들, 완벽한 세상을 만들 수는 없을 테니까요. 하지만 마리포사가 우리 현실이 될 순 없다고 할지라도 꿈꾸지도 못하는 건 아닙니다. 세상이 완벽할 필요는 없어요. 그저 '더 나은 세상'이 되길 바랄 뿐이죠."

연설대 화면을 보던 나탈리는 고개를 들며 말했다.

"마이애미파랑나비는 거의 멸종 직전이라고 합니다. '거의', 아직은 아니라는 말이죠. 아직 늦지 않았어요. 우리가 이 나비 떼를 구할 수 있습니다. 북극곰들도 마찬가지고요."

나탈리가 말하며 오언과 조지를 바라보았다.

"또 거대한 세쿼이아 나무들도요."

이번에는 아키라와 두 눈을 맞추며 말했다.

"아직 우리는 멸종 위기에 처한 전 세계의 동식물을 구할 수 있습니다. '우리'까지 포함해서요. 하지만 '지금 당장' 기후 위기에 대응하여 행동해야만 이룰 수 있어요. 우리 모두, 함께요. 왜냐하면 지구는 더 이상 기다려 줄 수 없으니까요."

연결 고리

약 오십만 명이 보내는 환호와 박수갈채가 파도처럼 부서지듯 흘렀다. 나탈리는 성공적으로 연설을 끝마쳤다. 정말이지, 벅차올랐다. 불과 9개월 전, 브라더스키퍼 주차장 앞에서 페이션스 그리고 마리아 마티네즈와 서 있을 당시에 '기후 위기에 반대하는 청소년' 집회는 그저 막연한 생각이었다. 하지만 지금, 여기서 '현실'이라는 꽃이 되어 활짝 피었다.

그리고 이건 시작일 뿐이었다.

페이션스 그리고 나탈리 엄마와 추로를 포함해 이날 연설한 모든 친구가 무대 뒤편에서 나탈리를 기다렸다가 축하했다. 그 후에 모든 연설자는 마지막 커튼콜을 받아 무대 앞으로 나갔다.

'우리가 해냈어! 고작 중학생인 우리가, 우리가 이 일을 해낸 거야!'

나탈리는 다른 친구들과 함께 허리 숙여 인사하며 생각했다.

인사하고 손을 연신 흔들며 모든 작별 인사를 끝내자 곳곳에 있는 스피커에서 다시 팝송이 크게 흘러나왔다. 무대 뒤에서 나탈리는 페이션스와 아키라를 발견했다. 또 캐나다에서 온 남자애 두 명도 함께 있었다. 나탈리는 아키라를 바라보며 살포시 미소 지었다.

"엄청난 연설이었어."

조지가 나탈리에게 말했다.

"고마워."

대답하는 나탈리 두 뺨이 장밋빛으로 발그레해졌다. 가까이서 보니 조지는 더 멋있어 보였다.

"맞아, 미국 대통령한테 편지 쓸 뻔했다니까. 나, 캐나다 사람인데!"

오언이 말했다.

"그러니까 그걸 총리한테 쓰라고."

"아, 맞네."

조지 말에 오언이 대답했다.

"너희 모두 굉장했어!"

페이션스가 아키라를 다시 껴안으며 말했다.

"근데 강아지 어디 있어?"

아키라가 나탈리에게 물었다.

"엄마한테. 추로가 사람들을 허리케인 보듯 똑같이 대하더라고. 물론 모든 것에 그렇긴 하지만."

나탈리는 오언을 향해 몸을 돌렸다.

"그런데, 저기, 넌 마리아 선생님을 어떻게 알아?"

오언이 조지를 쿡 찔렀다.

"바로 저게 그분 '이름'이야."

"그래, 오언. 아까 나탈리가 말했잖아."

조지가 말했다.

나탈리는 웃음이 터졌다. 오언과 조지는 끝이 없는 코미디 공연을 하는 것 같았다.

"날씨 선생님, 아니 마리아 마티네즈 선생님이 촬영 팀을 데리고 매년 처칠을 찾아오시거든. 우리 가족이 하는 투어에서 선생님 팀을 이곳저곳에 데려다주곤 했어."

오언이 나탈리에게 설명했다.

"어머, 난 유튜브에서 이 친구들을 찾은 건데. 마리아 선생님과 연결 고리가 있을 줄은 상상도 못 했네."

페이션스가 말했다.

"아키라와 나도 이미 연결 고리가 있더라고. 알고 보니, 우리 둘 다 페이션스 언니를 알고 있었어. 서로 만나기도 전에 말이야."

나탈리가 오언과 조지에게 말했다.

"대박. 이런 우연이 다 있나?"

조지가 말했다.

"조지, 만약에 너랑 내가 '아키라'가 아는 사람을 알면 '진짜' 소름 끼치겠다. 그럼 우리 다 연결 고리가 하나씩 있는 거잖아!"

"오언, 우린 아주아주 먼 얼음에 살고 있잖아. '아무'하고도 연결되어 있지 않아."

"내가 캐나다에서 온 '누군가'를 아는데 말이야. 그 친구 억양이 너희랑 좀 비슷하더라. 아, 이제야 오네. 여기야, 수!"

아키라는 크게 수를 부르며 손을 흔들었다.

나탈리도 뒤를 돌아 페이션스가 집회 사회자로 섭외한 소녀를 바라보았다. 페이션스가 이렇게 이 친구를 찾은 거구나! 수는 아키라 친구였다.

"수는 나와 함께 화재에서 살아남았어. 이 집회에 참여하고 싶지만 무대에 올라서고 싶진 않다더라고."

나탈리는 수에게 한 번 더 인사했다. 그러다 오언과 조지가 기절초풍할 것 같은 얼굴로 수를 뚫어지게 바라보는 걸 발견했다.

"수지? 수지 투쿠메?"

조지가 물었다.

"잘 지냈니, 이 바보들아."

수가 두 남자애에게 말했다.

"잠깐. 너희 진짜 서로 '아는 사이'인 건 아니지?"

아키라가 질문했다.

"알아. 처칠에서 애네랑 몇 년 동안 같은 학교에 다녔거든."

수는 아키라에게 말했다.

"대형 스피커 여럿에서 울리는 내 목소리를 듣고도 날 찾아와 인사든 뭐든 그냥 아무것도 안 하길래 어찌나 다행이던지. 그렇다고 멀리서 내가 너희 냄새까지 못 맡은 건 아니고."

오언의 두 눈동자가 커지더니 조지의 팔 하나를 꽉 부여잡으며 말했다.

"멀리서도 우리 냄새를 맡을 수 있다고 자기 입으로 말했어. 북극곰처럼!"

오언이 작게 속삭였지만, 그 목소리는 모두에게 또렷하게 들렸다.

"대체 무슨 말이야?"

나탈리가 말했다.

"얘가 바로 그 북극곰 소녀라니까!"

오언이 대답했다.

"수지가 북극곰에게 공격당하고 나선 다들 그렇게 부르곤 했지."

조지가 덧붙였다.

"게다가 사람 변장을 한 북극곰이라니까!"

오언이 부르짖었다.

수는 눈을 흘기며 고개를 절레절레했다.

"너, 수영 선수 아니었던가? 북극곰도 헤엄치기 좋아하는데."

조지가 장난치듯 물었다.

"으르렁!"

수는 두 손을 뾰족뾰족 발톱처럼 들고는 말했다.

"정말 북극곰에게 공격당했던 거야?"

페이션스가 수에게 질문했다.

"말하고 싶지 않아요."

"이마에 난 상처!"

나탈리가 말했다. 예행연습에서 페이션스가 수를 소개해 줄 때 상처를 발견했지만, 예의상 굳이 묻진 않았다. 나탈리는 한 손을 들어 올려 입을 꽉 틀어막았다. 어찌나 당황했는지 뭐라도 말해야 했다.

"나도 상처가 있어."

나탈리는 이 분위기를 풀어 보려 애쓰며 말했다. 그러더니 셔츠 아래를 살짝 들어 올려 배에 새겨진 루벤 흔적을 드러냈다. 폭풍 해일에 떠내려온 주방 가스레인지와 부딪치는 바람에 생긴 흉터였다.

"난 셀 수도 없이 많아. 불 때문이지."

아키라는 말하며 셔츠 소매를 주르르 말아 올려 팔 아래 울퉁불퉁 부은, 벌건 살갗을 보여 주었다.

"우리는 약간 한 세트 같은데?"

조지는 수에게 말하며 머리칼 가르마를 타고는 나누크의 발톱이 남긴 상처들을 내보였다.

"오! 나도 상처가 하나 있어! 나누크가 내 다리를 물었거든."

오언이 말하며 바지를 주섬주섬 내리려고 하자, 조지가 오언을 막았다.

"오언, 안 돼."

"아, 그렇지."

오언 얼굴이 시뻘게지며 이어 말했다.

"미안."

다들 웃는 와중에 나탈리는 경이로움에 고개를 내저었다. 여기 있는 모두가 작년 같은 시기에 각기 다른 기후 재난을 겪었으며 심지어 그 상처의 흔적을 지니고 있었다. 하지만 모두를 이어 주는 무언가가 더 있었다.

"그러니까, 잠깐만."

나탈리는 머릿속으로 요리조리 생각하며 말했다.

"너희 둘하고 아키라는 수를 알고 아키라와 나는 페이션스 언니를 알고……"

나탈리가 두 남자애에게 말했다.

"그리고 너랑 오언과 조지는 그 기상학자를 알고……."

아키라가 나탈리에게 말했다.

"그럼 우리 진짜 모두 '이어져' 있었네! 그러니까 여기 이 집회에 오기 전부터 말이야!"

조지가 말했다.

그 자리에 서서 아주 잠시 서로 눈빛을 나누자, 나탈리 온몸에 소름이 쫙 끼쳤다. 그들 중 하나가 다른 사람을 같이 알고 있을 확률이 얼마나 될까?

아이들과 마찬가지로 놀라서 할 말을 잃은 페이션스는 고개를 내저었다.

"여기에서 6단계 분리 법칙 같은 게 벌어지고 있네."

페이션스가 말했다.

나탈리는 전혀 알아듣지 못했다.

"6단계 분리 법칙이란 이 세상 누구라도 여섯 명 정도를 건너뛰면 연결된다는 의미지. 예를 들어, 내 남자친구가 날 알고 나는 나탈리를 알고 나탈리는 아키라를 알고 아키라는 오언을 알고 오언은 조지를 알면, 내 남자친구는 조지를 만난 적이 없지만, 조지가 알고 있는 모든 사람에게서 딱 6단계 정도 떨어져 있는 거지. 이해되니?"

이 모든 설명을 다 이해하기 어려웠지만, 나탈리는 뭔지 알 것 같았다. 결국 사람들이 그들과 만난 사람을 건너다 보면 어느 특정 시점에는 이 세상 모두와 연결된다는 뜻이었다. 예를 들어, 소셜 미디어 앱이 나에게 내가 이미 아는 사람과 친구라는 이유로 새로운 친구를 추천하는 것처럼 말이다.

"근데 우린 '6단계'로 떨어져 있진 않은걸요? 딱 '한 명'과 연결되었잖아요. 그러면, 2단계 분리 법칙이겠네요."

아키라가 말했다.

'2단계, 2도.'

나탈리는 생각이 스치자, 전율이 등골을 타고 쭈뼛 치솟았다. 한 명과 다른 한 명을 연결하는 2단계. 그리고 세상에 기후 대재앙을 불러오는 2도. 이와 같은 방식으로 보이지 않는 거미줄처럼 환경 오염은 산불 화재로, 산불 화재는 녹아내리는 빙하로, 녹아내리는 빙하는 높아지는 해수면으로, 높아지는 해수면은 더 잦은 폭풍 해일로 연결되어 있었다.

"와, 여기 오기도 전에 우린 얼마나 많은 집회 연설자 친구들과 연결되어 있었던 걸까?"

조지가 속삭였다.

"이 '세상'에 사는 다른 사람들은?"

아키라가 질문했다.

"펑!"

오언은 말하며 뇌가 폭발하는 걸 표현하듯이 손가락들을 움직여 보였다.

나탈리는 새로운 친구 하나하나를 지그시 바라보았다. 함께 연설하기 위해 모인 청소년들. 이 내셔널 몰을 떠나 집에 돌아간 다음, 기후 위기에 대응하기 위해 자신의 지역 공동체를 모아 행동할 수천 명의 사람.

나탈리는 생각했다. 이 세상 사람 모두가 서로 '어떻게' 연결되었는지는 모른다고 해도 '연결되어 있다'는 그 사실을 아는 것으로도 충분하다고.

결국, 이 세상을 구하는 데 필요한 건 그 사실이니까.

작가의 말

'기후 위기'는 과학자들이 오랜 기간 동안 변화된 지구 기온과 날씨 패턴을 일컬을 때 사용하는 단어입니다. 지구의 기후 위기는 어쩌면 자연스러울 수 있지요. 하지만 1800년대 즈음인 산업 시대 초기 이후로 기후 위기의 주된 원인은 늘 인간의 활동이었습니다.

기본적으로 사람들은 석탄, 석유, 천연가스와 같은 화석 연료를 태우며 기후에 영향을 끼칩니다. 화석 연료들은 자동차, 트럭, 배, 기차 그리고 비행기의 동력원이기도 하지요. 또 곳곳에 있는 발전소와 공장을 가동하고, 집 냉난방을 책임지기도 합니다. 화석 연료를 태울 때 나오는 이산화탄소와 메탄 같은 온실가스는 대기권에 오랫동안 머물며 태양열을 가둬 지구 온도를 올리지요. 기온 상승은 여러 문제를 일으킵니다. 북극 빙하를 녹이거나 해수면을 상승시키고, 또 극심한 가뭄, 치닫는 불볕더위, 강력한 폭풍을 불러와 동식물을 멸종 위기로 내몰지요.

오래전부터 과학자들은 인간이 기후 위기에 미치는 영향을 알고 있었습니다. 하지만 제가 어렸을 적인 1970년대 초나 되어서야 '지구 온난화'는 일반적인 용어가 되었지요. 그 후,

50년이라는 세월 동안 세계 여러 정부는 기후 위기 상황에 적절한 역할을 못 찾고, 무엇을 해야 할지 몰라 시간만 보냈습니다. 그러는 와중에 지구 온도는 꾸준히 상승했고, 이는 다양한 기후 재난을 더 자주 불러일으키며 큰 피해를 주고 있습니다.

최근 몇 년간, 그레타 툰베리와 같은 청년 활동가들이 거리에 나와 기후 위기에 반대하는 집회를 이끌고, 세계 지도자들에게 행동하라며 요구하는 모습은 정말 감명 깊었답니다. 하지만 그들과 함께 행진하고 기후 위기에 대응하겠다고 약속하는 지도자에게 투표하는 것 이외에 또 무엇을 더 할 수 있을지 전 고민했지요. 이 친구들의 목소리를 높이는 데, 과연 내가 어떤 도움을 줄 수 있을까?

이 책, 《2℃(2도씨)》가 제 답입니다.

《2℃》를 구성하는 각각의 세 이야기를 놓고 수많은 장소와 시나리오를 고민했지요. 예를 들어, 아키라 이야기 배경은 호주, 칠레, 포르투갈, 그리스, 터키, 러시아, 중국 또는 최근 파괴적인 산불을 겪은 모든 장소가 될 수 있었답니다. 또 오언과 조지의 북극곰 이야기는 북극에 한정되었지만, 사실은 기후 위기가 얼마나 많은 동물 서식지를 위협하는지를 쓸 수 있었지요. 예를 들면, 남아프리카의 치타, 중국의 대왕판다, 메콩강 유역의 아시아코끼리, 남극의 아델리펭귄 또 전 세계에 있는 바다거북의 이야기를 쓸 수도 있었겠네요. 나아가 남플로리다 지역만이 홍수와 잦은 허리케인을 겪는 건 아닙니다. 작년에도 수많은 장소에서 사이클론, 태풍, 비 폭탄 그리고 홍수가 발생해 사람들의 생명을 위협하고 건물을 파괴했으니까요. 예를 들면, 캐나다, 카리브해, 에콰도르, 브라질, 영국, 독일, 벨기에, 네덜란드, 인도, 벵골, 네팔, 일본, 인도네시아, 피지, 필리핀에서요.

결국, 전 세 가지 기후 위기 소설의 배경을 북아메리카로 설정했습니다. 하지만 그러고 난 다음에도, 기후 위기가 미치는 영향이 너무나 막대해 쓸 공간이 턱없이 부족했습니다. 토네이도, 가뭄과 사막화, 치명적인 더위, 식량 부족과 강제 이주자들의 이야기 등은 글에 담지 못했지요.

지금에서야 고백하지만, 말도 안 되게 압도적이더군요. 알아야 할 과학 정보가 너무 많았습니다. 수많은 사람이 기후 위기로 인해 여러 고통을 받고 있었답니다. 시작점을 알아내기까지 긴 시간이 걸렸는데, 이야기의 중심점을 찾는 데는 훨씬 더 긴 시간이 걸리더군요. 이 소설이 진행되면서 나탈리 캐릭터는 작가인 저의 목소리가 되어 제가 얼마나 큰 위압감을 느끼는지, 또 기후 위기를 '떠올리기'만 해도 얼마나 두려운지 말했습니다. 결국에는 저도 나탈리처럼 이 모든 걸 혼자서 다 할 수 없다는 사실을 깨닫는 게 중요했습니다. 그저, 어떤 행동이라도 해야 하죠.

기후 위기는 현실이지만 이 책에서 제가 쓴 특정 사건들은 허구입니다. 캘리포니아에 모리스 산불은 일어나지 않았어요. 처칠의 두 소년 역시 북극곰에 의해 몇 킬로미터나 쫓기지 않았답니다. 나아가 감사하게도 마이애미에 '초강력 허리케인'은 찾아오지 않았지요. 하지만 아키라, 오언과 조지, 나탈리가 이야기 속에서 행동하고 겪은 경험들은 최근 다양한 기후 재난을 실제로 겪은 사람들에게 일어난 일입니다.

아키라

아키라 이야기는 기본적으로 2020년 시에라 국유림에서 발생한 크릭 산불과 2018년 캘리포니아 역사상 가장 치명적이고 파괴적인 산불인 캠프 산불을 바탕으로 썼습니다. 모리스 산불을 헤치며 이동하는 아키라와 수가 어떤 상황인지 더 잘 이해하고자 저는 산불 속에서 사람들이 차를 타고 도망가는 참혹한 영상을 여러 번 봐야 했지요. 산불에 금속 재질인 자동차가 타더군요. 또 뜨거운 불길이 순식간에 덮쳐 아키라와 수가 발견한 것처럼 사람들이 차에 탄 채로 불타기도 했습니다. 산불은 너무 뜨거워 아스팔트를 녹아내리게 하고요. 심지어 산불 속 도로를 걷기만 해도 신발 밑창이 죄다 녹을 수 있답니다.

자연적으로 발생하는 산불의 주요 원인은 번개입니다만,

미국 국립 공원 관리청(US National Park Service)에 따르면 미국 산불의 85%는 의도적이든 우발적이든 인간에 의해 발생한다고 합니다. 2020년 크릭 산불의 원인은 여전히 알 수 없지만, 대단히 치명적이었던 2018년 캠프 산불의 원인은 결함이 있는 전선에 의해 불꽃이 일었을 거라고 여러 조사관은 입을 모아 말하지요. 당시 사망자는 여든다섯 명에 달했으며, 캘리포니아 파라다이스와 콘코우 마을은 모조리 파괴되었습니다. 믿어지지 않겠지만, 2021년 폰 산불은 한 여성이 곰 소변이 들어 있다고 생각한 물을 끓여 마시려다 우발적으로 불을 냈다고 하네요.

수영장에 다저가 빠진 부분 역시 실제로 일어난 이야기랍니다. 2018년 캠프 산불이 지나간 다음, 한 남성은 이웃집 뒷마당 수영장 덮개에 말 한 마리가 반쯤 물에 빠진 채로 앉아 있는 걸 발견하고는 깜짝 놀랐다고 해요. 이 말이 언제, 어떻게 그곳에 다다랐는지 그 누구도 알지 못하지만, 수영장에서 불이 지나가길 기다렸기에 말은 목숨을 구했습니다. 다른 수많은 동물은 이렇게까지 운이 좋지 않았어요. 슬프게도 헤아릴 수도 없이 많은 반려동물과 야생 동물이 번득이는 불꽃을 빠져나오지 못했으니까요.

활활 타는 거목들 역시 안타깝게도 실제로 일어난 일입니다. 지난 6년간 캘리포니아에는 크고 강렬한 산불이 더 자주 일어나고 있어요. 미 국립 공원 관리청에 따르면 시에라네바다산맥 전역에 있는 거대한 세쿼이아 숲의 85%가 탔다고 추정합니다. 2020년 캐슬 산불 혼자서만 시에라네바다산맥 전역에 있는 세쿼이아 숲의 3분의 1을 태웠고요. 캐슬 산불로 인해 거대한 세쿼이아 나무가 7,500그루에서 10,600그루 정도 죽었는데, 나이가 무려 2,000년에서 3,000년에 이르는 오래된 나무들도 많았다고 하네요.

오언과 조지

매니토바주 처칠에 있는 오언과 조지의 마을은 실제 장소로 수천수만 명의 세계 여행자가 매해 가을이 되면 북극곰을 보기 위해 찾는 곳입니다. 오언 가족이 소유하고 운영하는 툰드라 버기 역시 정말로 존재하며 오언과 조지가 말한 북극곰 정보 역시 사실이지요. 또 북극곰들은 자신을 위장하는 방법을 아주 잘 알고 있어요. 정말로 설원에 누워서 흰 앞발로 까만 코를 가리거든요. 또 어찌나 교활한 사냥꾼인지, 처칠 주민들은 마을로 어슬렁대며 들어온 북극곰한테서 누구라도 도망쳐 숨어야 하는 상황이 생길까 봐 정말로 자동차와 집 문을 잠그지 않고 다닌답니다.

사람이 북극곰과 마주치는 일은 자칫 목숨을 잃을 만큼 위험합니다. 2018년, 처칠에서 북쪽으로 265킬로미터 떨어진

센트리섬에서 한 젊은 남성이 북극곰에게 공격당한 후 사망했습니다. 또 소설 속 수와 같이 2013년, 처칠 핼러윈 밤에 한 젊은 여성이 북극곰에게 공격당했습니다. 살아남긴 했지만, 북극곰은 이미 여성의 두피 일부와 귀 한쪽을 찢어 버린 후였지요. 처칠 주민들은 시외로 나갈 때 혹시라도 북극곰과 마주치는 상황이 생길까 봐 산탄총과 소총을 들고 다닌다고 하더군요.

더 나아가, 북극곰과의 충돌 역시 점차 늘어나는 추세입니다. 북극곰이 얼음에서 더 짧게, 내륙에서 더 길게 시간을 보내야만 하는 상황에 직면했기 때문이지요. 매니토바 대학교의 한 연구에 따르면 허드슨만에 1980년 대비 매년 47일 정도 늦게 얼음이 생긴다고 합니다. 즉, 북극곰이 그전보다 단식을 더 길게 하고 있다는 말인데 이는 특히 어미 곰에게 위험한 상황이지요. 위와 같은 해 대비, 처칠 지역에 임신한 북극곰 평균 체중은 약 15% 감소했고요. 게다가 쌍둥이를 곧잘 출산하던 어미 북극곰은 현재 대개 한 마리를 출산하거나 아예 출산하지 않기도 합니다. 허드슨만 서쪽에 사는 북극곰 개체수는 1987년 이래로 약 30% 감소하여 몇몇 과학자는 이곳 북극곰이 멸종의 길로 들어선 건 아닐까 걱정하지요.

북극 해빙이 줄자, 태양열을 반사해 우주 밖으로 내보내는 얼음 양도 줄어 바다는 점점 따뜻해지고 지구 온도도 높아지고 있습니다. 지구 온난화는 또 메탄가스 방출로 가속화

되는데, 이는 박테리아가 영구 동토층에서 새로 해동된 여러 생물체를 먹게 되면서 나타난 부작용이지요. 미국 해양 대기청(NOAA, US National Oceanic and Atmospheric Administration)에 따르면 북극 전역을 덮은 해빙은 1980년 이래로 10년에 13%씩 줄고 있다고 합니다. 이는 약 81,000제곱킬로미터로, 다시 말해 사우스캐롤라이나 면적을 매년 통째로 잃는 것과 마찬가지라고 하네요.

나탈리

마이애미는 간접적으로 많은 허리케인을 겪어 왔는데, 저는 주요 대도시들을 강타한 폭풍과 허리케인을 바탕으로 글을 썼습니다. 예를 들면, 2005년 뉴올리언스를 강타한 허리케인 카트리나와 2012년 뉴욕을 강타한 허리케인 샌디지요. 이는 허리케인이 마이애미를 정확히 강타하면 어떤 모습일지 상상하는 데 도움이 되었습니다. 물살에 처참히 무너진 나탈리네 집 뒷벽과 폭풍 해일에서 살아남기 위한 나탈리의 필사적인 생존기 역시 비슷한 이야기에서 영감을 받았습니다. 실제로 허리케인 샌디가 뉴욕을 휩쓸 때, 한 여성은 자기 집을 탈출해야 하는 상황에 놓였다고 하더군요.

미국 해양 대기청에 따르면, 폭풍 해일은 내륙으로 수십

킬로미터나 밀려 들어올 수 있으며 해안가에서 멀리 떨어진 곳에서도 홍수위를 약 9미터나 높일 수 있다고 합니다. 또 약 1미터에 이르는 해일은 약 1.8톤이나 되는 차를 들어 이동시킬 수 있고요. 바다소 이야기도 사실이랍니다. 폭풍 해일로 약 450킬로그램이 넘는 바다소가 이상한 장소에서 발견되곤 했거든요. 예를 들면, 골프장 호수, 뒷마당 수영장 그리고 심지어 숲속 깊은 곳에서요. 폭풍 해일이 약 1.8미터가 되면 단층집 또는 회사 건물 일 층은 거뜬히 침수시킬 수 있다고 합니다. 또 약 2.7미터까지 오르면 땅에서 저 높이 떨어지지 않는 이상 거의 살아남을 수 없습니다. 미국 국립 허리케인 센터(National Hurricane Center)에 따르면 대서양 열대성 허리케인으로 인한 사망 이유 중 절반 가까이는 폭풍 해일에 의한 익사라고 해요.

또 마이애미는 아주 특수한 상황인데, 폭풍이 몰아치지 않을 때도 홍수를 겪고 있답니다. 1993년 이래 전 세계적으로 해수면은 약 8센티미터, 남플로리다 지역만 측정했을 때는 약 13센티미터가 높아졌습니다. 바로 이것이 비정상적인 만조와 합쳐지며 '맑은 날 홍수'를 만들어 냅니다. 이는 바닷물이 마이애미 배수 시스템을 통해 다시금 밀려 올라와 수많은 거리와 건물이 물에 잠기는 걸 의미하지요. 미국 해양 대기청은 2050년에 다다르면 1년에 10~55일 정도는 '맑은 날 홍수'를 겪게 될 거라고 예상하기도 했습니다. 만약 여기에 아무리

낮은 폭풍 해일이라도 하나 더해지면, 마이애미는 몹시 심각한 상황에 부닥치게 될 겁니다.

나탈리가 마지막에 도착한 리버티시티는 대서양 해안선에 놓인 마이애미 지역 사회 중 하나이며 이 지역은 해수면보다 약 3.4미터 정도 높은 고지에 있습니다. 마이애미-데이드 카운티 나머지 지역들의 평균 높이보다 두 배 이상 높습니다. 마이애미 조수가 점차 높아지고 있다는 사실을 외면하는 개발자들은 값비싼 주거 및 상업용 건물을 짓기 위해 이 지역의 땅과 건물을 사들이기 시작했습니다. 이 과정에서 수많은 마이애미 흑인 그리고 아프리카계 카리브해인을 몰아내기도 했지요. 하지만 결국에는 '그 누구도' 마이애미에서 살지 못하게 될 겁니다. 몇몇 과학자가 말하듯 2100년에 이르면, 해수면이 약 1.5~1.8미터 높아져 마이애미-데이드 카운티의 대부분 지역은 침수되고, 현재 인구의 3분의 1인 약 백만 명은 살아갈 장소를 잃게 될 테니까요. 이 책을 읽는 어린 독자들 대부분은 그때까지 살아 두 눈으로 확인할 수 있겠네요!

기후 위기는 우리가 살고 있는 곳에 상관없이 다양한 영향을 미칩니다. 그 사실을 알기에 2015년, 전 세계 거의 모든 나라가 한곳에 모여 '파리 기후 협약'을 채택했지요. 이는 하나의 역사적인 국제 합의안으로 각 국가는 이번 세기말까지 산업화 이전 대비 지구 온도가 섭씨 2도 높아지는 걸 막기 위해 협력하기로 약속했답니다. 그리하여 궁극적으로는 그 숫자를 1.5도 이하로 낮추는 겁니다. 지구 온도 상승을 멈추는 '방법'을 두고 여전히 아주 많은 논의가 이루어지고 있습니다. 과연 이것으로 충분한가 하는 논의 역시 말할 필요 없고요. 하지만 나쁜 소식이 현재 우리가 직면한 기후 위기의 원인이 바로 인간이라는 사실이라면, 좋은 소식은 우리에게는 이 기후 위기를 해결할 힘이 있다는 것입니다.

여러분의 세상입니다. 여러분의 미래지요. 미래 세상이 어떤 모습이기를 바라나요? 그 미래를 실현하기 위해 무엇을 해야 할까요? 미래는 모두 여러분의 손에 달려 있습니다.

앨런 그라츠

옮김 김지인

호주 멜버른대학교에서 국제 정치와 경제를 공부했습니다. TESOL 자격증 취득 후, IELTS 강사로 일했습니다. 사람과 세상을 비추는 따스한 책을 기획하고 번역하며 살고 있습니다.

미래주니어노블 14

2℃_기후 대재앙에 놓인 아이들

초판 3쇄 발행　2024년 11월 18일

글	앨런 그라츠
옮김	김지인
펴낸이	도승철
펴낸곳	밝은미래
등록	2005년 5월 2일 (제105-14-87935호)
주소	경기도 파주시 회동길 349 3층
전화	031-955-9550
팩스	031-955-9555
홈페이지	http://www.bmirae.com
인스타그램	@balgeunmirae1
편집	송재우
디자인	권영진
마케팅	김경훈
경영지원	강정희
ISBN	978-89-6546-687-1 74840

이 책 내용의 일부 또는 전부를 재사용하려면 반드시 저작권자와 출판사의 동의를 얻어야 합니다. 책에 대한 단순 서평 수준을 넘어서는 내용을 SNS나 사진, 영상 등으로 출판사의 동의 없이 배포하는 것은 저작권법에 저촉될 수 있습니다.

※ 책값은 뒤표지에 있습니다.

※ 공통안전기준 표시사항
① 품명 : 도서　② 제조자명 : 밝은미래　③ 주소 : 경기도 파주시 회동길 349
④ 연락처 : 031-955-9550　⑤ 최초 제조년월 : 2024년 3월　⑥ 제조국 : 대한민국　⑦ 사용연령 : 10세 이상